Feridun Zaimoglu
Liebesmale, scharlachrot

Feridun Zaimoglu

Liebesmale, scharlachrot

Roman

Rotbuch Verlag

Die Arbeit des Autors am vorliegenden Text wurde durch
den Deutschen Literaturfonds e.V. gefördert.

Die Deutsche Bibliothek – CIP-Einheitsaufnahme

Ein Titeldatensatz für diese Publikation ist bei
Der Deutschen Bibliothek erhältlich

2. Auflage 2001
© Europäische Verlagsanstalt / Rotbuch Verlag, Hamburg 2000
Umschlaggestaltung: +malsy, Bremen
Herstellung: Das Herstellungsbüro, Hamburg
Satz: H & G Buchherstellung, Hamburg
Gesetzt aus der Bembo
Druck und Bindung: Clausen & Bosse, Leck
Alle Rechte vorbehalten
Printed in Germany
ISBN 3-434-53025-8

Informationen zum Verlagsprogramm finden Sie im Internet unter
www.rotbuch.de

Für Güler und Metin Zaimoglu

Liebesmale, scharlachrot

1 Serdar an Hakan

Dienstag, 22. Juni

Hochverehrter Kumpel, mein lieber Hakan,
Sammler der heiligen Vorhäute Christi,

ich bin gesund und verspüre allerlei Munterkeiten, und ich bin heil und ohne Gram, ohne ein Gramm Verlust jener Transzendenz, die mein hoch körperliches Wesen in meiner kalten Heimat ausstrahlte, an der Westküste des türkischen Festlandsockels angekommen. Und nicht eine Zähre wischte ich vom trän'gen Auge, nicht einen Freudenstich versetzte mir meine Ankunft hier, nicht eine Sekunde beschleunigte mein Juwelenherz seinen Rhythmus, als ich hier eintraf.

Du weißt, ich musste fliehen aus Kiel, weil mir die Frauen im Nacken saßen. Du hast ja noch mitbekommen, wie Anke sich in mich verkrallen wollte, und wie Dina mich nicht mehr gehen ließ. Ich hab das nicht mehr ausgehalten, und ich bin, dir hab ich's ja schon vom Flughafen aus per Telefon erzählt, zu meinen Eltern an die Ägäis geflogen, um mir mal darüber klar zu werden, was ich nun eigentlich will. Diese ewigen Frauengeschichten machen mich irgendwie krank – man isst und trinkt nicht mehr normal, verschwendet Gedanken an Trennkost und Müsli mit Birnendicksaft zum Frühstück, traut sich nicht mehr, ans Telefon zu gehen –, das habe ich einfach nicht mehr ertragen können.

Die Reise selbst war ganz okay, dazu nur so viel: Die Passagiere, allesamt brave Gastarbeiter auf Heimreise, klatschten Beifall, als der Pilot sein Gerät auf der Landebahn aufsetzte, und nervten die grob jochbogenknochigen Stewardessen, weil sie sofort aufsprangen und ihr Handgepäck zusammenzerrten. Ich bin durch alle Schleusen und Kontrollen gekommen, dies ist also ein stinknormaler Brief und kein Knastkassiber, freu dich nicht zu früh.

Nach drei Tagen Aufenthalt darf ich inzwischen aber doch bemerken, dass ich mit vollem Gewicht auftrete, eine Seltsamkeit, die mich sogar vergessen ließ, dass ich vielleicht aufgrund einer erblichen Rückgratsverkrümmung in der rechten Hüfte einzuknicken pflege. Dieses Gebrechen verleiht mir – wie ich aus gut unterrichteten Frauenkreisen erfuhr – den Charme eines Errol Flynn oder des sagenhaften Helden unzähliger Türkenkitschstreifen, Dschüneyt Arkin.

Sollten unsere Väter und Mütter etwa Recht haben, deren Wehwehchen schlagartig vorbei waren, als sie einen ihrer Füße auf Heimatboden setzten? Mochten die vielen Devisenzocker auf dem südslawischen Autoput sie auch um die Hälfte des Urlaubsgeldes prellen: Jenseits des Schlagbaums wurde kurzerhand eine Pferdedecke ausgerollt, der Vater und der Stammhalter ließen sich im Schneidersitz nieder und machten nicht einen Finger krumm, während die Töchter des Hauses unter mütterlicher Anleitung die Picknickkörbe und Provianttaschen herbeischleppen und deren Inhalt auspacken mussten. So geschehen in den Siebzigern, als auch mein Vater sich in den Kopf setzte, mit seinem Zwiebelbomber die halsbrecherische Safaritour zwischen Almanya und Türkiye zu unternehmen. Am schlimmsten waren die bulgarischen Zöllner, die es nicht unter einer Stange Marlboro machten. Und erst ein Hundertmarkschein verwandelte die Turco-Zollwegelagerer in höfliche Parklückeneinweiser.

Aber genug von diesem nostalgischen Palaver, ich jedenfalls wundere mich nicht schlecht über meinen geraden Rücken, muss jedoch über ein anderes, mir teures Organ Beschwerde einlegen – während ich von der Veranda des

Elternhauses auf das Meer schaue, der kalte Nordostwind wühlt das Wasser auf, und die Wellen haben die Größe von Lammköpfen, »kuzubasi dalga«, wie man hierzulande zu sagen pflegt. Mir geht's ziemlich korrekt hier, aber trotz der wahnwitzigen Hitze werde ich nun nicht baden gehen, sondern dir bescholtenem Strolch schriftlich Auskunft geben über das Allerneueste.

Im Himmel, so versprechen es das Heilige Buch und der Prophet, sind Jungfrauen, so genannte Huris, zur sexuellen Bewirtung der Gläubigen angestellt. Nach jedem vollzogenen Akt wachsen diesen äußerst ansehnlichen Paradiesjungfern die Häutchen nach, alle damit zusammenhängenden Schmerzen sind aufgehoben. Natürlich sind Schandmäuler und Leibeigene des Scheitans, also Gezücht von deinem Schlage, mit Lokalverbot belegt und dürfen in den Höllenschlünden in ihrem eigenen Körperfett schmoren. Nun, wer würde schon auf seinen Lohn verzichten und eine lieblich-löbliche Huri von der Bettkante stoßen. Wie es aussieht, kein Geringerer als ich.

Behalte diese schreckliche Wahrheit ausnahmsweise für dich, und halte dich Dritten gegenüber bedeckt, auch wenn es dich um den Verstand bringen sollte: Ich habe nämlich, Trauer über mein Haupt, eine tatsächliche Vollgliedlähmung, ich fühle meinen Penis nicht mehr, wie soll ich sagen, er hat sich, Gott sei's geklagt, vom Rest des Körpers verabschiedet. In dieser prekären Situation möchte ich nun ganz und gar nicht auf die hohe Kunst der Minnedichtung verzichten, ich vergleiche also mein Gemächt mit einem äußerst niedergeschlagenen Apachen, dem ein Riesenreservat zugewiesen wird und dem in dieser Einöde nicht ein einziges Komantschenmädel gefallen darf.

Mein allererstes Sinnesorgan hat schlappgemacht, das kommt in den allerbesten Familien vor, der Hinweis kann und will mich nicht trösten. Zudem stecke ich in einer, wie mir scheint, Selbstauflösung, die Makrophagen der Ich-Verratzung schwirren in Bahnen und Strängen und fressen mir die schlichtesten Gelüste weg. Du weißt, was für eine unmenschliche Strafe das für mich ist, für mich, den man nördlich der Elbe »den Löwen von Istanbul« nannte. Und, Alter, ich mache mir Gedanken über die Haut, in der ich stecke. Bin ich das Blümchen im Topf, oder bin ich die Humuserde, die den Topf füllt und dem zarten Pflänzchen Nahrung zuführt? Bin ich die Stricknadel in der Hand einer alten Schabracke, die in einem Seniorendomizil ihrem Exitus entgegendämmert, oder bin ich gar das tote Opossum? Bin ich die kalte Kippe oder der Prinz aus dem Morgenland, oder oben erwähnter Apache? Hat man mich in die Wiege der Verdorbenheiten gelegt, oder bin ich der Erlöser, der den Volksmassen den Subtext der Schriften entheddert? Bin ich der Hoflakai, den man den Monstermollusken vorwirft, weil er sich des Vergehens schuldig gemacht hat, vergesslich, wie er ist, einem Herzog den Rücken zu kehren?

Dieser Zustand, der relativ komplex ist wie die Wetterlage in diesem Land, in dem die Luft parfümiert ist, hat natürlich auch einen Vorteil: Ich kann mir überlegen, was wichtig ist im Leben, Kunst oder Liebe, Gunst oder Hiebe, Dunst oder Triebe. Wenn ich dich fragen würde, wäre es ja ganz einfach, du hast ja bis heute noch nicht darüber nachgedacht, an wessen Zopf du dich aus deinem Sumpf herausziehen willst, aber bei mir ist das ja etwas anders. Ich kann denken, will es auch, und das macht Probleme. Du weißt ja, ich schreibe seit Jahren jeden Tag ein paar Zeilen, und die Leute reißen mir die Dinger dermaßen aus den Händen, dass ich nicht nur trocken Fladenbrot essen kann, sondern mir auch ab und zu mal junge Favela-Bohnen in Olivenöl gönnen kann. Und es macht mir ja Spaß, aber was mir noch mehr Vergnügen bereitet, ist ein guter Popp mit einer heißen Frau.

Nur, beim Denken über dies und das habe ich verdammt wenig Zeit, eine richtige Braut zu finden. Und Anke und Dina sind zwar gute Girls, aber viel zu oft auch viel zu nervig. Die wissen einfach nicht, wann Schluss ist. Ich muss mich also entscheiden, wie ich das Schreiben und das Lieben unter eine Decke bringen kann ...

Aber ich bin gleich ans Eingemachte gegangen, mein Mammutproblem mal beiseite, du hast ja keine Ahnung, wo ich bin und was mich umgibt, und ich sollte dir erst mal eine grobe Skizze liefern, damit du eine ungefähre Vorstellung davon hast, was du hier versäumst. Das Haus meiner Eltern also ist ein kleiner Teil in einem etwas größeren Komplex, der eingezäunt ist und abgeschirmt gegen das lausige Bauernvolk der Umgebung. Denn die Ziegentreiber draußen in der Welt wissen zwar, dass sich diesseits der Schranke jede Menge Bikinihöschen tummeln, dass aber vor Ort visualisieren nicht gilt, denn zwei Schlagbäume am Nadelöhr der Siedlung verhindern ihr Einströmen in diese Gegend. Außerdem patrouillieren Nachtwächter durch das Feriendorf und verständigen sich mit Trillerpfeifen, von deren schrillen Schreien ich bereits mehrmals wach zu werden die Freude hatte. Ich war, ehrlich gesagt, drauf und dran, rauszustürmen und den Scheißwichteln die Rübe einzuschlagen.

Ich frage mich also, was ich Bauernlümmel mit der Gnade der späten Bildung eigentlich hier zu suchen habe, ob ich, wenn nicht meine Klasse, die auf der Strecke zwischen Ackerland und Fabrikhalle krepierte, so doch irgendeine marginale Zugehörigkeit verrate. Ich fühle mich wie ein Luxuskümmel in einer Hartschalenwelt, oben Sonne, unten Sand, und mein Arsch schwebt und schwebt, ein Ballon in den Gefilden aus Furzluft.

Mein taubengraues Tunnelzug-Zupfpantalon aus Fallschirmseide macht hierzulande fett Eindruck, man darf die applizierten Seitentaschen nur nicht voll stopfen, sonst ist der Tuchvorteil im Arsch. Du kennst unseren Slogan: »Man hat keine zweite Chance für den ersten Eindruck!« Ein braun gebranntes Girl hier aus diesem Luxus-Ghetto hat mir gestern Bescheid gestoßen: »Dein Gesicht ist zwar Sonderdeponie, aber mit dieser Hose bist du mega-in.«

Das erinnerte mich an jene unvergessliche Szene aus dem Film »Die Sumpfnachtigall« (bataklik bülbülü) mit Hale Soygazi und Kartal Tibet in den Hauptrollen. Es wird zwei Minuten geschwiegen, die Akteure bewegen sich wie in Zeitlupe, auf die einfältige Handlung kommt es in solchen Schmachtstreifen auch nicht an, es geht wie fast immer um die unmöglich-mögliche Liebe zwischen einem bitterarmen und herzensguten Knilch und einer jungen, bräsig dummen, aber harems-hübschen Schnepfe. In der besagten Szene nimmt die kriminelle Leibgarde des Musikclub-Chefs Stellung, sie postiert sich an den seitlichen Ausgängen. Unser Held aus dem Film jedenfalls steuert arglos auf die Bühne zu, auf der gerade eine kunstblonde Starsängerin – himmelblaues, knöchellanges Kleid, die Lippen zwischen den Segelohren zum Dauergrinsen aufgehängt – ihr Liedchen fertig gleträllert hat. Er wartet auf ihre öffentliche Liebeserklärung. Sie zaudert, sie hat nämlich mitbekommen, dass die elenden Finsterwichtel ihre Knarren gezückt haben und beim kleinsten Verstoß gegen die Etikette, den sie als eine ausgesprochene Sympathiebekundung betrachten, tollwütig losballern werden.

Der Drehbuchschreiber und der Kameramann gehören natürlich standrechtlich erschossen, ich finde es aber für den Zuschauer äußerst nett, wenn an dieser Stelle die Mafia-Drecksvisagen immer wieder den Bildschirm füllen und jeder Zweifel an ihrem autoritären Charakter ausgeräumt wird. Die Holde ist verzweifelt, sie glotzt mal nach rechts, mal nach links, umklammert das Mikrophon, dass ihre

Knöchel weiß hervortreten. Und schließlich sagt sie jenen unvergleichlich fiesen Satz, für den ich ihr die goldene Spange des groben Unfugs darreiche: »Scher dich zu der Slumhütte, aus der du hervorgekrochen bist, und finde dort ein Mädchen deines Kalibers!« Der Knilch wankt, als hätte er ein Backensolo kassiert, so wie auch ich mich obder Degradierung zum bloßen Hosenträger leicht unwohl fühle.

Vielleicht meinte sie es nicht so, wenn sie sich über mein Gesicht abfällig ausließ, vielleicht war es die Angst vor einem Gewalttäter in unmittelbarer Nähe, der sofort die Leinwand zerrissen und mir einen Krummdolch zwischen die Schulterblätter gerammt hätte, wäre ich zum Objekt ihrer Begierde geworden. Vielleicht war es auch nur eine herbe Flirtmasche, ich weiß es nicht.

Im Moment bin ich es relativ leid, mir den Kopf zu zerbrechen über die Frauen, die machen sowieso das, wozu sie Lust haben, und mich deucht, ich will in Liebesdingen nicht auf Sendung gehen. Wenn ich mir die hiesigen Schatzimausis so angucke, möchte ich stattdessen gleich alle Gefühle einmotten. Sie haben sich die Besenreiser weglasern lassen und vergleichen ihre Beine untereinander. Zwischendurch rufen sie in einer artifiziellen Kaputtfunktonlage nach ihren blöden Blagen. Ihre Eierköppe von Ehemännern tragen ihren Haaransatz im Nacken und haben Speck an den Hüften wie ein umgekehrter Döner am Spieß, dass man mit einer Machete Scheibchen absäbeln möchte. Den meisten Türkenvatis hängt die Haarmatte am Scheitel seitlich runter bis fast zum Kinn, sie sehen aus wie ondulierte Zombies auf dem Weg zum Babyfraß.

Klar, wenn die Straßenbeleuchtung wieder einmal ausfällt, knallen bei mir die Synapsen durch, und ich werde wehmütig. Ich würde so gerne mit einem Knutschfleck am Hals herumlaufen, ein schönes, großes violettes Liebesmal, dass mich die anderen Hähne um mein erfülltes Liebesleben beneiden und ihre verdammten Kämme abschwellen. Frau Mama setzt mir auch immens zu, sie sagt: »Es wäre doch wohl nicht der Weltuntergang, wenn du dich nicht zieren würdest und ein superreines Mädchen freitest, das den Zitzen ihrer Mutter eine ebenso reine Milch abgesogen hat? Willst du uns nicht mal ein Enkelkind schenken, das unsere Oberschenkel mit seinem Babyurin nässt? Das eine Feststimmung in dieses bescheidene Haus brächte, auf dass sich unsere eingerosteten Mienen erhellten und wir, dein Vater und ich, vor Freude Metallnäpfe aneinander schlügen, auch wenn das goldige Baby quengeln würde beim Zahnen, so wie du gebrüllt hast damals.« Und sie verliert sich in Erinnerungen. Mein Vater dagegen lässt nur verlauten: »Ich kenne meinen Sohn, er popelt sich lieber im Arsch, als die Keime des Stammes zu streuen. Er soll sein Glück finden mit den deutschen Frolleins!«

Schlussendlich eine Story in Sachen Schadenfreude: Mir wurde die Lufthoheit über den heimatlichen Elektrogrill anvertraut, ich legte jedoch die drei Goldbrassen direkt auf die Heizspirale statt auf den Grill, so dass die Scheiß-Fische aussahen wie Pferdesteaks mit frisch aufgedrucktem Hieroglyphen-Brandmal. Mein Vater sagte: »Das ist mein Sohn, wie er leibt und lebt, Junggeselle, Phantast und hirnloser Fischverunstalter. Wann endlich wird er Frieden finden auf dem Erdenacker, den die gottlosen Ignoranten ihren Glücksplaneten nennen und den alle Geschöpfe, auch Deutschländer und verbrannte Fische, einst verlassen müssen.«

In meinem Horoskop wird mir ein Hagelschlag an Nachrichten aus der Ferne vorhergesagt, und ich soll mich in Ruhe und Gelassenheit üben. Nicht, dass ich besonders abergläubisch wäre, aber auf irgendwelche Hiobsbotschaften kann ich gerne verzichten. Ich werde ob solcher Prophezeiungen nervös und möchte mich am liebsten in eine Bärenhöhle verziehen und mit der Bärenmutter Löffelchen liegen, bis sie aufwacht und mich mit einem einzigen Tatzenwatschen für immer und ewig erledigt.

Dein
sorgenfaltenbestirnter,
nasenspitzenblasser
Out-of-area-Kumpel
Serdar

2 Hakan an Serdar

Donnerstag, 24. Juni

Ali Hassan Hussein,
du werter Heimatkanonier,
mein alter Serdar,

du, der du dort an der Türken-Beach deinen Kadaver ausgestellt hast, ich muss dir gleich in der ersten Atemluft was stecken: Hör auf mit der Goethe-Nummer, pfeif drauf und lass einfach die Wolken ziehn, derweil du durch die Sonnengläser faul und ölig blinzelst. Was musst du, Scheiße noch eins, da unten an deinem filigranen Astralleib rumfingern, ich glaub, du hast ein Projekt laufen von wegen: die Auswilderung des Türk ins Heimische, und wenn du irgendwelche Phänomene beschreibst, denk ich, der Junge hat n Riss inner Plane, er muss über Unebenheiten poltern oder geheimes Material sichten, das sich aber n Dreck kümmert, ob's entdeckt oder anderswie verarztet wird.

Also, ich war heute als Testschmecker unterwegs für das Abendblatt, irgendwie bin ich unter die zwölf Personen geraten, die mit m hauseigenen Journalisten die Fressstände auf der Kieler Woche abklappern und Noten verteilen, ich lief in der Berufssparte Student, ausgerechnet ich, der ich mich auf dem Campus damals nur herumgetrieben habe, um türkengefällige Maiden an Land zu ziehen. Also, ich muss sagen, Rentierfleisch schmeckt irgendwie nach besserem Schinken, marinierten Hering in saurer Sauce werde ich nicht mehr anrühren, weil ich nach reichlichem Verzehr desselben das Scheißhaus besetzen musste. Am amerikanischen Stand gab's Spareribs, und ich sage dir, was für ne Sauerei, wenn sie schon Schwein auftischen, dann doch nicht Hängezitzengeschnetzeltes vonner Sau, und das

Fleisch roch dermaßen nach Madenbefall, dass ich an Ort und Stelle auf den Pappteller gewürfelt habe. Ich weiß, ich bin verroht und ziemlich gaga, und mir schwant auch, dass ich in ein paar Jahren, wenn die ersten Sackhaare grau sprießen und das olle Hormonharz nicht mehr so gut fließt, dass ich also wie diese elenden Hanfzupfer in ihren WG-Schonräumen in die Reservearmee der nutzlosen Deppen eingehe. Dann darf ich mir beim Anblick von flotten Girls die Frage stellen: Bin ich brauchbar? Nein! Warum nicht? Weil die Girls mich nicht mal mit ner Kneifzange anfassen wollen, mich Penner. Übrigens schmeckte das Bier bei den nicht ganz waschechten Iren scheiß-laff. Ich bestell Guinness, die stellen mir son Humpen hin, ich trink das Zeug und denk: Die wollen mich verarschen. Ich reiß mir den Arsch auf, um vom Alkoholverbot wegzukommen, zwei Nächte hab ich gedacht, mich trifft der Schlag, weil ich damals Scheiß-Eierlikör gesoffen hatte, ich hab auf die Traktate von Vatern geschissen, von wegen »Bleibende Schäden bei Alkoholgenuss« und »Göttliche Rechtleitung« und so, und dann trink ich dunkles Bier, das kein dunkles Bier ist, sondern abgewrungener Sockenranz, na toll. Alles in allem geht die Akzion aber in Ordnung, wann kann man sich denn schon für lau den Bauch voll schlagen. Das meiste bin ich zwar sehr schnell wieder losgeworden, aber ich hab dem Journalisten, der meine Gegenwart nicht so recht zu schätzen wusste, gesagt, wenn wieder mal so was anliegt, bin ich dabei, dann vielleicht unter ner anderen Flagge, Kellner oder so.

Es ist absolut still hier, keine Strömung, kein Schwulst, auf den die Irren hier mal zur Abwechslung kommen könnten, nein, ich treib mich rum und versuche, nicht ans Vögeln zu denken. Das geht schlecht, ich glaube, meine Sachlage ist eine sexuelle, dabei bin ich auch nicht wie du Eierkopp so ungeheuer sensibel, ich will auch nicht ständig

Spaß oder Moneta. Ich glaub eben nicht an den meisten Scheiß, den sie hier hochballern, und kuck mir an, was bleibt, wenn man Alltag vom Ideal abzieht. Ja, du helles Bürschchen, du rätst es nicht, übrig bleibt eben nicht irgend ne spinnerte Idee von Wille und Wahnsinn, sondern der tolle Sex auf schönem weißem Laken. Oder man tut es im Stehen wie diese abartigen Störche. Ich hab auch nix dagegen einzuwenden, wenn ich meinen Mund in ein cremiges Möschen graben kann, die Reinrausnummer is was für Yuppies, die kennen ja eh nichts anderes als n Schlitz, in den sie ne Münze reinstecken.

Das, Alter, ist meine Identität, und das schreibe ich nur, weil du wieder damit angefangen hast. Was willst du denn? Du hast n Sandstreifen, auf dem du auf und ab gehen kannst, du hast n weites offenes Meer, in dem ich, wenn ich an deiner Stelle wäre, ne Unterwasserwichserei durchziehen würde, so vor allen Leuten und doch unterm Wasserspiegel, und stell dir vor, wenn man damit durch ist, sieht man kleine weiße Würmchen nach oben steigen, ich würde echt ausflippen, viele kleine süße Babyflocken völlig sinnlos rausgepimpert, Millionen Spermien ersaufen nach Austritt aus der Eichelrille und treiben nach oben. Das ist wirklich gut, man müsste sich als Kardinal verkleiden und diese Story mal dem Scheiß-Papst ins Ohr flüstern, da kratzt der doch auf der Stelle ab, und wir haben einen Oberpenner weniger, der jedes Mal, wenn er ne Stange hinstellt, n Dutzend Ave-Marias brüllt, weil ihm der Anblick seines Schrumpeldödels das Seelenheil versaut. Wehe dir, wenn ich diese Story in irgendeinem deiner hochpompösen Gedichte finden sollte, halt dich weiter an »den Geruch verschwitzter Frauennacken« und son Kram, da kennst du dich ja bestens aus…

Was deine Schwanzlosigkeit angeht, so kann ich nur sagen, du solltest dir nicht einbilden, in good old Turkey sei irgendetwas anders an deinem Körper – den hast du doch mitgenommen, du Depp. Es kann sich also nur in deinem kranken Hirn abspielen, was da irgendwie lahm gelegt wird. Dass du nicht zum Nervenarzt gehen kannst, ist klar, aber vielleicht machst du mal so was wie autogenes Training, mit voller Schwanz-Erektions-Konzentration. Es kann doch nicht angehen, dass du hier im Norden rumvögelst wie n Wikinger und dann in der schönen Wärme, wo das Wetter auch nachts gut genug ist für ne hübsche Nummer mit ner hübschen Mieze, dass du bei so guten klimatischen Bedingungen klimaktische Probleme hast. Du solltest mich weiter auf dem Laufenden halten, wie's weitergeht mit dir.

Wo war ich stehen geblieben? Ach ja, deine Identität. Du hast also das ganze Jahr über gewartet, bis du für zwei Monate richtig kess Urlaub machen konntest, und da du dort unten, wie ich mal annehme, statt richtig guten Schund irgendwelche überflüssigen Psychoschwarten wälzt, hat's dich volle Breitseite erwischt, du armes Schwein, du Klemmpreuße und Lackknaller. Du willst dich so richtig fertig machen, und weil's irgendwie passt, willste deinem armen Kumpel die Laune vermiesen, die sowieso im Keller ist, weil ich heut vorm Spiegel stand und mitten auf der Kinnkerbe ne fette Pustel in Ampelrot entdeckte. Alter, ich hab echte Sorgen, das kann ich dir sagen.

Ich kann mich echt nicht aufraffen und n Ton loswerden, damit du mit deiner Identität weiterkommst. Klar, ich bin dein Kumpel, und du erwartest vielleicht, dass ich deinem Brei was beigebe, aber es fällt mir absolut nichts dazu ein, ich wunder mich selbst. Ich kann nur sagen, dass man seine Zeit vertrödelt, wenn man darüber grübeln will, wieso man auf zwei Beinen steht und kein Scheißnagetier einem die Haxen nicht unterm Arsch wegfuttert oder wieso das Glas und das Wasser farblos sind oder wieso ich nicht einfach durch die Wand laufen kann, um der Zwanzigjährigen im

Stockwerk über mir dabei zuzuschauen, wie sie die Hand anlegt an ihre nasse Jadepille und sich in Nullkommanix ne Erregung anjubelt. Na ja, sie wird dabei bestimmt an irgendnen Milchbubiverschnitt denken, soll sie doch, Hauptsache, ich spiel Mäuschen und hab die Tarnkappe an.

Sie geht mir nicht mehr aus dem Kopf, vor allem, seitdem ich an ihrer Tür geklingelt habe, um sie zu fragen, ob sie vielleicht ne alte Packung im Medizinschränkchen rumliegen hat, ich brauchte ja einen Vorwand, und so habe ich die Nummer mit dem armen grippekranken Junggesellen gebracht, der nicht mal n Hustensaft zum Gurgeln hat. Also, ich steh an ihrer Haustür, ich glotz aus der Wäsche wie der Wald nach Bambis Ableben und sag brav meinen Text auf, vergess dabei nicht, schön durch n Rüssel zu röcheln, sie sagt Moment mal, schließt die Tür, was nicht wild ist, würde ja jede machen, wenn n wildfremder Mann anklopft. Dann steht sie wieder da, holt ne Fingerkuppe Schmalz ausm Glastopf und pappt mir was auf die Stirn und sagt: »Schön auf der ganzen Stirn verreiben, dann können Sie die Nacht gut durchschlafen.« Mann, war ich baff, vielleicht auch etwas scheißsauer, weil sie mich gesiezt hat und so, das machen die Mädels in dem Alter bei richtig alten Knackern, und wenn's hochkommt, bin ich zehn Jahre älter als sie, mehr aber nicht, jedenfalls stand ich bei mir unten n paar Schweigeminuten vor dem Spiegel, glotzte auf den Klumpen und dachte: Mensch, den hat sie dir voll mit ihrem zierlichen Kleinmädchenfinger aufgestrichen, und wenn ich den Schmalz schon mal mitgekriegt hab, kann ich ihn genauso gut reinmassieren. Man kommt sich dabei natürlich etwas hirnrissig vor, aber ich wollte mir die Wohltat nicht entgehen lassen. Scheiße, nach einiger Zeit fing die Paste an zu dampfen, und ich musste die Augen zusammenkneifen. Ich hatte ein Gefühl, als wär mein Kopf ne Sardinenbüchse und meine Stirn der Aludeckel, den man ganz langsam aufrollt. Ich bin auf und ab gegangen in meiner Bude, und um die Konzentration von meiner brandheißen Schwarte abzulenken, hab ich unsinniges Zeugs angefasst, wie Teppichfransen gerade bürsten und das Altpapier ordentlich stapeln und in den Container runtertragen, und genau dort, am blauen Scheißcontainer seh ich das Rehlein vom dritten Stock mit zwei Müllbeuteln rumhantieren. Du weißt, Alter, nichts geht über die klassische Schule, der Kavalier hat immer n Ass im Ärmel und wird über das Pack obsiegen, also hab ich ihr die Tüten abgenommen, erst mal n richtigen Schmachtblick gelandet, was sie etwas kühl aufnahm, ich meine, es war schon richtig dunkel, und der Hinterhof liegt so abseits von allem, dass sie wohl dachte, Mensch, der kann mich glatt in die Büsche zerren, und kein Schwein kriegt's mit. Also, aus ihrem Müllbeutel fällt was auf die Erde, und ich, der Ritter alter Schule, will es mit bloßen Händen einsammeln, da stoße ich fast mit der Nase auf zwei vollgenudelte Binden. Es roch wirklich sehr streng da unten. Du weißt, ich hab nen ausgeprägten Würgreflex, ich konnte nicht an mich halten und würgte wie ne Eule auf der Jule, die ihr Gewölle hochkotzt, sie war davon nicht angetan und stob ohne ein Wort ab und davon. Ich hab's verbockt, Alter, ich könnt mir in den Arsch treten dafür, aber was soll's.

Als ich die Treppen hochstiefelte, ist mir wieder eingefallen, was dich da unten, am trocknen Arsch Anatoliens, so immens wurmt, nämlich dein Null-Bock-Schwanz. Ich kenn das ja eher andersrum, bei unseren Prototypen, den älteren Semestern der ersten Stunde, dass sie hier den Hänger haben wie n Eunuch im Harem, und sobald sie auf der heimischen Scholle gehen vor Fickrigkeit fast platzen. Du bist ja immer ne Extrawurst gewesen, hier fidel, dort laff. Alter, erstens, das Fleischstück zwischen deinen Lenden heißt nicht Penis oder Glied, sondern Schwanz, an mir ist jede Scham verschwendet, also hör auf, dir irgendwelche hochfeinen Würmer aus der Nase zu ziehen und aufs Papier zu schmieren. Was du brauchst, is n Imagepint, das heißt, dein Ding muss so richtig radioaktiv strahlen, bett ihn in Samt und Seide, fütter ihn mit Honig und Nüssen, gib ihm sein Verwöhnaroma, tauche die Eichel in nicht zu scharfen Essig, reib die Grindplacken und Hornbuckel mit Bimsstein weg (hoho!), stell dich kerzengerade hin und lass die Hüften kreisen, dass dein Pint hin- und herschlackert, und nenn es Freundschaft. Dein Problem ist, du kuckst von oben nach unten, anstatt dass er von unten nach oben lugt, und das, du Arsch, is n Problem mit euch Assimil-Alis. Ihr seid so scheißvornehm, dass ihr vergessen habt, wie man mit Karacho fickt oder, damit du's raffst, Liebe macht. Ihr seid Dudenschwätzer, also geht ihr nach Definitionen, nur, Pint und Muschi sind einfach da und warten, dass die Säfte quirlen.

Also, ich war bei nem Doktor für Hautangelegenheiten, ich hab nämlich n kichererbsengroßes Muttermal genau an der Wurzel des Schafts, und das hat mich doch schwer beunruhigt, obwohl n kubanischer Kumpel mir erzählt, dass die Stecher und Gigolos auf Kuba, die sich auf herbe Lehrerinnen aus Almanya spezialisiert haben, sich so ne Perle unter die Pinthaut operieren lassen, damit sie mitm Kunsthöcker den G-Punkt antippen können. Na ja, n brauner Pickel aufm Pint is aber wirklich ne andere Hausnummer, ich hab mir Sorgen gemacht und bin zum Arzt, der sagt: Packen Sie aus, ich pack aus, er sagt: Packen Sie ein, ich pack ein, und dann sagt er: Der Himmel schließt sich irgendwann, Ihnen muss doch klar sein, dass Sie nicht immer und ewig Frauen auf die Matte drücken können. Mann, ich hätt mir auf der Stelle die Kugel geben können, ich war mir sicher, dass der mir nun n pestigen Körperbefall schonend beibringen wollte, aber er hat mich nur wie n bluesiger Purzel angeglotzt und gesagt: Ist nix Schlimmes, gehen Sie nach Hause und machen Sie, was Sie für richtig halten. Klar, verdammt noch mal, ich mach meist, wie mir die Nase langweist, da braucht's doch nicht n Vogel, der mir n Katechismus untern Arm drückt. Aber kaum war ich aus der Praxis raus, hab ich den Mist auch sofort vergessen, und hier fängt dein Gräuel an, denn deine Sorte würde darüber grübeln, bis sie mit den Backen bratscht, und zum Himmel hochsehn, in der Erwartung, dass n Raumschiff mitm Laserstrahl einem glatt den Pint sauber wegrasiert, denn jedes von nem Amtsbesitzer gesprochene Wort ist für dich und Konsorten Prophetengebrabbel. Ich schätze mal, dir haben hier irgendwelche Akademikerbräute richtig eingeheizt, und du hast an ihren Lippen gehangen und bist zum Problemlümmel mutiert. Da gibt's doch draußen jede Menge frische Ladys, denen kannst du ne Fusselrolle zum Geburtstag schenken, und die strahlen dich trotzdem an, weil sie wissen, er ist zwar zu doof, um ausm Bus zu kucken, aber er meint's gut, und die Absicht ehrt.

Ich bin mit n paar Eierköppen zum FKK-Strand anne Ostsee gefahren. Wenn n bisschen Sonnenstrahl angesagt ist, werden die Alemanheios ja völlig irre und müssen unbedingt den letzten Scheiß losbrechen, was genauso sinnvoll ist wie Darmhäute mit Schweinsgehacktem zu stopfen für zwölf Mark die Stunde, aber egal, ich bin einfach mit anne frische Luft. Ich hab gedacht, Hakan, du bist jetzt auf diesem fremden Boden so lange zugange, dass du das lässig siehst mit nackten Körpern. Da ich von dem Ausflug schon zwei Tage vorher wusste, hab ich mir ne Ganzkörperrasur gegönnt, die Klinge schön gescheit über Berg und Tal führen, immer mal Rasierschaum auftragen, und binnen dreißig Minuten biste den Gorillaflaum los und siehst aus wie Elvis, als er schnucklig inner Fruchtblase schwamm. Ich rekel mich also ohne haarigen Schonbezug auf der Decke, keine Klotten, kein Haar am Leib bis auf den Arsch, da kam ich nämlich nicht ran, und n Ladyenthaarer war mir zu trullig, die andern Jungs packen ihre Bifi-Salamis aus der Kühlbox und ziehn sofort ne Flunsch, weil die Dinger aussahen wie gegrillte Zulunegerzipfel, die Kühlbox war außer Funktion. Ich bin mir vorgekommen wie diese Afro-Werbeträger, die inne Hautfarbe nur n Schuss Tinte beigekriegt haben und so n Glattlederbody haben, dass die Ladys vom Anblick schon Brustsausen bekommen. Ein Depp von unserer Fraktion stürzte sich auf seine verdammte Junktüte, das unromantische Knacken der Schweinekrusten verdarb mir etwas die Natur-pur-Stimmung, aber es war gut zu wissen, dass man, nackt, wie man war, etwas Natürliches tat und dass es andere nicht davon abhielt, sich irgend nen Müll reinzudreschen. Tja, was soll ich sagen, dann passierte es, zwei knackige Mittzwanziger gingen mit wippenden Airbags an uns vorbei, und in Nullkommanichts hatte ich nen Bilderbuchständer, der abstand wie ne Fahne, die man zur Standortbestimmung des Strandlümmelvolks innen Sand gepflockt hat. Komm jetzt nicht auf falsche Gedanken, ich spiel nicht auf die Größe meines Osmanen an, der erfreut sich mittelständischer Befleischung, er war eben nicht einfach wegzubuddeln, und bevor ich mich richtig versah, hagelte es schon Unmut von den Körpern rechts und links, so dass mir nichts anderes übrig blieb, als mit wehender Banane und im gestreckten Galopp das Weite zu suchen. Die andern Jungs haben natürlich gewiehert und gegrölt, meine Rache steht noch aus, ich war jedenfalls erst mal bedient, sagen wir ne Stunde, dann dachte ich mir: Was soll ich mich schämen? Wenn sich Kulturen unterscheiden, dann eben in Pint- und nicht in Pigment-Angelegenheiten, dann bin ich eben der Scheißbimbo, der sich und seine Körperteile nicht unter Kontrolle hat, scheiß drauf. Jeder von uns Moguffen tummelt sich ja irgendwie in Stammesnähe.

Das darf aber auf keinen Fall für dich und deinesgleichen

gelten, wenn ich hier mal ne finale Attacke reiten darf, du bist nur Kopf, und über deine Knochen spannt sich die Pelle wie ne Mumienmembran, und am liebsten würdest du so n Preußendegen umschnallen und in den Herzen übler Orienthäscher Stiche landen.

Verdammt, was werden die Ghettokollegas über mich denken, wenn ich ihnen beichte, dass ich Seiten über Seiten vollgepinselt habe, Mann, bin ich n Romanmaler oder was, und ich glaubte schon, dass ich höchstens so viel draufhabe wie n Typ im Blaumann, der mit der Zange am langen Stiel die Kippen vom Bahnhofsparkett klaubt. Also, halt dich ran und schick n halbes Manuskript oder was, streich dir das zähe Bürgerprogramm ausm Kopp. Ich werd mal sehn, ob ich bei der Holden trotz der Damenbindenwürgerei doch n Stein im Brett hab.

Der Liebesgentleman auf ewig
Hakan-er-selbst

3 Serdar an Hakan

Mittwoch, 30. Juni

Geschätzter Latrinenkumpel,

ich habe soeben »testschmecken« müssen, ob die weißen Bohnen al dente sind. Und wo ich schon dabei bin, kann ich dir unser Mittagessen auftischen: Hühnchenragout mit gerösteten Zwiebeln, die Haut komplett abgezogen, Reis à la turca, Hirtensalat, und als Nachtisch und krönenden Abschluss Grieß-Helwa, dem man reichlich Pinienkerne beirührt. Was bin ich doch für ein seltsamer Türkenmann, ich werde nachdenklich, wenn ich mir vor Augen führe, wie sich mein Großvater angestellt hat, als meine Mutter ihn ein erstes und letztes Mal bat, eine Konservenbüchse zu knacken. Ihm fielen fast die Augen aus dem Kopf, die unteren Hälften seiner Ohren liefen rot an – eine Eigenart, die ihm den Kampfnamen »kizil kaçak«, der rote Irre, einbrachte –, er ballte die Faust, streckte den Zeigefinger und ließ eine seiner vielen Weisheiten vom Stapel: »Weib, was du von mir verlangst, hat Gott, der Herr über 72 Welten und tausendfache Angebote hier auf Erden, nicht einem Einzigen seiner männlichen Geschöpfe erlaubt. Eher sollen mir die Arschbacken auseinander fallen, als dass ich einen Fuß setzte in die Küche, oder, wie in diesem Falle, einen Finger rührte, um deiner verfluchten Dose, o Weib, ihren Inhalt zu entlocken.« Sprach's, zündete sich seinen Teerstängel an und verqualmte das Wohnzimmer. Mich hätte er einen Gottesabtrünnigen geschimpft, wüsste er, dass ich mir mein Spiegelei selber brate.

Aber nun zu einem anderen Thema, über das ich nur widerwillig berichten mag. Es sträubt sich mir vor allem der Magensack, den ich in den letzten Tagen als mein eigentliches Organ ausgemacht habe, ich meine, ich habe ein brennendes Organgefühl, und als ich in mich hineinhorchte, meine Innereien zu sortieren, die einzelnen Stockwerke meines Oberkörpers zu sichten, ein Oberhalb und Unterhalb des Zwerchfells zu unterscheiden, stieß ich auf eben jenen Beutel zwischen Speiseröhre und Scheißdarm. Ich weiß nun, was mit mir los ist, mich hatte ja vor Wochen der Mut zum Wahnsinn verlassen, und ich konnte den Grund, ich meine den wirklichen Grund, nicht angeben. Nach stiller Recherche und ebenso innigen inneren Monologen hielt nur mein Magen der Qualitätskontrolle nicht stand. Wenn mein Magen sich meldet, ist ein Drama im Busch, das ich wohl weggepackt habe, das sich aber nicht wegpacken lässt. Also: Der Grund ist Anke. Es gab richtig Zoff, als ich ihr mitteilte, dass mir kein gemeinsamer Urlaub vorschwebt, weil, es ist eben recht anstrengend, mit Frauen längere Zeit zu verbringen, sie machen dich nervös, sie brauchen eine Ewigkeit für ihre Einkäufe, sie bringen dich auf die Palme, wenn sie nach gerade mal zwei entspannten Tagen bemerken, du würdest sie langweilen und sie seien nicht mitgekommen, um auf der faulen Haut zu liegen und Longdrinks zu schlürfen. Scheiße, na gut, ich versuchte, so gut es geht, also einfühlsam, Anke meinen Entschluss darzulegen, und es entspann sich wieder mal ein problemzentriertes Gespräch über Wohl und Wehe unserer Beziehung. Ich habe ihr gesagt, dass ich eine müde Muschel sei, die ihre Schalen zuklappen wolle, der Ozean solle mich hin und her wiegen, solche Sachen halt, aber sie flippte völlig aus. Als ich sagte, ich wolle aus unserer Beziehung aussteigen, wir seien auf einem Sackbahnhof angelangt, warf sie mir doch tatsächlich vor, ich würde immer nur in irgendwelchen Ecken rumlümmeln, anstatt, wie versprochen, mit ihr zusammen in Urlaub zu fahren, und sie habe Henry extra abgesagt, worauf ich motzte, Henry, dieser Abstauber, würde ja schon einen Samenerguss kriegen, wenn er ihren Rücken eincremte. Und sie schrie auf einmal, es würden sich viele Männer darum reißen, ihr den Rücken einzucremen, worauf ich ihr diese infame Erpressung vorwarf und den Silberring zurückforderte. Tja, und dass sie das nicht gerade erfreute, kannst du dir vorstellen, sie gab dann noch das Übliche von sich von wegen Männer seien Schweine und so weiter, und ich solle mich bloß verpissen.

Und ich verpisste mich, ich konnte ja schlecht den Säulenheiligen abgeben oder um Eintritt in ihr Liebesgelass winseln, sie langweilt mich zu Tode. Es kam, wie es kommen musste – ich habe eine Sorge weniger. Ach ja, ich erinnere mich, dass sie bei unserer letzten Begegnung ein T-Shirt mit dem Aufdruck trug: »Where the hell is pago pago?« Woher soll ich das wissen?

Weil ich mir allerdings einbilde, dass von ein paar Leuten harmvolle Absichten aufqualmen, suchte ich die Gesellschaft von Straßenverkäufern in Izmir, die sich auf Böser-Blick-Abwendung oder sonstige Heile spezialisiert haben. Es gibt dort blaue Steine, ochsenaugengroße Talismane, Seidentücher mit sieben, dreiunddreißig oder siebzig Knoten, Silbertränen, steingewordene Gottesanrufungen, stilisierte Hände, Gebetsketten, neunundneunzig Olivenkerne, die an einem von einer Jungfrau während der heiligen drei Fastenmonate bespeichelten Bindfaden aufgezogen sind, zermahlene Fingernägel von heiligen Männern. Ein blinder Höker nahm mich beiseite, schaute über die Schulter, als wäre ihm das Augenlicht nicht genommen, klopfte sich die Schuppen von den Schulterpolstern, griff sich eine Phiole aus seinem Bauchladensortiment und stieß mehrere Male wirklich sehr laut auf. Ich war etwas verdutzt und konnte mich zu keiner Reaktion durchringen. Ich hätte ja tadelnde Worte verlieren können über dieses rüpelhafte Verhalten oder mit einer knappen Bemerkung aufwarten wie etwa:

»Na na, das gehört sich aber nicht!« Aber ich hielt den Mund, und ich glaube, es war gar nicht so verkehrt, jedenfalls begann der Höker alsbald mit seinem Vortrag: »Nun, ich will meine Ware anpreisen, Marktschreierei habe ich nicht nötig, das überlasse ich den jungen Spunden, den Heißblütigen und Schnellbrennern. Sie müssen brüllen, um die Aufmerksamkeit der Passanten auf sich zu ziehen, die, wie wir wissen, eine gottungefällige Eile an den Tag legen. Aber, Bürschchen, rate mal, was in diesem Fläschchen enthalten ist. Dies ist Hadschi-Öl, eine Mixtur aus Pflanzen, in deren Blüten Verliebte ihre großen Nasen stecken. Dieses Öl vervielfacht die Flammen, die um den Hodensack züngeln, es verstärkt den Druck auf den Beutel, wenn du, wenig gescheiter Krummkörper aus dem Aleman-Abendland, verstehst, was ich meine.« Er rief: »Diese Phiole ist ein Muss!« Der Mann hatte einen Knall, auch wenn er manche Wahrheit aussprach, und was soll ich sagen, ich habe ihn in seinem Monolog nicht unterbrochen, den er mit derben Rülpsern zu würzen wusste, er nannte mir den Wucherpreis, ich zählte ihm die Lappen auf die Pranke, schnappte mir das übel riechende Scheißöl und machte, dass ich weiterkam.

Du kriegst sicher nen Affen, ich habe fast 100 Mark dafür berappt! Nun ja, was sagte der Mann, das Zeug wäscht den Körper weiß und von Kot frei. Auch hatte er mir zwischen zwei seiner Bäuerchen dargelegt, dass es in »diesem schmutzigen Weltall« jemanden gebe, der im Verbund mit allerlei mistigen Kröten krötigen Schadenzauber wider mich praktiziere und somit das Unheil zwischen meinen Lenden entfesselt habe. Ich bin etwas irritiert, mein lieber Freund, was ich auch von meinen Geruchsknospen sagen kann, denn ich reibe das besagte Öl in meine Fußsohlen ein, das aufsteigende Dünste entwickelt, gegen die moderne Lotions machtlos sind.

Ich weiß, du wirst an dieser Stelle diesen Brief beiseite legen und so lange wiehern, bis die Nachbarn sich beschweren, du hast nun mal ein schadenfrohes Wesen, das auch mein positiver Einfluss nicht tilgen kann. Aber lauf du mal mit einem degradierten Glied herum und frage dich den lieben langen Tag: Welcher Bann, in Gottes Namen, lähmt mich? Ich bin ratlos, geknickt und komme nicht weiter. Die Melancholie führt mir die Hand, und ich schreibe sonderbare Sachen. Nach dem verspäteten Frühstück – Hackfleischpastete, Süßholzwurzelsaft, gezuckerte Kichererbsen – kam mir der Einfall, meine Haiku-Sammlung folgendermaßen zu betiteln:

»Respekt vor dem Passanten ist zivilisiertes Verhalten!«

Bevor du dir an dieser Stelle an die Stirn klatschst, solltest du dir diesen programmatischen Titel erst durch den Kopf und dann auf der Zunge zergehen lassen. Bedenke die Metaebene, den Bedeutungsreichtum, die losen Enden, das schwarzgallige Element und die vielen Ungeheuerlichkeiten! Bedenke, wie mehrschichtig und geradezu transparent der Satz daherkommt, als sei er ein Betrunkener, der sich kurz vor dem Fall aufs Pflaster in letzter Minute doch noch aufrafft und den Heimweg antritt, unsicheren Schrittes, kopflos, absinthvergiftet. Worauf will ich hinaus? Die Invasion der Barbaren ist so sicher wie das Amen in der Moschee. Zumindest wollen sie es uns in Almanya weismachen. Also bin ich der ungestüme Machetenmann, der es ihnen mit Haikus besorgt, der sie mit Feigwarzenprosa verhätschelt. In Zeiten feindlicher Übernahmen ist gelehrter Müßiggang obligatorisch, und die oberste Forderung sollte lauten: Gebet dem Empfindsamen Raum und Weg! Gebet den Schläfrigen ihr Nickerchen! Gebet den Ausgepumpten eine Pumpe für ihr Herz! Nun gut, was heißt das in der Praxis? Hier hast du einen Haiku aus der aktuellen Produktion:

summsumm
die Kühe lagern wohl entspannt.
Saftig sind die Wiesen, doch sie zögern den Tag
des Schlachthofs hinaus, indem sie das Äsen verweigern.

Ich schrieb diesen Mehrzeiler ausgerechnet hier, wo ich keinem einzigen Rind über den Weg gelaufen bin. Ich zähle auch keine Kühe, um den wohlverdienten Schlaf zu finden. Zwei kurze Schlüsselmomente lösten jenen sensiblen Schub aus, der mich den obigen Ausfluss automatisch niederschreiben ließ.
1. Family-Business. Wir machen einen Ausflug nach Edremit, einer beschaulichen Kleinstadt. Auf dem Beifahrersitz döse ich still vor mich hin, bis ich plötzlich hellwach werde und auf den Aufkleber zwischen den Schlusslichtern des Lasters starre, über den sich mein Vater lautstark ärgert. Schließlich entziffere ich unter Zuhilfenahme einer Sonnenbrille den satzgewordenen Liebesseufzer: »Nicht ein einziges Ich verbrauchte ich nicht in diesem Leben, dass ich dich anschauen könnte, ganz ichbeseelt.« Ich war wie vom Donner gerührt!
2. Das schöne Bad im Meer. Ich bin zwischen zwei Stegen (ein Steg für die Kleinfamilien, ein Steg für die Teenies) hin- und hergeschwommen. Meine Kraftreserven sind aufgebraucht, und ich übe mich in der Stellung toter Mann, lasse mich einfach treiben. Die Sonne scheint mir auf den Zinken, ich habe nichts im Kopf, was sonst ja nicht der Fall ist, wie du weißt, aber nie zugeben würdest. Am Strand höre ich ein Blag plärren: »Gib mir sofort meinen Ball zurück, du Missgeburt!« Als der Angesprochene dieser Aufforderung nicht nachkommt, brüllt es: »Pah, ich wusste es, dein Blut ist keine fünf Münzen wert!« Welch herrliche Verwünschung, welch eine Wortgewalt, mit der man einen Menschen zum Teufel jagt! Ich war sofort Feuer und Flam-

me, was mich, nebenbei bemerkt, etwas unachtsam werden ließ, denn ich konnte mich ob der Geistesblitze und der mentalen Explosionen weder fürs aktive Kraulen noch für das passive Treibenlassen entscheiden – ich glaube, ich habe einen halben Liter Salzwasser in die Lungen gekriegt.

Mein lieber Freund, ich habe zwei unangenehme Stuhlgänge hinter mir, ich kann dir nur raten, Kaffee und Milchjoghurt nicht in Folge zu trinken, das hat auch nichts damit zu tun, dass ich etwa ein Sensibelchen wäre. Ich werde hier sowieso gemästet wie eine Mastsau. Zwischen den drei Hauptmahlzeiten bin ich auch unentwegt am Futtern, kleine Darbringungen für den kleinen Hunger, wie meine Mutter beteuert, dabei haue ich mir Kalorienbomben in den Rachen: süße Teigwaren, Schalen mit Studentenfutter, Schalen mit gebackenen Sojabohnen, dazu Cola, Gasos, alles, was die Heimaterde hergibt, was die Hände von geschäftigen Hausmüttern formen. Bei der Hitze nimmt sich der Verdauungsdämmer fatal aus, das Blut sackt in die Waden, die Lider schließen sich zu Schlitzen, aus denen heraus ich Umrisse und flummerndes Kleingetier wahrnehme, und mein Verdauungsapparat ist völlig aus dem Häuschen, vornehmlich Dünn- und Dickdarm, deren animalische Peristaltik mir die Vorstellung eingibt, ich sei für eine kurze Zeit vor schlichter Unbill geschützt und müsste nur an einer Zuwendung arbeiten, die mich über den halben Nachmittag bringt.

Nun, bescholtener Kumpel, so bin ich also wieder dort angelangt, von wo ich Reißaus nahm, und diesen unniedlichen unbraven Ort will ich das Plumpsklo der Liebe nennen. Ich meine, ich habe meinen Willen bekommen, jetzt im Augenblick sitze ich auf der luftigen Veranda mit Blick auf das Meer, ein, zwei Telegraphenmasten blockieren etwas die Aussicht, dabei schlürfe ich meinen Orientmokka, und keine Anke weit und breit, die über mich verfügte, mich mit bescheuerten Vorschlägen drangsalierte. Ich muss nicht Süßholz raspeln, nicht Schwerstarbeit leisten wider etwaige Schieflagen des Haussegens, nichts davon. Ich beobachte meine Umgebung und sammle Material für lippensprengende Mehrzeiler. Die Reflexe des gekräuselten seichten Wassers auf dem Meeresboden, das Geflüster der beiden arg pubertierenden Nymphen von nebenan, der Theatergringoflaum im Gesicht von hyperagilen Jungs, die lieb gewonnene Knabenspiele von heut auf morgen fallen lassen, weil sie sich nicht mit der eingebildeten Manneskraft vertragen. Der Wind erfasst Handtuchzipfel und zum Trocknen aufgehängte Bikinioberteile, bauscht abgelegte Kleidungsstücke auf, macht aus Fransen und Bändern Kinderfinger, die kleine Dellen in den Sand klopfen. Schön, wunderbar, himmlische kleine Freuden verkündend. Aber: In wie viele Dekolletees habe ich gelinst, weil ich einen Blick auf die weißen, ungebräunten Hautstellen erhaschen wollte. Du bist ja einer, der das Wort von seiner Hinterseite versteht, insofern bin ich mir nicht sicher, ob du wirklich begreifst, worauf ich hinauswill, ob du, Hormonzombie und elender Vorstadtkanake in Personalunion, mir folgen kannst. Anke und Konsorten sind Geschichte, und mir bleibt es versagt, in Zukunft ihre gottbegnadeten Milchdrüsen zu beschmatzen, leider. Ich konnte nicht davon lassen, ihre Oberweite zu befummeln oder sogar während des heftigsten Streits auf ihre Airbags zu starren. Ich habe sie im Verdacht, dass sie – wie man hierzulande zu sagen pflegt – mit ihren Brüsten Magnetismus betreibt, denn über diese Knospen spannte sich ein schlichtes Top, ein grauer Pullover von ihrem hirnlosen Vater, ein knapper Fetzen, dergestalt, dass in Kneipen der männlichen Bedienung die Augen übergingen. Als ich ihr gegenüber einmal sagte, bei dem Anblick ihrer Titten käme mir immer die alte Truck-Reifenwerbung in den Sinn: the tyre that never tires! fuhr sie mir regelrecht über den Mund. Und wenn wir schon im Englischunterricht sind, will ich an dieser Stelle auch wiedergeben, wie eine Tschechin mir eine Abfuhr erteilt hat: »In my plans you are not included, I just inform you!«

Ich werde den Verdacht nicht los, dass ich kurz vor dem Samenkoller stehe, das ist doch äußerst unnötig und ärgerlich, da mein Gemächt nach wie vor still liegt wie ein Bulettenwender im Besteckkasten. Ich werde dich jedenfalls von weiteren Stadien meiner Ereignislosigkeit unterrichten und kann mir zum Schluss die Bemerkung nicht verkneifen, dass du mir mit der FKK-Geschichte eins reinsemmeln willst, natürlich in aller gebotenen Freundschaft. Dein Problem ist nämlich, dass du dich nicht beherrschen kannst, und wie alle vereinigten Proleten dieser Welt bildest du dir auch noch auf dein plumpes, durchsichtiges Ungestüm etwas ein. Von wegen Gentleman. Meine Mutter ist eine Gentlewoman, wenn sie Pearl-tipped-luxury-slim-Zigaretten, kurz Cartier light, pafft und wonnig Wölkchen aus dem spitzen Mund ausstößt. Oder der local hero hier, den alle Welt Baba nennt und dem ich meinen Respekt bezeuge, er hat heute den Spruch des Tages geliefert, den ich hiermit überliefere: »Ich habe achtzehn Haare auf dem Kopf, sie sträuben sich alle beim Anblick der Hyänen aus der Politikerkaste. Ich kenne ihre Seele und Leber. Sie können mir nix erzählen.« Du solltest in dich gehen und dich fragen, ob deine sexuellen Verfehlungen nicht Frevel wider den himmlischen Vater sind und ob es nicht an der Zeit ist, abzulassen von Spielotheken-Tricks und dem Kanakentick, ständig und zur Selbstvergewisserung am Penis rumzunesteln.

Werde ein besserer Mensch.
Dein Imam im Gnadenstand der Erkenntnis
Serdar

4 Hakan an Serdar

Sonntag, 4. Juli

O Herrscher über platt gedrückte Seesternchen
und vertrocknete Algen,
du in der Heimat Gestrandeter!

Die Karawane zieht weiter, du kannst mich nicht meschugge machen, alter Kläffer, der du mir und meinen bepackten Mauleseln hinterherfluchst. Streite nicht mit mir, dem wahren Kanak-Paten vor Ort, also mir, der durchaus wirkliche Sorgenhaber von Scheißhausphilosophen unterscheiden kann und der dir dringend rät, den ollen Schädel mitsamt Hohlraum aus dem Sumpfloch zu holen, in dem sich nur Insektenviechzeugs tummelt. Wenn dir die Schamader noch nicht geplatzt ist, dann laufe jetzt mal richtig rot an, denn es is ne Schande, in Almanya jahrelang Aufklärung zu tanken, und dann, kaum is der Herr in südlicheren Gefilden, n Hofknicks nachm andren zu tun vorm Schreinplunder, mit dem sich Memmen bestücken, wenn Mutti sie mal zum Wasserlassen aufs Klo schickt. Ich geb n Scheiß auf deine Metaebene, Alter, fang erst mal mit der Alpha- und Betaschicht an, friss dich der Reihe nach durchs Lateinalphabet, und wenn du bei Zet angelangt bist, verschnaufst du ne Runde und hältst den heißen Kopf unters Kranwasser und machst so lange keinen Mucks, bis deine Patschehändchen aufhören zu zittern.

Ich zettel hier speziell die große Kanonenbootpolitik an, weil ich noch n Rest Hoffnung hege, dir deine Schäbigkeiten Stück für Stück auszutreiben und aus dir wenigstens in ferner Zukunft n gefälligen Kanaksta zu formen, der sich Wind und Wetter, guter und schlechter Presse stellen kann und nicht umkippt wie n Scheiß-Zinnsoldat. Die Zeit der

Kämpfer is aus und vorbei, ihre Gebeine verrotten unter ner Erdkruste. Unsere Körper dagegen sind fotogen und salonschick, schade nur, dass sich's Volk nich um uns reißt, es is aber ne Frage der Zeit, bis unsereiner auch zu seinem Trog kommt, und dann gibt's das große Fressen.

Mir fällt im Moment keine große Geschäftsidee ein, und du weißt, ich bin mit fast allen Zahlungen im Rückstand, Miete, Strom und derlei Qual, ich bin deshalb innerhalb einer Woche aus Bank und Versicherung rausgeflogen, Alter, stell dir das mal vor, wegen vierhundert Miesen kündigen die Arschkrücken mir das Konto.

Das pralle Leben kann ich mir also von der Backe schmieren, und ohne Geld gibt's auch keine Schickness, meine bloße Anatomie ohne kleidende Fetzen war bislang kein Augenschmaus und kein Grund, dass ich mich eines Haufens Ladys hätte erwehren müssen. Heute Morgen um Punkt sieben klingelte es an der Tür, es klingelte vielmehr der Siegelmann, der Vollstrecker, n unscheinbarer Typ, allerdings mit, wie's sich herausstellte, ordentlich Gnade im Leib. Ich bat ihn herein, und er zeigte mir n offiziellen Schrieb von wegen Eintreibung von Uraltlasten, und mir fiel's wieder ein, dass ich mit dem bekackten Studentenwerk n Vergleich wegen mehreren tausend Märkern Mietschulden geschlossen und ne Ratenzahlung über hundertfuffzig im Monat vereinbart hatte. Scheiße, Alter, ich hatte vielleicht mal n Zwanni an Börsenkraft inner Tasche, und ich dachte, der steht gleich auf, ruft seine Henkersmannen zusammen, die bestimmt unten vor der Haustür rumlungerten, und macht ne Scheißverfügung, dass ich ohne den kleinsten Kram mitzunehmen die Fliege machen soll. Ich sah mich schon unter ner Brücke pennen und voll absiffen mit meinen galant jungen Jahren. Der Siegelmann schaute sich aber der Form halber nur kurz um und sagte: Hier is nix von Wert, was ich beschlagnahmen könnte, der genaue Wortlaut war zwar etwas juristensprakmäßig, aber vom Sinn her haut es hin. Ich unterschrieb n Papier, auf dem stand, dass er seiner Arbeit Genüge getan hatte und so, klar, ich wollt's mit ihm nicht verderben und machte mein Zeichen, auch wenn ich glaub, mit jeder Unterschrift is der Druck der Galgenschlaufe n Stück fester, und irgendwann tritt mir ne Arschsau den Schemel untern Füßen wech. Er hat mir Geschichten erzählt, da springen dir die Läuse vom Pelz, der Mittelstand is am Abgurgeln und die Zahlkraft der Leute, die die Fußgängerzonen auf- und abtraben, nix als geborgte Schickeria, Mammon macht Mumm, bis dir die Banken und Anstalten die Decke überm Kopp und die Matratze unterm Arsch wegbomben.

Zweimal, sagt der Siegelmann, haben mir Hausfrauen ihre Dienste angeboten, damit ich das Papier mit den Schulden ihrer Macker zerreiße, das musst du dir mal vorstellen, Alter, die schlagen sich für ihre Kerle inne Bresche, dabei sind das vielleicht irgendwelche Kneipenwürste mit ner Betonmoral, die ihnen eingibt, dass ihre Hausmutti am Herd zwecks besserer Verdauung zwischen Pulle davor und Pulle danach umgedreht und von hinten gerammelt gehört. Der Typ und ich haben jedenfalls den reinsten Kaffeekranzplausch aufgetan, er sagte: »Es ist unumgänglich, dass ich wiederkomme, halten Sie die hundertfünfzig bereit, leihen Sie sich das Geld von Freunden und Verwandten, damit ist nicht zu spaßen«, und ich sagte: »Geht klar, Chef, ich werd mir was einfallen lassen.« Aber wie oben gemurmelt, die gute Idee will sich so richtig nicht einstellen, mal sehn.

Aber ich muss dir noch was erzählen. Dass wir alle keine Krösusse sind, ist dir nicht unbekannt. Jetzt kommt ne echte Kumpel-Story, damit du da unten nicht ganz den Anschluss verlierst. Du kennst ja Mohi, den Perser, und Davoud is dir auch bekannt. In deren Dunstkreis bewegen sich auch Achmed und Farouk, beides Palästinenser. Farouk hat's zwar etwas mit den Nerven, kann dafür den so genannten »Umgedrehten« auf die Tellerplatte hauen, das Pilaw mit jeder Menge Zugaben, Nüsse, Rosinen, Zimtstangen und Kräuter. Farouk jedenfalls hat ne Krisensitzung mit begleitender Armenspeisung einberufen, und das lässt man sich ja kein zweites Mal sagen. Ich hab gelöffelt, bis mein Magen Risse bekam, und der Orientaromamokka, den Davoud schnell gebraut hat, war wirklich ne hochoffizielle Krönung. Wir sitzen also inner Gemeinschaftsküche des Professor-Hallermann-Hauses, das ist ein Studentenwohnheim, Farouk, der elende Orientmacker, schiebt ne Ummu-Gulthum-Kassette rein, du weißt, das is die Nachtigall der Levante oder so ähnlich, und sie schmettert wahrlich mit ner Prunkstimme, die sich in unsere Herzen einschmeichelte, wie so n Musikstift schreiben täte. Ich sage dir, ein jeder von uns, sogar Mohi, der sich sonst den Bombast der Russenkomponisten um die Ohren haut, schloss die Lider über die Semitenaugäpfel und dachte wehmütig, nein, nicht an ne fransige Heimat, aber ans Geld. Jeder dachte: ne Mandeläugige sitzt mir gegenüber, sie lächelt mich an, und ich mach's ihr möglich: den Ausblick auf sanfte Wogen, ihre Abendrobe und die weißen Lilien inner alten Chinavase, die fast so viel kostet wie die Jacht im Hafenbecken. Und als wir die Augen aufmachten, sahen wir statt der Schönheiten nur ne Schurkenrunde, bartstoppelig, fetzenklamottig, fertig mit der Welt und dem Schicksal, das uns zu Sprossen von Arbeitern und Bauern erkor, die irgendwann ihre Scheißscholle verließen, auf der Suche nach Banknoten aufm Pokertisch oder ner Blendung hinter Schaufenstern. Mohi sagte: »Ich bin so brünftig, ich würd sogar n glitschiges Handtuch ficken.« Darauf Achmed: »Ich würd ihn zwischen die Heizungsrippen jagen.« Davoud sagte: »Ich würd n Kanal inne Wassermelone reinkerben.« Farouk sagte: »Ich würd mir n Schuss Shampoo inne Hand klecksen und draufloswienern.« Ich sagte: »Ich würd mir n Nest aus zwei Schweinekoteletts bauen, über meinen Harten stülpen und olympisch draufkommen.« Dann war erst mal Funkstille, weil all unsere Poesie aufgebraucht war, ne Poesie, aus der du, Intel-Ali, nicht klug werden kannst, ne Poesie fürs Leben also, die reinste Lebensschule.

Wir hauten uns ne zweite Tasse Mokka rein, und mit Ummu Gulthum als Rückendeckung erwachte bei uns auch der Geschäftssinn. Das Problem war, weil wir alle völlig pleite waren und langsam, aber sicher vor die Hunde gingen und Farouk mit dem Rest an Lebensmitteln unsere Henkersmahlzeit zubereitet hatte, erst mal an Proviant zu kommen. Unsere Kühlschränke waren absolut leer. Bankraub und Schutzgelderpressung hakten wir ab, die Aussicht, an Händen und Füßen gefesselt und von bulligen Bundesgrenzschutz-Gringos eskortiert zu werden, die einem vielleicht auch noch ne atemfeste Skimütze übern Kopf ziehn, dass man im Zweite-Klasse-Abteil drittklassig verreckt, gab uns n Grauen ein. Wir sind ja keine Gangster, wir sind Hungermäuler, eurasische Kamelficker im Herzen der süperneuen Mitte, und wir wollen nur unsren Mundanteil. Na ja, was soll ich sagen, Mohi schaute uns der Reihe nach an, machte n Bankdirektorengesicht, hustete filmreif zweimal hintereinander und meinte: »Wir müssen aufn Schlag ne fette Magenfüllung landen, damit's klar is, und ich glaub, das is mit ner Geheimoperation drin, also, ich schlag vor, dass wir uns heut Nacht innen Park schleichen und uns n Schwan schnappen, das is n großes Tier und reicht für ne Menge Mahlzeiten, wenig Risiko bei fünf Leuten, und wenn wir ihm an Ort und Stelle den Hals umdrehn, können wir's zu mir zum Wohnheim schleppen, inner Badewanne ausnehmen, in Stücke zerhacken, innen Bratofen stecken, und der Rest is Wonne!« Mann, Alter, der hat da seine Rede in aller Gemütsruhe gehalten, als sei es nur son Akt wie sich rasiern. Er schlürfte nur sein Gesöff aus und polierte sich die Nägel mit Spucke. Ich sah schon die fette Schlagzeile: Tierschützer massakrieren Schwanenmörder!, das is hier n sensibles Gebiet, schon wenn du auf ne Küchenschabe trittst, hast du im Nu sieben Scheiß-Naturfreundevereine am Hals, die dich grün und blau schlagen, teeren und federn und an der Stadtgrenze annen Pranger stellen.

»Bei dir hackt's wohl«, sagte Farouk, »die Scheißschwäne stehn unter Naturschutz.«

»n Schwan is n Friedenssymbol«, sagte Davoud.

»ne Taube mitm Lorbeerkranz im Schnabel is n Friedenssymbol, du Eimer«, sagte Achmed.

»Außerdem schmeckt Schwan nach Antilope«, sagte ich, »macht wenig Freude, wenn man kaut und kaut, und das Scheißfleisch will sich nicht auflösen.«

»Woher weißt du n das?«, fragte Mohi.

»n Chefkoch im Fernsehn hat's erzählt«, sagte ich.

»Was is nun?«, sagte Mohi, »packen wir's, oder laufen wir mit knurrenden Mägen rum und betteln vor Karstadt um ne milde Gabe?«

Es ging hin und her, der eine gab ein, dass wir mit so ner Aktion Asien nur Schande machten, der andere schiss auf alle Erdteile, und n Dritter sprach, dass Mundraub ne historische Dimension hätte und so, dass wir also, wenn wir uns dazu aufrafften, zu so ner Art Geschichtsgestalten aufsteigen würden, hinter die sich bald ne große Armenmeute stellte, und dann würden wir vereint n paar Festungen schleifen und die Leute aus den Kerkern holen. Die Leute würden aussprechen, was sie die ganze Zeit insgeheim dachten, nämlich: Wir brauchen Führer, die beherzt Schwäne fressen, was Farouk auf die Palme brachte, denn die Bemerkung kam von Mohi, der sich das eine oder andere Scherzchen am Rande erlaubte und Farouk fühlte sich volle Kanne verarscht, der dachte, Mohi meinte es nicht ernst, und Ernst sei ja wohl in unsrer verkackten Situation s Gebot der Stunde. Aber wir haben uns nach einigem Palaver dafür entschieden, die Sache durchzuziehen, Mohi erstellte n Umsturzplan, sprich ne Abholliste, er hat ne Schrottkiste, mit der er uns nacheinander abholen wollte, und um drei Uhr morgens sollte die komplette Mannschaft im Wagen versammelt sein und sich innerhalb von maximal ner Viertelstunde die Beute sichern. Die Operation bekam den Geheimcode »Cadillac«, das sollte alle Außenstehenden inne Irre führen, weil, wie Mohi sagte, kein Arsch vom Metallgehalt auf Fleischgehalt schließen könnte, und dieser blendende Einfall weise schon auf unseren Triumph hin, den wir im rüstigen Alter unsern Scheiß-Enkelkindern erzählen könnten. Wir schauten uns beim Abschied gegenseitig in die Augen, im Bemühn, potentielle Bullenspitzel gleich an Ort und Stelle zu entlarven, und nachdem wir uns unserer Treue zur Sache versichert hatten, ging ein jeder seines Weges, ich also nach Hause, wo ich, wie's mir zur Angewohnheit geworden is, erst mal zum Fenster im dritten Stock aufsah, das erleuchtet war, die Wonneholde war also zu Hause, und was machte sie wohl um diese Stunde, vielleicht schrieb sie vor Herzklopfen fast umkommend n Liebespapier an mich, das sie mir unter die Tür schieben würde, vielleicht häkelte sie nur ne Tagesdecke oder schaute sich s Spätprogramm an. An Schlaf war nicht zu denken, auch wenn Mohi, der Oberdrahtzieher der Äktschen, uns ermahnt hatte, uns aufs Ohr zu hauen, davor natürlich den Wecker zu stellen, dass er draußen nicht mit laufendem Motor auf n Penner warten musste und der reinste Lockvogel für Bullen wurde, die sich besonders darin hervortaten, die Prärie von Krausköppen zu säubern. Die Zeit verrann langsam, irgendwann lugte ich ausm Fenster und entdeckte das Verbrechermobil unschuldig anner Straßenecke stehn, ich also runter.

Im Auto herrschte dicke Luft, Farouk hatte sich an Mohis

Weisung nicht gehalten und statt dunkler Kleidung ne knallrote Trainingsjacke angezogen, Mohi war drauf und dran, den Plan zu kippen, er sagte, genauso gut könnte sich Farouk n Schild umhängen mit dem Spruch drauf: Ich geh schnell mal n Schwan killen. Ich ging dazwischen und regte an, Farouk könnte ja Schmiere stehn, ne Art starke Nachhut abgeben, was fürn Ventil für die Erregung sorgte, übrigens warn alle tatsächlich angetreten, ich war ja der letzte, der abgeholt werden sollte. Als Farouk fragte, ob ich innen letzten Stunden irgendwelche Telefonate gemacht hätte, nahm ich ihm das etwas krumm, ich sagte, er soll mal die Frage zwischen seine arabischen Arschbacken schieben. Mohi sagte, wir sollten unsre privaten Fehden für später aufheben, jetzt ginge es los. Er fuhr erst mal n paar Ablenkungsmanöver, Farouk sagte, Scheiße, ich hab hier keine Stadtrundfahrt gebucht, Achmed sagte, das sei so üblich, erst mal Schleifen zu fahren und die Verfolger abzuschütteln. Danach klebte Farouks Elefantentöterblick im Rückspiegel, wir hielten alle das Maul, Davoud leierte immer wieder die Fatiha, die Anfangssure im Koran runter, was man, wie ich denke, eigentlich den Seelen der Verblichenen hinterherbetet, also sagte ich, er soll mal damit aufhören, er würde damit nur unsren vorzeitigen Abgang heraufbeschwören. Er ging dazu über, immer Bismillah zu murmeln, und zwar hielt er lange den Atem an und stieß kurz vorm Kreislaufkollaps mit der aufgestauten Luft auch den Namen Gottes aus, verdammt, ich bin zwar nicht der Gläubigste der Erdenbürger, aber das war hier eindeutig Bisiness, und Hühnerwürger, die wir waren, ohne n Cent auf der Naht, und jeder von uns ne spirituelle Pfütze, wollten wir uns auch nicht ne Gotteslästerung einhandeln. Ich sagte zu Davoud: »Du Dreck, lass Gott ausm Spiel«, Mohi sagte: »Mann, ihr seid Scheiße.« Er hielt geradewegs aufs Scheißhaus hintern Stromwerken zu, von dem es hieß, Schwule würden hier Klappensex machen und angebrütete Küken schlürfen, er würgte den Motor ab und wandte sich annen Rest der Bande: »Wir machen es in Konterwellen. Haki, du bist ne Speerspitze, Davoud und Achmed, ihr seid ne mobile Mitte, ich mach lugilugi, damit euch nicht n böser Wolf schnappt, und Farouk, der Champ mit der roten Jacke, schlägt hier Wurzeln im Gras und hält sich bereit.«

Ich hasse es, wenn man mich Haki nennt, als wär ich n Butzibutzi oder n arschschnüffelnder Wauwi, außerdem dacht ich, Mohi führt uns als Kanonenfutter ins Feld, wir machen die Drecksarbeit, und er darf inner Zwischenzeit Taschenbillard spielen, ich mein, keiner von uns war im Zoo oder hat Erfahrung mit so nem Schwan, und mir war klar, dass s Tier nicht einfach die Scheißflügel heben und sich in sein Schicksal als Braten inner Röhre ergeben täte, wir mussten alle Scheißkräfte sammeln und wie ne versammelte Janitscharenwucht übers Viech kommen. Also sprach ich: »Mohi, ich scheiß auf dich und dein Persien, wir müssen uns alle auf einmal auf n Schwan stürzen, jemand hält ihm den Schnabel zu, jemand anders und noch jemand lassen sich auf sein Hauptteil fallen, wieder jemand operiert anner Gurgel, und jemand nächster hält die Tüte auf, wo wir ihn natürlich reinschmeißen. Nur so und nicht anders!«

Natürlich haben wir wie Nepperschlepper vorm ersten Bruch Rat gehalten, Farouk motzte auf, er wolle nicht als Bauernopfer enden, und wie stünde er da, wenn n Wachmann ihn mit ner Tüte erwischt, dann denkt er, das is n Perverser, der sich n Kondom überziehn will, hahaha, der hat aufgegrölt, dass es gehallt hat, so lustig fanden wir den Witz auch wieder nicht. Na gut, wir entschieden uns für meinen Plan mit ner kleinen Abweichung, ich sollte nämlich dem Scheißtier anne Gurgel gehn, was mir nicht unbedingt gefiel, aber mitgegangen ... Also setzten wir einen Fuß vorn andern, mieden die Lichtkegel von Parkleuchten, kauerten uns immer wieder hin und starrten inne Dunkelheit, die wirklich dunkel war, das kann ich dir sagen. Ich kam mir vor wie einer, der über ne längere Distanz zwar Ansporn verspürt, aber seinen Schließmuskel schwer zusammenhalten muss, dass ihm auch kein falscher Freund entschlüpft. Plötzlich blieb Achmed wie angewurzelt stehn und schmatzte n paar Mal auf, er machte n Stoppzeichen mit der Hand, ich sagte: »Was is, hast du Blei annen Füßen?« Achmed sagte: »Mir gefällt's nicht, da is was im Busch, ich hab Blutgeschmack am Gaumen, und das heißt dann immer, da is was im Busch!« Farouk sagte: »Im Busch is nix außer ner Menge Insekten.« Wir schlichen dann weiter, Achmed schüttelte seinen Scheiß-Kalbskopf, Farouk mitm Mafiablick, der dazu angetan war, alles innem Umkreis von ner Meile zu schrotten, bis wir endlich annem künstlichen See angelangt waren, wo normalerweise n Dutzend Schwäne nix anderes tun, als hin und her zu schwimmen und irgendwelchen geilen Schmusepärchen n Bild von Scheißanmut zu liefern. Na ja, so wie ich die Dinge sah, sah ich gar nix, ich mein, ich glotzte, was das Zeug hält, die andern taten auch nix anderes, wir standen nebeneinander wie auf ner Junggesellenversteigerung und warteten, dass die Schiedsrichter ihre Wertetafeln hochhoben, wir standen da am Uferrand, ich weiß nicht, wie lange, bis Davoud vernehmen ließ, er würde keinen Braten im Anflug sehn, er sprach uns sozusagen ausm Herzen, und Mohi sagte: »Wo wir hier sind, können wir n paar Steine ins Wasser werfen und sehn, wie sich die Kreise hübsch immer größer fortsetzen.« Daraufhin stürzte sich Farouk, der Unerbittliche, mit den Worten »du schissiger Scheiß!« auf Mohi, auf den wir alle wirklich stinkesauer waren, ich mein, wir dachten innem Moment, der hat uns zum Narren gehalten, jedenfalls balgten sich die beiden schwer atmend aufm Boden und kullerten dann schön ins Wasser, wo wir sie dann rauszogen, weil beide sind Nichtschwimmer, und es fehlte nur noch, dass sie Futter für die Schwäne wurden, und nicht, wie geplant, umgekehrt.

Die Geschichte findet hier n vorläufiges Ende, Farouk und Mohi sprechen seitdem nicht mehr miteinander, ich hab mir meinerseits den Kopf zerbrochen, wieso in der Nacht kein einziger Schwan zu sehn war, denn am nächsten Tag latschte ich als allererstes innen Park, um die Chose bei Licht zu besehn, und tatsächlich, da warn sie, richtige Prachtexemplare, und sie hätten wirklich für zwei, drei Mahlzeiten gereicht, wenn nicht sogar für mehr. Das is aber alles egal jetzt, ich werd mal bei Gelegenheit bei Farouk vorbeischaun, um ihm ne Tinktur aufs Wündchen des Seelchens zu träufeln, und ich glaub auch, dass er und Mohi sich schon wieder vertragen werden, spätestens bei dem nächsten »Umgedrehten«, das kann jedoch dauern, wenn ich unsrer aller Finanzlage bedenke.

Dass dir, verehrter Resterampenheio, der Anblick von superscharfen Tittenkrachern am Strand Gelüste entfacht, mal einen aus der Eichel auszuschenken, glaub ich gern. Du bewegst dich in ähnlichen Hormonkreisen wie ich, auch wenn sich die Schau-Alis ihre Sexualnot mit nem Mäntelchen bedecken. Die Anke, von der du sprichst, hab ich mal kurz zu Gesicht bekommen, ne taffe Braut, die du mir nicht offiziell vorgestellt hast, weil du Schiss hattest, sie würd sich auf Dauer vielleicht umsehn und meinem Teflonimage verfallen. Du weißt, wie mir Zweireiher stehn, darunter n offenes Hemd, Schuhe von Gucci oder Prada, und die Sache is geritzt, dann bin ich n wandelndes Mannsbild, dem die Jungen und Schönen allerlei lüsterne Blicke zuwerfen. Das is aber echt n hässliches Märchen mit Anke, o leuchtender Stern des Orient-Festlands, o dickprankiger Löwe von Byzanz und umliegender Vogteien.

Sie hat dich inne Wüste geschickt, und sie hatte allen

Grund dazu, weil du olles Furzkissen jede Menge Fehler gemacht hast, die im Folgenden nachzulesen sind:

1. Es gibt auf Gottes Erden jede Menge Henrys. Der klassische Abstauber hält gern der Lady s Händchen, wenn der Freund mal wieder kakapfui war, schlägt vor, ins Kino zu gehen, damit die Arme den Kopf freikriegt, vor allem frei vom offiziellen Macker. Du hast ne unsägliche Doofheit an nen Tag gelegt, indem du's ausgesprochen hast!

2. Hüte dich vor Mammutgesprächen mit Frauen. Sie sind einfach cleverer und lassen Flapsigkeit nicht durchgehen.

3. Sprich die Lady nie darauf an, dass andre Kerle ihr aufs nackte Gewebe starren. Sonst kommt sie drauf, dass dir ihre inneren Werte scheißegal sind.

4. Du elender Furzklemmer, n Gentleman fordert gemachte Geschenke nicht wieder her, das is einfach unter jeder Würde. Die Frau soll's behalten und später, nach nem Dutzend Knallkerle, voller Sehnsucht deiner gedenken.

So viel Abreibung reicht erst mal. Und das Zeug, das Haiku oder was auch immer, das du mir da auf n Zettel beigegeben hast, is ja so was von Scheiß, ich ring um Worte und winde mich aufm Teppichboden, so ne Mehrzeiler kriegt ja jeder Depppatsch hin, von wegen Kühe auf der Weide und nix mit Äsen, dir haben sie doch tatsächlich ins Hirn gepullert!

Hier setz ich mal n korrektes Break, ich komm mir vor wie ne Poesiealbumtante, und wo wir grad dabei sind, kannst du mir vielleicht ne Armensteuer rüberschieben, die Lage wird brenzlig, ich halt aber weiter die Stellung.

Übrigens: Überhaupt, wie läuft's denn so mit den Bräuten da unten? Schon n Schnuckelchen am Arm?

Dein Kanaksta-Kümmel
in den Niederungen des Broterwerbs
Hakan

5 Serdar an Hakan

Dienstag, 6. Juli

Hochverehrter Kratzsack
und Lümmel der niederen Schlamm-und-Schlick-Grade,

unsere Post wird ja immer schneller. Schreib mal nicht so viel, sonst kriegen wir noch Stress, und das ist etwas, was ich hier überhaupt nicht brauchen kann. Weißt du, wie sich die schicken Prolls hier grüßen? Nicht etwa mit Handschlag und nassem Kuss auf die Backen, wie wir's in Almanya kultivieren, um nebenbei den Alemanbengeln anzuzeigen, was für ausgemachte Körperfeinde sie doch sind. Der hippe Gruß oberaktuellster Prägung hier ist arabesker Natur, also eine Art inner-anatolischer Barock. Man stelle sich zwei hochseriöse Truthähne vor, die – von Würde behaucht – beim Anblick des bekannten Gattungskumpels nicht etwa mit den Schnabellappen schlackern oder sonstige grundlose Heiterkeiten an den Tag legen, wie sie dauererregten Südländern sonst zu Eigen ist. Nein, wenn diese sich auf dem staubigen Feldweg gegenüberstehen, verziehen sie den Mund zu einem dezenten Grinsen, vollziehen eine Kinnhackbewegung, strecken die Rechte aus und schnicken über einem imaginären kleinen Kreis mit den Fingern. Dieser Sinn für den Minimalismus, verbunden mit dem Wissen, dass ob der Hitze jeder Handschlag beträchtlichen Schweißausbruch bedeutet, verlangt mir wirklich Respekt ab. Ich lernfähiges Ross habe diese mir bislang fremde Sitte sofort angenommen und es bei einem Mädchen ausprobiert, doch sie fand diesen Herzensgruß befremdlich. Sie wandte sich Hilfe suchend an einen Typen, der mir auf Anhieb unsympathisch war, weil ihm Haare auf den Schultern wucherten. Außerdem waren seine Haare von krauser Beschaffenheit, wahrscheinlich hat der Typ jahrelang Intimhärchen aus den Pissbecken geklaubt und sie mit Atomkleber auf die Stellen rechts und links von seiner hohlen Rübe gepappt. Nun ja, der Arsch hat sich natürlich einen Ast gefreut, er konnte sich so richtig in Szene setzen, jedenfalls baute er sich vor mir auf und fragte mich in einer für alle Umstehenden vernehmbaren Lautstärke, ob ich mir vorstellen könne, mit zerrissenen Lefzen herumzulaufen, und ob mir das Heil meiner Rippen am Herzen läge. Ich hatte natürlich Besseres zu tun, als mich mit irgendwelchen Scheißhausperversen anzulegen, also machte ich auf dem Absatz kehrt und legte mich in aller Seelenruhe auf mein Handtuch.

Danach habe ich beim Bakkal Effendi vorbeigeschaut und laut Mutterns Anweisung vier Fünfliterwassergallonen gekauft, denn die Trinkwasserversorgung hier lässt ziemlich zu wünschen übrig, und es kann gut vorkommen, dass man mit Magenkrämpfen darniederliegt, weil man aus dem Wasserhahn gesoffen hat und dachte, es wird schon schief gehen.

Mein lieber Nylon- und Polyesterfreund, ich muss dir noch den Local Hero vorstellen, so eine Art Dorfpromi, der sich für den obercoolsten Macker hält und auf seine Weise auch die Damenwelt regiert – ich hatte ihn im letzten Brief schon kurz erwähnt. »Baba«, so heißt dieser Räuber, ist ein Nestgeworfenes vom Vogel, in seiner unnachahmlichen Art von der Rolle und doch mit seinem Herzkissengesicht und seiner Vorliebe für pompigen Pop ein wirklich Einheimischer. Baba geht schwer in Ordnung, und auch wenn wir nicht unbedingt die besten Freunde sind, kommen wir allemal miteinander aus. Er nimmt mich mit, zu was anderem bin ich anscheinend nicht gut genug, denn die kleinen Cliquen und Teenie-Freundeskreise machen sich einen Spaß daraus, den Freigängern, den Daherkommern, den Eingeflogenen eine miese Materie anzuhängen. Sie wollen mich nicht, ich bin hier in der Gegend nicht direkt eine Trophäe. Baba ist das alles wurscht, er pickt mich auf, letztens hat er einen handkuhlengroßen Kieselstein auf meinem penatencremegeölten Bauch gelandet und gebrüllt: »Kommst du oder nicht kommst du?« Sein Sonderdeutsch kann ich ihm nicht ausreden, er probiert sich in der fremden Sprache, er hat ein Vierteljahr in Heidelberg rumgelungert, und seitdem blättert er im Langenscheidt-Wörterbuch, was ihn in den Augen des Strandvolks zum Möchtegern-Gelehrten macht. Wir ließen uns in der Taverna nieder, ich trank meine Türkenbrause, Baba nuckelte die Flasche Efes-Pilsen in zwei Zügen weg, und dann gab er Gas: »Leben ist zwei Punkte: Ringkampf-Liebe und Ringkampf-Schlund. Türkisch Menschheit, wohin du ziehst, sie zieht. Du haut auf Darbuka (kleine Handtrommel), türkisch Menschheit haut. Du gehst schwimm, sie schwimm. Du bumm auf Stirn für Fliege tot, türkisch Menschheit klatscht noch mehr laut. So hier los.« Ich hielt still und starrte auf die Papiergirlanden, die wie nasse Kleinkindhosen vom schlaffen Seil herabsackten. Ich dachte, jetzt muss sich mir doch irgendeine Gottesfügung erschließen, ich meine Baba und die Girlanden, Gasos und Efes-Pilsen, das muss doch ins Innere greifen und potzblitz klüger machen, so dass die Tonsur von selbst auf meinem Kürbis landet und die Mystik und der Zitronenbrausen-Zen wie heiligen Geistes in die Seele fahren. Aber, mein lieber und äußerst bescholtener Freund, gar nix tat sich, Scheiße, kein Gramm Mehrwert am Ende des Erkenntnis-Bisiness. Ich bin der Schmetterling auf dem Eselsgemächt, wie die Redewendung geht, und statt dass mir ein Blümchen seine Pollenvulva öffnet, streckt mir der Esel seinen Stab und Stecken zur Landung hin. Baba sagte, als ich mich ihm mitteilen wollte, barsch: »zu viel, zu viel«, es ist ihm mittlerweile zur Angewohnheit geworden, wenn ich ihn direkt mit einer Frage angehe, winkt er ab, oder er sagt aus heiterem Himmel: »bestenspitze«, und dabei hat er immer eine Frau im Blick.

Ich forsche hier in Hochglanzmagazinen und so genannten Telefotoblättern, und was sich da anbietet, scheint mir ein enormer Impuls zu sein, denn in Wirklichkeit zählen die nackten Bodys gar nichts, sie sind in freizügigen Posen ausgestellt, die Unschuldsmiene von Internatszöglingen gehört zum Geschäft, Pop ist leichtlebig und gefräßig und verlangt seichte Ikonen. Im Comicstrip gibt es Sprechblasen, in Türkenstreifen müssen sich die Mädchen räkeln und strecken, und die Statements sind eine Art Pflichtprogramm, das die Girls absolvieren, vielleicht macht es auch der verantwortliche Schundschreiber in seiner Redaktionsstube. Was soll ich dir sagen, ich bin von diesem »moralischen Verfall« (O-Ton Vater) so ziemlich angetan.

Was ist das bloß für eine Welt, das Gegenlicht muss her, in dem die Schönen und die Arschbackigen, die Lustpavillon-Flittchen, fünfzehnjährige Slumgewächse und wahre Orient-Weibungetüme an ihrer Pop-Silhouette arbeiten. Das Fleisch ist alles, Silikon die halbe Miete, Anatolya steht auf Superperoxyd, ne gebleichte Matte und das Gesicht in mehreren Schichten aufgeschminkt, die Jochbögen wie Mini-Blutorangen über den knallpink ausgearbeiteten Wangen, halleluja, jedes Sternchen will brillieren. Ich staune nur, zum Beispiel rase ich mit dem Auto an einer Werbefläche auf zwei Stelzen vorbei, und mir wird verkündet: »Big chicken – touch your taste!« Alles klar, das Geflügel soll mir die Kehle antippen, und alles wird wieder gut, ich liebe diese Export-Import-Kurzformel-Religion. Ich muss mir eine melodramatische Scheiße einfallen lassen, jeder verdammte Säulenheilige würde hier glatt abgipsen, und der Sockel würde aufplatzen, und heraus schlüpfte ein Bunny-Häschen, eher wohl eine Schnäuzer-Transe, und es wäre alles ungeheuer wahr, kein Stück Spielfilm. Ein Beispiel:

Also, du musst dir ne nicht unschöne Braut in einem weißen Wallekaftan aus Spitze vorstellen, das Teil wird vonner Spange oberhalb ihres phänomenalen Brustnabels zusammengehalten und ist transparent, sie also posiert in der Unschuldspose und zeigt ihre weißen Keramikplättchenzahnreihen. Rechts in der Textleiste spricht sie aus, was unter ihrem prächtigen Busen los ist: »Mein Ruhm ist hochverdient, auch wenn sich manche Schlampen in dem Gewerbe der Sangeskunst das Mäulchen zerreißen. Ich komme nicht von der Straße, sondern aus einer vornehmen Familie (Vater Beamter im Landwirtschaftsministerium, Mutter Hausfrau), ich bin bereit für neue Projekte. Außerdem empfehle ich wärmstens die Liposhaping-Methode von Herrn Professor Emre Koray, der mir das unnötige Fett an Hüften und Taille abgesaugt hat. Wie gesagt, die Anbieter sollen kommen, aber ich warte nicht lange!« Hast du Kümmel je was von Liposhaping gehört? Da bist du baff, was? Ich meine, was geht hier eigentlich ab, ich versteh's nicht. Ich reiß mir ein Bein aus und versuch dahinter zu kommen, aber sobald ich die Magazine oder sogar die seriösen Blätter aufschlage, knickt sich etwas in mir ab, ich bekomme den Trick nicht zu fassen, ich bin nämlich sicher, dass es ein allgemeines Sujet gibt, ein Hauptbestreben, eine bestimmte Art, sich bestialisch zu enthüllen und dabei so zu tun, als sei das eine ganz private Tour. Zum Beispiel die abgesaugte Frau, sie wird ein Lolita-Mannequin genannt, die Furie der Bühnen, die Femme des batailles (= die Frau der Schlachten), und ich frag mich, geneigter Leser, der ich bin, was sie denn nun sei: eine Schlagersängerin, ein hypnotisiertes Turteltäubchen in den Fängen des bösen Professor Caligula oder einfach eine Slum-Proletta, die sich gerne bei fetten Milliardären unterhakt. Meine Mutter sagt, der schüchtern offerierte Brustwarzenhof, sogar nur der schweißrosa schimmernde Warzenradius unter Tüll oder Seide sei die wirkliche Ware, mit der der verhaltene Lüstling hierorts was anfangen könnte. Voll genital bringt's nicht, das steht schon mal fest. Die Männer tragen keine Badehosen, sondern richtig runterflappende Turnshorts, die kurz über den Knien enden. Ich dachte, das sei irgendwie die Einhaltung der religiösen Kleiderordnung für Männer, denn völlige Beinfreiheit ist wegen etwaiger aufreizender Wirkungen schwer verpönt bis verboten, je nach dem Rechtsgelehrten, der sich am Krausebart gekratzt und aus den Schriften das eine oder andere Gebot herausgepfriemelt hat. Aber nein, die Leute kümmern sich nicht die Bohne darum, es hat eben was mit Anstand zu tun, seinen behaarten Sack blickdicht zu verschleiern. Außerdem sind besonders die Jungs eifrig dabei, den Hosenstoff aus der Kimme zu zupfen, damit ja nicht der Eindruck entsteht, sie seien vielleicht »parlak çocuk«, das heißt glänzende Jungs, also Türkentrullas. Arsch frisst Hose ist das Markenzeichen der Schwulen, deren markant bruststarke Variante – ich habe vor Ort einige Exemplare gesichtet – besonders vom jungen Gemüse bezirzt wird wie nichts Gutes, weil es hofft, diese schönen warmen Männer doch irgendwie kalt zu erwischen. Verdammt, ich mache mir natürlich so meine Gedanken, vielleicht sollte ich, wenn ich die halbe Meile zum angesagten Badesteg ablatsche, plötzlich innehalten, beide Hände zum Trichter formen und mein Coming-out brüllend verkünden, auf dass eine gerade mal Volljährige sich meiner annimmt. Ich würde erst einmal der Form halber rumzicken und meinetwegen über ihren semi-extravaganten Nagellack mosern, um, sagen wir, nach drei Tagen knatternden Flirts ins heterosexuelle Hauptquartier heimzukehren. Aber nie so richtig, damit das Girl nicht nach getaner Arbeit die Lust an ihrer Summertime-Mission verliert. »Nun bin ich also bi«, würde ich fistelstimmig feststellen, »aber ich weiß nicht so recht, weißt du, was mir an uns Schwulen gefällt, ist, dass wir unsern Jieper nicht verbrämen, wir stehen dazu. Bei euch Heteros und Heteras ist das wirklich anders, ihr müsst euch kennen lernen, ihr müsst euch besaufen und immer irgendwie das Kinderkriegen im Visier haben. Ihr schiebt den Antisex-Riegel vor und zurück, und das ist doch soooo kindisch ...«

Die Gute ginge sicher begeistert daran, mich vom Gegenteil zu überzeugen. Wenn ich mir's so recht überlege, könnten sich die Umstände auch derart verketten, dass ich nunmehr mit einem Afterdeckel aus Chrom herumlaufen müsste, die Nachricht von meiner Schwulität würde die Runde machen, und ich hätte fünfzigjährige Penisdrücker am Hals. Ich versuche mich mehr schlecht als recht in die hiesigen Sitten einzufuchsen, denn ich will sie alle durchschauen, diese Bürgerwehr, die von sich glaubt, sie habe eine exklusive Rolle im großen Plan und einen besonderen Blink auf der Pupille, wie der watschelbeinige Baba: am linken Handgelenk ne goldene Rolex, am rechten ne goldene Kette, in der Fresse das Besserwissen ums Geschäft. Er ist der Mann am Tavla-Brett, im Vergleich sind alle anderen bloß Nulpen, und wenn er die Würfel ins Spiel platzen lässt und seine Steine im eigenen Haus versammelt und aufliest, kriegt er derweil den Tatter an den Gelenken, und mit dem letzten aufgesammelten Stein gewinnt er seine Beherrschung zurück, nicht bevor er ins Gesicht des darniederliegenden Gemetzelten seinen Schlachtruf gebrüllt hat: »Dein ist das Verderben, mein ist die Erlösung!«

Tja, wie du siehst, ich habe meine Augen überall und versuche, all diesen tanzenden Derwischen, die den Taranteltanz der siebzig Schleier aufführen, ihre Masken vom Gesicht zu reißen und ihren nackten Leib auf gut und schlecht abzuklopfen. Natürlich bin ich kein Volkskommissar oder ein irrer Sittenkontrolleur, nur, wenn sich all diese triefenden Bedeutungen schamlos entfalten, wenn Kleinasien oder der Vorposten des Orients so viele Geläufigkeiten aufperlt, nun, dann ruft dieser Umstand selbstmurmelnd Menschen von der Denkerzunft auf den Plan, also solche wie mich und nicht dich, und wir matschen im Oberflächenlehm, zerkratzen als erstes den puffroten Lack und prüfen, was der Glibber hergibt. Damit es auch dir einsichtig wird, will ich erst unsere gängige Kanakendevise und dann ein Beispiel aus meinem bescheidenen Alltag zum Besten geben: »Brauchst du weich, geb ich dir Kissen, brauchst du hart, geb ich dir korrekt!« Und jetzt zum Detail: Der Henkel der Plastikgießkanne hat sich an einer Stelle gelöst. Mein Vater hält nach eingehender Beschau des Defekts die Punktlötung für die beste Lösung. Er leiht sich mein Feuerzeug aus, bringt das Henkelende zum Schmelzen und pappt es an den Kannenkörper. Ein armgeistiger Zeitgenosse sähe keinen Anlass, dieses gottgegebene Phänomen einer Prüfung zu unterziehen, er würde sich über den fetten Bauch wischen und die Wolken ziehen lassen, wie du es mir als Totalentleerung und Entspannungsübung rätst. Ich dagegen bin in mich gegangen und dachte: Die Moleküle dieser Welt werden durcheinander gebracht, sie verbinden sich zu abenteuerlichen Verbänden, und wenn die eine Konstellation bricht, fügt sich eine andere. Wenn die Hornisse unter einer heimtückischen Fliegenklatsche ihr Seelchen aushaucht – ist das vielleicht auf den ersten Blick die Strafe dafür, dass sie es zu bunt trieb und sich nicht hätte dazu hinreißen lassen dürfen, Sturzflüge auf den essigtriefenden Hirtensalat zu unternehmen. Sie tat's und büßte mit ihrem Leben. Und also wurde sie erst in die Kuhle einer zusammengefalteten Tageszeitung geschnippt, ins Klo und per rigoroser Wasserspülung in die Kanalisation befördert. Dort treibt ihr lebloser Körper im finsteren Kloakenhades, und vielleicht rümpft sogar die erstbeste Ratte die Nase und verschmäht den Brocken, weil sie sich keinen Stachel im Rachenbereich einhandeln will. Die Gießkanne ist unkaputtbar, bzw. kleine Schäden sind zu beheben, die Hornisse aber ist ein für alle Mal tot und weggespült.

Letztens meinte Baba: »Ich gäbe meine rechte Hand und mein rechtes Ei für eine Nacht mit Sharon Stone! Für einen ganzen Tag beide Nasenflügel, die Hälfte meines Skalps und einen großen Onkel.« Er sagte es im vollen Wissen darüber, dass ihm die besagten Körperteile nicht nachwachsen würden, er also Myriaden Moleküle auf einen Schlag loswürde, käme Sharon Stone auf die Idee, diese Bezahlung in Naturalien anzunehmen. Wahrscheinlich scheißt Missis Stone auf Türken, sie hat ja so viel Mammon, dass sie es sich leisten kann, eine ganze Schiffsladung krummbeiniger Tataren nach Amerika verfrachten zu lassen und sie fürderhin als Leib- und Liebesbimbos zu halten.

Ich will mich nicht in Vermutungen verlieren, Baba hat Recht, und ich würde seinen Einsatz verdoppeln, sie sieht so gut aus, dass auch mir vor Wonne – Hängeglied hin, Hängeglied her – die Schwarte aufklappt. Falls du aus dem Gesagten nicht schlau geworden bist, solltest du dich hinsetzen und gegen die Hirnüberhitzung ein Glas Wasser trinken, in langsamen Schlucken, dass du dich auch ja nicht verschluckst. Lies dann die obige Passage Satz für Satz durch, schließe die Augen, und hau dir, wenn du schon dabei bist, voll auf die neune. Dir wird schlagartig klar werden, welches Genie mir innewohnt und dass du dich glücklich schätzen darfst, in meine Ära hineingeboren worden zu sein.

Du fragst mich nach Sommeraffären, nach einer gefällig kurzlebigen Liaison, doch auch wenn mir dabei das Herz bricht, es tut sich nix, echt nix, wahrlich nix, also null. Die Aufpasserkolonne ist übermächtig. Entweder gibt es hier knackige Achtzehnjährige unter der Obhut von Matronen, die ihre Altersfürsorge präsentieren wie eine gute Fleischpartie, die es mit einem kahlköpfigen, aber reichen Türkenmacker zu verkuppeln gilt. Übrigens lautet die zweite oder dritte Frage: Was machen Sie? In welcher Sparte sind Sie berufstätig? Und die zweite oder dritte Antwort muss dann heißen: Ich habe einen nagelneuen Mercedes, ein Ferienhaus, ein stattliches Monatseinkommen, ja, ich habe vor, eine Familie zu gründen und für die Bildung der Kinder (Plural, stell dir vor!) eine englische Zofe einzustellen. Da lacht natürlich das Mutterherz, dessen Muskelfibern schrumpfen würden, käme ich daher und sagte: Ich bin reinen Herzens, viertelanständig, schreibe Haikus und mache mich anheischig, ihre kurvenreiche Tochter, der der Leopardenfellimitatbikini im Übrigen ausgezeichnet steht, mit den Fertigkeiten meiner Ferkelzunge bekannt zu machen. Ich will sie weder freien noch schwängern, denn wenn ich Sie mir mit Ihren fünfzig und noch was Jahren so anschaue, kommt mir der Verdacht, auch Ihr holdes Töchterlein wird in nicht ferner Zukunft aufgehen wie Hefeteig, und der einzige Gewinn, der sich mir erschlösse, wären ihre Oberschenkel, die ich als Kampfkeulen wider die fiesen Glatzen einsetzen könnte. Wenn Sie mich und Ihre Tochter für die Dauer eines Schäferstündchens entschuldigen würden ...

Die Türkei ist ein einziger Heiratsmarkt, und wenn man den Selbstpreisungen Glauben schenken mag, treffen charakterfeste, sich gegen jede Art von Masturbation verwahrende, süpermatsche Batschemänner auf taufrische, haushaltserprobte, süperartige Frauen. Oralverkehr ist in diesen Kreisen kein Thema, meine vorsichtige Feldforschung auf diesem Gebiet stieß auf blanken Hass. Hält man allerdings ein Ohr in die Gerüchteküche und wirft einen Blick auf die Kleinstmeldungen in den Klatschblättern, erfährt man, dass einige Chirurgen sich darauf spezialisiert haben, Jungfernhäutchen anzuflicken. Auch hier wieder, mein lieber Vulvaschmeichler, sieht man die Lücke zwischen schönem Schein und wenig glänzender Unterwelt! Der Imperator-Pop hat sie alle einkassiert, doch das ist halb so wild, wenn man bedenkt, dass der Glamourkeim mit verhockten Bildern bricht und jedem, auch dem Dorfdeppen im entlegensten Winkel einer Pfeifenprovinz, eine Krone aufsetzt.

Die Strandpromenade ist abends voller Revuegirls mit einem Zwergpudel an der Leine, und vor dem angesagten Kiosk am Anliegerparkplatz stinken die Jungs nach Aftershave-Balsam und blasen sich dicke Backen ins Gesicht, um ihren Protest gegen die Elternhausdämlichkeit zur Schau zu stellen. Gestern drehte ich eine Ehrenrunde, langsam quillt mir die Wampe aus dem Hosenbund, ein zusätzlicher Kummergeber in dieser meiner schwierigen Zeit, also ließ ich mich, etwas aus der Puste, auf ein Mauersims nieder. Wenige Minuten später nahmen zwei ausgesprochen junge Nymphen neben mir Platz, nahmen im weiteren Verlauf der Handlung keine Notiz von mir, benahmen sich also irgendwie daneben. Dann packten sie aus: eine Pinzette, einen Handspiegel und einen Eyeliner. Im schummrigen Licht der Straßenlaterne zupften sie sich die abstehenden Brauen, die schließlich aussahen wie Spermazellen unterm Elektronenmikroskop: an der Nasenwurzel der volle Kopf, parallel zum Oberlid die Schwanzpeitsche. Sie taten dies im vollen Besitz ihrer geistigen Kräfte und aus freiem Willen. Auch wenn mein Schniedelwützerchen in Anbetracht dieser höchst privaten Darbietung weiterhin in seinen Hautfalten ruhte, so war ich doch wie elektrisiert, ich flehte den Himmel an, mir eine Blaupause dieser Situation anzufertigen, auf dass ich das Bild auf eine einzige Wickelrolle bannen und die immer gleiche Sequenz vorbeiziehen lassen könnte. Du musst dir das mal vorstellen, mein phantasieloser Knecht der niederen Triebe, es ist ein Sommerabend wie aus dem Bilderbuch, das Meer ein blaues ausgespanntes Laken, der Mond hat sich in Schräglage aufgehängt. Meine Nüstern beben ob der Jod- und Algenaromen, die vom Wasser herwehen. Gut, ich habe ein paar Pfunde zu viel, aber ansonsten bin ich voller männlicher Tatkraft, und da passiert es, zwei Maiden, sonst scheu wie Rehkitze, suchen ausgerechnet meine Nähe auf.

Die Kosmetik ist für uns erwachsene Männer nun gar kein Thema, ich weiß, lass mich aber trotzdem ein Detail hinzufügen, das mir endgültig die Luft aus den Lungen gepresst hat: der angeschlagene pastellviolette Lack auf den Nägeln der Nymphen! Ich schwöre es bei den Hämorrhoiden meines gestrengen Vaters, ich war derart angetan, dass ich den Silberblick bekam und kurzerhand beschloss, eine zweite Ehrenrunde anzuhängen. Ich vertiefte mich in ästhetische Erwägungen, versank in Gedanken in den prächtigen Morast der Liebe und kollidierte mit Özdschan Abi, der sich auch von der Aussicht auf nettes Frischfleisch ins Freie hatte locken lassen.

Wir latschten zum Prominentensteg, setzten uns auf eine Parkbank, und ich, der ich mein Ungestüm kaum zügeln konnte, erzählte ihm von meinem Erlebnis und dass ich nicht nur insgeheim Wunschträume über flotte Dreiergespanne hegte. Özdschan Abi klemmte seinen Teerstab genau zwischen die Fingerspitzen und sagte, den Blick auf das dunkle Wasser gerichtet: »Wie heißt es im Volkslied: Unsere Schnapsbeilage ist Butterrahm, und alle deine Flanken, o Maid, o Schamlose, sind gelenkig. Wir wissen, das ist ausgemachter Unsinn, wir wissen, Verseschmieden hat zu neunundneunzig Prozent mit Lumperei zu tun, wobei ich hier nicht unbedingt deine Haikus im Visier habe, damit das klar ist. Dem Schöpfer der besagten Doppelzeile kam es nur auf den Reim an, und wahrscheinlich wollte er uns auch irgendwas über seinen Herzschmerz mitteilen.«

»Was könnte das sein?«, fragte ich, »dass er gerne dem Anisschnaps zuspricht und einer Dorfschönheit den Hof macht?«

»So in etwa könnte man seine Botschaft zusammenfassen«, sagte Özdschan Abi, »so in etwa verhält sich der Mann gegenüber seiner Umgebung. Er braucht ein Mittel, das ihn aus seiner naturgegebenen Dumpfheit herausreißt, und das erste, was ihm dann einfällt, ist, sich vorzustellen, was diese oder jene Frau wohl für Rundungen offenbart, wenn sie den langen Samtrock abstreift. Das ist alles Romantik.«

»Das ist alles ...«, wiederholte ich nachdenklich. Nach ein paar abschließenden Überlegungen über das Ungemach der Liebesverzweiflung, gegen die kein Kraut gewachsen und kein Beipackzettel formuliert ist, begab ich mich schweren Schrittes nach Hause und verfügte mich, da meine Eltern offenen Mundes schnarchten, ins Bad, wo ich mich vor den Spiegel stellte und mir mit einem Kamm, dessen Zinken auseinander stehen, durchs Haar fuhr. Man sollte sich mindestens einmal täglich kämmen, damit sich keine Asselnester einwuseln, zuerst gegen den Strich, also vom Nacken zu den Geheimratsecken und dann ab der Haarwurzel runter und zurück. Ich trage hier einen Pferdeschwanz, die Locken von den Schläfen fest weggezogen und am Hinterkopf mit dem Rest mittels eines Haarbandes schmuck gebündelt. Eine Spange verbietet sich wegen möglicher Assoziationen mit weibischem Getue. Die Leute reißen sich hier den Arsch auf, um Uniformität zu wahren, und jeden, der irgendwie aus der Reihe tanzt, verdächtigen sie der Perversion, egal ob derjenige eine Rockermatte trägt oder Kinder fickt. Daher der Pferdeschwanz.

Edler Klumpen, nun reicht's aber wirklich, ich tüte diese mittellange Erzählung gleich ein und schicke sie morgen früh ab. Gehabe dich wohl, und mach uns keine Schande.

Dein im Romantikding aufblühender
in Liebesherrlichkeiten stromernder
Serdar, an dessen Ohrenschmalz du dich laben darfst

6 Hakan an Serdar

Montag, 12. Juli

Du.
Wirklich du.
Und niemand kommt, wer auch sonst.

Mein Lahmadschun-und-Sesamkringel-Nostalgiker, diese hingemachte Lyrik-Notiz links oben, tja, lies dir das mal durch, befühl richtig sensibel den dortigen Papierfleck, und überleg dir, ob's denn Not tut, Almanyas Pracht- und Elendsquartiere zu verlassen, um im vorgezogenen Südland ne Haikü-Baracke zu gründen. Für solche Typen wie dich, für Knülche mitm Himbeerfruchtherzen, gibt's im Sprachschatz aller Völker n Namen: Romeo in hiesigen Breitengraden, »madschnun« im Land, wo Palmen und Kakteen wachsen. Dabei weißt du sicherlich, dass Madschnun n zweiten Sinn inner Brust birgt, nämlich plemplem und loco, Hirn hin und Hirn weg. Du trabst da unten wie n hormonirrer Untoter durch die Gegend, du schreibst mir seitenlange Magazinverlautbarungen, die Dummsusis von sich geben, und dabei seh ich dich ganz deutlich, wie du dir die Scheißaugen auskuckst, inner Anstrengung, vielleicht n Kringel Schamhaar jenseits des Bikinigummizugs zu entdecken, damit du, wenn du unter der Dusche stehst, Material zum Abhobeln gesammelt hast. Aber alles Phantasiemachen hilft nix, du hast n Dauerhänger, und auch wenn du kiloweise Margarine um dein Pint drumrum schmierst, es will alles nix bewirken, du bist n Fotoapparat, Alter, und auf all den Schnappschüssen, die du machst, ob's Zeitschriftennackte sind oder irgendwelche Mädchen aufm Mauersims, bleiben sie alle starr und lernen nich laufen. Außerdem bist du n Stinker vorm Herrn, immer jaulst du mir was vor, von wegen es will mit n Frauen nicht gehn, und die sind so gemein zu mir, die brechen mir's Herz, wo du doch inner Brustgrube nicht n Herz, sondern n Fliegenleimstreifen hast, und sie gehen früher oder später alle inne Falle. Ich hab's mir ja lang genug angekuckt, dein Scheißspiel, ich brauch nur mit dir annem öffentlichen Nachtplatz aufzutauchen, und schon drehn sich mindestens zwei Frauen nach dir um, und ich darf mit meinem Glas Kirschschorle die Salzsäule abgeben, so ist das nun mal mit uns beiden. Du bist hier der Held, und ich bin nicht mal ne zweite Wahl, höchstens Trümmerschabracken geben sich mit mir ab. Darum ist es ganz gut, und auch für dich, dass du mal ein bisschen Ruhe geben musst dort in den heißeren Gefilden. Vielleicht hat ja auch deine Mamme dir die Impotenz eingehext, so oft wie du von ihr schreibst, hat sie ja wohl nen ganz dicken Einfluss auf deine Ausflüsse. Also, hör mal auf deinen Kumpel und lass die Finger von deiner Mutter, auch im Kopf!

Aber zurück zu uns. Du erinnerst dich doch wohl noch daran, wir hatten uns ins »Marble Arch« zurückgezogen, um ne krachende Runde Backgammon zu spielen, und als die neue Bedienung an unsrem Tisch erschien, is mir der Schädel fast auf die Tischplatte gekracht. Mann, war die geil, Mann, hatte die Säulenbeine, die reichten mir bis zum unteren Rippenbogen. Die hat den bestellten Kaffee verschüttet, weil sie hatte nur noch Augen für dich, und plötzlich rückte die n Stuhl gleich dir an die rechte Seite, feuerte dich an, bat dich, auch mal die Würfel werfen zu dürfen, damit's dir Glück bringt und du mich mit ner Serie von Vierer-, Fünfer- und Sechserpaschs vom Spielfeld fegtest. Ich hab's gleich gesehn, sie hat mich einfach ausgeblendet, ich war Luft, ich war weniger wert als n Spielstein. Und wie wir im Auto saßen, habe ich dir gesagt: »Scheiße, die Blonde hast du nächste Woche im Bett«, und du Arsch hast ganz überrascht getan und wolltest ihre schmachtenden Blicke nicht bemerkt haben, und wir sind dann zu ner eingehenden Erörterung zum Bülker Leuchtturm gefahren, wo wir uns die halbe Nacht angebrüllt haben. Ich musste mir sagen lassen, ich sähe Gespenster, sie sei nur nett und zuvorkommend gewesen, und das sei ja schließlich ihr Job. Was geschah? Das nächste Mal hat sie dir verklickert, dass sie ihren Freund abgeschossen hat, n Wink mitm Zaunpfahl war das, und sie hatte sich bei Gott schwer in Schale geworfen, n Minikleid, das ihr weißes Höschen kaum verhüllte, und jede Menge Indianerschmuck, sogar Make-up hatte sie aufgelegt, und wie sie nach Jasmin roch, ich hatte die ganze Zeit einen stehn. Sie wich den ganzen Abend nicht von deiner Seite, sie hat die Leute fast erschlagen, wenn sie was bestellt haben. Als sie aufs Klo ging, um ihr Möschen zu pudern, hab ich dir n Zwanni rübergeschoben, ich bin ja Kumpel, hab gute Lendenarbeit gewünscht, und am nächsten Morgen, als ich bei dir aufkreuzte, saß sie mit roten Wangen am Frühstückstisch, und ich hab mir vor Neid in die Faust gebissen.

Solche Sexspektakel haben überhaupt keinen Seltenheitswert, denn darauf willst du mich, solange ich dich kenne, festnageln, und wenn ich dir sage, du bist innen Augen der Ladys n Antonio-Banderas-Verschnitt, und nur das zählt, was sie in dir sehen, nicht das, was du in Wirklichkeit bist, nämlich ne gestörte Eule, dann musst du's endlich als n Fact ausm Munde eines unfreiwilligen Feldkundlers betrachten. Ich würd liebend gern meinen Platz mit dir tauschen und dir dann die Ohren voll winseln, was für n Pechvogel ich bin. Erst den Bauch voll schlagen und dann ne hehre Philosophie, erst die Rippchen innen Rachen rammen und dann übers Unwesen der Schweinezuchthaltung lamentieren, erst n ultimativen Lover abgeben und dann wie ne Jungfer rot anlaufen, wenn man mal Pipi gesagt hat.

Mann, was schweife ich inne Vergangenheit, wo ich hier schon wieder deinen Scheiß-Schlüsselbundhalter mimen muss, kaum is der Herr für n paar Wochen ausgeflogen, fragen mich lauter Frauen nach seinem Verbleib, ziehn erst ne Fluppe, wenn ich sage, tja, diesmal isses n längerer Auslandsaufenthalt, ja, wir verkehren schriftlich, nun, ich muss erst mal anfragen, ob's in Ordnung geht, dass ich seine Adresse herausrück. Und wenn sie alles Nötige herausbekommen haben, flüstern sie verträumt: »Ach, er fehlt mir wirklich sehr, der Schuft, ich vermisse ihn ...«

Dann verabschieden sie sich mit m kalten Gruß, obwohl mir danach is, dass sie sich auch mal zur Abwechslung mir widmen, ich bin ein Mann in den besten Jahren, trotz der Lebenswirrnisse zeichnet sich keine einzige Sorgenfalte in meinem Gesicht ab, und das einnehmende Äußere kann ich bei Bedarf auch liefern, man soll mir nur so viel Zeit lassen, dass ich meinen Charme sprühen lasse.

Ich empfehle dir folgende Verhaltenstaktik: Schnall dir ne Türkenpauke ummen Leib, greif dir nen handlichen Klöppel und geh rum wie diese Ramadan-Paukenhauer, die mit ihrem elenden Endzeitlärm früher die Gläubigen aus n Betten gejagt haben, auf dass sie vor Tagesanbruch und Fastenbeginn fressen mögen, was das Zeug hält. Stell dich vor die Hauseingänge, schieb dir die Schlappmütze innen Nacken und verkünde: »Hört her, o Volk, o schlafendes, hier steht ein wackerer Handwerker der Agape, des ›aschk‹, und wehklagt über die widrigen Umstände, die Liebeshändel, denn auch wenn ich in Venusdeltasaft ersaufe, auch wenn mir diverse Klitorisse auf die Schulter klopfen, ich bin einfach arm dran und habe nichts zu lachen.« Du kannst ihnen dann nach Herzenslust deine beschissenen Leiden offenbaren, das Klagen gehört zum Orient wie mein Sack zum Pint, und ich garantier dir, die Männer werden dich zu Recht lynchen, die Frauen aber sich deiner annehmen wollen. Ich garantier dir, deine Scheißgestalt is in jeder Kultur ne Attraktion, du bist mit Scheitansflaum gesegnet, das heißt, du kannst tun und lassen, was du willst, du bist und bleibst n Objekt der Begierde und Wolllust. Die normalen Sterblichen aber gehen mit ner Bettelschale rum, Scheiße, es ist jetzt genau ein Jahr her, dass ich gevögelt habe, und auch damals hat mich die Frau mit den Worten entlassen: »Du hast für mich leider deinen Reiz verloren.« Einmal ficken, und der Reiz verblasst, wo gibt's denn so was, dabei hab ich ihr n Blow-Job gegönnt, dass sie, wie sie röchelte, nur noch Sterne sah. Ich durfte zwei Tage später mit ansehn, wie sie mit nem völlig verhunzten Rasierwasserbeutel verschwand.

Jedenfalls habe ich die vierte oder fünfte Discoglamourtante, die sich nach dir erkundigen wollte, davongejagt und bin, Motivationskünstler, der ich stets zu sein trachte, nach Hause abgedampft, denn nur nachts hält sich Jacqueline in ihren aufgeräumten Gemächern auf. Ja, endlich hab ich ihren Namen in Erfahrung bringen können, als ich mit dem Hausmeister wegen der Küchenabfälle im Papiercontainer stritt. Nach irgendeiner völlig beiläufig gestellten Frage is er mit m Namen der Holden herausgerückt. Jacqueline! Jacqueline Jacqueline Jacqueline! So fangen Lieben an, die hernach inne Volksquellen eingehen, es wird vielleicht später heißen: Romeo und Julia, Madschnun und Leyla, Hakan und Jacqueline! Ich war so in Fahrt, dass ich Papierherzen geschnitten und mit m Wachsstift rot angemalt hab, s war ne Heidenarbeit, Alter, ich hatte mir innen Kopf gesetzt, Herzen in der Größe einer Fingerkuppe zu basteln, nicht größer, das kann ja jeder Depp, und bis ich das erste Dutzend zusammenhatte, verging ne Ewigkeit und ne halbe dazu. Morgen werd ich als allererstes n Riesenbogen Papier klaun, ich hab noch keine rechte Vorstellung, wie ich die Herzen drauf anordnen soll, in Kreisen vielleicht, oder ich kleb die kleinen

Herzen zu nem großen Herzen, und in das große Herz, in den Hohlraum sozusagen, zeichne ich ne Sprechblase, und in der Blase stehn nur zwei Worte: Ein Verehrer. Die klassische Gentlemanschule lehrt den willigen Gesellen, dass alles ne Körperschaft bildet: das Aussehen, das Vokabular, das Benehmen und die Annäherung, die so was Ähnliches darstellt wie ne Kunst des langen Anpirschens. Wenn n Mann ne echte Frau ausgemacht hat, nimmt er die Fuchsansitzstellung ein, das heißt, er kniet nieder vor dem höheren Geschöpf, aber erstarrt nicht wie n tumber Trödler, der sich nur dem Ritual hingibt und nicht zur Sache kommen mag, weil er nicht weiß, wie man ne Hose aufknöpft. Am Ende muss n Liebesgentleman seiner Holden nen großen Augenblick gönnen, etwas, was sie nicht vergisst und woran sie später, in den Armen von irgendwelchen Scheiß-DJ's, Yuppies oder Ölscheichs denken muss: »Auch wenn die Sterne niederregnen, ich werde meinen Blick nicht von deinem Angesicht abwenden.« So ne Anrufung der Frau, mein lieber Krötengeifer, der du deinen Klebestift im Land der scharfen Messer Gassi führst, is zwar frei von Kalkül, aber dennoch die reinste Partisanentaktik, nicht eine Sekunde darfst du Arges denken, und zahlreich sollten deine Pfeile im Köcher sein. Ich glaub, dein Romantikgeschwafel verreckt auf der Strecke, weil du mit deinem steifen Gang den ganzen Zauber entschwurbelst, ich mein, was nützt dir n Generalstabsplan, wenn auf so nem unwegsamen Gelände jede groß angelegte Attacke in Schmach und Tränen endet, aber uneinlösbare Grundsätze zu haben is n Aspekt vonnem Abiturkümmel wie du, der's schafft, nach ner Menge von Turnübungen mit zero Prestige nach Haus zu dackeln.

Jacqueline trägt übrigens auch Mini, und die silbergesprayten Adiletten an ihren Schneewittchenfüßen würd ich glatt ablutschen, sie macht mich verdammt noch mal zum Fetischisten. Wenn's so weitergeht, lass ich mir noch

Sklavenringe inne Brustwarzen jagen. Ach ja, wir sind uns ein zweites Mal, diesmal annem Postkasten begegnet, und ich bemerkte, dass ihr auf m rechten Nasenflügel n Entzündungshöcker prangte, sie dachte, sie is mir ne Erklärung schuldig, und sagte: »Das macht der Nickelanteil am Silberstift«, und ich sagte: »Ich würd mir das gerne näher ansehen.« Sie fragte: »Bist du ein Arzt?« Ich sagte: »Nö, aber n Freizeitquacksalber, ich hab manche Blase mit ner heißen Nadel angestochen und den Eiter ausfließen lassen.« Sie schaute mich nur wortlos an und ging davon. Wenigstens habe ich mir ihre Fesseln einprägen können, derweil sie die Treppen hochstieg, ihre Adiletten schlugen gegen ihre Fersen und schmatzten, und in diesem nämlichen Moment kam mir die Idee mit den kleinen Herzen. Ich befinde mich in einer heiklen Phase, es steht irgendwie auf der Kippe, entweder verscherze ich es mit ihr ein für alle Mal, oder sie erwählt mich zu ihrem Prinzen. Ich werde ihr jedenfalls den Liebesbogen basteln und vor die Tür stellen, mal sehn, wie sie reagiert, aber ich hab das olle Schmachten satt, und wenn du dir meine Worte über die Trödelei noch mal ins Gedächtnis rufst, wirst du mir vielleicht Recht geben.

Gestern war ich bei Mohi, um ihn um n Hunni anzupumpen. Seine Studentenbude is der reinste Kindersarg, ein Tisch, ein Stuhl, ein Bett und die paar Klamotten in zwei Plastiktüten, für knapp zweihundert Mark Monatsmiete lässt man sich schon inne Gruft einsperren. Du weißt, er hält sich für nen verhinderten Erfinder, und er hat mir sein neues Werk gezeigt: n ovales Stück Holz, in das er Nägel eingeschlagen hat, aufs Nagelbett legt er die Kernseife drauf, die er vonnem befreundeten Perserhändler für umsonst bekommt. Ich hab ihm bisschen meine Bewunderung ausgesprochen, allerdings nicht ohne Hintergedanken, ich hatte Magenknurren und schielte auf den Teller mit schwarzen Oliven und dem halben Laib Weißbrot. Also saßen wir auf m Bett und teilten uns Gottes Gnadenhafer. Er beförderte seine Hosentaschen nach außen und sagte, er sei blank wie der letzte Cognacberber und wisse nicht, wie er die bald fällige Miete zusammenkratzen solle, und die ganze Tüftelei habe ihm nicht eine einzige Idee eingegeben, wie wir auf die Schnelle und auf n Schlag unsre Scheiß-Geldsorgen loswürden. Seine Eltern in Persien denken, er hat n Büro mit ner Sekretärin, er hat es bislang immer irgendwie geschafft, ihnen nen kleinen Betrag zukommen zu lassen. Meine Eltern dagegen haben mich längst als hoffnungslosen Fall abgeschrieben, sie glauben, ich sei des Teufels knuspriger Braten, ab und zu ruf ich sie vonner Telefonzelle aus an, und wenn mein Vater am Apparat is, gibt er den Hörer gleich an meine Mutter oder an eine meiner Schwestern weiter, und wir sprechen belangloses Zeugs, bis der Heiermann aufgebraucht is.

Manchmal frag ich mich, Alter, was wir eigentlich in Almanya suchen, wir sind Anatolier mit schiefen Herzen und haben es zu einigem Ruhm inner Krimibranche gebracht, dann gibt's noch Studierte wie dich, die weder Fisch noch Fleisch sind, und dann bringen die Türkenblätter Fotos mit Erfolgskümmeln, gemachte Männer wie Frauen auf m Feld der Politik oder des Bisiness, und denen möcht ich am liebsten innen Arsch treten, so kleinscheißig wie die sind. Die Armut fickt uns, Alter, und wenn wir zurückficken, reicht der Schotter vielleicht für n paar Tage, und dann is wieder schweres Schlucken oder Nasebohren angesagt.

Mohi und ich sind dann uptown, wir haben uns erst abgesprochen und Arbeitsfelder abgesteckt, und als wir aus m Supermarkt wieder raus waren, hatte er ne Riesensalami unterm Pullover und ich ne Hand voll Edelmarzipanstangen. Ich hab ihm gesagt: »Wenn du so ne Stange in drei, vier Bissen runterwürgst, ohne groß zu kauen, liegt dir das

Teil wie n Brikett im Magen, und du bist den ganzen Tag s Hungergefühl los, weil der Magensack n halben Kübel Säure losschickt, bis der Stoff endlich verdaut is.« Wir haben's ausprobiert, und es hat geklappt, dann sind wir zu Tamers Dönerimbiss, wo es richtigen Tee in der Farbe von Hasenblut gibt, egal ob man sich n Pappkebab holt oder nicht, und weil wir so was wie Tamers Spezis sind und überhaupt den inneren Kreis seiner Bekanntschaft bilden, können wir uns dort fast immer sehen lassen, allerdings am Tisch neben der Toilette. Wir sprachen über Gott und die sieben Zwerge, über Lotto, Toto und die vielen Arten und Methoden der Sackschneiderei, dabei achtete ich darauf, ihm nicht allzu lange ins Gesicht zu glotzen. Seine Brauen sind im Naturzustand heftig zusammengewachsen, er kann aber so Querbalken nicht ab und rasiert sich die Nasenwurzel, weil, wie er meint, wir im Unterschied zu den Viechern mit der Gabe gesegnet sind, Nägel und Borsten zu kappen. Is ja schön und gut, nur stachen ihm die Wildschweinborsten fast aus der Stirn, sein Apparat hat den Geist aufgegeben, nass rasieren will er sich nicht, und das Geld für n neuen Rasierer hat er auch nicht, wahrscheinlich isses aber einfach auch der Geiz. Tamer sah also aus wie n Ziegentöter. Mohi und ich schlürften unsern Tee und versuchten, nicht an den Eisenbarren im Magen zu denken, und Tamer hat ne kleine Anekdote zum Besten gegeben, in seinem beschissenen Telegrammstil, der einen auf die Dauer mächtig aufregt, man möchte ihm ins Wort fallen und schreien: Scheiß endlich, oder scher dich vom Schacht! Nun aber die Geschichte:

»Ein Typ lässt sich die Fußnägel wachsen. Sie rollen sich ein. Sie sehen aus wie Weinbergschnecken ohne die Rotzfüllung. Er hat den Fuß monatelang nicht gewaschen. Wenn er unter die Dusche steigt, packt er den Fuß in eine Plastiktüte. Er wäscht sich überall. Der Fuß bleibt draußen.

Er trifft sich mit ner Puppe. Sie ist in ihn verschossen. Sie beteuert ihre Liebe. Er nimmt's ihr nicht ab. Die beiden sitzen sich in einer Bar gegenüber. Sie sagt: ›Ich liebe dich so, wie du bist.‹ Er sagt: ›Du kennst mich nicht, hör auf damit!‹ Sie sagt: ›Ich kenn dich, du bist mir vertraut.‹ Das geht ne Zeit lang hin und her. Sie sagt: ›Ich kenn dich.‹ Er sagt: ›Nix‹. Schließlich hat er die Faxen dicke. Er schält sich aus Schuh und Socke. Er lässt seinen Fuß auf den Tisch krachen. Sie schaut kurz auf dieses fast verweste Stück Fleisch und stürmt entsetzt davon. Sie und er kommen nicht zusammen.«

Mohi und ich saßen regungslos rum, und als sich nach fünf Minuten wirklich nichts tat, dachten wir, der Herrgott hat Tamer von uns genommen, wir müssten Gebete für seine Seele darbringen.

Mohi sagte: »Hey, Tamer, war's das, oder wie?«

Tamer sagte: »Ich habe einen Punkt gesetzt.«

Ich sagte: »Was is n das für n Tier, das sein Scheißfuß verrotten lässt. Eins aufs Maul, und der Typ renkt sich wieder ein.«

Scheiße, ich hab daraufhin so n scheelen Blick von Tamer kassiert, dass ich plötzlich begriff, er erzählt was Hochprivates, er würde uns bestimmt Tee und Trockengebäck streichen, und wo kämen wir in Zukunft unter in hiesigen rauen Winternächten, wo könnten wir uns so was wie ne falsche Heimat abholen. Man braucht bei Tamer nur die Standardposter des türkischen Tourismusministeriums an den vier Wänden anzukucken, und schon wähnt man sich sorgenfrei und den Bauch voll mit Milch und Honig. Mohi zeigte jedenfalls so viel Geistesgegenwart, dass er mir mitm Handrücken aufn Hinterkopf klatschte, mich zum Prügelknaben erkor, auf den es einzuschlagen galt, um n warmes Nest zu retten. Er sagte: Mann, du Arsch, Tamers Gleichnis hat voll ne Pointe. Der Typ, von dem er erzählt, hat n zivilisierten und n wilden Fuß, und er hat die Puppe ner Prüfung unterzogen, sie wollte sich mit seinem wilden Teil nicht anfreunden. Tamer sagte: Meine Geschichte hat ne Pointe. Ich sagte: Verdammt, jetzt fällt's mir wie Schuppen vonnen Augen. Ich fragte dann artig, ob ne zweite Runde Tee drin is, Tamer nickte knapp, ich verfügte mich zum Samowar und schenkte uns allen dreien ein, dabei achtete ich darauf, dass mir auch nicht das leiseste Zwitschern über die Lippen kam, ich glaub, in Tamers Hirn arbeitete es wie irre, er fragte sich wohl in diesen Minuten, ob man ihn jetzt verarscht hatte oder nicht. Wie auch immer, ich hab mich wie n Lamm unterm Frühlingsregen artig verhalten und mich auf das Lied konzentriert, das aus der Konserve kam und das ich dir, edles Gewürm, auch nicht vorenthalten will:

»Wo sind die Blumen,
die du flochtest deinem Haar zum Kronenkranz?
Wo ist die Quelle,
an der sich schönäugige Gazellen labten?
Wo die Vögel und die Bäume,
und die tausendfarbige Blumenpracht ...?«

Ich soll dir übrigens n Gruß von Tamer bestellen, er lässt dir ausrichten, Gedichte seien out, mittlerweile würden »diese Roboter mit Tasten« n Programm eingebaut kriegen, das auf Poesie spezialisiert sei, du sollst dich auf kleine feine Geschichten umstellen und in der ersten Story etwas über die Mühen eines Mannes schreiben, der seine Brötchen mit den Chartführern der türkischen Küche verdient, sich sonst aber der Philosophie verschrieben hat. Somit habe ich meine Schuldigkeit getan, mach damit, was du willst, du hörst sowieso nur auf deine innere Stimme, das heißt, ruf ne Vollversammlung deiner schizophrenen Persönlichkeitsanteile ein, die sich vielleicht zu ner Klarwerdung in Tamers Sinne durchringen werden.

Genug gefaselt. Ich bin wirklich gespannt, was du in der Zwischenzeit für Hohlräume versiegelt hast, so was bleibt ja nicht aus, wenn du deinem Treiben und Trachten n Sinn abtrotzen willst.

Dein stolzer Führer der Hungerbrigaden
und potenter
Hakan-er-selbst!

7 Serdar an Hakan

Freitag, 16. Juli

Eilige Depesche!

Es gibt zwar keine bindenden Hygienebestimmungen, aber ich halte mich trotzdem daran, den Morgen nicht nur als Tageszeit zu betrachten, oder besser gesagt, nach dem Aufstehen nebst Auswaschung der Muffelkörner aus den Augenwinkeln auch meine Physiognomie einzurenken, die im Schlaf etwas unter meinen unbewussten Tätlichkeiten leidet. Ja, mein lieber Bauchfusselpopler, ich bekenne frank und frei, dass ich nächtens mit dem Kissen ringe und die Bettdecke auswringe, als wäre sie eine sich an meinen Brustkorb ringelnde Natter. Ich bekenne, dass ich mit Schmerzen aus dem Schlaf aufschrecke, weil ich den Schädel gegen die Wand am Kopfende meiner Lagerstätte gedonnert habe oder die Faust auf die Kommode krachen ließ. Nachdem ich also aus Morpheus' Armen erwacht bin – lies meinetwegen bei den römischen Legenden nach, was das bedeuten mag –, sieht meine Katzenwäsche wie folgt aus: Benetzung der üblichen Körperteile mit je einem Hauch Wasser, dabei immer wieder ein Blick in den Spiegel, ob auch jeder Körperteil an dem für ihn vorgesehenen Platz sitzt. Neuerdings ziehe ich meinen Bartwuchs mit Kajal nach, auf dass besonders die schweifigen Koteletten an Schwung gewinnen und das gängsteröse Lippen- und Kinnbärtchen das Bild einer gestandenen Persönlichkeit vervollkommnen möge. Hiernach bücke ich mich und verstreiche mit einem Wattestäbchen eine Salbe gegen Fußpilz in die Zehenzwischenräume, denn im Sommer geht der Pilz um, und wir wissen nicht, auf welchen Schotter wir treten. Natürlich bin ich ein Profi, und ich kann aus dem Stand vor der Blende still stehen und das coole Gesicht schieben. Nur, man muss ein Härchen vierzigmal spalten, bevor man die morgendlichen Maßnahmen für beendet erklärt und heraustritt, wo ich im Allgemeinen meinem Vater begegne, der sich vor Bauchgrimmen windet und krümmt und auf dessen kritische Kommentare ich eigentlich nicht viel gebe. Ich höre ihn dann brüllen, die Jugend, die heutige, sei genauso viel wert wie die Materie, die er im nämlichen Moment auf die lange Reise schicke, und früher habe er eher in die Hose geschissen, als seinen Vater zum Hausierer vor der Scheißhaustür zu degradieren.

Du oller Feuchtbiotopskalpträger, es geht mir den Umständen entsprechend, und die Umstände sind lausig. Ich verzehre mich, wonach, ist mir wahrlich ein Rätsel, wie ein Wiedergänger laufe ich durch die Ruinen meiner Schattenexistenz und habe Hunger nach echtem Fleisch und nach echten Sehnen, obwohl meine Sehnenstränge wie irre Ausfluss in meine sensibelste Extremität pumpen und mein Zammazingo weiterhin eine traurige Gestalt abgibt. Ich wusste mir gegen all diese Einsamkeiten nicht anders zu helfen, als meinem neuen Kumpel Baba, dem Pop-Mystiker an ägäischen Gewässern, mein Herz zu öffnen, wo doch zudem die sonst lebens- und liebesstiftende Haiku-Produktion völlig versiegt ist. Ich habe ihm also alles, was meinen lahmen Säckel angeht, erzählt, hatte mir Hilfe erhofft, aber alles, was er sagte, war: »Ich schwöre auf Süßholz.« Der Loser.

Aber vielleicht hat Baba ja auch Recht mit seinen Süßigkeiten. Soweit ich verstanden habe, gelten sie im Orient als potenzsteigernd, als Haremsmedikament, wie es heißt, also überredete ich meine saubere Mutter dazu, tellerweise Krapfen zu sieden, die ich eine Weile in Sirup ruhen ließ und hiernach verschlang. Jeden verdammten Morgen nach dem Aufstehen trinke ich ein Glas pures Zuckerwasser, ich muss mich geradezu überwinden, aber es ist für eine gerechte Sache. Außerdem komme ich auf zehn große Waffelriegel am Tag, die Schokonussfüllung hat zwar einen etwas metallischen Beigeschmack auf Dauer, es knuspert jedoch appetitlich, und die Krümel lese ich aus den Brusthaaren und verfüttere sie an die Spatzen.

Meine beiden Elternteile sind gerade damit beschäftigt, rohe Hackfleischbällchen in ebenso kleine Teigtaschen zu stopfen, sie hocken sich an einem kleinen Tisch gegenüber, beide in bunten Kitteln (!) und etwas schweigsam. Es begab sich nämlich, dass sich mein Vater einem plötzlichen Niesreiz ergab und mit der aufschnellenden Hand, die er als höflicher Mensch vor die Nase halten wollte, die Schüssel mit dem ganzen Teigklumpen vom Tisch fegte. So geschehen vor einer halben Stunde, und seitdem haben sie kein einziges Wort gewechselt, sie knoten kleine Knollen ab, walzen sie platt, zupfen Hackfleisch rein, drücken die vier Teigtaschenecken über der Füllung zusammen und schmeißen sie in ein Chromsieb. Derweil sitze ich auf der Veranda, das Sitzen und Glotzen wird mir zur Gewohnheit, zuweilen biege ich die Bügel der Sonnenbrille zurecht, gehe mit dem Finger über die Goldfassung, schirme die Augen mit der Hand gegen die Sonne ab und spähe in die Ferne. Ich bin am Grübeln, edler Freund und neu entschlüpfte Kaulquappe, ich denke nach.

Heute habe ich zwei Briefe von Dina erhalten und halte sie in den Händen zusammen mit einer kleinen Mülltüte voller Eiswürfel, wenn ich den Stift gelegentlich beiseite lege und die trotz der Hitze klammen Finger beruhige. Aber egal, ich schreib dir mal auf, worum es geht, damit du die Klemme erkennst, in der ich stecke, ich glaube, man nennt es schlicht und ergreifend Pech. Die Briefe schicke ich dir mit, damit du phantasieloses Etwas dir ein Bild von ihren Sorgen machen kannst.

Nun, was soll ich sagen, oder hab ich's dir in Kiel schon mal erzählt, Dina ist mittleren Alters und lehrt irgendeine

Kunde an der Uni in Berlin, eigentlich ein Prachtweib mit ihren roten Wallehaaren, eigentlich treibt die Vorsehung Mann und Frau nur alle Jubeljahre wieder in eine Liebesverklammerung, wie sie ihr wohl vorschwebt. Als Voyeur der letzten Tage würdest du dir bestimmt noch andere biographische Details zu Gemüte führen wollen, doch du musst erst einmal mit diesen Daten vorlieb nehmen und mir dann meine Fragen beantworten: Wie soll ich verfahren? Was soll ich tun? Ich bin ja vor ihr ein wenig geflohen, will sie aber noch nicht recht aufgeben. Mit welchen Raffinessen soll ich aufwarten? Kurz nach meiner Ankunft hier habe ich ihr ein Kärtchen geschickt, auf dem ich sie eigentlich mit belanglosem Zeugs abgespeist habe wie: Mir geht's gut, wie geht's dir, und die Einheimischen sind so nett und sehr wenige Touristen und so. Zum Schluss schrieb ich den Zusatz nieder: »Ich muss mich zusammenreißen, um nicht an dich zu denken.« Verdammt, es war einfach so eine Schnapsidee, ich war nicht unbedingt von großen Gefühlen überwältigt und vom Winde verweht, mich überkam nur das schlechte Gewissen darüber, dass ich eine Auszeit nehmen konnte und sie weiterhin im Hinterland die Nachschublinien beaufsichtigte. Ich wollte Trost spenden. Und sie schmeißt sich ins Zeug und droht mit dem Messias, verdammte Scheiße. Was ist, wenn mich auf Hinwirken des himmlischen Vaters der Schlag trifft? Was ist, wenn der Messias als eine Art Spiderman mitten in der Nacht von der Zimmerdecke runterblickt, Gram, Trauer und Abscheu in den Augen, um mir eine säurehaltige Rotze ins Gesicht zu schleudern, und ich darf mir die Haut in Scheiben abschälen? Woher wissen wir, dass sich der Messias beherrschen kann? Ich hingegen habe mich nun wochenlang auf Heimatposten verpflichtet, und du weißt, dass mich kein Rock anfechten mag, wo sie doch in Scharen auflaufen und vorbeidefilieren. Ich bin nunmehr eine beherrschte Terrakottafigur mit einem beherrschten Terrakottapenis, daran gibt's nix zu deuteln und zu drücken. Dina schickt mir den gottverdammten Messias an den Hals, auf dass er denselbigen umdrehe oder mich sonstiger Deformationen unterziehe. Er wird giftige Knochensporne in eine mir nachgebildete Nadelkissenfigur treiben, mein Glied lässt er aus, weil es dort sowieso nix zu holen gibt, vielleicht bespritzt er das Puppengesicht mit Krötenextrakt, und im Nu wachsen mir erbsengroße Warzen aus der Visage. Irgendwann treibt meine aufgedunsene Leiche flussabwärts, du sitzt am Ufer, scheißt aufs letzte Geleit oder sonstige Gefühlsausbrüche und machst nur winkewinke. Ich bin dir egal, ich bin den Hodschas egal, ich bin Geschichte. An der Biegung des Flusses bleibe ich nicht hängen, ich treibe weiter und immer weiter, bis mich ein Nilpferd aus den ruhigeren Gewässern fischt, mein Pestilenzaroma inhaliert und mich zum weiteren Verwesen freigibt.

Dina meint es vielleicht nicht so, aber eine Story, die mit dem Messias beginnt und mit einem Wasserungetüm endet, ist kein guter Ausgangspunkt für spätere Techtelmechtel. Ich bin konsterniert, mein Juwelenherz hängt an einer Mistgabel, wenn ich mal ins Poetische einsteigen darf, und der helle Mondschein erfasst die gekappten Blutgefäße, die einer Spritzdüse gleich meinen Lebenssaft austanken.

Habe ich es versäumt, mich nach deinem Wohlbefinden zu erkundigen? Du bist ja nicht essentiell veranlagt und gibst dich mit Kleinkram ab, ich kann nur sagen, du Glücklicher, die kleinen Kaliber sind mit einer Eigenschaft ausgezeichnet worden, nämlich der Naivität, man könnte es auch wohl dosierte Doofhaltigkeit nennen, in manchen Lebenslagen ein Vermögen, dessen auch du dich rühmen darfst. Du bist schnell zufrieden, du streckst dich nicht nach der verbotenen Frucht aus, du bleibst morgens lieber liegen, als dass du dich unmöglichen Abläufen stelltest. Dein Kissen gibt dir die nötige Fürsorge. Du stellst vielleicht Pläne und Berechnungen an, wie du die laufenden Kosten decken kannst, und dein einziger Alptraum ist das Monatsende. Ich hingegen höre das Surren der Telegraphendrähte und das Kummerknurren der Elektrogeräte in der Nacht, ich sehe das Wiegen der Halme und tote Zikaden am Wegesrand. Das Schicksal stellt mir mindestens fünfmal am Tag ein Bein, das macht fünfunddreißig in der Woche und hundertfünfzig Schicksalsschläge im Monat. Ich will mit einem Haiku schließen, ohne große Abschiedsworte, einfach und klar.

Der Fuchs ist am Ende seiner Kräfte, er überlässt
seinen Schwanz dem Pelzhändler.
Ein seltsamer Messias, der im Leinenanzug
herumgockelt.

Dein türkenpopzwitschernder
Serdar in Mission

8 Anlage 1 – Dina an Serdar

Montag, 5. Juli

Lieber Serdar,

die Juden sagen, der Messias wird kommen, wenn Löwe und Lamm in Frieden nebeneinander liegen. Dafür muss, Gott sei's gedankt, der Mensch selbst sorgen. Die eine oder andere kämpferische Mühsal zu tun ist eben Pflicht, und das Vergnügen bleibt darin eingeschlossen, denn so sind sie, die Pragmatiker. Also, es grüßen einander die Terminatoren, mein lieber Kanak in Mission. Du schreibst im Herzland deiner Väter strenge Haikus, und ich verweile weiterhin in Alemannistan, um den armen Paranoikern im Seminar einen Schrecken einzujagen. Im Auge des Taifuns herrscht immer gutes Wetter…

Vorhin hörte ich im Auto von den Eurythmics das nölige »Who am I to disagree, I travel the world and the seven seas…«. Sei ruhig kokett und übe dich weiterhin in Funkstille, Serdar, du hast doch mein Verzeihen schon bekommen, und wer bin ich schon, dir zu vergeben? Weltweit! Soll ich mich vielleicht entschuldigen für ein Bild in unseren Träumen? Ich finde mich am schönsten, wenn ich inspiriert, zerzaust und ungeschminkt – wie jetzt – am Schreibtisch sitze und irgendeiner Sache Leben einhauche, auf dass ich die Dinge zu verstehen beginne. Und Glück ist, wenn im Nebenzimmer gute Musik läuft und ich in Gedanken hier wie dort bin, ein mitteljunges Mädchen auf Stelzen. Also, weshalb willst du dich zusammenreißen, um nicht an mich zu denken? Es gibt ein Stück von einem russischen Dichter über ein liebendes Paar, das der chassidischen Verhältnisse wegen nicht zusammenkommen, ja nicht einmal miteinander reden konnte. Der Junge hat sich darum der Kabbala verschrieben, sich in die Mystik gesteigert und alles Magische in sich mobilisiert, um das Schicksal doch noch umzustimmen und das Mädchen heiraten zu dürfen. Seine Verzweiflung war so groß, dass es ihm das Leben aus dem Leib riss. Seine Seele trieb nach dem Tod nicht in das Universum, sondern wanderte als Dibbuk direkt in den Körper der Geliebten. Sie war dann eine zarte Frau mit den Seelen beider. Was meinst du, wie die Geschichte endet? Ich kann dir nur sagen, das Ende ist sehr weise und tief, und ich weiß bis heute nicht, ob man es traurig oder glücklich nennen kann. Ich denke, dass auch die lebendigen Seelen ihre dibbukschen Seiten haben und fliegen, wenn sie gejagt werden. Überfällt mich solch ein Dibbuk, dann weiß ich nie, wem er gehört oder ob er gar mein eigener ist. Diese Geister sind nur dann ungefährlich, wenn man die Grenze zwischen Leben und Tod nicht fürchtet. Aber die unsterbliche Symbiose gehört zur grenzenlosen Traurigkeit der Jugend, wie die Unsterblichkeit überhaupt. Aber wem sage ich das.

Lass uns für messianische Zeiten sorgen, für den Frieden der Löwen, Dibbuks und Lämmer im Land der Kanakesen. Die Juden sagen übrigens auch, sie hätten schon so viel durchgemacht, dass sie deshalb ja wohl auch den Messias überstehen werden. Und für uns, lieber Haiku-Schmied, gibt es derweil ja die Post.

Bis bald.

Deine Dina

9 Anlage 2 – Dina an Serdar

Dienstag, 6. Juli

Lieber Serdar,

ich schicke dir einen zweiten Küchenzettel nach. Ich habe das Gefühl, dich bedrückt etwas oder klemmt dich heftig ein. Schwer zu sagen. Es ist aber vergeblich, zu spekulieren, warum es dir gerade wie geht. Was weiß ich schon? Außer dass du ein inniges Verhältnis zu einigen deiner Körperteile hast, die du mit Heilölen bestreichst.

Ich hatte gestern, in einer rot-blauen Berliner Nacht, einen ungewöhnlichen Traum. Ich träumte, du ließest mir sagen, dass ich dir ein Hemd aus Batist machen solle. Aber ohne Saum und ohne Nadelstich. Ich setzte mich auf den Markt und dachte nach. Eine Schere wäre zu scharf, das Tuch zu schneiden. Eine Nadel zu spitz, sie würde verletzen. Also legte ich den feinen Stoff auf meine zerrissene Seele und teilte ihn so in Stücke. Danach legte ich ihn auf mein Herz und fügte ihn zu einem Hemd zusammen.

Dann war deine Botschaft, ich solle einen Acker für dich finden. Genau zwischen dem salzigen Wasser und dem Strand des Meeres. Also ritt ich am Ufer die Küste entlang, und als ich kein Feld dort fand, setzte ich mich in den Sand, und hinter dem Schutz meines Körpers wuchsen nach endloser Zeit Petersilie, Salbei, Rosmarin und Thymian.

Dann trugst du mir auf, ich solle es ernten mit einer Sichel aus Leder und verschnüren zu einem Bündel. Also nahm ich mein Schuhband und trennte jeden Halm einzeln von seiner Wurzel und mischte die Pflanzen und trug sie den ganzen Weg zu dir, und als ich ankam, war alles getrocknet. Ich ging auf den Markt und wartete, bis dann endlich jemand kam, mich von dir zu grüßen.

Am Morgen war ich verwirrt, nicht, weil du Unmögliches verlangst und ich es leicht finde, deine Wünsche zu erfüllen, sogar im Traum, sondern weil keines dieser Dinge in meinem wirklichen Leben eine Rolle spielt. Aber ihre Bedeutung schon. Wie immer in Märchen mit vielen Aufgaben. Ich kann mit Pflanzen nicht umgehen, bin ungeschickt, kann nicht nähen, bin das krasse Gegenteil von erdverbunden. Die Klänge dieses Traums erinnerten mich schließlich doch an etwas Wirkliches. Zwei Boys aus Brooklyn hatten diese Fragen gestellt in einem ihrer Lieder, und ich habe für dich die Antwort geträumt. Es ist eine ihrer zartesten, traurigsten und rätselhaftesten Balladen. Wirst du mit mir nach Scarborough Fair gehen?

Ach, Serdar, was soll ich machen, um dieses Lied aus meinem Kopf zu bekommen?

Deine Dina

10 Serdar an Dina

Dienstag, 13. Juli

Dina, mein Augenlicht,

ich kann dir nicht in Worten aufmachen, was deine beiden Briefe angerichtet haben. Ich wurde nach der Lektüre klein und winzig, ich kam mir vor wie ein Rasselgnom, der sich im Spiegel besieht und weiß, dass er dazu verdammt ist, in dunklen Gewölben zu hausen, weil die Menschen nun mal ihre eigenen Vorstellungen von Gestaltigkeit haben. Nur in den Traum der Geliebten kann der Gnom flüchten und dort den feinstofflichen Phänomenen ihre Wirkung abringen, ich meine, nur dort fühlt er sich frei und fast vollkommen, nur dort ist er aus freien Stücken unter fremder Regie, und vielleicht wacht die Geliebte im Rosenhain auf und sieht den Gnom an Rosen schnüffeln, und beide sind verblüfft und bestaunen die Kraft der geträumten Zeichen und Bilder.

Wenn ich das bisher Niedergeschriebene durchlese, beschleicht mich der Verdacht, es könnte etwas für Verwirrung sorgen. Was ich sagen will: Ich bin doch nur ein blöder Straßenköter, und solch einer hat nicht unbedingt was zu suchen in so wunderbaren Traumbildern, wie du sie mir geschildert hast. Nun hat man es nicht unbedingt in der Hand, zu bestimmen, was man träumt, aber manchmal heißt das ja irgendwas. Das hat man selbst nicht im Griff.

Ich bin, wie du weißt, aus Almanya geflüchtet, weil sich partout keine Zeile, kein einziger Vers und keine güldne Silbe einstellen wollte. Ich musste dieser Dauerverstopfung entrinnen, was nützt es, sich nicht vom Fleck zu rühren und keinerlei Anstalten zu treffen, mal die Tapete zu wechseln. Also habe ich kurzerhand das Nötigste zusammengepackt und mich ins Sommerdomizil verfügt. Meine Eltern pfuschen mir, was ein Segen, nicht sehr ins Leben und Handwerk. Ich bekomme meine warme Mahlzeit vorgesetzt, darf im Wasser planschen, und abends schaue ich mir den einen oder anderen Actionstreifen im Freilichtkino an. Aber man nimmt sich selbst natürlich überallhin mit, und die Nachdenklichkeit, eine meiner Eigenschaften, will sich hier unter der prallen Sonne nicht verflüchtigen, mein kiloschwerer Kopf verdaut auch das kleinste Fitzelchen. Es scheint mir, als ließe er nicht locker, bis er Rauchwölkchen gen Himmel entsendet, und ich kann ihn schwerlich auf andere Gedanken bringen oder ihm die Gedanken streichen. Ohne Nahrung würde er, glaub ich, mir bald von den Schultern kullern, aber vielleicht bilde ich mir das auch nur ein. Mein Herz, ich habe hier bis dato lächerliche zwei Haikus geschrieben, thematisch aus dem Tierreich gegriffen, natürlich symbolträchtige Volksweisen, wenn man so will. Ich muss zugeben, das ist eine etwas magere Ausbeute, und die Tage verstreichen, und ich öde mich selbst mächtig an, mag sein, dass es sich dabei um die Ruhe vor dem Sturm handelt, das wird sich herausstellen. Vielleicht passiert hier ja noch irgendwas, eigentlich bin ich sicher, dass.

Mach's gut.

Dein Serdar

11 Dina an Serdar

Montag, 19. Juli

Liebster Serdar,

wieso bist du diesmal dermaßen reserviert? Willst du nicht anfangen, mich anzuschauen, oder gibt es Hindernisse? Ich habe einen kleinen Ausflug gewagt, ausgerechnet nach Belgien, in das Land der komischen Presslaute. Es hat so furchtbar geregnet in Brüssel, ich war ganz verwirrt, und irgendwie war ich auf der Suche nach dir. Was tue ich also? Ich schreibe natürlich eine Geschichte, das ist auch eine Art Tagtraum, und bin immer noch verlegen, sie dir zu schicken. Sie handelt vom letzten, wirklich allerletzten Ende der Welt, an dem die vielen Dibbuks entscheiden müssen, und sie handelt von Renaissance und Ausgrenzung.

Diese Geschichte hat mir den Schlaf geraubt, weil sie doch ein wenig düster ist. Dann kam ich zurück aus Brüssel und fand wegen meiner Briefkastenphobie, denn meist sind Mahnungen drin oder ähnliche Schrecklichkeiten, deinen Brief erst spät am Sonntag. Dann träumte ich wieder ganz wirres Zeug, von deinen Haikus, da kamen Tankgirls als Comic und kleine grüne Türkenmännchen vorbei. Und mein Kopf war voll mit Kram und Unsinn, und ich dachte, dass ich mit irgendwem über irgendwas reden müsste.

Und du hast mich einfach nicht gelassen. Du hast mich in den Nacken geküsst und auf den Mund, die Ohren, und ich konnte nicht folgen, konnte mich nicht ärgern, konnte überhaupt nichts verhindern. Später im Traum bin ich aufgewacht auf einem Sofa mitten in der Nacht. Ich bewunderte deine Energie, denn du hast mir zugewunken, mit deinem Kumpel geredet und mich mit einem Tuch bedeckt, mir war richtig warm. Weder der Qualm noch euer rüdes

Gelächter konnten mich abhalten, auf dem Sofa in der Nacht im Traum wieder einzuschlafen. Keine Spur von Ausgrenzung.

Weißt du, ich kann gar nicht anders, als dir zu erlauben, mich zu umarmen, und wenn du mich küsst, Liebster, wirst du alles mitlieben müssen. Was ich zu tragen habe, sind die Geschichten, mit denen ich aufgewachsen bin, die Regeln, die Philosophie, die Verantwortung, die bittere und heitere Selbstironie und die vielen Toten. Nur Beziehungen, keine Landschaft, keine Gruppen, keine Heimat, nur die verfluchten Wünsche nach einer Erlösung, ganz ohne die Hilfe eines Christkinds, das uns den Trost abnimmt, und die unendlichen, unberechenbaren Erinnerungen bekannter und unbekannter Gestalten von früher.

Das ist die Armut und der Reichtum deiner schmächtigen Kriegerin, von deren Schönheit du noch nichts wissen kannst. Es ist eine ganz andere Art desselben harten Raps, Baby. Willst du ihn hören, soll ich für dich tanzen? Wenn ich für dich sterben müsste, würde eine Welt untergehen. Ich bin von so vielen Dingen auf immer ausgeschlossen, bei vielen will ich es nicht anders. Nur bei dir soll es nicht Exklusion sein.

Bedecke mich mit Küssen, Serdar, halte dich nicht zurück. Dass du dich mir ergibst, wage ich kaum zu hoffen.

Deine Dina

12 Hakan an Serdar

Mittwoch, 21. Juli

Mein lieber Zorro ohne Augenbinde,
mein lieber Musketier ohne Degen,
du Held ohne Heldentum,

und schon wieder schäumt es in deinem Brief wie ne Gebissreinigungstablette innem Glas Sirup, und nach ner ergebnislosen Slalomfahrt haust du mir nen Frauennamen aufn Tisch, mit dem ich erst mal nix anfangen kann, denn solche Geschäfte erledigst du lieber im Stillen und Dunkeln, damit ich dir nicht inne Quere kommen und dich erhellen kann. Lieber spinnst du deine Liebesfäden als Orchesterchef der scheißleisen Töne inner abgewandten Kammer, und wenn ne Komposition dabei rauskommt, die Katzenjammer is oder s blöde Operblöken auffer Bühne, kommt mein lieber Kumpel angewankt und sagt: Mach mal, du hast ja sonst nix zu tun!

Auf meine eigenen Liebesdoktrinen, vom heiligen Berge auf dein Haupt eigenärschig geschissen, bist du nicht mal mit ner Silbe eingegangen, is ja typisch, selber n Haufen Direktiven prasseln lassen, aber selbst kein Rat annehmen, wo du doch die Weisheit mitm Sieb gefressen hast.

Sie heißt also Dina, und du Arsch weißt wieder mal nicht so recht. Ich hab, was sie geschrieben hat, immer und immer wieder durchgeackert, aus mancher Sentenz wurd ich nicht schlau, mit Traumdeutung steh ich nicht unbedingt auf gutem Fuß, aber eins kann ich dir, quick Laboratuar, der ich bin, amtlich geben: Die Frau hat Klasse, sie ist durch und durch ne Lady, nicht eine von diesen Flirty-knutschi-Girls, und ich krieg nen Ausschlag, wenn ich daran denk, dass sie ausgerechnet dir, nem ausgemachten Lump, ihre Wonnen hoch dosiert verabreicht. Es is seit jeher n Naturgesetz, die Kanaille kriegt den Hauptpreis, und richtige Männer dürfen sich vorkommen wie Jahrmarktboxer, und sie dürfen im besten Fall s Schneuztuch für ne Kanaille bereithalten, die ab und zu reinrotzt, wenn sie mal vier Tage nicht zum Vögeln gekommen is.

Mögest du bis zum siebten Bauchnabel des siebten Glieds in Kloake baden, was fragst du mich, was du für n Budenzauber entfesseln sollst, es is doch alles zum Besten bestellt, verdammt noch mal, sie will's wissen, sie schreibt dir solche scharfen Sachen, da wirst du noch Jahre mit Haikuverzapfen verbringen müssen, dass du so n Niwo erreichst. Weißt du, die Geschichte erinnert mich an deine Affäre mit der Kellnerin, auch damals hab ich dir gratis Sexualkundeunterricht gegeben und dir erklärt, wofür Papis Pipi gut is und dass er in Mamis Mummu gehört, und nu is der Herr wieder inne Betrachtung seines Schrumpeldödels versunken. Gut, ihr Messiasding is Hardrock, sie weiß halt, dass sie's mit ner Poesie-Rübe zu tun hat, die man sanft streicheln muss, also spricht sie ne ähnliche Sprache, sie will dich innen Streichduett einspannen, auf dass ihr zusammen auf immer vereint Hohelieder grölt. Der Messias, du Eimer, is n Schönbild, er is nicht n Spinnenmann oder n Dracula mit weiße-Perlengeputzten Fangzähnen. Und wenn er mal wieder auf Erden spukt, hat er was Besseres zu tun, als sich mit solchen Kleinkackern wie dir abzugeben. Außerdem erscheint er nicht vor seiner Zeit. Was du nachts annen Wänden kraxeln siehst, sind bestimmt mickrige Reptilien, die in deine Nase schlüpfen wollen, wenn du sie mal lässt, du aber rollst deine Morchelzunge raus und schnappst sie dir und zermahlst sie wohlig zu lecker Brei.

Ich versuch mal, dein Problem tiefer zu legen, bevor du dich mit allen möglichen Neurosen vollnadelst und Deutschland n Türkenpenner mehr inner Gummizelle verzeichnen kann: Du bist für n paar Monate ins Südland abgezwitschert, is dein gutes Recht, die meisten hauen nach Indien ab, wo sie nem Erleuchtungshöker und Bartfeudelträger ihre ersparten Kröten vor die Gammelfüße werfen und den eigenen Kadaver hinterher. Du bist also im Vergleich gut dabei. Du machst Urlaub, du spannst aus, du hast den Kanal voll und willst mit deinen eigenen Belangen n Privatmann abgeben, auf dass dir die Nordost- und Südwestwinde die Flausen ausm Kopf wehn. Du nennst es Arbeitsaufenthalt, weil dir, wie so vielen in Almanya, der faule Mexikaner n Gräuel is, der sein Sombrero inne Stirn zieht, einfach und gut anner Hauswand lehnt und sein immer hochverdientes Nickerchen hält. Siesta und Fiesta, Alter, das sind die beiden korrekta Maßnahmen im Leben. Du Star aller psychopathologischen Institute würdest auch am Äquator ne Preußenserie aufmachen wollen. Ich mein, dein Scheißleben muss zur gleichen Zeit mindestens zwei Wertpole besitzen, der Boden soll dreifach gefliest, die Wände in vier Schichten tapeziert und der Raum, in dem du dich aufhältst, fünffach beleuchtet sein.

Du bist n Sammler, du Arsch. Der eine sticht tote Schmetterlinge inne Pinnwand, der andere hortet Frauen und jammert, dass seine Kollekzion unvollständig is. Aber was ereifer ich mich hier, n tief schürfendes Gespräch mitm Analphabeten bringt genauso viel wie sich den Arsch mit Brennnesseln zu putzen. Ich an deiner Stelle würd es mir mit Dina nicht verderben, ich würd die Frau anbeten, und wenn sie herzgnädig is, schenkt sie dir sogar n paar Gucci-Treter.

Obwohl du auf so was ja nicht hören willst, schreibe ich dir von meinen Erlebnissen, die's nicht gibt. Mit Jacqueline bin ich kein Stück weiter, auch wenn sich inner Zwischenzeit n Handlungsstrang herausgebildet hat. Ich bin noch mal in mich gegangen und hab Plan A zum Teufel gejagt.

Allerdings, nachdem ich Stunden um Stunden mit Scheiß-Bastelarbeit verbracht hatte, ich stell dir mein Werk zur Verfügung, du kannst es Dina schenken, und da du n Schlau-Ali bist, kannst du noch n Titel dazudichten wie: Nachdenken in Moll, Handstreich Numero one.

Ich bin zu Farouk hin, der saß stumpfsinnig in seiner Studentenbude, wahrscheinlich sann er darüber nach, wie er's Mohi so richtig heimzahlen konnte, und wo ich schon mal da war, bat er mich, ihn einzuschmieren. Er hat die Bechterewsche Krankheit, das is ne Rückgratverkrümmung, die Knochenleiste kriegt Gicht oder so was, jedenfalls fuhr ich mit ner Salbe Schlangenlinien zwischen seinen Wirbeln, und er gab mir aus ner Laune heraus hundert Mark und noch n Hunni für Mohi, den Scheißperser, wie er sagte. Mir kamen fast die Tränen, Alter, aber er is halt bei all seiner Elefantentöterei n fairer Typ, ich hab's aber schwer vermieden, ihn über die Geldquelle auszufragen. Tja, die Sache war gelaufen, ich folgte ner Eingebung, latschte zum nächsten Blumenhändler und bestellte n Strauß Feldblumen an Jacquelines Adresse. Du weißt, n piekfeiner Bote klingelt an und überreicht der Angebeteten das Buké, das Wort stammt vonner Blumenhändlerin, und es hat sich sofort in mein Sprachschatz eingebrannt. Ich hab mir n Babykärtchen ausgesucht und mich für die schlichte Ausführung entschieden, das heißt, ich ließ meinen gebenedeiten Namen reinsetzen ohne weiteren Kommentar. Das war gestern, heute Nachmittag stand sie an meiner Tür, zum ersten Mal. Alter, mir is fast die Schwarte aufgeklappt, was für ne Erscheinung. Ich bat sie stotternd herein und manövrierte sie in mein so genanntes »Anatolia corner«: ein alter Sessel vom Sperrmüll, den ich mit Mutters abgelagerten Gardinen abgedeckt hab, zwei Kelimteppiche in gefälliger Position und n Fußhocker mit Krokoprägung aus dem Uni-Möbelmarkt. Ein antikes Kohlebecken vonner Jahrhundertwende, Ungetüm und Schmuckstück in einem, und nicht zu vergessen die silberne Beerenschale aufm etwas wackligen Beistelltischchen, das ich, hätte ich ihr Kommen geahnt, mit Auberginen gefüllt hätte, weil's dann farblich voll mit den zerfransten Gardinen konkurriert hätte. Jacqueline streifte auch gleich ihre Adiletten ab und lagerte ihre Füße, die ich im Geiste tausendmal liebkost hab, aufn Fußhocker, so dass ich mich zusammenreißen musste, um mich nicht in ihrer untersten Region festzubeißen. Ich kam mir vor wie n Säugling im Römertopf, ich mein, ich hab damit gerechnet, dass die Wände jeden Augenblick runterklappen und mich unter sich begraben, und meine sensible Kehle schnürte sich bedenklich zu. Gott sei's gebimmelt, ich zerbrach mir noch den Kopf, was für n Brimborium ich anzetteln sollte, um sie willkommen zu heißen, aber Jacqueline is wohl von Natur aus n Freibeuter und pfeift auf so n Formalkram, also hat sie losgelegt.

Ich muss sagen, ich hatte etwas Probleme mit ihrer Aussprache, sie hatte, wie soll ich sagen, gewisse Artikulationsschwierigkeiten. Ihre Zunge hing ständig annen Zähnen und machte n Geräusch wie kling und klong. Ich sprach sie darauf an, sie sagte, sie hätte sich n dritten Ring inne Zunge piercen lassen, das wär wohl n Fehler gewesen, und wenn sie Pech hat, wird sie zeit ihres Lebens lispeln. Ich sagte: So n Sprachfehler tut deiner Klasse keinen Abbruch, darauf brach sie in Tränen aus, ich latschte inne Küche, holte ne Serviette und reichte sie ihr, ich weiß nicht, ich hab zwar mit m Gedanken gespielt, sie inne Arme zu schließen, aber zu viel Annäherung macht's Rehkitz scheu, also hab ich die Flossen brav anne Hosennaht geklebt und gewartet, bis ihr Heulkrampf vorbeiging. Und dann musste ich mir ihre Story anhören, es war die reinste Körperbeherrschung, Alter, am liebsten hätt ich sie ausm Anatolia corner gejagt und mir hernach zwei Aspirintabletten reingepfiffen. Sie hat sich frisch von Domi getrennt, diese Arschkrücke is n Varietékünstler und kann, ihren Worten zufolge, wunderbar Keulen werfen. Er is so was von frei und voller Ideen, zum Beispiel hat er nen alten Holzpuppenherd im Sperrmüll gefunden und ihn angemalt, die Scheiß-Herdplatten in Ultramarinblau, den Rest in »Van-Gogh-Gelb«. Dann hat er ne alte Leiter im Zimmer aufgestellt und auf die Sprossen seine Anlage und CDs platziert. Außerdem kann er herrliche Kaugummiblasen formen und sie zerplatzen lassen, dass sie ihm niedlich annen Lippen kleben, er sieht dann wie n kleiner Racker aus, und das rührt ihr's Herz. Sie hat den Arsch immer abgeknutscht, sie konnte nicht genug davon kriegen, und jetzt, o weh, is alles vorbei. Wieso isses vorbei? Er hat ihr, Originalton, Folgendes gesagt: »Du hängst an mir wie eine Klette, das geht so nicht weiter, ich brauche meine Freiheit, du musst es bitte verstehen.« Sie hat ihm nicht etwa ne Scheiß-Keule innen Rachen gerammt, nein, sie hat ihm auch nicht gesagt: Ich scheiß auf deine Persönlichkeitsentfaltung, sie hat geheult und gebettelt, und der Typ kam sich bestimmt so richtig wichtig vor. Ich hab zu Jacqueline gesagt: Ich könnt n paar Kümmelkollegas zusammentrommeln, wir schaun bei ihm vorbei und setzen ihm ne Klinge anne Gurgel oder schlagen ihn zu Klump. Sie riss sofort entsetzt die Augen auf und schrie: Nein, nein, wie kannst du nur so grausam sein! Weißt du, Alter, das is mal typisch, die blöde Kuh heult sich bei mir aus, wo sie doch bestimmt längst mitgeschnitten hat, was ich für sie empfinde, sie lobt ne Scheißschwuchtel übern grünen Klee. Wer Domi heißt, kann sowieso nicht viel taugen, und sie nimmt ihn auch noch in Schutz, wenn ich ihr ne Runde organisierte Kanakenkriminalität anbiete, und das sogar für umsonst. Dann heißt es, ich bin grausam. Was erwartet sie, soll ich ihm nen Satz Kaugummi mit Erdbeergeschmack schenken, oder was? Jacqueline sagte: Kann ich bitte n Glas Wasser haben?

Ich brachte ihr das Kranwasser, und sie sagte: Ich geh jetzt mal lieber, ich musste mal jemandem mein Herz ausschütten. Und übrigens vielen Dank für die Blumen, das war wirklich sehr lieb von dir. Als sie weg war, hab ich mich vorn Sessel gestellt, bin auf die Knie gegangen, hab den Abdruck ihres Hinterns erst befühlt und dann wie n Perverser beschnüffelt. Ihr Parfüm hing inner Luft, seitdem hab ich die Wohnung nicht gelüftet, und ich war hin- und hergerissen zwischen Wut und Liebesgram, ich mein, mir stank's gewaltig, dass sie von »jemandem« gesprochen hatte, ich bin also in ihren Augen irgendein beliebiger Penner. Andererseits is sie auch nicht zum Hausmeister gerannt, so was zeugt von Vertrauen, und wenn ich mich nicht täusche, is das die erste Feuerstelle der Liebe, und weitere werden folgen. Irgendwie hab ich nach der Begegnung so ne vermehrte Gasentwicklung, ich mein, ich hab auch während des Plauschs gemerkt, wie mein Bauch sich wie ne Trommel gespannt hat, und als sie über den verkackten Domi ausholte, musste ich schwer an mich halten, um nicht ne Faulgasbombe hochgehen zu lassen. Du kennst das ja.

Wo wir hier wieder inner Anatomie rummantschen, fällt mir wieder der Tipp von Farouk ein, dem ich dein Problem mit deiner elementaren hölzernen Teigrolle gesteckt hab, und er is kurz in sich gegangen und wusste dann Rat: Rosenkranzziehen bzw. mit den Perlen klackern soll den Sexualtrieb lahm legen. Er sagte, es sind Druckstellen anner Hand, so genannte Akupressur-Energiefelder, die werden aktiviert, wenn du ne Gebetskette um die Finger wirbelst, und s kommt ne Meditation dabei rum, und du hast nicht mehr Tittenspitzen und Schamlippen im Kopp, sondern n großes weißes Loch, dem du n Bart klebst und ne Triangel mitm offenen Auge drin ans Hinterhaupt pappst. Dann bist du nicht mehr kulturgespalten, und Pint und Hirn sind im Einklang, und du entfleuchst schnell mal für ne halbe

Stunde oder so zum himmlischen Vater und kannst ihm n Ständchen auf der Zither darbringen. Das nennt sich Levitation, ich hab mir's Scheiß-Fremdwort von Farouk buchstabieren lassen, weiß der Henker, woher der so n Wissen hat.

Also, schnapp dir n Tesbich vom Höker und fang an, deine Sünden Perle für Perle aufzuziehn, das wird dich nicht mehr verderben, als du's ja ohnehin schon bist, verdorben und n Gaumenschmaus für die Kadavervögel, die's dir danken werden. Und noch n Tipp von mir hinterher: Ich hab ne Zeit lang im Theater als Hausbimbo für alles Mögliche gearbeitet, und da hab ich ne Faustregel mitgekriegt. Auf schrägen Flächen wird in das Wischwasser etwas Cola beigegeben, damit die Standfestigkeit garantiert is und die ollen Schauspieler mitten im Spruch nicht plötzlich abrollen. Such dir also, lieber Klump, ne ebene Fläche, oder führ immer ne Dose Cola mit dir rum.

Du sprichst dauernd von diesem Baba, der mir vorkommt wie ne Mischung aus Kröte und alter Mann vom Berge. Du weißt ja, auch hier in Almanya gibt's n Kanakenkollega, den alle nur unter »Mafia Baba« kennen, sein wirklicher Name, Imran, is mit der Zeit in Vergessenheit geraten, er sagt, n Kampfhund braucht nicht nen Schoß, n Kampfhund braucht nen Rufnamen, der die zwei wichtigsten Leckereien im Leben auf einen Punkt bringt: Schlägerei und Sozialismus. Er is n Frankfurter Kümmel und hat im Lauf der letzten Monate n Kumpelstatus bekommen, er ruft mich immer wieder an, manchmal röchelt er völlig meschugge innen Hörer, von wegen sexueller Belästigung, manchmal is seine Grußformel ne Frage: Wer bin ich, sag es! Ich sag: Du bist Mafia-Baba, er sagt: Ich hab auf Zimmerlautstärke gestellt, hier hockt Fehmi, und er is scheißschwerhörig, sag es noch mal! Ich sag: Du bist Mafia-Baba, er sagt: gut!, und wir labern weiter dummes Zeugs. Letztens hatte ich ihn wieder am Apparat, hab ihm vonnem vorübergehenden Liquiditätsproblem erzählt, er sagte: Pass auf, ich steck zwei Scheine innen Umschlag, morgen schmeiß ich den Brief innen Kasten, und übermorgen hast du die Moneta, dann setzt du dein Arsch in Bewegung und kommst für n paar Tage her.

Gesagt, getan, ich hab mich abgesetzt, hoffentlich nimmt's mir der Siegelmann nicht krumm, wenn er vor meiner Tür Wurzeln schlägt und sich vorkommt wie n Weihnachtsmann, und Imran stand korrekta Momenta aufm Bahnsteig, ich wollt ihn à la turca umarmen, er aber ging zwei Schritte auf Abstand und sagte: Sag es! Ich sagte: Du bist Mafia-Baba, er schlug die Augen gerührt nieder und küsste mich dann auf beide Wangen. Da's mit seinen Finanzen auch nicht gerade glattglänzend bestellt is, zogen wir's vor, ne Strecke zu laufen. Wir nahmen den Vorderausgang des Bahnhofs, wo sich auf beiden Straßenseiten Export-Import-Läden breit machen. Ich bekam's Gefühl von großer Welt und Krimiaction hautnah und live.

Wir kommen gleich auf die Liebe zu sprechen, er plagte sich mit meinem Survivalkoffer ab, und plötzlich hörten wir jemanden zischen: »Braucht irr Warre?!« Als wir die Köpfe hoben, sahen wir uns in Gesellschaft vonnem Haufen Jungmarokkanern, die sich vor ner Ladenzeile postiert hatten, das übliche Kanaken-Outfit mit Lederjacke, offenem Hemd und hautenger Jeanshose. Mafia-Baba stieg, wie's seine Zunft gebot, voll ein innen Handel und fragte, was sie denn so auf der Verkaufspalette hätten, sie hatten vor allem Handys, ich fragte nach Ray-Ban-Sonnenbrillen, war aber Fehlanzeige. Der Araber sagte: Kommt, hirr is tsuvfil Lischtt, und er nahm uns mit aufn Hinterhof, n andrer Araber ging mit und holte n Handy in Bananenform ausm Wanzsack. Das Teil sah recht korrekt aus, ich mein, ich versteh nicht die Bohne davon, aber s hatte n gefälliges Äußeres, und darauf kommt's doch erst mal an, also stieg ich voll ein ins Gefeilsche, die Typen verlangten dreihundert Märker, und wir schafften es, den Preis auf 150 runterzudrücken. Kaum war der Handel zu aller Zufriedenheit abgeschlossen, kam n Hodscha ausm Hinterhaus rausgelatscht und sagte: Bitte hier Gebetszone, Geschäfte draußen, und weil er uns alle für Araber hielt, murmelte er auf Türkisch: Diese verschissenen Söhne des Scheitans! Mafia-Baba und ich sind voll glücklich von dannen gezogen, er schlug vor, dem Brauchtum zu genügen und uns mit ner Linsensuppe im Türkenrestoran in der ersten großen Abbiege rechts zu belohnen. Hier bedient der lahmste Kellner der Welt, ich glaub, der muss sich alle zwei Wochen neue Treter kaufen, weil er vom elenden Schlurfen seine Absätze abschleift. Wir haben jedenfalls unsere Suppen mit viel Brot im Körbchen bestellt und uns auf ne halbe Stunde Wartezeit eingerichtet, Imran schob seine Karte innen Kartenleser, gab sein PIN-Code ein, dann erschien aufm Display der Anzeigentext »Sicherheitscode« mit fünf Sternen, und's war, als hätt man Mafia-Baba seine hochverdienten Achselstücke abgerissen, er wurde ganz blass und sagte: Die Araber haben uns gefickt, Alter! Er rührte jedenfalls die leckere Linsensuppe nicht an, die nach exakt ner Dreiviertelstunde aufgetischt wurde, er war ständig damit zugange, aufs Geratewohl fünfstellige Ziffern einzutippen, daraufhin folgte immer n Piepton, und aufm Display erschien: »falscher Code«. Wir haben uns die nächsten zwei Tage den Arsch aufgerissen, den Scheiß-Geheimcode zu knacken, aber alles Fluchen und Zetern half nix, Mafia-Baba sagte: Ich werd mir s Handy aufn Badezimmerschrank stelln und mich beim Scheißen daran ergötzen. Was uns besonders stank, war der Umstand, dass wir, die wir uns zu den heftigsten Kriegskümmeln zählen, denen keine Straßentücke unbekannt is, vonner Araberkolonne fett gelinkt wurden, die lachen sich bestimmt nen Ast dabei.

Inzwischen bin ich aber längst wieder back in town und

schick dir meinen Kebab-Kassiber in deine Anatolia corner. Du übrigens solltest deinen Kaputtstecken abreißen und dir von nem fähigen Mechaniker ne Knoblauchwurst zwischen die Leisten setzen lassen, denk an meine Worte!

    Dein Wüstenscheich
    Hadschi Halef Hakan

13 Serdar an Hakan

Sonntag, 25. Juli

Du Büschelohrsumpfeuliges,

nun ist aber wirklich die große Aussprache zwischen uns beiden angesagt. Eine Generalüberholung unserer bislang recht säkularen, tief gehenden und alle freien Valenzen bindenden Freundschaft steht unweigerlich ins Haus, und ich muss es dir gleich vorn Latz knallen. Du bist eine so geschwätzige Kanakatrulla, du schrappst dermaßen hobbeldihopp per Anhalter durch den Wahnsinn, dass ich hier erst mal voll in die Eisen steigen muss, um dir nicht kübelweise Teergebräu aufs brunzdumme Haupt zu wünschen! Du gehst also durch die Gegend und erzählst jedem, der dir mal geschmeidig das Fell gekrault hat, dass dein bester Kumpel seit geraumer Zeit sich jener, sagen wir mal, Turbulenzen entsagen muss, derer er sich bis vor kurzem doch im Übermaße erfreuen durfte. Du hängst meine schmutzige Wäsche auf die öffentliche Leine, und jeder kann sich davor stellen und sich eine Hand voll davon abgreifen. Farouk mag vielleicht ein heißherziger Bruder in Christo sein, aber der eigentliche Punkt ist doch, dass du, kaum hat er dir einen ganzen Schein rübergelangt, die Scheißbesinnung verlierst, in meinen Adelskreisen spricht man von Fasson, und dich deinen perversen Gelüsten ergibst, du Nachttopfbimser, damischer. Was geht Farouk mein angeknackter Rüssel an, er wird, kaum warst du aus der Tür, allen verlausten Asiatenteufeln Meldung gemacht haben, und die haben natürlich ihre Buschtrommeln aufgestellt und die Kunde von meinem müden Goldfisch im ganzen Ghetto verbreitet. Ich seh mich schon, sollte ich je wieder meinen Fuß auf alemannischen Boden setzen, von einer irren Kohorte am Flughafen empfangen, überall werden Spruchbänder aufgerollt: Lass dich nicht kleinkriegen, mach nicht schlapp, oder Satan, weiche von Serdars Penis, und ich komme ins Fernsehen, und zwar nicht als sagenhafter Haikuschöpfer, sondern als Clown der Stunde. Die Sonne scheint auch auf deine Bürgerpflichten, verdammt noch mal, und das erste Gebot heißt: Du sollst nicht für Silberlinge deinen Freund und Herrn anschmutzen!

Um gewissen Verständnisschwierigkeiten auf deiner Seite zuvorzukommen, das Letztgesagte ist natürlich im übertragenen Sinne zu verstehen, wenn es überhaupt etwas geben sollte, was sich deinem beschränkten Horizont nicht gänzlich entzieht. Ich hätte es im Übrigen wissen müssen, du aufgewirbelter Staubfussel aus der Ecke eines Nuttenbunkers, dir geht die Verschwiegenheit ab, die Menschen erster Güte für selbstverständlich erachten. Außerdem war ich hier vor Ort vor Tückenkram gewarnt, und zwar von Muttern herself, welche mir aus dem Kaffeesatz gelesen hat. Sie ist in der ganzen Nachbarschaft für ihre hochgradig ausgebildeten hellseherischen Fähigkeiten bekannt. Ehefrauen, einigermaßen erzogene Töchter, Witwen in der Hoffnung auf Jenseitsgeflüster, ratlose Muttis, die ob der schändlichen Übergriffe von Poltergeistern sich die Haare raufen: Sie alle rennen unsere Tür ein und bitten meine saubere Mutter um ihren Heilblick in den Boden der Mokkatasse. Es ist jedes Mal eine richtige Zeremonie, Muttern verbringt eine Viertelstunde nach Austrunk des Gebräus mit Klatsch und Tratsch, und dann umschließt sie die Tasse mit den Fingerspitzen ihrer rechten Hand – die linke ist in der Tradition niederen Verrichtungen vorbehalten – und vergewissert sich, dass der Sott einigermaßen gleichmäßig über die innere Wandung verstrichen und getrocknet ist. Sie versucht, über die schründigen Schlieren schlau zu werden, all die Klumpen und Gerinnsel sind bedeutungsschwangere Gestaltmasse, und in dieser ganzen Zeit sind Lippen und Zähne der Sitzungsteilnehmer wie auseinander gerissen, und die Zunge hängt aus dem offenen Mäulchen. Ich aber, ein wahrer Stürmer und Dränger der Skepsis, ich aber, der ich nicht wie manche unter uns die Flagge in den Wind halte, verhielt mich anständig, wovon auch meine ruhigen, gleichmäßigen Atemzüge Zeugnis ablegten, ich lauschte einfach ihren Worten: »Hier, siehst du diese vier Hügel, auf der Kuppe des höchsten Hügels hockt eine verkümmerte Gestalt, sie reckt ihren Kopf runter ins Tal, und das da, ganz nackt, bist du. Du hast ihr den Rücken gekehrt, und sie versucht, mit Augenmagie dir Harm anzutun. Sie will dich vielmehr von einer Tat abhalten, die dir Ruhm einbrächte, wenn du dir ein Herz fasstest.

Diese Hundsgestalt hier bewegt sich in deinem engen Freundeskreis, sie ist ein falscher Hund, du kennst ihn, und mit seinen Finten und Finessen wird er nichts erreichen. Du bist ihm über. Du wirst über die kleinen Steine stolpern, über die großen wirst du gemächlich steigen. Du wirst ihm dann ins Gesicht lachen, dem schwarzen Magier, denn die weiße Magie obsiegt, in den Tälern wie auf den Hügeln. Betrachten wir einmal das Szenario auf der gegenüberliegenden Seite. Siehst du, um dich herum scharwenzelt ein Rudel von Welpen, es sind deine Beschützer, deine Weggefährten, und in zwei Zeiten, in zwei Wochen oder in zwei Monaten, wird dir ein großes Glück zuteil werden. Ein Welpe apportiert einen Knochen, und hier, das sehe ich ganz deutlich, hängt noch ein Stück Fleisch an den Knochen. Das Glück ist auch noch gesegnet, was willst du mehr?«

Das waren ihre Worte, sie ging hiernach ein wenig ins Detail, von wegen nicht mit Aleman-Maiden anbandeln und so weiter, aber das alles tut nichts zur Sache. Was die Hundsgestalt angeht, hatte ich den nunmehr bestätigten Verdacht, es könnte sich doch glatt um dich handeln, denn deine elenden Wege sind ergründlich und haben mich bisher immer wieder mal an den Rand fast mortalen Ruins gebracht. Überhaupt fällt mir dabei ein, und das führe ich jetzt ins Feld, weil du ständig auf ollen Liebeskamellen herumreitest, wie du uns fast ins Kittchen gebracht hättest, weil dein Schandmaul den ganzen Tag nichts anderes macht als Lästern und Unfug verzetteln. Du bist damals losmarschiert und hast ein paar Fremdvisagen verklickert, ich hätte einen Lautsprecher erfunden oder zusammengebaut, den man in Geldautomaten installieren könnte, ganz problemlos, der Kunde würde also seine Kreditkarte einschieben, seine Geheimnummer eingeben, und gleich darauf hörte er die Durchsage, dass seine Karte einbehalten sei und er sich bitte an einen Mitarbeiter unserer Bank wenden sollte. Der recht verwunderte Kunde kommt der Aufforderung nach, und in der Zwischenzeit mopst der Trickbetrüger, in diesem Falle ich, so viel Scheine, wie er kriegen kann. Immer wenn du einer Eingebung folgst, brockst du deinem unmittelbaren Biotop Scherereien ein, Scheiße, plötzlich hatte ich ne ganze Wachmannschaft vor der Tür, die mich dann mit aufs Revier mitgenommen hat, und ich muss während der Vernehmung so dumm aus der Wäsche gekuckt haben, dass sie mich bald gehen ließen. Und erst nach und nach hat sich das Bild für mich zusammengestellt, du hattest also einen Warnhinweis durchgelesen und gedacht, »Mensch, daraus bastel ich ne Scherzfalle für meinen Kumpel und gröl dann auf seine Kosten ab«, deine Infamie kennt keine Grenzen. Und nicht zu vergessen die Anzeige mit meinem vollen Namen und meiner Telefonnummer, die du in einer Schwulenzeitschrift geschaltet hast, und ich musste mir die ganze Nacht um die Ohren schlagen mit obszönen Anrufen, von wegen ob ich mir den Hugo ausschleimen wolle, ob ich mir eine Ganzkörperglasur gönnen wolle, ob mir Kakaogewürfeltes den

Rachen geschmeidiger mache. Du Heidenschwein und Leichentuchhöker hattest nämlich unter meinem Namen Naturkaviarneigungen bekundet, und es riefen in den folgenden Tagen lauter brünftig aufstoßende Kerle bei mir an, es ging munter weiter, bis ich endlich eine andere Telefonnummer bekam.

Ich könnte noch lange erzählen, was meine Mutter mir preisgegeben hat, oder davon auch, was du mir bisher schon alles angetan hast. Was aber soll ich nun von dir halten? Dein Hirn ist eine Funzel, die minimal glimmt, ein schwacher Glutschein, der nichts anderes darstellt als eine bloße Anwesenheitsliste von vor sich hin zuckenden Zellen, welche seit Jahren einen einzigen Impuls über einer trostlosen Landschaft hin- und herbolzen. An dir ist die Evolution gescheitert, du bist einen halbherzigen Ruck weiter als die kochende Urpfütze, und bei einer Temperatur von über dreißig Grad läufst du Gefahr, in deine null und nichtigen Bestandteile verdampft zu werden. Ich auf der anderen Seite bin ganz meiner Größe verpflichtet und werde deinen Fauxpas knapp durchgehen lassen, denn du kannst nicht anders und nichts dafür, ich muss dieser Tatsache bei all deinen schweren Verstößen gegen Sitte und Geschmack ins Auge sehen. Ich bin auch weiterhin in einer recht ungepflegten Verfassung, es kommt mir so vor, als sei ich in die Melodramatik geworfen oder gefallen, ich werde von einer angeschirrten Kalesche, mit deren Hinterachse ich mittels eines reißfesten Seils verbunden bin, durch steiniges Ödland geschleift, und wenn meine Haut in Fetzen hängt, regeneriert sie sich immer aufs Neue, und die Tortur fängt von vorne an. Es fehlt mir an trautem Ambiente, und ich bin einer, wie soll ich sagen, Sommerdemontage anheim gefallen.

Hierzulande hatte ich sogar den Ali Baba schwer im Verdacht. Ich beschuldigte ihn im Geheimen, mir eine Schmach nach der anderen anzuflicken. Ich wollte ihn stellen, ich suchte das Vereinslokal auf, das aber geschlossen hatte, ich lief sogar zum Prominentensteg, weil es zuweilen Babas Angewohnheit ist, dort ein Badetuch auszurollen, sich zum Bräunen hinzustrecken, mit der etwas schäbigen Absicht, hier und da vielleicht einer Viertelbrust ansichtig zu werden. Aber nein, er war unauffindbar, und erst spätabends sah ich ihn in der Taverna herumlungern und still sein Efes-Pilsen schlucken. Er hatte sich in Schale geworfen, eine blaue Bundfaltenhose, dazu in nicht passender Weise ein türkisgrünes Polohemd, mir fiel der Spruch ein, grün und blau schmückt die Sau, aber es war nicht unbedingt der Zeitpunkt für Inrespektabilitäten, sonst hätte ich mir auch etwas über seine weißen Tennissocken einfallen lassen müssen, die in ebenso weißem Schuhwerk steckten.

Ich setzte mich nach einem zünftigen selamün aleyküm auf den Stuhl zu seiner Rechten und hoffte, dass ihm dieser mein alttestamentarischer Bezug auffiel, wenn ja, ließ er sich nichts anmerken, er war in tiefe Gedanken versunken, es traf auch meinen Nerv, und so schwiegen wir eine ziemliche Weile und lauschten dem Rauschen der Ägäis. Mir fiel nur auf, dass er ab und zu mit der Hand unters Hemd fuhr und gewisse Stellen abtastete, manchmal kratzte er sich in den Achselhöhlen, aber es war seine Brust, die wohl schmerzte, ja schmerzte, denn in der Anstrengung, sich nichts anmerken zu lassen, verkniff er den Mund und stierte vor sich hin. Schließlich konnte er nicht anders, als mir Auskunft zu geben:

»Deutschländer, wir sprechen jetzt nicht wieder über dein welkes Tüpferchen, hier geht es um eine hoch männliche Angelegenheit, um Wohl und Wehe, um Kampf und Schicksal. Bevor ich mich aber weiter ausbreite, eine Frage: Kennt man bei euch drüben den Gottvater des Arabesk, Müslüm Gürses?«

»Nun ja«, sagte ich, »man kennt ihn, man kennt auch Ferdi Tayfur, Orhan Gendsche…«

»Maul halten«, sagte er ungewohnt unwirsch, »es kann nur einen geben, die anderen sind Nachahmungstäter, und sie reichen nicht an die Größe, die Schwermut eines Müslüm des Prächtigen heran!«

Er bestrafte meine unschickliche Bemerkung mit einer Viertelstunde beharrlichen Schweigens, doch dann ging er wieder auf Sendung.

»Müslüm ist unser aller ungekrönter Padischah, das lass dir mal gesagt sein, ich will ein Besendutzend fressen, wenn es auch bei euch nicht Scharen von Wahrheitssuchern geben sollte, die sich auf den Unvergleichlichen eingeschworen haben. Er gab hier in der Gegend ein Konzert, er ließ uns die Ehre zuteil werden, und ich ließ alles stehen und liegen und folgte seinem Ruf. Der Saal war voll, und eine Stecknadel, die man manchmal unachtsamerweise fallen lässt, hätte den Weg zum Boden nicht gefunden, und er hat unsere kummergewöhnten Herzen bluten lassen, er war Asrael, der Todesengel, der uns die Seelen aus dem Leib riss mit Gesängen, seine Stimme war wie frisch gepresste Zitronenlimonata und Gift in einem, und wir tranken aus diesem Schierlingsbecher, wir leerten ihn bis zum bitteren letzten Tropfen, und da ist es passiert, denn es war um mich geschehen, kaum hatte der Meister die Bühne betreten, und nach dem zweiten Lied, das allen in den Staub Gepurzelten und in Schlick sich Badenden eine Hymne sei, stieg mir der Dschinn in den Kopf, und da ist es, wie gesagt, um mich geschehen…«

Ich erkannte Baba nicht wieder, er, der sich sonst in Mundfaulheit übte, er, aus dessen Mund man mit einer Pinzette die Worte picken muss, war geradezu ekstatisch angewandelt, und er sprach wie ein Berserker, der mit dem Feuerstocher im Puppenhäuschen wütet. Ich kam aus dem

Staunen nicht heraus, vor allem nicht, als er sich plötzlich das Hemd aufriss und ein, zwei Knöpfe davonflogen. »Siehst du die Schmisse, mein Blut wurde dicker und immer dicker, und da nahm ich eine Rasierklinge und ritzte mich auf ...«

Mein lieber Herr Gesangsverein, ich glotzte auf die langen, knallroten Striemen, die sich kreuz und quer über Babas Brust zogen, frische Schmisswunden, es hatte sich noch kein anständiger Wundschorf gebildet, und aus einigen Stellen sickerte tröpfchenweise Blut, so dass ich mich unweigerlich an die kreuzkatholischen Heiligenbilder erinnert fühlte, auf denen mit nur einem Lendenschurz bekleidete Herren ihre entblößten Rippenbögen wölben. Das hier war also Sankt Baba, und er hatte das Wunder geschaut und war nicht zurückgeschreckt, ein kleines Fleischopfer darzubringen, ich pfiff anerkennend durch die Zähne, ich wollte schon ein paar Bemerkungen über die vielen Arten der Selbstentleibung vom Stapel lassen, doch Baba schickte mich mit den Worten fort, er leide noch zu sehr an der Aufwühlung und er wolle lieber seinen Kampf mit den inneren Dämonen allein ausfechten. Ich verstand sein Ansinnen und trollte mich.

Mein lieber Junk- und Trashstar der muffigen Müllberge, es tut sich ansonsten recht wenig, ich bin von Tag zu Tag gewillter, meinen Sex und alle dazugehörigen leiblichen Engagements zu offenbaren, nenn es Liebe, nenn es Fleischeswallung. Doch das höchste der Gefühle in der letzten Zeit war eine Bekanntschaft mit einer Hadschi-Tochter, die von Rechts wegen nach der Pilgerfahrt ihres Vaters nach Mekka nicht mehr mit offenen Haaren herumlaufen darf, ich weiß allerdings nicht, ob diese Verfügung der Tradition oder der orthodoxen Buchstabentreue geschuldet ist. Sie ist, nun ja, kein besonders erlesenes Exemplar ihrer Gattung, hat irgendwann beschlossen, ihre eigenen Wege zu gehen, wie es denn immer verlautbart wird, und strotzt vor starken

Gefühlen. Im Sommer gelingt es mir einfach nicht, grundsätzlich zu werden oder einen zentralen Menschen mit einer fundamentalen Einsicht zu mimen, sie hat diesen meinen Strandliberalismus als Charakterschwäche ausgelegt und schnell das Interesse an mir verloren. Dabei war ich gerade im Begriff, ein vermehrtes Interesse an der Füllung ihres hochgepumpten Busens an den Tag zu legen. Ich tat dies in der mir eigenen zivilisierten Art, von der du dir gerne ein sattes Scheibchen abschneiden kannst, denn du hättest ob des Augenfangs einen Speichelfaden aus dem Mundwinkel entlassen.

Apropos, wenn wir schon bei Speichelfluss sind, ich werde mich bald an Makrelen-Dolma laben können, wobei du nicht an fischgefüllte Paprikaschoten denken darfst und an sonstiges ausgehöhltes Gemüse. Ich durfte die Makrelen entgräten und durch energischen Eingriff unter die Kiemenklappen enthaupten, hiernach habe ich den Restfisch so lange massieren müssen, bis er bar jeden Bewusstseins richtig entspannt und somit bereit für den Akt des Dünstens in der Pfanne war. Ich muss gestehen, es war ein eigenartiges Gefühl, in den Bauch und an die Flanken der Makrelen die Finger zu stoßen, ich wurde geradezu zärtlich, es agitierte mich höllisch, und ich bekam, zum ersten Mal seit Wochen, eine halbwegs anständige Erektion. Das ist für mich natürlich kein Grund, in Jubel und Trubel auszubrechen, ich bekomme sogar jetzt nicht nur ob der Hitze Schweißausbrüche, wenn ich diese meine kurzzeitige Sexualisierung psychologisch auslote, stell dir vor, es könnte später hinten in dem Klappentext meines hoch gefeierten Haiku-Bändchens heißen: Der Autor bekennt sich unter anderem zur polymorphen Perversion, mein Gott, da stürzt sich doch die Kritik wie eine Meute Hyänen auf solche Enthüllungen, und ich werde denn zum Ehrenmitglied der anonymen Ausbeiner e.V. ernannt. Meine Mutter stand ja die ganze

Zeit daneben und gab Anweisungen, und ich musste schwer an mich halten, um nicht aufzubrüllen: Ich habe hier meinen ersten Ständer auf türkischem Boden! Sie wundert sich nur, dass ich seit meinem zweifelhaften Erlebnis den Fisch an und für sich auf die erste Stelle meiner Essenswunschliste gesetzt habe, sie will sich natürlich nicht lumpen lassen und bekocht mich entsprechend. Aber lassen wir das, ich will dir nur kurz die Zubereitung von Makrelen-Dolma erklären, damit du nicht immer »den Umgedrehten« von Farouk in dich hineinstopfen musst. Man nehme zerstoßene Nelken, Pinienkerne, Korinthen und jene Gewürzkörner, die man aus den Früchten des Pigmentbaums, Pimenta officinalis, gewinnt, man nehme ein Mokkatässchen Mehl und vier zerhackte Zwiebelknollen, gebe alles dem fast gedünsteten Fisch bei, verrühre es mittels eines Holzlöffels und streue dann schließlich ein geziemend Maß Zimt auf die Tellerportion. Du kannst ja Jacqueline zum Essen einladen und mit einer Exotik aufwarten, mit der sie bei solch einem Vulgärmaterialisten wie dir nicht rechnet, mit dieser Überraschungsattacke könntest du vielleicht ihr schlappes Triebleben überrollen und sie den Klauen ihres Domi-Knäbchens entreißen. Es ist aber völlig wurscht, wie lieb das öde Schwein ist, der Ex-Lover und Kontrahent gehört prinzipiell gemetzelt, da gibt es keine zwei Meinungen dazu!

Ich würde dich zu einer Hunnentaktik ermutigen wollen, derer sich unsere hitzigen Vorfahren bedient haben: Man lasse den enthäuteten Schafskopf lange, sehr lange im Kessel kochen, bis Augen, Ohren und Hirn die Geschmacksreife erhalten haben, und vergeude auch das Kochwasser nicht, sondern verwende es als bekömmliche Suppe. Dir obliegt es nun, deine allzu schlechte Aura durchzuräuchern und Jacqueline mit Patschepfötchen anzufassen, um nicht zu sagen erst einmal von der kleinsten zufälligen Berührung abzusehen. Sie ist deine magische Adresse, und vielleicht schenkt sie dir ihr Herz, wie ich mir erflehe, dass mir auch die volle Funktion eines Organs geschenkt würde. Zum Schluss dieses elend langen Briefes bitte ich dich, fürderhin von Indiskretionen abzusehen, denn jede weitere Weitergabe der mir entlockten Vertrautheiten werte ich als die Niedertracht eines Kumpelschweins, das systematisch meine Souveränität untergräbt. Die Geschichte bläst einen prächtigen Wind in meine Segel, o elender und demaskierter Lumpenklump, denn im Gegensatz zu dir, der du in der Stube hockst und Fäden vom Rocken abspinnst, habe ich mein Nest längst verlassen und küsse Horizonte. Ich bin vom Stamm weggegangen, und die Meute wird mich nicht einholen.

Dein gegen Intriganten bewehrter
und trotzdem süpergeschmeidiger
Noch-Kumpel
Serdar

14 Hakan an Serdar

Donnerstag, 29. Juli

Mein lieber Gardineneumel und Fleckzwerg

Holla, die Waldfee, da hat aber einer die Klingen seines Klappmessers gewetzt und is ne Runde als Ali the Ripper unterwegs gewesen, weil ihm seine Blattvollmacherei auf die Dauer doch ne brotlose Kunst is und er's satt hat, immer im zweiten Glied der Kolonne hinterherzuzuhinken, gespalten zwischen Mokkalikör mit Kirsch und Bombenbunkerbajonett. Zwischen Haiku und Hormontrouble geht der Mann der Tat inne heiße Phase über, wo er so richtig überkochen kann. Vor Jahren gab's mal den Splatterstreifen »Frohsinn unter Rastalocken«, da hat n Drogenbaron seine Rastavibrations losgelassen wie ne Meute Hunde, und erst gepflegt seine eigne erste Garde umgenietet, damit die Konkurrenz auf n Schluss kommt: Mensch, wenn der seine eignen Leute abmurkst, wie wird er erst unter seinen Feinden wüten!

Nun aber bist du kein Bezirkspate, sondern ne Oberpfeife und Tüllmaus in einer Person, und ich darf dir mal stecken, dass du mit deinem Blähkopp die Papierkörbe deines Viertels anprobieren solltest, vielleicht kannst du dir n passenden Hut baun. Dir hat doch ne Kröte ins dumme Antlitz gegeifert! Das is doch kein Verrat, wenn wir uns hier über deine Probleme beugen, zumindest aus der Ferne. Unter strikten Kollegas isses eben üblich, sich gegenseitig der Sorgen anzunehmen, das zeugt doch einfach von feinen Menschmanieren, Rat zu holen und Rat zu geben, und du machst hier ne säuerliche Miene wie n vom Altar gepflückter Tempelgott, und gegen Ende deines mistigen Briefs drohst du sogar mitm Vergeltungsschlag, als ob ich, hardboiled Kanaksta,

Angst hätt vorm Kümmelklabautermann. Es ist immer wieder mein Reden, dass du dich am eigenen Schopf innen Sumpf ziehst, statt dich mit den wirklichen Nachrichten zu beschäftigen, die eher unter Kleinstmeldungen verbucht werden.

Du musst jetzt mal so ne Frontseiten und Schlagzeilen umblättern, erst so ab der Mitte vonner Zeitung fängt ne interessante Schräglage an. Wie du merkst, bin ich innen letzten Tagen dazu übergegangen, mir was vonnen Journalblättern abzuholen, und wenn du ne halbe Stunde damit verbringst, hast du genügend Stoff für die ganzen Stunden innen Lokalen, wo du wie n Kannibale mit Schrumpfköpfen am Gürtel aufschlägst, und die gammligen Leute wissen dich zu schätzen, weil du ihnen so ne trüben Nachmittage mit Anekdoten aus der Nachbarschaft vergoldest.

Eben war ich in Tamers Dönerimbiss, er war gerade dabei, mit ner gerollten Hürriyet Fliegen totzuklatschen. Ich hab mir n Tuch geschnappt und den Glastresen auf Glanz poliert, denn immer wenn ich mich dort n bisschen nützlich mache, gibt's n Lachmadschun gratis, und dazu, wie geschrieben, Hasenblut-Tee. Von Kundschaft war nix zu sehen, es regnete tote Würmer vom Himmel, die Bürgersteige waren stumpf, ne Zeit, wo sich Arbeitslose ihre Jogginghose ausm Schrank ziehen und nach m Frühstück die Stirnplatte wegballern.

Wenn's so weitergeht, sattelt Tamer auf Friedhofspförtner um, er kommt langsam inne Bredouille, und die ersten Gläubiger lassen sich nicht mehr mit m scharf gewürzten Kebab abspeisen. Vor n paar Tagen ist Tamer in sich gegangen und hat ne mächtige Strukturschwäche entdeckt, ich mein, er fand, sein Laden is recht lieblos und bräuchte mal wieder ne Imagetünche. Also hat er das Dekor aufgemotzt mit Riesenfroschplüschtieren, die er sich vonnem Kumpel beschafft hat, der in nem Quickschuh-Geschäft den Ganztagsbimbo macht. Das Viech hat er im Schaufenster verteilt, die Frösche sitzen nun auf Puppenkorbstühlen, wegen der besseren Statik hat er die Froschärsche mitm Alleskleber auf die Sitze geleimt und ihnen auch n Sombrero verpasst, damit, wie er sagt, die Kulleraugen innem leichten Schatten liegen. Jedes Tier hält ein Kartonschildchen vorm Bauch: »Hier verlieren Sie Ihr Hertz!« Tamer hat auf mein Hinweis, da wär n Rechtschreibfehler drin und man könnte ihn mal eben durchixen, nicht groß reagiert, er meint, er is auf der Höhe der Zeit und das Kindchenschema ne ausgemachte Gangstermethode, weil dann die Blagen die Eltern innen Laden zerren, um vielleicht n Scheißfrosch zu matschen, und weil's dann mit ner Begeisterung der Kinder so lange dauert, würde die Familie Platz nehmen und was bestellen. Ich hab ihm verklickert, dass ich neuerdings n Blick inne Zeitungen werfe, und dann erzählte ich ihm die Neuigkeit: Pamela Anderson hat ihre Wulsttitten rausoperieren lassen und sie zur Versteigerung freigegeben, irgend n Knilch schnüffelt gerade annen Silikonbeuteln. Tamer sprach daraufhin vonnem Typen, der mitten im Leben Hodenkrebs bekam und dem sie n Ei rausoperiert haben, und die Frage war, ob er sich ne Billardkugel innen Sack hat reinbauen lassen, weil er seitdem ne mächtige Schlagseite hat. Er gehört zu Tamers Stammkunden und redet mit ihm wohl über nix andres als über sein abbes Ei. Inner ganzen Unterhaltung fiel mir erst jetzt Tamers T-Shirt-Motiv auf, er hat sich auf weißem Grund n Stück Stoff annähen lassen, es is eigentlich nur ne Höllenfresse vonnem Hund mit gefletschten Zähnen, und darüber steht »Staffordshire Terrier«, eigentlich ja n Kontrastprogramm zu der Niedlichkeitsshow im Schaufenster. Tamer sagte: »Du kannst n Reifen von der Decke baumeln lassen, das Tier schnappt zu und bleibt zwei Stunden hängen. So n Terrier mahlt dir den Knochen zu Mehl!« Ich hab seine Mitteilung nur abgenickt und fragte, ob er sich so n Hund zulegen wollte, aber er meinte, es is nur wegen der Abschreckung und so, und die Leute sollen nicht vonnen Fröschen folgern, dass im Laden ne tattrige Memme bedient.

Ich latschte dann n bisschen durch die Stadt, übrigens in meinen neuen Stenzschuhen, die spitz und krumm nach oben zulaufen, n Geschenk von Farouk, dem sie zu klein sind, weil er s allgemeine Problem hat, für seine rechenartig sich spreizenden Zehen s passende Schuhwerk zu finden. Ich kam mir mit den Tretern so ziemlich startklar vor, hatte aber kein besonderes Anliegen oder n dringenden Termin, ich machte nur n Scheiß-Bummelgang und konnt mich nicht entscheiden, wofür ich den Fuffi inner Tasche ausgeben sollte. Ich bräuchte eigentlich n frischen Satz Wäsche, mir stinkt's, alle paar Tage mein gesamten Bestand an Unterwäsche in Waschpulver und Wasser einzuweichen. Denn auch wenn der Rest des Lebens zum Himmel stinkt, Reinheit am Leib is n Gebot, also gib du mal nicht so an und tu nicht so, als hättest du die Hygiene erfunden. Ich hab bei nem Freilicht-Silberhändler n Ring für dreißig Piepen erstanden, erst nach langem Feilschen, weil er original s Doppelte haben wollte, aber ich bin recht informiert über die vielen Preisklassen und lass mich nicht übers Ohr haun.

Ich dachte nämlich, s is Zeit für ne neue Bewerbung bei Jacqueline, Domi is Domi, und Henry is Henry, ich will bei der Holden landen, und da kann ich nicht mit ner heiligen Gesetzestafel antanzen und ihr's übers Bettende hängen. Ich hab den Ring inne schöne Schmuckschatulle aufn Wattebäuschchen gebettet, bin ins dritte Stockwerk hochgeschlichen und hab das Geschenk ihr vor die Haustür gelegt.

S war mal gerade ne Stunde vergangen, da klopfte es schon anner Tür, ich hatte n blitzschnellen Einfall, ich dachte, schäl dich mal ausm Hemd und präsentier dich mitm nackten Oberkörper, dann kannst du voll den Unschuldigen spielen und behaupten, du wärst aufm Weg zur Dusche gewesen, und vielleicht verschämt n Arm vor die Brust halten, aber was wär, wenn sie nicht auf behaarte Typen steht und du ihr gleich n Hindernis innen Weg stellst, sie hat dann keine Möglichkeit, deine Herrlichkeit richtig unter die Lupe zu stellen. Also stand ich ihr dann doch angezogen gegenüber, sie trug n passenden Lidschatten zur grünen Lederhose, an den Füßen die bekannten Adiletten, sie sah so was von geil aus, ich hätt sie fast an Ort und Stelle angefallen und ihr den Schwanenhals angeknabbert. Sie sagte: »Hast du Lust, heut abend bei mir vorbeizuschauen? Ich mach uns beiden n Salat. Oder stehst du eher auf Fleisch?« Ich hab erst mal um ne klare Ansage gekämpft, Alter, sie lud mich doch tatsächlich zum Essen ein, und weil sie so nen prüfenden Blick draufhatte, hab ich verschwiegen, dass wir Kaukasierhunnen alles Fleisch in der Steppe erlegen und annem Spieß übers Feuer hängen, dass wir Darmschlingen von Rind und Schaf rösten und wegfuttern, ganz zu schweigen von dem Rest der Innereien, die so n Tier im Bauch aufweist, und nicht zu vergessen gekochte Schafshirnlappen, auf die man ne halbe Zitrone presst. Ich sagte: »Salat kommt echt gut!«, und sie sagte: »Also dann bis um acht.«

Ich kann froh sein, dass ich in der Zwischenzeit nicht an Herzkasper oder nem anderen Kollaps eingegangen bin, ich hab wieder ihren Abdruck aufm Sessel beschnüffelt, den sie bei ihrem letzten Besuch hinterlassen hatte, und bin in Unmengen von Klotten rein- und rausgestiegen, bis ich mich dann für meinen einzigen Anzug entschieden hab, Nadelstreifen, Doppelreiher, dunkelblau, weißes Hemd darunter, und mit Haarwachs die Mähne von der Stirn weg innen Nacken gestrichen. Ich beäugte von allen Seiten mein Tablo und streckte mich mal in der, mal inner anderen Situation: Füll ich n Raum aus, wenn ich die Arme auf die Lehnen lege? Soll ich die Beine übereinander schlagen, und wenn ja, isses fürs Image schädlich, wenn die Bundfalte zur Seite rutscht? Is n Stück Beinfreiheit zwischen Strumpf und Hose lässig oder nur ne käsige haarige Hautstelle, die ne Ekelprovokation darstellt? Ich find, n Mann sollte sich ner Frau in seiner ganzen Größe vorstelln, nicht nur ne halbe Affenschwarte vorzeigen, und dann nicht gleich wollen, dass sie ihn Schätzchen ruft.

Sie sagte: »Da bist du ja, und fein hast du dich gemacht!« Und dann, halt dich fest, hat sie mir n Schurzküsschen aufn Mund gehaucht, nur ganz kurz, nur n paar Millisekunden, ich merkte es fast nur daran, dass ich ihr aus ner knappen Fingerkuppennähe inne Augen sah und mein Mund sich zwischen den Ohren aufspannte. Ihre Lippen waren kühl, das kommt, wenn die Ladys gerade eben n kaltes Getränk getrunken haben, ich liebe s, Mann, und meistens haben sie kalte Nasenspitzen, egal, was es für ne Jahreszeit is, das is ihre Klasse, das is ihr Stil. Ich war von dem Kuss so weggetreten, dass ich erschrak, als irgendwelche bunten Perlen mir ins Gesicht pollerten, mein rechter Arm fuhr reflexartig hoch, und ich hätte der Holden aus Versehn fast eine reingedonnert, Gott sei's verbimmelt, ich hab grad noch rechtzeitig n Antireflexprogramm eingeschaltet und bin mir mit der Hand durchs wachsige Haar gefahren. Ich ging durch n gelben Perlenvorhang im Eingang und war die nächste Zeit nebenbei auch mit Gaffen beschäftigt, es sah bei ihr nämlich aus wie inner Höhle einer Räuberbraut, oder, unter uns gesagt, wie in nem orientalischen Puff aus Vorzeiten. Ich hab noch nie so viele bunte Tücher und kleine Fetzen Teppiche auf so nem Haufen gesehn, der kleine Flur war immens verspiegelt, das macht man, um den Raum zu öffnen, wie sie mir verriet, überhaupt ne ganze Sammlung von diesen 3-D-Karten, auf denen ne Frau dich anschaut, und wenn du n Blickwinkel änderst, blinzelt sie dir schnippisch zu, oder kleine Kätzchen um n Wollknäuel, die im nächsten Moment mit ner Pfote schnappen, oder die heiligen drei Könige mit ner Sternschnuppe am Himmel, wo sich plötzlich ihre langen Gewänder auffalten und die Geschenke fürs Kindl sichtbar werden. Ich war schwer mit der Postkartentapete beschäftigt, und dann blieb mein Blick annem Aktbild hängen, das war ne nackte Frau, Alter, die vonner Froschperspektive aufgenommen war, die vollen Brüste zu den Seiten gelappt, der Bauchnabel wie n Perlmuttknopf, die Beine annen Knien geknickt und an die Hüften gezogen, die Möse klar in Übergröße gemalt und aufgespalten, so dass man ne knallviolette Schleimhaut besah. Das bin ich, sagte Jacqueline, und ich wär auch garantiert aufn Boden gekracht und hätt meinen Fall im Spiegel aus verschiedenen Perspektiven mitverfolgen können, wenn da nicht ne Kommode, gelobt sei ihr Holz, gewesen wär, an der ich mich sofort festgriff. »N Aktbild im Arbeitszimmer is unpassend«, sagte sie, »deshalb habe ich es über dem Türrahmen angebracht.«

Mein lieber Schwan, das is wahrscheinlich die Freiheit der Kunst oder so was, aber was denkt sie denn, soll ich mir nach m Mösenempfang n Spruch abringen wie: »Äh, wirklich gut gelungen!«? Ich war auch n bisschen irritiert, weil ich glaubte, es zwitschert aus ihrer Hand, dabei warn's chinesische Stahlkugeln mit eingebauten Klangkörpern, und n Phönix war auch drauf eingraviert, und sie meinte, das sei besser als Hanteltraining und würd die Meridiane in Wallung bringen. Überhaupt ging's jetzt erst richtig los mit Geheimlehre und Heilkraft der Steine, ich hatte mittlerweile meinen Arsch aufn Sofakissen gehievt und begaffte den Philodendron, dessen Dutzende Luftwurzeln ausm Topf heraus den Blumenhocker runterhingen, und das ganze Spektakel war angestrahlt von Halogenleuchten, die zur Abwechslung an Metallsträngen zwischen Decke und Boden befestigt waren. Sie hatte inner Art Glassetzkasten jede Menge Kristalle und Steine, und du weißt, man muss unbedingt s Interessengebiet der Frau beackern, also hab ich mal auf den, mal auf jenen Stein gezeigt und n dummes Gesicht gemacht, und sie hat mich wahrlich satt gemacht mit den offiziellen Namen. Ihre Lieblingssteine sind Aragonit, das sind weiße Wolken aus Nadelspat, und die killen Konzentrationsschwäche und Unruhe; dann Ceylonopale, die ne Zirbeldrüse anregen, wodurch sich die Hormonzyklen auf die Mondphasen abstimmen; Sodastein, was blockierte Gefühle befreit; Moosachat regt die Tätigkeit vonne Lymphe an. Blauer Opal, und jetzt kommt's, Alter, is der Flashstein überhaupt, weil's auf die Erotik wirken soll! Mein Klugschiss kommt nicht von ungefähr, ich konnt während ihres Vortrags schlecht stillsitzen und die ganze Zeit auf die Hosenfalte schielen, also hab ich um Stift und Papier gebeten und n paar Stichpunkte aufgeschrieben. So hab ich auch ne Liste von ihren Abartigkeiten bzw. ihren Wünschen auf der Liste und kann bei Bedarf auf Nachfrage operieren.

Der Scheiß-Salat war echt flau, und s hat sich mir der Magen umgedreht, als ich die innem Tomatensabber aufgeweichten Pappbrotstücke runterwürgen musste, und was, verdammt noch mal, suchen rohe Kürbisscheiben in nem Salat, und wieso kann man sich nicht mitm Schuss Essig begnügen und muss stattdessen die ganze Scheißflasche reinkübeln? Sie fragte mich, ob ich noch n Nachschlag haben wollte, na klar, ich reichte ihr den Teller hin, der auch noch voll Breitbandformat hatte, also häufte sie n kleinen Heuballen drauf und ließ jede Menge Sojasprossen niederregnen. Sie fand meine Aufmachung zwar nicht unpassend, aber »wie soll ich sagen, du siehst aus, als hättest du die Taufpatenschaft von einem Kind übernommen, oder willst du später noch zu einem Festakt?«. Da saß ich also rum, und sie hatte mich annen Eiern, sie machte mich zu nem aufgeschmückten Taufpaten, statt dass sie meinem Charme erliegt und's Licht ausknipst. Ich kam mir vor wie eine dieser Rapsfliegen, die sich im Sommer auf die parkenden Autos stürzen. Und wieso, Scheiße noch eins, durfte ich nicht den Hals entlang ihr Tattooband küssen, wieso konnte ich nicht s Jackett ablegen, in dem ich wie Sau schwitzte, ich fühlte regelrecht, wie n Schweißbach mir den Buckel runter inne Arschrinne rann, wieso brachte sie meine Lymphe nicht zum Kochen? Sie sagte: »Ich werd ein allerletztes Mal mit Domi sprechen, er kann sich nicht einfach davonstehlen«, und gerade in dem Moment fiel mir auf, dass sie den Ring nicht n einziges Mal erwähnt hatte. Ich bin ja keine Knallniete wie du und verlang n Geschenk zurück, aber mal kurz aufn Ring eingehn hätte sie ja tun können, hätt sie sich nix abgebrochen dabei. Ich wollt mich auf der Stelle auf die Scheißluftwurzeln stürzen und sie aus Rache wegfressen, wär mir bestimmt besser bekommen als die nassen Brotbrocken, sie kam mir aber mit dem Spruch inne Quere, es wärn schöner Abend gewesen, aber jetzt wollte sie die Lichter löschen. Ich verstand den Wink, bedankte mich artig und ging die Stufen runter. Ich kam mir so scheißzivilisiert vor wie n Aleman-Bub, ich mein, wir gelten doch als Macho-Stecher, als richtige Raubacken inner Liebe, und im Endeffekt haben wir nicht mehr zu bieten als ne Hauspapi-Nummer. Ich zieh ne Bilanz und komm auf null, ich schick ihr Blumen, ich schenk ihr n Ring, sie kaut mir's Ohr ab von wegen Scheiß-Domi und Heilsteine, und anstatt ihr zu sagen: Baby, Schluss mit Sülz, ich bin nicht n Rotztuch und nicht ne Schmusedecke, jetzt gehn unsre Anatomien aufeinander los!, bin ich einer vonnen widerlichen Netten, die ich immer gehasst hab wie die Sackratten. Sie soll mir lieber n Zungenschnalzer mit innerer Umdrehung gönnen, sie soll mir umn Hals fallen, wenn ich von meinen Beutezügen zurückkomme, verschwitzt und verstaubt wie n Kellerkind, verschrammt und sonnengegerbt wie n Sarazene und außer Atem, weil ich zum ersten Mal nach langen Jahren das Gefühl habe, wirklich nach Hause, ins wetterfeste Wigwam zurückzuschleichen. Wer bin ich denn, dass ich sie dazu bringen könnte, meinen Namen auszusprechen, wenn sie sich im Spiegel besieht, noch im schlafnassen Slip und das Sandmännchen innen Augen?

So ne Gedanken hab ich mir gemacht, als ich spätnachts noch auf ne Runde im Viertel unterwegs war, und als ich die Haustür aufschloss, die von Hochamts wegen nach zwanzig Uhr verriegelt gehört, sah ich am anderen Ende des Eingangs die Kellertür sperrangelweit offen. Wegen der Kellereinbrüche hat mich der Hausmeister schon gewarnt, die üblen Gesellen robben sich vom Hinterhof hinein und knacken s Schloss und treiben sich im Keller herum auf der Suche nach verwertbarer Beute. Mann, Alter, mir ging der Kackstift, ich bin schnurstracks in meine Wohnung, hab mir die Gasknarre geschnappt, bin auf leisen Pfoten die Treppen runter inne Kellerräume und hab annen Türen gerüttelt. Fast wär ich auf n Haufen getreten, da hat doch irgend n mistiger Vogel seine Kacke da abgeladen, und ich fühlte mich nicht unbedingt inner Stimmung, s Zeug mit ner Hundeschaufel inne freie Natur zu befördern. Erst als ich wieder auf der harten Matratze lag, fuhr mir n Mammutschreck inne Glieder, was wär gewesen, wenn ich im Keller plötzlich von hinten angefallen worden wär. Du kennst es vielleicht aus Mafiafilmen, aber ich glaub, du kuckst eher experimentellen Dreck, wo n Typ ne halbe Stunde n reglosen Pfosten abgibt und wie blöde ne rot anlaufende Sonnenscheibe beglotzt. Jedenfalls spannt sich dir plötzlich n Nylondraht um den Hals, dein Kopp schwillt auf doppelte Größe, und bevor dir der Profikiller endgültig s Lebenslicht ausknipst, flüstert er dir ein Auf Nimmerwiedersehn ins Ohr, und du hast noch die Sekunde, in der du die fiese

Stimme mit m absoluten Gewährsmann in Verbindung bringst, dein Killer is dein Schützling, und schon zappelst du ein letztes Mal mit m Bein, dein Schuh fliegt davon, und das is dein letzter Schnappschuss vom Diesseits. Würd ich nicht sicher davon ausgehen können, dass du für die Türkei dein Kadaver abgestellt hast, hätt ich dich glatt für die Rolle des Schurkenschweins und Kumpelkillers vorgesehn, jeder Schüler übt n Handstreich gegen seinen Meister, und wieso solltest du ne Ausnahme machen.

Ich weiß, das war diesmal ne lange Ansage, aber ich musste mir die Jacqueline-Schererei vonner Seele schreibn, und außerdem solltest du dankbar sein für so ne oberprima Anregungen aus meinem Pinsel, denn's braucht keine Gottesbeweise, um festzumachen, dass dir beide Griffel, Schreib- und Organstift, ne volle Pulle vermissen lassen. Halt dich aufrecht, kühl deinen leeren Schädel im Meer ab, und nimm dir ein Beispiel an mir.

Dein wackerer Osmanenmann,
Hakan Hakkinen

15 Dina an Serdar

Freitag, 30. Juli

Mein lieber Serdar,

ja klar, natürlich, ich habe dich vermisst. Und dich überall gesucht, und nur geahnt derweil, wie vorsichtig du bist und skeptisch und misstrauisch – beinahe wie ich selbst. Willst du wissen, welche Wege ich gehen musste indessen? Soll ich dir die Narben meiner Kämpfe zeigen, wie es die Amazonen tun? Soll ich dir verraten, wie ich die Wunden zu heilen vermochte?

Ich kann noch nicht überall sein, Serdar, Liebster, dann bliebe zu wenig Magie übrig für den Rest unseres Lebens. Ich kann mich nur, wo immer du hingehst, mit einem Gedanken verbinden, der dich erinnert, einer Farbe, einem Hauch und einem Kuss. Dann bin ich deine starke Frau, dann ist mein Haar nicht nur auf dem Kopf so kupfern, dann soll man den Messias nicht tatenlos erwarten und nicht verliebt sein in die Furcht. Wie weit können wir gehen? Wie lange muss ich unterwegs sein zu dir? Wo liegen die Grenzen zum Unsinn der Megasekunden? Oder ist das die Bedeutung? Brauchen wir die Geduld, die weiten Wege, wie auf dem Rücken eines Esels, auf dem mühsam ein Bergpass überwunden werden muss, um gegen das Zappen anzukommen?

Was also ist mir widerfahren? Meine Tochter hatte hohes Fieber, ich musste ein Dutzend Hausarbeiten meiner Studentenschaft durcharbeiten, mein Vater quält mich im Krankenhaus mit Geschichten von damals, ich muss Vorworte schreiben und mit Handwerkern keifen. Dazwischen wuchs meine Schönheit ins Unerträgliche. Ich habe mein Gesicht vor dem Spiegel bedeckt und bin durch die Dunkelheit geirrt. Die Sonne hat mir Sommersprossen auf die Wangen gemalt, und der Regen hat sie wieder fortgewischt. Ganz einfach, Serdar.

Denk nicht, dass ich Sehnsucht und Schmacht nicht kennen würde. Da waren ein paar schreckliche Tage, es waren Tage ohne dich, es waren Tage, die einen Knacks hatten. Meine Sehnsucht ist so leicht zugedeckt, dass ich alle Kraft brauche, um mich trotzdem nicht ungeschützt und unfähig zu fühlen. Wenn auch nur ein leichter Luftzug kommt, ist jeder Widerstand dahin, und ich verbrenne bei der Berührung mit dir. Auch wenn es nur durch ein Stück Papier geschieht oder durch ein Foto. Diese verdammten Bilder, ich habe sie eingesperrt in eine unsinnige Schublade, die ich noch nie so oft benutzt habe wie seitdem. Und andere flattern im Büro herum. Ich kann es nicht ertragen, sie an manchen Tagen so fliegen zu sehen. Dann fange ich sie ein, schaue sie an und erwische mich bei dem Versuch, dir das Gleiche zu wünschen, was mir geschehen ist. Ich brauche sie gar nicht, denn du bist in das Innere meines Auges gedrungen. Ich würde mich, allen meinen Entzugsängsten zum Trotz, in deine Hand begeben, wenn du sie auf mein Gesicht und meine Haut legen willst.

Ich erzähle dir das alles so und hoffe, dass du etwas wiedererkennst. Was soll ich machen, wenn du nicht weißt, was du dir eigentlich immer gewünscht hast? Wachsen wirst du allein, aber du musst es nicht, nicht für mich. Und sollten wir die Magie wirklich dafür verbrauchen, einem Gesetz der Physik Paroli zu bieten? Das man nicht warm halten kann, ohne dass es entweder die Kälte oder die Wärme zum Verschwinden bringt, und beide schließlich im Lauen enden?

Wenn ich dir zu viel Mut machen müsste, dann würde ich dir nie zeigen dürfen, wie klein, schwach, verrückt und dumm ich selbst bin, und du würdest es vermissen, glaub mir. Ich will nicht bewundert werden, Serdar – mach mich nicht knurrig, auf meine Art dir zu schreiben –, ich will dich ansehen auf Augenhöhe, und ich will von dir gesehen werden. Alles andere könnte uns beschämen. Es gibt nicht nur eine Sprache, und du hast so viele. Ich will sie alle kennen lernen, und deine Wünsche, ob sie nun die Ewigkeit meinen oder nur Fetzen davon, lass sie doch, Liebster. Wenn wir uns ansehen können, dann werden wir ihnen begegnen.

Komm näher, Liebster, verlasse deine Deckung und mache deine wenigen Schritte, wie ich meine machen will.

Deine Dina

16 Anke an Serdar

Freitag, 30. Juli

Serdar,

wie du aus der Schriftform erkennen kannst, bin ich jetzt stolze Besitzerin eines Druckers, ich hab ihn sogar selbst installiert. Es ist nicht so, dass ich dich nicht vermisse, aber mittlerweile habe ich mich daran gewöhnt, nicht zu kommunizieren. Du hast ja irre panisch die Flucht ergriffen, obwohl es gar nicht nötig gewesen wäre.

Ich denke, dass dir das leichter fällt als mir. Vielleicht hast du irgendwann in deinem Leben die Kunst der glatten Oberfläche erlernt. Ich will es immer und fühle mich daran gehindert. Mit Hakan komme ich auf einmal gut aus, wir gehen abends ab und zu Backgammon spielen im Café Diabolo. Dann übertreffen wir uns in Prognosen über den Werdegang dieses Landes. Manchmal, in besonders depressiven Momenten, sind wir uns einig, dass der Laden nicht mehr zu retten ist. Ein mir bisher unbekannter Südländer (!) stieß gestern hinzu und tat ein debiles Gottvertrauen kund in Verträge, die ja die Weltverträge wahren sollen.

Ich sitze hier regungslos, nuckle an einem Fruchtbonbon. Was ist das für ein Scheiß. Gut, man gewöhnt sich besser, als man denkt, und gut, dass es die Post gibt, da verdienen Leute daran, dass andere sich trennen müssen. Meine Datei heißt übrigens maki-doc. Ein Nasenmaki ist ein lustiger kleiner Affe.

Eigentlich könnte man sich all die tumben Typen greifen mit dem Anspruch, den depressivsten Roman aller Zeiten zu schreiben. Einfach aufzählen den ganzen Blödsinn. Nicht mehr drüber reden. Es ist so, als würden sie mit einem Abzählreim spielen und immer mit dem letzten Wort auf sich selbst zeigen: ... und raus bist du!

Ich habe mich in meinen Corsa gesetzt, wollte das Meer sehen, irgendeine Kraft verspüren. Als mir der norddeutsche Wind um die Ohren wehte, ging's mir besser. Ich dachte: Er will mich nicht, wenn er immer nur hört: Ich brauche dich so sehr. Ich bin manchmal eine verheulte Tante, deren Rockschöße nass sind. Wir wollen doch ehrlich sprechen, hast du mir gesagt, was für ein guter Anfang.

Ich steckte bis jetzt in meinen Briefen immer noch in dem Schrott der entfernteren Vergangenheit. Ich sagte dir schon kurz nach unserer Trennung, ich wolle keinem Mann und keinem Menschen die Garantie geben. Ich war eingekesselt, ich fühlte mich krank und wollte gegen Wände springen, wollte nichts mehr hören. Äußerlich befand ich mich in einem Zustand der Völlerei: Versäumnisse nachholen. Ich glaubte nicht, dass sich ein gemeinsames Leben, das feine Leben, das wir einst geführt haben, so schnell ändert. Zu viele Testballons waren zerplatzt. Dann sah ich, wie unwohl ich mich ohne dich fühlte, so schlussendlich beraubt. Ich glaube, es ging um dasselbe, was du drei Monate vorher durchgemacht hast, ich meine, als wir uns an einem komischen Spätabend trennten. Ich gehöre eher zu den Menschen, die implodieren. Die Trauer trägt mich fort, und übrig bleibt eine vage Hoffnung. Ich bin weggefahren, weg von dir, mit einem anderen Mann, der nur ein kurzer Abstecher war, der mir einen Vorschlag machte, wie ich ihn mir von dir erwünscht habe, all die Monate: ab an den Atlantik. Und dort fing ich an, mir vorzustellen, wie ich's denn anpacke mit der Arbeit. Ich phantasierte richtig: Im Rechtsamt lassen sie mich selbständig arbeiten und sind froh, wenn jemand auch nur Ideen hat. Also begebe ich mich in diese Nische ... Es schien mir ein wenig abstrus, so wie ich da hockte, auf dem abendlichen Campingplatz, die Luft weht lau, auf dem Nachbarplatz der notorisch wehklagende Nörgler mit Blutdruckmessgerät im Vorzelt aus Rüdesheim. Er war klasse. Er hat immer auf seiner Frau rumgehackt, wenn diese mal nichts Außergewöhnliches unternehmen wollte. Er hat monologisiert, den Blutdruck gemessen, 180:80, wenn das man nicht gut tut in Biarritz, und ansonsten nur rumgesessen in einer viel zu kleinen Badehose über dem Bauch. Er hat ihr vorgespiegelt, er sei mit dem Fahrrad am Strand gewesen und habe sie gesucht und nicht gefunden, der elende Lügner.

Veränderungen lassen sich nicht herbeiwünschen, wie zusammenkleben und warten, bis das Knusperhäuschen unter der nächsten Wucht zerbricht. Klar, ich brauche dich wie einen, nein, den besten Freund, der mir zugewandt ist. Auf eine bestimmte Art und Weise haben wir uns wunderbar verstanden. Wir haben uns komischerweise den Lebensraum gelassen. Du hast mir »die schöne Liebe« gegeben, und ich mochte dich so, wie du warst, mit deinem Hasenherz.

Gerade jetzt fällt mir ein, dass überhaupt keine Musik lief, als du mich fragtest: »... findest du es besser, dass wir auseinander gehen?«, und als ich dir keine Antwort gab, nur dieses kurze stumme Nicken. Wenn dieser Mann mir schon von selbst die Trennung nahe legt, kann ich ihn ja ziehen lassen, und ich bleibe in meinen kleinen Räumen: So dachte ich in dem Moment. Du hast auf dem grünen Sofa gesessen und hast ohne eine ersichtliche Regung auf dein Lieblingsbild gestarrt, das über der Musikanlage. Mir fiel später ein, dass du aus Narretei den spröden Pinsel erhoben und zwei Striche in das Bild gemalt hast. Gemeinschaftswerk nanntest du es, ein gemeinsames Bild, ein Souvenir, und nun, wo wir getrennte Wege gehen, eine alleinmachende Hinterlassenschaft.

Ich konnte dir an jenem verdammten Abend die Wahrheit nicht ins Gesicht sagen. Thorsten, eine aufgeschossene, nichts sagende Gestalt, hatte mich ganze 24 Stunden vor unserer Trennung verführt. Ich hatte mich bereitwillig darauf eingelassen, denn ich sehnte mich so sehr nach Schmeicheleien. Nach einem Mann, der mich groß macht mit der Benennung meiner Schönheit. Ich weiß natürlich, dass ich im Paradox lebe. Eigentlich kann ich nur mit Männern, die um sich ein Feld von Abstandhaltern angelegt haben.

Nun wache ich also auf an einem Mittwoch, der Tag liegt lange zurück, an dem ich, ohne weiter zu überlegen, die angebotene Entscheidung annahm. Wenn du raus willst aus einer Sache, dann gehst du die Menschenbrücke – den sichersten Weg. Das habe ich mir vorzuwerfen. Der aktuelle Liebhaber hat das Nachsehen, wenn Glanz und Glorie des Vorgängers ihm auf Schritt und Tritt folgen. Es sind aber nicht die anderen, deren Nutzung mich betroffen macht. Ich selbst vertausche die Realität. Verliebt wollte ich wieder sein, lustige Dinge tun, ohne das Wissen, dass man ein gemeinsames Abkommen nicht halten kann. Nun weiß ich nur: Ein Thorsten ist ein Ausreißer nach oben, ein paar süße Taugenichtstage, ein Mensch von schlichtem Gemüt, der sich nicht verkramt in irgendeine Höflichkeit. Ich wollte es dir immer sagen: Deine Umgangsformen irritieren mich, Serdar, du warst auch in unserer Beziehung altmodisch.

Es war für mich ungewohnt, obwohl es mich gleichzeitig auch anzog. Doch nach einiger Zeit habe ich zuweilen Grobheit vermisst, eine harte Hand, die mich anpackt, die meine Haare nach hinten reißt und mich nicht loslässt. Lach jetzt nicht, ich bin keine Masochistin. Was folgt aus diesen Worten, wozu sind sie gut? Du hast dich abgesetzt, du hast Reißaus genommen und hast gleich das Land verlassen. Vielleicht schreibst du Gedichte im Geiste deiner Väter. Vielleicht bist du auch nur froh, keine meckernde Frauenstimme im Hintergrund zu haben. Ich weiß es nicht.

Ich habe keine Ansprüche an dich, ich darf das ja nicht,

weil wir uns ganz zivilisiert getrennt haben. Ich fühle aber ein großes Loch, das nur du ausfüllen kannst. Hakan hat mir deine Adresse gegeben, und ich hoffe, ich habe nicht eigenmächtig gehandelt.

Magst du mir schreiben?
Deine Anke

17 Serdar an Hakan

Donnerstag, 5. August

Liebes Beutelschleckerchen und
anatolischer Schleppenträger,

Verräter verfallen der Feme, ich aber habe keine Bluthunde auf dich angesetzt, die dir den Nacken fetzten und deiner Scheußlichkeit ein Ende setzten. Ich habe nicht zum Wäscheseil gegriffen, es um deinen Hals zu schlingen, und deine Leiche im dunklen Gewölbe rotten zu lassen, auf dass der Hausmeister nach vielen Tagen auf deine blasse Nase tritt. Nein! Es gab nur eine softe Abmahnung, ich forderte, du mögest doch bitte schön eine Gebührlichkeit an den Tag legen, ein schönes Verhalten, das der himmlische Verweser jedem Spulwurm in den Schleim haucht, und du hast nichts Besseres zu tun, als mir die Tarife von eingewanderten Panzerknackern zu verklären.

Ich habe mir dein blödes Präludium durchgelesen und dachte: Der hat die tiefen Teller auch nicht erfunden! Ich habe Samen über die Sache gestreut und Gras wachsen lassen, und wie ich hier vor mich hin grüble, trudelt doch tatsächlich ein Brief von Anke ein, und ich darf dann von ihr erfahren, dass du ihr einfach so meine hiesige Adresse gegeben hast, wohl wissend, dass sie wohl die Allerletzte ist, die mich anschreiben sollte. Es ist dein gutes Recht, dich mit abgelegten Freundinnen deiner Kumpels zu vergnügen, sie auszuführen, um sie vielleicht im trunkenen Zustand abzuschleppen. Ich würde es dir nicht verübeln, zumal du dir ja an Jacqueline die Zähne ausbeißt, irgendwie und irgendwem musst du deinen Hormonbeutel ja öffnen. Auch möchte ich mich nicht auslassen über das Phänomen des Abstaubertums, schlussendlich wirst du dich am Jüngsten

Tag ob deiner Schandtaten verantworten müssen. Aber ich habe nicht einfach ein Brimborium gestartet und bin aus bloßem Zeitvertreib in die hiesige Geographie gereist.

Ein Dichter ist vielmehr ein Ein-Mann-Unternehmen, und er muss seine Bedürfnisse hintanstellen, alle Gefühle und Gerätschaften unter einer Plane verstauen und den Fehler meiden, im blöden Monokram aufzugehen. Während solche Blechpuppen wie du sich höchstens auf eine Seifenkiste stellen und ihre Schlüpferstürmerei öffentlich sublimieren, während der Mistbarren, den sie ihr Herz nennen, sie bestenfalls blind schäumen lässt, sind die wenigen meiner Profession, also Künstler, und ich meine keine Kunsthandwerker, angeleitet, Material zu finden und es zu verwerten.

Dein Hyänengelächter ob meiner Haiku-Produktion verhallt im Wind, mein Werk ist und bleibt von dir unbegriffen. Dich verweist das Schicksal auf die Rolle des Trabantenklumpens, der unermüdlich um das strahlende Gestirn kreist, auf dass wenigstens eine kleine Kraterlandschaft seiner Oberfläche in den Genuss eines Abglanzes komme. Ein Haiku, mein lieber nackerter Gummitaucher, ist ein unbrauchbar Ding, etwas, was nicht zu funktionieren hat, eine kleine Musik in den Ohren. Ein Haiku streift dich kurz und scheut die Berührung, es will sich kurz auffalten, es will ein Streifen Leinwand sein, auf dem sich das Tageslicht in seine geheimen Nuancen zerstreut. Nur das Auge des Kenners kann erkennen. Ich bin in diesem Sinne dazu übergegangen, wie ein Aufnahmegerät alle Geräusche und Gespräche des Tages aufzunehmen, ich bin nunmehr ein »homme des rêves«, ein bewusster Träumer im Land der Stechmücken, und je mehr ich mich herausnehme, desto mehr geschehen mir Dinge. Ich will dir Banausen trotzdem meine neuesten Verslein von heute darbieten:

Sonnenbad
Der Werktätige
bettet sich
auf das Badetuch:
eine dicke Skulptur
ohne Socken.

Poetenrebellion
Totenlichter im Arbeitsraum.
Vom Sommer träumtest
du dich
ein Stück weg.

Gestern saß ich für ein paar Minuten auf dem Dach des Hauses, um den Sonnenuntergang zu erleben, als eine Biene mich an der Stirn stach. Im Nu hatte ich eine mächtige Schwellung, und meine Eltern gaben mir den oder jenen guten Rat, ich aber wollte leiden und dachte, wenn mir der Sonnenuntergang nun verleidet ist, kann ich stattdessen genauso gut die Schleichwege der Siedlung begehen, und also machte ich mich auf. Ein paar Spätheimkehrer vom Strand trotteten am angesagten Kiosk vorbei, dessen Inhaber ich im Vorbeigehen grüßte, seine Gesten sind von Unterwürfigkeit getragen, als wolle er sich an eine altmodische Devise halten, als wolle er bloß kein Scherbenhäuflein anrichten. Ich war auf der Suche nach einem hysterischen Glamour, wenn du verstehst, was ich meine, ich wollte nicht bloß flanieren, sondern das tun, was mir seit jeher im Blut liegt: Beiläufiges in einen Aufsehen erregenden flotten leisen Krakeel verwandeln, Alchemie betreiben.

Plötzlich stand ich vor einem Vorgarten, der Boden war übersät mit Granatäpfeln, einige vom Aufschlag auf die Erde aufgerissen, fleischige Mäuler aus wabigen neapelgelben Fruchtkernscheiden, dass es eine Lust war, ein wirkliches Aufsehen, ein schönes natürliches Humussegment aus Luxusgütern, denn der Granatapfel ist der reinste Luxus, du kannst ja auf dem einen oder anderen Ölbild von der Jahrhundertwende Haremsdamen sehen, wie sie nach der Silberschale mit Trauben und eben Granatäpfeln greifen. Ich ging weiter, noch völlig benommen von diesem Spektakel, mir schwebte ein aus dem Gelenk geschütteltes Zen-Haiku vor, da stieß ich auf die nächste Offenbarung: eine Pinie, die Äste zu kleinen und größeren Kronleuchtern aufgerichtet, und zu ihren Füßen vom Wind heruntergeschüttelte Zapfen.

In dieser meiner heruntergefahrenen Verfassung waren beide Naturbilder – Granatapfel und Pinienzapfen – eine Art Einriss in die Gegenwart, und während ich meine Schritte auf die periphere Grenzmarke der Siedlung lenkte, stiegen Kindheitserinnerungen hoch. Ich meine, es gibt diese tranigen, Zigarillo rauchenden alten Knacker in ihren Herrenclubs, sie erzählen sich Anekdoten über ihre Schürzenjagden und wie sie den ersten röhrenden Hirsch erlegt und den Kopf mitsamt Geweih an die Eichenplatte genagelt haben. Es steht mir der Sinn nicht nach solchen Albernheiten. Mein Vater, ein unruhiger Geselle, gab zwischendurch Heim und Hof in Almanya auf und kehrte dem Gastland, wie er damals feststellte, für immer den Rücken. Das Versprechen hat er zwar nicht eingehalten, die Familie zog eben mit, wie es der Sitte entspricht. In der Heimat hat er es ganze sechzehn Monate ausgehalten, und das war für mich eine herbe Zeit, das kann ich dir sagen, ich sah die erste Leiche meines Lebens direkt vor der Haustür und mitten auf der Fahrbahn: ein Volksfrontkämpe, Fünftagebart, hochgezogene Achseln, keine besondere Erscheinung, einfach ein Toter, einfach von einer verfeindeten Miliz niedergestreckt, wie Tschengen Efendi, der Altpapier- und Alteisensammler, uns damals von seinem Maulesel aus erklärte. Ich war vielleicht sechzehn, und mein erster Gedanke war, als ich den Toten besah, dass der da unten einen beneidenswerten Bartwuchs hatte, und ich kann mich noch daran erinnern, dass er hellgelbe Socken trug. Ständig hörte man nachts Schüsse in den Slums, wir wohnten am

Randgebiet, Arbeiter und verarmter Mittelstand in schäbigen Behausungen, aber sie alle klammerten sich an ihre majestätische Angst, nicht abzusteigen, nicht ihre ausgefranste Schicht und Klasse zu verlassen. Ihr ganzes Leben und Streben war darauf ausgerichtet, und sie erzählten sich gegenseitig neue Fälle von plötzlicher Verarmung und neue Abwanderungen in das Sperrgebiet jenseits des Seniorenstifts, dessen vordere Mauerbegrenzung die linke Linie unseres Pflasterfußballfeldes bildete. Die Turniere arteten in regelrechte Schlägereien aus, drei Eckbälle gaben einen Elfmeter, und Oktay, der von Geburt an Beinmissgebildete, tat sich darin hervor, sein Handicap durch blutige Fouls wettzumachen. Ihn wollte jeder als Vorstopper in seine Mannschaft holen, ich dagegen war immer der Stinker, der als letzter übrig blieb, obwohl ich knallharte Schüsse ins Netz abzog und in den Giebel zimmerte, wenn man mir mal einen passablen Pass zuspielte. Am Ball allerdings war ich eine Niete.

Pünktlich zum Schichtwechsel bewegten wir uns in den Riesengarten des Seniorenheims und legten uns bäuchlings auf den Rasen. Der Umkleideraum der Schwestern befand sich im Parterre, und dort habe ich zum ersten Mal den Atem angehalten beim Anblick von weißen Büstenhaltern aus Spitze mit einem Schleifchen am Band zwischen den Busenkörben. Wir Jungs waren Spanner mit einem Milchatem, und hätte uns der elende Pförtner nicht erwischt und uns windelweich geprügelt, wir hätten dort so lange gelegen, bis sich eine Schwester umgedreht und uns entdeckt hätte, eine reife Frau mit der heiligen Mission, einen unter uns auszuwählen und in die Liebe einzuweisen. Es war Gegenstand heftigster und zuweilen handgreiflicher Streitereien, auszuknobeln, wer denn nun in den Genuss der Reifeprüfung gekommen wäre, jeder brachte natürlich sich selbst ins Spiel, jeder führte irgendwelche Fertigkeiten ins

Feld, und natürlich hatten wir schon etliche Liebschaften hinter uns gebracht, was nicht stimmte, wir waren alle noch Jungfrauen.

Du weißt, mein bescheiden hirngesegneter Kumpel, dass es des Türken höchste Lust ist, nach Steinen, zerknautschten Bierdosen und liegen gebliebenem Müll aus festem Material zu treten. Wir stülpten einen Pappkarton über schwere Asphaltbrocken, die die Straßenarbeiter immer großzügig liegen ließen, und postierten uns ganz unauffällig vor einem Bakkal, die Colaflaschen vor der Brust, so als wären wir ne Gang, die dort eben abhing. Es verstrichen kaum ein paar Minuten, und schon stellte sich der erste Mann ein, der von weitem in Vorfreude grinsend den Karton beäugte. Er beschleunigte seine Schritte, dass ihm auch niemand zuvorkam, zirkelte sein Bein zurück und trat kräftig zu, um im nächsten Moment aufzujaulen und sofort die Gegend stieräugig nach Übelwollern abzusuchen. Wir machten Pokergesichter, nur Sami, der notorische Spaßverderber, wieherte laut auf, und also mussten wir wegsprinten. So was wie Taschengeld kannten wir gar nicht, wir zogen mit Schuhkartons voller Lose durch die Gegend und brüllten: »Schans, Kader, Kismet«. Die Gewinne waren mickrig, Schnürsenkel, eine Hand voll Pfefferminzbonbons, Opaschlüpfer, Abziehbilder und getrocknete Rosenknospen. Wir verliebten uns in jede Frau, die um die Ecke bog, wir träumten von einem superklugen, superschönen Mädchen, das wir auf ein Glas Limonata oder überzuckerten Kakao in die Konditorei einladen würden. Sie würde uns wegen irgendeiner Lappalie die Leviten lesen, wir würden den Kopf hängen lassen und sie verstohlen ansehen, um festzustellen, dass ihre Wut ihre Schönheit nur steigerte, wir wollten ihr all unsere unbefleckte Romantik vor die Füße legen, der Süßen, wenn sich die passende Gelegenheit einstellte.

Doch sie kam nicht, stattdessen fanden wir uns in der

Warteschlange vor dem Volkspuff, mein Gott, hatten wir die Hosen voll, und weil ich es nicht mehr aushielt und mich unter einem faulen Vorwand davonmachte, galt ich seitdem als »schwuler Hund«. Einer Frau nahe zu kommen galt als unvorstellbar, nur nachts in unseren Betten waren wir die Liebesprinzen auf weißen Schimmeln, die Pickel und Abszesse waren wegretuschiert, und in einem dieser Wunschträume tauchte sogar meine Hautärztin auf, die mir sonst jeden Monat eine besonders hässliche Eiterbeule aufschnitt. Ich bin damals umgekommen vor Liebe, und als meine Mutter ein weißes Taschentuch über meine Tomatenfeldvisage hielt und sagte, es habe eine Woche in der Brusttasche einer Jungfrau gesteckt, und es würde mich von der Plage heilen, habe ich sie mir so heftig herbeigewünscht, dass ich innerhalb weniger Wochen drastisch abnahm. Die Nachbarin, die offizielle Hexe unseres Viertels, goss Zinn über mein Haupt, spitzte den Mund und stieß schubweise Luft aus, beschwor den Dschinn, meinen jungen Körper zu verlassen und in das Aas zu fahren.

Eines Morgens schlüpfte ich aus dem Bett, das ich tagelang hatte hüten müssen. Ich hatte es satt, das Leben auf der Straße zu versäumen, die Straße war alles, die Straße war unser ureigenstes Eigentum, die Straße war das Feuer unter unseren mageren Knabenärschen. Wir steckten mitten in der Mauser, die Knochen verschoben sich, und unsere Wachstumsfugen schlossen schlecht, die Proportionen gerieten durcheinander, unsere Semitennasen ragten aus dem Gesicht, knorrig, unpassend und fleischig, und meine Mutter schickte mich eines Tages ins Bad, ich sollte mir den Dreck auf der Oberlippe abwaschen, und dabei war es schwarzer Flaum.

Plötzlich roch ich in den Achseln, plötzlich spross überall pechschwarzes Haar, das mich später in deutschen Umkleidekabinen zum Gespött der Mitschüler machen sollte, und als ich in den Spiegel sah, entdeckte ich zwischen Pupille und Unterlid einen dünnen Streifen Augenweiß, das Siegel der Orientalen. Die Unbekümmertheit war dahin, die gleichaltrigen Mädchen waren zu selbstsicher, als dass ich sie ansprechen konnte, dabei spannten sich ihre Brustknospen derart unter den Blusen und T-Shirts, dass man ihnen seinen Karton mit den Losen und die Kronkorkentüte ohne Wimpernzucken übereignet hätte.

Ausgerechnet Sami, der Quell ständigen Ärgers, der Armleuchter, der spontan auf die Windschutzscheibe von Autos schiss, die unser Kickerfeld verparkten, ja, Sami hat als Erster den Durchbruch als Lover-Jüngling geschafft. Es war, als wäre er über die Couponschneiderei zu seiner ersten Million gekommen, dabei rangierte er auf der Ansehnlichkeitsskala ziemlich weit unten, ich hingegen war das Schlusslicht. Die Auszehrung hatte aus mir ein schlaksiges Neutrum gemacht.

Nun soll es aber genug sein. Irgendwann schlug ich zu Hause auf, Muttern hatte ein paar Schalen mit türkischem Studentenfutter gefüllt, wir saßen auf der Veranda, mein Vater, der Pensionär, meine Mutter, die agile Hausfrau, und ich, der Liebesnarr, wir enthielten uns zur Abwechslung jeder Äußerung, nur das Knacken der Kürbiskerne war zu hören, und zwischendurch das Aufplatschen von Sandalensohlen, wenn ein nackter Fuß rausgezogen und später wieder reingestreift wurde. Ich habe in der knappen Stunde, die wir herumsaßen, kein Glück, aber so was wie eine reinrassige Ruhe gefühlt und gehofft, sie möge sich als wenigstens ein Haiku niederschlagen.

Aber Schluß jetzt, ich werde ja sentimentaler als mein alter Alter.

Ein Gruß von den Killing Fields der Erinnerungen,

Dein
chilliger Chilli-Willi-Serdar

18 Serdar an Anke

Freitag, 6. August

Anke,

ich habe nie zu den Blödmännern gehört, die am Ende einer wie auch immer gearteten Beziehung (war sie in unserem Fall tatsächlich eine?) beteuern, dass man gut Freund bleiben wird, dass es irgendwie nichts ausmacht, sich nicht mehr als Mann und Frau zu begegnen. Ich finde solche Abschiedsformeln öde, denn nur ganz selten verliert man sich nicht aus den Augen und aus dem Sinn.

Du und ich, wir haben eine geschmeidige, relativ frohsinnige Liebesgeschichte hingelegt, wir legten uns nicht in einer Bürgerlichkeit fest, von der unsere meisten Altersgenossen infiziert sind: Man lernt sich kennen, man hält Händchen, man ist zusammen, man zieht aus Gründen der Intimität in eine gemeinsame Wohnung, man schenkt sich gegenseitig Verlobungsringe, man zofft sich, man wirft Blagen in die Welt, man geht auseinander. Wie oft musste ich mir von Freunden und Bekannten beiderlei Geschlechts eine üppige Psychopathologie bescheinigen lassen, bloß weil ich nicht imstande war, mich mit mir zu langweilen. Ich konnte ihnen nicht berichten, dass mir im Lauf der allein, aber nicht einsam verbrachten Monate und Jahre ein harter Chitinpanzer am Rücken gewachsen war, dass ich mich nicht über Nacht in einen Riesenkäfer verwandelt hatte. Sie glaubten mir nicht, und als ihnen der Wahrheitsgehalt meiner Worte dämmerte, strichen sie mich von der Liste. Grillpartys und sonntägliche Sektfrühstücke waren ja nie mein Fall gewesen, ich bewege mich auch recht ungern in den Kreisen von Jungspunden, die sich ihre einstige Erhebung in Form von Dritte-Welt-Souvenirs in Erinnerung halten. Ein afrikanischer Holzgötze auf einem Kelim aus Kasachstan in einer mitteleuropäischen Wohnung ist mir wahrlich ein Gräuel.

Doch halt, ich will hier nicht eine meiner Bettkantenvolksansprachen darbringen, wie du sie dir, häufiger als dir vielleicht lieb war, anhören musstest. Ich habe immer die Zimmerflak aufgestellt und drauflosgeballert, so geschehen an toten Sonntagen vor dem ernüchternden Kaffee. Im Nachhinein kann ich mich nur wundern darüber, wie wir uns von der Feiertagstotenstille anstecken ließen. Ich habe doch tatsächlich den Sex angekündigt, nach dem zweiten marmeladenbestrichenen Croissant und der Lektüre der Zeitungswochenendbeilage war es so weit, ich musste zehn, fünfzehn Minuten Anlauf nehmen und war trotzdem ungeheuer verlegen. Was passiert mit der Lust der Frau, wenn sie sich auf den Bewegungsablauf des Mannes gefasst machen muss, dessen Einzelheiten sie haargenau kennt? Die Lust geht zum Teufel! Du aber hast zwei Seidenkissen geschnappt und auf den rauen Teppichboden gelegt, damit du dir die Knie nicht wund scheuertest, du hast dich auf alle viere begeben, den Oberkörper auf das ungemachte Bett gestützt, den Rücken, deine begnadeten Pobacken und dein immerglänzendes Geschlecht mir dargeboten, und ich drang in meiner ganzen Länge in dich ein, plötzlich, ohne Rücksicht zu nehmen und manchmal nur unter Zuhilfenahme einer Gleitcreme, die in Reichweite sein musste. Ich wollte und musste mich abrackern, um die zehn Minuten einzuhalten, in denen mein Penis in einwandfrei erektivem Zustand Liebe machen konnte und aber sofort in der elften Minute dahinwelkte. Du hast dich auch darauf einge- und auf Handbetrieb umgestellt, so dass wir beide dann tatsächlich sang- und klangvoll zu unseren Höhepunkten kamen. Ich schlüpfte in meine Hose, du in den türkisen Morgenmantel, ich deckte den Tisch ab, du schlurftest ins Bad, um dir das

Geschlecht zu säubern. Das Toilettenpapier rieb über rasierter Vulvaspalte, ich lauschte dem Geräusch und dachte fast immer: Da gehen sie hin, meine Samen!, und du zogst prompt an der Klospülung. Du weigertest dich, dich umzuziehen, dafür war der Sonntag nicht gemacht, du verspürtest noch Lust, und ich vermied es, meinen Blick mit deinem zu kreuzen, weil ich nach jedem Geschlechtsakt einen geradezu klinischen Adrenalinschub bekam, wie ich meine Untätigkeit damals entschuldigte. Doch in Wirklichkeit wollte ich mich aus dem Staub machen, ich wollte mich und dich nicht mit der Wahrheit konfrontieren. Du nanntest mich bald einen kalten Fisch, aber ich war kein Gefühlskrüppel, ich begehrte dich einfach nicht mehr.

Der Ofen war aus, und der kalte Ofen stand im Raum, im Niemandsland zwischen uns beiden. Der Anblick von dir, von einer nackten schönen Frau in einem Morgenmantel, die ein zweites Nümmerchen schieben wollte und auf die ich aber ums Verrecken keine Lust hatte, machte mich fast wahnsinnig. Ich konnte es dir nicht sagen, also habe ich ein Palaver losgetreten oder einen Wutanfall über herrschende Verhältnisse vorgetäuscht, ich war eben lieber der Bolschewik im Koller als ein cholerischer Realist der Unlust. Etwas später haben wir uns zwei, drei Kassetten von der Videothek und eine pralle Tüte Junkfood von der Tankstelle geholt, wir machten den Sonntag und den Sex tot mit stundenlangem Glotzen auf den Bildschirm. Ich fing an, meinen Körper als meinen ärgsten Feind zu betrachten, einen Körper, der sich nur auf einen einzigen Koitus einließ und trotzdem vor Wollust fieberte, ich hatte dir gegenüber ein schlechtes Gewissen, konnte es aber nicht mit unserem Liebespakt vereinbaren, mich von dir zu trennen.

Also hast du gehandelt und deine Verzweiflung in eine unmittelbare Tat umgewandelt, und ich war ehrlich gesagt froh über deinen »Seitensprung«. Zunächst plagte ich mich mit dem Verlassenheitsgefühl herum, es ging mir hundeelend, wieder ein Liebeskapitel zu Ende, wieder das verflixte dritte Jahr, wieder Einsatzbereitschaft in Anbaggerdiscos und Ausstellungseröffnungen. Aber du hast Unrecht, wenn du glaubst, ich hätte mich abgesetzt, und was bitte schön soll das heißen: »der Geist meiner Väter«? Haben wir uns damals nicht auf die Formeln »autonome Einheit« oder »individueller Partikel« geeinigt, als wir in unseren vielen Grundsatzdisputen an uns herumdokterten und um eine Selbstkennzeichnung rangen? Waren wir uns nicht einig darin, dass man uns auf Partys links liegen ließ, weil man nichts mit unserer Art anzufangen wusste, weil wir keine wandelnden Ähnlichkeitsplätze waren? Und nun bringst du mich in Verbindung mit einer Spielfläche, auf der ich nichts zu suchen habe.

Ich bin hier für meine Verhältnisse gut losgelassen, ein bisschen freier als sonst, ich habe zum ersten Mal seit langer Zeit einen klaren Kopf. Die übliche, lang andauernde Knapphaltung ging mir irgendwann auf die Nerven, ich erlebte die Umstände hautnah, und wenn ich nach ihnen griff, matschte ich in der Luft herum. Ich galt in manchen Kreisen als blöd-nett, und ich zog sie an: die Vollspacken, die mit den fettigen grungeblonden Haaren, Metzgerssöhne, Halbangestellte, Pastorentöchterchen, Kulturberber und Codeknacker. Und ich sann nach Rache, in meinem Dreißig-Quadratmeter-WG-Zimmer, die Kommunarden mochten nicht mehr an Telefon oder Tür gehen, weil es wieder für mich war, weil irgendeiner seine fünf Stunden verhocken wollte, weil meine Bude einem Jahrmarkt der Kaputtheiten glich. Ich konnte schlecht nein sagen, den ganzen mistigen Haufen vor die Tür setzen, und endlich in jenes Leben einsteigen, von dem ich in bissig-manischem Ton schwätzte: endlich allein wohnen, über die Gegensprechanlage bestimmen, wen ich sehen wollte und wer ungelegen hereinschneite; eine Kaffeetasse in die Küche stellen und sie nach einer Stunde genau dort wiederfinden, wo man sie auch hingestellt hatte. Mal schluckte ich meinen Ärger herunter, mal erfasste mich die schiere Wut. Nach jeder Attacke stellte sich der postoffensive Frust ein, und ich drehte wieder weiter an meinem Hamsterrad. Ich war ein fuchsteufelswilder Tresenschwätzer, ein Salon-Aggressor, ein Hund, der längst die Witterung verloren hatte. Ich habe die Fusseln aus der Polsterritze gepopelt und Weltbetrachtung gespielt ...

Vielleicht habe ich viel mehr preisgegeben, als dir gut tut, ganz bestimmt hätte ich damals etwas beziehungsgesprächiger sein sollen. Unsere Liebe hatte eine lange Laufzeit, nun aber ist sie vorbei.

Dein Serdar

19 Hakan an Serdar

Montag, 9. August

Allerwonnigster Kokettierfetzen,
du Alifallera in Kakerlaka-Schleichgassen,

den glücklosen Kamel-Fellachen ficken in der Wüste die Eisbären, hier hast du mal ne Losung für ne verlorne Jugend und verbummelte Tage, mit denen du ne Chronik malst auf seitenweise Papier, hier hast du ne Kapitelüberschrift für den nächsten Abschnitt vonner Volumenschwarte, die du »Durchfallera mit Serdar« betitelst und als ne Mischung von Herzensschreibe und Duden für Deppen aufn Markt schmeißen kannst.

Ich will gleich n langen Schuh inne Tür stellen, die du mir vorm Gesicht zuknallen willst: Alter, wir beide sind in so ner Art heiligen Bruderschaft, und s geht überhaupt nicht an, dass ich mir ne dir gefällige oder verfallne Lady abgreif, wenn du gerade mal nicht hinkuckst, außerdem haben wir beide völlig verschiedene Geschmäcker. Du stehst eher auf Knabensilhouette, ne Pobacke darf nicht größer sein als n mittelschwerer Apfel, und ne Titte muss in ihrem Umfang absaugfähig sein, du vögelst gerne Skelette vom Biologieunterricht oder eben Mädchen, die zwei Kilo mehr auf die Waage bringen, als ne Magersucht es zulässt. Ich aber lieb Rundung und Biegung, mein Kopf darf nicht groß auffallen, wenn ich ihn zwischen die Titten bette, und der Lady muss fast die Hosennaht aufreißen, wenn sie sich inne enge Jeans zwängt. Du hast mir in deiner abgrundtiefen Bosheit immer unterstellt, ich würd auf Trümmerschabracken stehn, deren viermal eingefaltetes Fettkinn sie im Winter dazu bringt, die Halspartie vonnem Pullover abzuschneiden, weil's doppelt gemoppelt wär, und von wegen ich ginge auf Jagd nach Aldikassiererinnen, mit deren Tonnenarsch man Löcher im Deich stopfen könnte. Das is aber nix als purer Neid, ich pfeif eben was auf n Magazinlook, da könnt ich ja gleich mein Schattenbild bumsen, s käme aufs gleiche hinaus und wär ne kostensparendere Angelegenheit. Alter, du hast n kaputten Chip im Laufwerk und lallst dummes Zeugs vom Plundergrade.

Mir is auch eingefallen, dass ich in meiner Depesche kein Stück auf deine Makrelenperversion eingegangen bin, was ich hiermit nachholen will, denn es is echt ne Ungeheuerlichkeit, so weit isses also mit dir gekommen, am Anfang stand n ungeselliges Würmchen zwischen deinen Beinen, und am Ende kann ich mich mit nem Kumpel rühmen, dem vor Fischficklust alle Sinne vergehn, welch ein trauriges Bild, mein Gott!

Hättst du mir gebeichtet, Hakan, mein Freund, ich hab n Kugellager zwischen den Arschbacken, und auch wenn die Suppe nach jedem Scheißen nur so läuft, irgendwie steh ich drauf und bin so glücklich wie noch nie mit ner Frau, tja, dann hätt ich n Auge zugedrückt, pro Sitzung n halben Hunni verlangt und dich nach zwanzig Sit-ins inne freie Welt entlassen. Aber so ne Verfehlung is n starkes Stück, wobei mir natürlich auch ne Heilung einfällt, aber du musst ne herbe Preußendisziplin dabei einsetzen, und nicht ne Elle zurückweichen, und am Ende wirst du wieder voll normal und gut bei Besinnung Gräten vonnen Fischen rausrupfen können.

Also, stell dich vors Kloporzellan, richte deinen kranken Blick auf n Duftstein innem Plastikgehäuse, zieh anner Spülung, und sag folgende Mantras zehnmal hintereinander: Ich bin n Duftstein, s Wasser quirlt um mich herum, ich fühl mich aufgehoben, es is Friede auf Erden! Viermal am Tag und zehn Tage auf derselben Leiste, und du wirst dich fühlen wie n junger Gott, und s Leben wird dir so leicht vorkommen, als würdst du schnell mal n Busch pflücken, und du kannst dich dann annen Kragen fassen und dich fühlen wie n ehrbarer Bürger, der nicht den Fischen im Wasser, aber den Frauen nachpfeift.

Da sind wir aber bei nem andren heißen Thema, da wird s Ackerland schon steiniger: Alter, was is schon dabei, wenn deine Holde dir Hörner aufsetzt, schlimmstenfalls must du halt n Vers dahermurmeln: »Oh, wir armen Hörnerträger, haben wider Willen Schwäger!« Alles klar, und nach ner Woche mit der gleichen Leier wirst du n flotteren Darm hinlegen, und die Sache is ausgestanden. Ich hab Anke ausgeführt, weil sie sich allein und gottverlassen fühlt in letzter Zeit, eigentlich wollt sie sich ja mit nem Gegenstand umgeben, der sie an dich erinnert, und ich hab in meiner Güte drüber hinweggesehn und den Kummerkasten abgegeben. Was ja an sich keine Schande is, du solltest mir eigentlich auf Knien danken, du Mastrind.

Irgendwann is Hassan Tarzan dazugestoßen, so nennt die Kümmelgemeinde ihn, weil er vor Dämlichkeit lallt, und überhaupt is das jener Typ von Anatolier, der voll auf Ichbin-zwei-Öltanks-Weiber abfährt. Seine aktuelle Frau sieht aus wie ne Sumoringerin, sie is das gigantischste Fleischbauwerk des Jahrhunderts, oder anders gesagt: Wenn man sie per Luftaufnahme fotografieren täte, sähe man etwas, was einen an eine der Kuppen der Hagia Sophia erinnert. Aber egal, wir waren ja bei deinem Frauenproblem, du bist nämlich kein Frauenheld, du bist n Frauenzimmerabrichter. Alles, was dir vorschwebt, is, die Frauen inne Rücklage zu manövrieren, um dabei ne richtige Existenzgrundlage zu schaffen, denn an sich fühlst du n Scheiß, auch wenn du sie glauben machst, dein bekacktes Herz würd explizit für die jeweilige Holde schlagen. Wenn man annen hohles Rohr schlägt, kommt ne tiefe Melodie raus, und so denkt die Weiberschaft, du wärst n sensibler Schlagersänger mit ner Gitarre als deinem einzigen Freund, so wie diese Straßenkacker, die annem Ziehfalz quetschen oder die Softiealeman-Blumenkinder, mit denen sich bekanntlich unsre Abiturtürkinnen paaren. Aber lassen wir mal die Kinkerlitzchen, ich hab dir meine Dienste als Psychiater angeboten, schlaf ne Nacht drüber und lass mich wissen, ob ich ne Couch im Möbellager besorgen soll, ich werd auch darauf achten, dass da keine Sprungfedern durchstechen und du dich so richtig fein hinlegen kannst.

Vorhin hatte ich Besuch von Knut, dem ollen Mondjäger, wie er sich nennt, und er führte mir sein neuestes Modell vor: ne Linhof-Feldkamera mit Laufboden, auf dem er s Objektiv hin- und herschieben kann. Ich hab nicht schlecht gekuckt, als er zur Demonstration an dem Mammutgerät bastelte, es sah aus, als würd er ne Terminatorwaffe zusammenbauen. Er hat alle Schritte fast militärisch angesagt: Kamera aus der Tasche nehmen, Haltegriff an der linksseitigen Halteschiene befestigen, der Laufboden wird nach vorne geklappt, die Objektivstandarte wird nach vorne gezogen, der Drahtauslöser wird am Objektiv befestigt, Pause, wir öffnen die Schutzkappe des Suchers, der Schieber wird aus dem Filmmagazin rausgezogen, wir bringen schlussendlich das Suchokular in die richtige Position. Ende der Ansage! Und weil Knut in Fahrt war und seine Tasse mit frisch gebrühtem Kaffee voll, hat er als ne Art Nachschlag auch so ne Besonderheiten von seiner »Linhof-Technikavier« aufgesagt, er ließ sich ja gar nicht mehr bremsen. Das Ding hat nämlich noch n Entfernungsmessersucher, das heißt, in so nem zweiten Sucher is n drehbar gelagerter Spiegel angebracht, dessen Bild innen Hauptsucher eingespiegelt wird. Man bringt beide Bilder, s Bild vom zweiten Sucher und s Bild vom Hauptsucher zur Deckung, dann is die Kamera korrekt scharf – und eingestellt. Außerdem dreht man für Hoch- und Querformate einfach die Kamerarückwand, und als ich sagte, is ja schön und gut, aber was soll n das Ganze, hat er gemeint, je schlechter s Licht is, desto besser für mich, ab Lichtwert neun bis zehn würden die meisten anfangen, mit Stativ oder Blitz oder Zusatzbeleuchtung zu arbeiten, einige wenige Spezialisten kämen auf n Lichtwert von sieben, er hätte dagegen standardmäßig Lichtwerte von null bis zwei bei vierhundert Asa. Ich fragte: »Nasa?«, er sagte: »Nö, Asa, je höher die Zahl, desto weniger Licht braucht der Film.« Ich hab nicht so viel verstanden von seinem Fachlatein, aber mir kam da so ne Idee, und ich bat ihn, mich abzuknipsen, ich mein, s gibt doch jede Menge Film- und Modelagenturen, und wenn man ne Mappe mit schmucken Fotos und aufgemogeltem Lebenslauf hinschickt, nehmen sie dich ins Programm auf und vermitteln dich weiter, meinetwegen als nackter Toter im Swimmingpool, und dafür kassierst du ne ganze Stange Geld. Knut sagte, wir müssten's schon profimäßig durchziehn und ob ne Karriere als Pornostar für mich in Frage käm, denn dann sollt ich mich mal ganz schnell freimachen und mir meine Banane inne vernünftig große Form wedeln. Wir einigten uns auf freier Oberkörper, ich schmierte mir Brust nebst Behaarung mit Niveacreme ein, und zum Glück hatte ich noch n Handtöpfchen mit Vaseline, womit ich mir die Lippen bestrich, weil die Magazinkerle immer mit so nem glänzenden Maul daherkommen. Knut und ich stritten uns dann, ob mein Halsgepränge, n toter Puma aus Gold anner Kette, was zu meinem Glanz und meiner Glorie beitrug oder nicht, ich sagte, ich will hier nicht n Muttibub abgeben, sondern n harten Kerl vonnem Ghetto, und also schoss er los: Ich mit m Fuß auf der Stuhlkante, ich mit m offenen Hemd auf m Bett liegend, ich voll seriös innem abgedunkelten Raum, die Arme verschränkt und die Fresse verträumt, ich als Gangster auf der obersten Sprosse der Karriereleiter. Für den letzten Schnappschuss sprach ich beim Hausmeister vor, er gab mir seine Hauswerkerleiter und sagte mir, ich soll doch bittschön mir die Scheißmargarine vonnen Lippen waschen. Knut wechselte den Film und schlug vor, jetzt Bilder zu schießen, die sich mit Deutschland vertrügen, wir grübelten ne ganze Weile und kamen zu dem Schluss, ich muss so tun, als würd ich fernsehn, also platzierte ich mich in meine Anatolia corner, schmiss die Glotze an und warf mir Chips innen Rachen. Knut war in seinem Element und zog annem Auslöser, bis ich vonner Profihaltung ne Scheiß-Genickstarre hatte. Er will mir die fertigen Bilder Ende nächster Woche vorbeibringen, und ab dann heißt es, annem raketenhaften Aufstieg des Don Pedro Hakan zu feilen, vielleicht bin ich demnächst als Fiesling inner Lindenstraße zu sehn, und s gibt gut Knete. Überhaupt mache ich mir schwer Gedanken, auf welche Sparte ich mich verlegen soll.

Ich werd wohl die Runde machen, und s Arbeitsamt kannst du abhaken, weil n Kanaka knapp überm Bimbo nicht vermittelbar is, auch wenn sie dir ins Gesicht wohlige Töne spucken. Ich wär zufrieden, wenn ich inner Mensa Pfannen schrubben könnt oder innem Amtshaus Aktenordner zu Rundablagen stapeln, ich werd dich vom Ergebnis unterrichten, und drück mir zwei Daumen, du Arsch.

Dein Kumpel und Topmodel der Zukunft
Don Hakan Gonzalez

20 Serdar an Anke

Dienstag, 10. August

Anke,

aufgewühlt von der Rückblende, kann ich nicht an mich halten, deshalb diese erneute Anrede, nein, viel eher eine Anrufung, und ein Bruch mit meinem beharrlichen Schweigen. Du hast darunter gelitten, ich weiß. Allerdings konnte ich bisher keine Worte aufbringen, denn in letzter Zeit war ich in ein Unternehmen involviert, das ich hier soziologisch bündig als »Ichsetzung« bezeichnen möchte, und ich brauche immer eine Schiefertafel, auf der ich so etwas wie eine Kostenüberschussrechnung runterspinnen kann: Am Ende steht dann eine durchgestrichene Zahl, aus der ich die Wurzel ziehe. Aber bevor ich mich als Kniefiesler entlarve, vollziehe ich sofort einen U-Turn und begebe mich flugs wieder zur Müllkippe vergangener Streiche und Verausgabungen.

Gesegnet sei der Tag, an dem du die Flurholzbohlen deckweiß angestrichen hast, eine Schneelandschaft, wie du strahlend sagtest, »ich muss frösteln können mitten im Hochsommer«, und ein paar geschockte Freunde bogen sich geschickt oder höflich zu ihrer persönlichen Meinung: »ein ungewöhnlicher Anblick«, »... sieht man nicht alle Tage ...«, »gewöhnungsbedürftig«. Sie kannten dich als Großstadtneurotiker, als Frau mit den tausend Silben auf der Lippe, und sie hatten dich bei all deinem Liebreiz immer im Verdacht, ihnen die Atemluft wegzuschnappen. Dabei hatten sie sich dem Gefühlsgeiz verschrieben, und du warst in ihren Augen nicht mehr als ein Farbtupfer, ein auf Turbo getrimmter Laufapparat, eine Sensibilitätsmaschine. Sie kamen auf einen Sprung vorbei, ließen sich unterhalten und verköstigen, aßen auf gut Deutsch deinen Kühlschrank leer und brachten auch deine Wild-Turkey-Flasche um ihren Inhalt, machten aus ihrem Besuch eine amtliche Begehung deiner Spektakel im Wunderland. Auch ich habe mir den einen oder anderen Fruchtjoghurt gegriffen, ich durfte ja als dein offizieller Lover mich zu Hause fühlen, ohne zu fragen, und du sagtest einmal: »Meine Mutter hätte keine Sachsubstanzverletzung geduldet! Sie verwarnte mich eines Tages mit den Worten: Solange du deine Beine unter meinem Tisch ausstreckst, gelten meine Richtlinien ...«

Und schon nach einer kurzen Lungerei auf dem Sofa konntest du das Weiß nicht mehr sehen, du wolltest die ganze Bude auf den Kopf stellen, die Kommode und der Pastellkissensessel und der elende Schnickschnack mussten raus und am besten auf den Boden. Ich schlug vor, der Sache mit feinem Schleifpapier beizugehen, die Farbklumpen abzuraspeln, ein lasuriges Van-Dyck-Braun auf die dann fast freigelegten Dielenbretter aufzutragen, und schon wäre der Eingangsbereich auf Alt und Antik getrimmt. Wir schliefen eine Nacht darüber miteinander, und als du am nächsten Morgen die Augen aufschlugst, sagtest du: »Flieder, ein Hauch davon.« Also fiel das Frühstück aus, wir fuhren wie der Henker zum Heimwerkermarkt, und dort erstanden wir einen ganzen Einkaufswagen mit allerlei Utensilien: ein Pinselset, ein Zehnkiloeimer Hauchgefliedertes, eine Leiter, jede Menge Schleifpapier und eine Stachelwalze, mit der wir erst die Raufasertapete vorperforieren wollten, damit der Tapetenlöser (ach ja!) sich reichlich aufgequastet bis zum Putz einfressen konnte. Wir ließen uns alle Handgriffe und Eventualitäten erklären, und du fragtest: »Was ist, wenn sich die Tapete nicht richtig löst?«, und der grimmige Verkäufer sagte: »Na, dann hilft Ihr Freund mit dem Spachtel nach!«, und du wolltest die Gebindedosierung ganz genau wissen, wir lasen es direkt vom Computermonitor ab: 20% Grün, 20% Oxydrot, 30% Violett. Zu Hause angekommen, hattest du das Weiße-Mäuse-Gefühl, dir war schwummrig, und wir ließen entgegen unserer anfänglichen Absicht alles stehen und liegen und stellten uns den Flur fix und fertig gestrichen vor, wir bekamen im Eifer des Entscheidungsprozesses Lust aufeinander, es war sehr eigenartig, dass ich dich plötzlich heftig begehrte, und dann passierte das Malheur, ich versäumte es, ihn im entscheidenden Moment herauszuziehen und sprudelte fidel in dein überaus cremiges Geschlecht. Du wurdest steif und hast mich abgeworfen wie eine lästige Bettdecke, und ich fragte wie blöde vom Boden herauf, was denn los sei. Du hast ein paar Stunden nicht mit mir gesprochen, und ich ging unter die Dusche, weil ich mich von irgendeinem Schmutz reinwaschen wollte, es gab ja sonst nichts zu tun, und ich habe dann ganz brav die schwarzen Haare aus dem Ausguss geklaubt und in den Klappeimer geworfen, ein Eifer gemäß deinen Anweisungen. In der Zwischenzeit hattest du dich über die Zentrale der Uni-Klinik mit dem zuständigen Gynäkologen verbinden lassen, du sprachst von einem Verhütungsunglück, du durftest gleich vorbeikommen, obwohl man die Pille danach innerhalb der nächsten 48 Stunden einnehmen kann. Mich hast du von deiner Kamikaze-Aktion ausgeschlossen, dabei mochte ich dich eigentlich nicht allein lassen, ich weiß, der Mann spürt gern und zu spät die Verantwortung, ich fühlte mich wie der Affe auf dem Schleifstein und wollte doch so gern auf dem Beifahrersitz den schweren Kopf langsam auf die Brust sinken lassen. Als du wieder zurück warst, habe ich dir Yogitee mit Honig und Milch gereicht und sagte lächelnd: »Du schluckst doch Vitamintabletten, Salbeidragees und allerlei Pastillen, ne Pille danach fällt da gar nicht auf!« Ein Scherz am Rande, speziell erdacht zu deiner Aufmunterung, etwas plump und lumpig, ja gut, aber eben nur für dich ersonnen. Im nächsten Moment hatte ich den glücklicherweise lauwarmen Yogitee im Gesicht, und ich widerstand gerade noch dem Impuls, dir eine zu scheuern. Die Wut ließ das Blut aus meinem Herzen weichen. Etwas später las ich die Gegenanzeigen im Beipackzettel laut vor: Nicht anwenden bei Schwangerschaft, Blutpfropfbildung, Lebertumor und Bläschenausschlag. Du warst weder in der Schwangerschaft noch in der Stillzeit, dies stellte ich in Zimmerlautstärke fest und wollte nimmer mehr ins Näpfchen treten. Plötzlich sagtest du, du hättest Hunger auf deine Lieblingspizza: Fliegender Holländer, Gamba und Sauce à la Chef, also schnappten wir uns unsre Jacken und gingen zum Fake-Italiener um die Ecke, der Besitzer ein Perser, die Kellner allesamt Türken. Sie begrüßten dich mit einem großen Hallo, denn du hattest hier fast zwei Jahre gekellnert, und daher konntest du mir auch verraten, dass ich aus der Speisekarte ausgerechnet die »Spießer-Pizza« bestellt hatte: ein Quart gehäufte Champignons, ein Quart Artischocken, ein Quart Salami, ein Quart Schinken. Die adäquate Zusammenstellung für Leute, die bei dem Gedanken an einen einzigen konsequenten Pizzabelag das große Muffensausen kriegen. Ich biss mir um des lieben Friedens willen auf die Zunge, denn ich sah es natürlich ganz anders, als eine Art Mut zum Wahnsinn, der mich wohl bei dem Anblick des Pogo-Punks am Nebentisch packte. Er hatte drei rote Zacken auf dem Kopf und trug einen Rock mit Schottenmuster. Ich war gerührt, wollte aufstehen und ihm die Hand geben, vielleicht ein paar Worte wechseln, doch du hieltest mich im letzten Moment davon ab und verhindertest eine astreine Blamage. Ich war wohl etwas sozial mobilisiert, und das kam erst einmal von den Wandgraffiti auf einer Hausfassade, an der wir auf dem Weg zur Pizzeria vorbeigegangen waren: »Statt Sozialabbau Kaufhausklau!« Auch hatten wir den Spritzplatz der Junkies geschnitten, und ich hatte einem ziemlich fertigen Typen meinen Wegezoll entrichtet. Alles in allem waren das herkömmliche Szenen aus dem Stadtleben, und doch ergriff mich kurz die Lust an der Rebellion, um wohl die mehrstündige Funkstille zwischen uns beiden wettzumachen ... Ich war in großen Stücken unserer Liebschaft abwesend, weil ich von einer bombastischen Geistesgegenwart träumte, einem Kokainnasengespür, hellwach für große Schwingungen, gönnerhaft gegenüber der kleinen Regung. Ich wollte es in einigen Praktiken zu einer Wendigkeit bringen, ja, das ist es, wenn ich es mir recht überlege. Mein Vorhaben aber vertrug sich schlecht oder gar nicht mit einer Frau, die im Angesicht der Fertigprodukte dieser Welt erst einmal die Augen und hernach die Verpackung aufriss und den Finger in Fleisch oder Pulver oder Marmelade bohrte. Diese und andere Erinnerungen haben sich in mein Hirn eingefräst, wie beispielsweise dein Anblick zu später Stunde: Du im bleich gewaschenen Leibchen vor dem französischen Bett, gerade aus der Versenkung aufgetaucht, in lüsterner Pose, ich aber war dieser deiner Aufwallung nicht gewachsen und täuschte große Müdigkeit vor. Ich schlief ein im Frieden und ohne das geringste Verlangen auf den nackten unbefriedigten Körper neben mir.

Auch der nächste Tag stand im Zeichen einer Hochglanztotheit. Es galt, meinen Geburtstag auf meinen Wunsch hin verhalten zu feiern. Ich wollte nicht mein blaues Wunder erleben mit eingeladenen Gästen, die sich ihre Emotionsabdrifte für festliche Anlässe aufheben. Ich pfiff auf Sahnetortenpampe, in die man genauso viele dumme dünne Kerzen hineinbohrt, wie das Geburtstagskind alt wird. Ich lutschte immerzu an diesen Guarana-Mokkabonbons und dachte: Bullenblut schmeckt metallisch, denn laut Tütentext war es beigemengt. Und du sagtest: »Ich bin nachts wach geworden, weil ich dachte, jemand schmirgelt an dem Bettpfosten! Dabei warst du es, der mit den Zähnen geknirscht hat.« Irgendwann hast du mir zwei Geschenke überreicht, ein Buch, an dessen Titel ich mich nicht erinnern kann, und ein mit bunten Dekorkörnern gefülltes Weckglas. Ich weiß noch, dass ich von dem zweiten Geschenk nicht besonders angetan war, denn ich hatte dafür nicht wirklich Verwendung. Auf den ersten Blick sah es zwar aus wie Badesalz, aber es war keins, und die Funktionstüchtigkeit von Darbringungen ist mir nun einmal wichtig.

Ich glaube, wir waren sehr schnell zu Nachbarn geworden, die sich diesseits und jenseits der Hecke beharkten, und das Haschmich-Spiel der Liebe war mir relativ verleidet. Auch jetzt, in diesem komischen Brief, schlage ich einen geradezu buchhalterischen Ton an, ich kann mich nicht einmal zu einer Post-Amor-Liebenswürdigkeit durchringen. Es ist, als müsste ich den Beweis antreten, dass ich nicht immer gepennt habe, dass ich für ein paar Stunden und zwischendurch der starke Bursche mit den keulenartigen Unterarmen war, den du dir gewünscht hast. Meine Blässe kam von der Anstrengung, klarer zu werden, klarer im Kopf und klarer im Brustkorb.

Alles Liebe,
Dein Serdar

21 Serdar an Hakan

Samstag, 14. August

O Häuptling Murmelndes Gedärm!

Die letzten Tage kam ich mir vor wie ein Vollknaller, der ewig lange auf ein Testbild glotzt, über sich und seine Sentimente räsoniert und dabei von der Stunde der Vollstreckung träumt. Meine inneren Monologphasen waren in einem Zwitter-Aggregatzustand, sie stiegen tollpatschig bis zur Decke auf und blieben dort hängen, auf dass ich sie wie lebende Skulpturen besichtigte. Ich ließ jeden Gedanken an ein erfrischendes Bad im Meer fallen, und wenn ich mich der frischen Luft aussetzte, dann zur Begutachtung der Umtriebe der Natur, ich wollte mich nur unter der Bedingung an ihnen ergötzen, dass sie sich als Auslöser für Rückblenden hergaben. Das ist dir bestimmt trotz deines systemimmanenten Tatütatas aufgefallen.

Um mich dann doch von meinem Kadaverphlegma zu befreien, griff ich zu radikalen Mitteln, ich beschloss, auf Schreibmaschine umzusteigen, auf die mechanische wohlgemerkt, denn Niederschriften per Hand sind nicht so große Sahne und haben etwas von Teppichen eines Amateurflickers. Du spannst einen Bogen Papier in die Walze, du siehst, wie die Typenhebel bei jedem Fingerkuppenhack aus dem Halbrund aufschnellen, und irgendwann hast du, im Zuge der unvermeidlichen Korrekturen, Tinte vom Farbband an den Flossen. Allerdings sitze ich an einem altertümlichen Gerät und muss immer drei Lagen Papier einspannen, weil besonders die Satzzeichen alles zerfetzen, was dünn vor ihre Hebel kommt. Doch da ich nicht so sein will und dich Lump mit der Kunstfeinheit in Berührung bringen möchte, gibt's das erste mechanischmanuelle Haiku gratis, lese es zu deinem besseren Frommen:

Propaganda
Taufrisch und gut bei Kräften:
unser Nachwuchs,
uns hinterher!

Den Code zum Aufknacken des Sinninhalts liefere ich dir bei Gelegenheit, in der Zwischenzeit mögest du, schlummernde Schlampe, etwas weniger zerebralminimal vor dich hin dämmern und mit einem kleinen Denkerchen hier und dort Vorarbeit leisten. Apropos Arbeit, ich stehe nun wohl in Korrespondenz mit Anke, nach einem ersten Briefwechsel kann man getrost davon sprechen, und ich sage dir, das Ganze stinkt so sehr nach Einsatz und keimfreier Distanzschaffung, dass ich nach der Niederschrift meines Briefes richtig Nackenschmerzen bekam. Ich habe ihr einen wohlverfassten Kassiber zukommen lassen, unter anderem auch aus dem Grund, dass die Nachwelt gerne anfängt wie wild zu stöbern, wenn man tot und begraben ist. Diese Sensationsfetischisten sollen auf meinem Grab nicht ihren Harn abschlagen, sie sollen nicht in dem freigelegten Grab auf meinen bleichen Gebeinen trampeln und nicht nach Hause tragen meinen Schädel, auf dem sie eine Altarkerze aufstellen, dass der Wachs mir in die leeren Augenhöhlen tropfe.

Mein gammeliger Rumpfsack, es sei dir von mir und also der höchsten Stelle angeraten, alle persönlichen Spuren zu vernichten, stopf deine Altkleidertüten, mach ein halbes Dutzend Sperrmülltermine klar, löse deine spärliche Bibliothek auf, mache Abschriften von deinen Liebesbriefen, erwürge deine Ex-Freundinnen und nimm die Schuhkartons mit deinen Schmachtpapieren mit. Jegliche Hinterlassenschaft ist eine postmortale Falle, und die Frauen heben auch die kleinste Gänsefeder auf, die du ihnen in einem Anfall von romantischer Entblößung gereicht hast. Ich winde mich vor Entsetzen bei dem Gedanken daran, dass eine ehemalige Liebschaft meine Briefe und Postkarten durchgehen und plötzlich ihren bösen Verdacht bestätigt sehen könnte, sie sei in all der Zeit als Parallelkonkubine geführt worden.

Womit ich wieder bei Anke ankomme, denn sie weiß bis heute nicht, dass ich gleichzeitig einen Handlungsstrang mit Dina aufgezogen hatte, nebst anderen kurzlebigen Amour-Episoden wohlgemerkt. Gott bewahre uns vor der weiblichen Rachsucht, da können wir beide unsere Kräfte zusammenschmeißen und noch so sehr tüfteln, die manikürte Hand rammt uns früher oder später das Stilett zwischen die Schulterblätter. Daher nahm ich es in Kauf, über jeden Satz zu brüten, Anke soll mich weiterhin als einen etwas spinnerten Typen in Erinnerung behalten, und Gott sei Dank hat sie einen einwandfreien Trennungsgrund geliefert, ihr Seitensprung kam wie vom Himmel erwinselt! Nicht dass du denkst, ich hätte auch nur ein Stück meines männlichen Stolzes hergegeben, ich habe mich erst gar nicht auf sensible Vergangenheitsbewältigung eingelassen und mich im Grunde nur für ihren netten Brief artig bedankt. Anders lautende Äußerungen ihrerseits sind reinstes Wunschdenken, also gib nicht viel auf ihr Gewäsch, wenn du sie mal wieder ausführen solltest. Es sei hier ein letztes Mal angemahnt: Übe dich in Diskretion!

Im letzten Brief sprach ich von der radikalen Umstellung meines Lebens und meinte hierbei selbstverständlich auch punktuelle Lebensgefährdungen, wie sie nicht im Drehbuch stehen. Pascha-Baba ist nämlich von den Toten auferstanden. Auch seine Zeit der Besinnung scheint vorbei zu sein, was sich darin äußert, dass er mit seiner Zwille auf Möwen schießt und zuweilen vor dem »Verein der Liebhaber der

Schwarzmeerküste« anzutreffen ist. Ich brütete gerade über einem besonders kniffligen Vers, als ich plötzlich vor Schmerz aufschrie, ein spitzer Stein krachte mitten auf meine Stirn, und im nächsten Moment hörte ich schon Babas knappe Order, ich solle mich gefälligst sofort vom weibischen Handwerk lösen. Ich trottete stumm hinter ihm her, hielt ein Taschentuch auf die übel aufgerissene Stirnwunde und stellte mir im Geiste vor, wie Babas Arsch mit lautem Knall explodiert. Der Sonnenbrand an seinen Waden, garniert mit Mückenstichkratern, war mir ein geringer Trost, aber ich kam nicht dazu, ihn einen bekackten Flegel zu schelten, denn wir waren mittlerweile bei einem Paar junger Karotten angekommen, die sich als Geschwister vorstellten. Der Bruder, Anfang Dreißig, dünne Lippen, Koreapeitsche auf der Schwarte, Türkenschnäuzer, Typ kuriose Knalltüte. Die Schwester, ein dünnes Hemd, das Top eine Art Büstenheber mit Schaumgummieinlagen, um walküreartige Megabeulen vorzutäuschen, Wickelrock, Typ Maulbrüter mit finalem Fangschuss als Strafe für eine unredliche Initiative des Lovers.

Die neu gegründete Gruppe schüttelte sich nicht die Hände, keine Namen oder Adressen oder Nutella-Abziehbilder wurden ausgetauscht. Baba hielt es auch nicht für angemessen, uns vorzustellen. Der Koreakämpe reichte mir einen frisch abgerissenen Stecken, ich nahm ihn entgegen wie eine Partisanenwaffe, denn mir dämmerte, dass es sich um eine nicht ungefährliche Operation handeln musste, zu sehr fühlte ich mich als Spontan-Freiwilliger eines Himmelfahrtskommandos. Ich meine, die Sonne knallte mir auf Kopf und Kragen, es war unerträglich heiß, und ich ging mit einem verdammten Stecken hinter Baba her, der wie selbstverständlich die Führung der Mini-Einheit übernommen hatte. Irgendwann stießen wir auf ein kahles Feld, noch innerhalb der Grenzen der Feriensiedlung, ein großflächiges Areal, das aussah, als hätte ein Schwarm Heuschrecken die ganze Flora weggefressen. Baba ging nun ein paar Schritte zu einem flachen Stein, stieß das Ende des Steckens darunter und schleuderte den Stein blitzschnell weg, nicht ohne eine Körperhaltung einzunehmen, wie man sie etwa bei Leuten sieht, die gegen eine steife Brise ankämpfen müssen. In der zum Vorschein kommenden Kuhle tat sich nichts, und ein Hauch von Enttäuschung legte sich auf Babas Mienenspiel, er tat den »Misserfolg« mit einem Achselzucken ab, so, als wolle er andeuten, er sei dem Demonstrationseffekt verschuldet. Spätestens jetzt wurde mir klar, dass wir auf der Jagd nach irgendeinem Gewürm oder Getier waren, also fragte ich, wonach wir denn genau suchten und was wir erlegen wollten. Das Büstenhebermodell ließ verlauten, es sei die richtige Tageszeit für Skorpione.

Ich drehte mich in die Richtung der Stimme um, in dem nämlichen Moment wehte ein leichter Windstoß in die wilde Mähne dieser Frau, und ja, erst dann nahm ich sie als Frau wahr, als eine ganz und gar nicht unappetitliche obendrein. Jetzt, wo ich wusste, welcher hirnverbrannten Grille Babas wir folgten, wandelte mich ein gewisser Überschwang an, und ich hatte mir die einzelnen Handgriffe angesehen. Es war relativ spaßig, bei einer Temperatur von mehr als vierzig Grad im Schatten mit einem Holzspieß süße kleine Skorpione aufzustöbern. Nun setzten sich alle in Bewegung, und ich bemerkte eine Plastiktüte an Babas Gürtelschlaufe und fühlte meine Kindheit kurz heraufwehen. Mir rann der Schweiß nur so herunter, ich war bereit, aber nicht todeswillig, und die Gegenwart eines Mega-Büstenhalters machte es mir leicht. Außerdem gab es hier eine Erfahrung zu sammeln. Baba teilte uns in kleinere Gruppen ein, das waren seine Worte, dabei sagte er uns nichts anderes, als dass jeder für sich und Allah für uns alle wäre. Ich stieß einige Steine weg, ging hiernach jedes Mal in die Beuge und starrte mal auf nichts, mal auf ein paar unspektakuläre kleine Erdrisse – langsam wurde es etwas öde. Die anfängliche Begeisterung verflog schnell, doch dann löste sich die Schwester von ihrem Monsterbruder und kam angelatscht, bei näherer Betrachtung ein wahres Zuckerpüppchen, kein Gramm Fett zu viel, keine Cellulitis, kein Schwabbeloberschenkel und doch tolle Kurven. Ich hätte gern den Scheißstecken weggeschmissen und ihren Wickelrock gelöst, doch das kam hier gar nicht in Frage, ihr irrer Bruder hätte mich bestimmt den lebenden Skorpionen zum Fraß vorgeworfen. Ich kam nicht umhin, in der Luft zu schnuppern, und da roch ich den altvertrauten Duft, der mich bei Frauen um den Verstand bringt, Nivea-Handcreme und sonst nichts, die Creme der ersten Stunde, die Creme unserer Mütter und Schwestern, bevor sie auf das teure Zeug umstiegen. Ich war plötzlich beflügelt, ich stieß mich vom Boden ab und tat das Naheliegendste, nein, ich riss ihr nicht die Schaumgummieinlagen in Fetzen, sondern schritt bedächtig zum nächsten flachen Stein, griff mit der bloßen Hand darunter und legte ihn ruhig beiseite, wobei ich nur mit einem Auge dabei war, das andere besah die Fessel der Holden und fügte dem Bild meine nasse Hundeschnauze hinzu. In der nächsten Sekunde erschrak ich zu Tode, denn zum einen stieß die im Geiste lüstern Beleckte einen gellenden Schrei aus, zum anderen hatte mein anderes Auge eine schnelle Bewegung an der Stelle wahrgenommen, zu der gerade eben meine nackte Hand gegriffen hatte. Ich weiß nicht mehr, wie ich so schnell einen solchen Abstand einlegen konnte, natürlich werden mir knallharte Reflexe nachgesagt, ich mochte mich aber nie damit brüsten, da ich Aufschneiderei eher mit deiner unwürdigen Person assoziiere, und das schreckt ab. Ich sah aus einiger Entfernung, wie Baba und die Geschwister die Köpfe zusammensteckten, wobei die gestutzte Haarleiste des Bruders im Sonnenlicht aufgleißte und die Haare der Schwester in pferderossstarken Locken ihren Rücken bedeckten.

Baba sagte, ich solle kommen und mir die verdammte Bescherung ansehen, was ich gerne tat, denn die Neugier brachte mich schier um. Ich mogelte mich an die Seite der Holden, unsere Schultern berührten sich flüchtig, ich hatte aber nicht die Muße, diesen Hautkontakt in fleischliche Währung umzumünzen oder aber wenigstens den Versuch einer halbwegs annehmbaren Erektion zu unternehmen, denn mein Blick fiel auf das Biest, und ich sage es dir, mein Blick blieb an dem Schauspiel haften, das sich mir bot: ein schlammig gelber Skorpion, den Hinterleib überm Rücken nach vorn gebogen, den nadelspitzen Giftstachel aufgerichtet, in Lauerstellung, einsatzbereit, er würde nicht einen Sekundenbruchteil zögern, die Letaldosis in sein Opfer zu pumpen. Er bewegte sich plötzlich und verharrte dann, bewegte sich und verharrte wieder, man konnte der Bewegung nicht folgen, man bemerkte seine veränderte Position und ekelte sich andauernd, weil man nicht Schritt halten konnte mit dem Biest. Er bewegte seine vorderen Palpenscheren, schnappte leicht, und sein Panzer war skulpturiert und fing die Lichtreflexe auf, die sechs oder sieben Segmente seines bewehrten Schwanzes waren fast transparent, man meinte, irgendwelche Drüsen das tödliche Gift hochdrücken zu sehen. Ich starrte wie gebannt auf den Skorpion, und langsam, ganz langsam, zoomte ich die Einzelheiten heran: Der Killerking hatte Beute in Besitz gebracht, leergesogene Käferhüllen und verdorrte Heuschreckenbeine lagen um ihn herum verstreut, er hatte sich wohl den Bauch voll geschlagen und verdaute still, bis wir ihn aus seinem wohlverdienten Nickerchen herausrissen. Plötzlich trat Baba in Aktion, er griff in seine Tüte, brachte erst Zeitungsseiten und dann eine leere Rakiflasche zum Vorschein. Er schlug der Flasche an einem Stein den Hals ab und knüllte das Papier in einem Akt künstlerischer Perfektion zu einem dicken Kranz zusammen. Dann ging alles sehr schnell: Baba beugte sich über die Kuhle, wobei sich seiner Kehle ob seiner Prellwampe ein Ächzlaut entrang, und im nächsten Moment hatte er den Skorpion am Boden der Flasche. Das Tier versuchte hochzukrabbeln, konnte sich aber nicht festhalten und rutschte immer wieder ab. Baba begoss den Papierkranz mit Benzin aus einem Mini-Kanister und sagte: »Wir verpassen ihm mal die Feuertaufe!«, und schon irrte ein panischer Skorpion in einem Feuerkreis hin und her, es ging so schnell, dass ich nicht mitbekam, ob er sich den Stachel durch den Panzer in das eigene Fleisch trieb oder nicht.

In irgendeinem Horrorschinken hatte ich etwas vom Selbstmord der Skorpione gelesen, sie sollen sich angeblich den Rest geben, wenn sie sich in einer ausweglosen Situation befinden. Das Feuer loderte kurz auf, verbrannte Papierstücke wirbelten auf wie Konfetti, und dann sah ich einen ziemlich toten, eingeschrumpelten Skorpion inmitten eines Rußkranzes liegen. Er war erledigt, er war Geschichte, die Rache für den Käfer- und Heuschreckenmord war auf dem Fuß gefolgt. Ich schaute zur Seite und geradewegs in die Gazellenaugen der Holden, die daraufhin kurz lächelte, so schien es mir wenigstens. Ich hörte Baba fragen: »Deutschländer, er ist mausetot, meinst du nicht auch?« Ich sagte: »Das kann man wohl sagen nach dieser Behandlung«, und Baba sagte: »Ja, die Behandlung hat angeschlagen«, und alle lachten, ich fiel in das Lachen ein, aber mir schien, als würden sie mich irgendwie beobachten oder mit irgendwas hinterm Berg halten. Ich schob es auf die brütende Hitze, denn ich rechnete jeden Augenblick mit einer Fata Morgana, hätte sich ein roter Drachen schäumend aus dem Meer erhoben, es hätte mich nicht gewundert, und überhaupt bemerkte ich meine weichen

Knie, mir wurde klar, dass ich dem Tod von der Schippe gesprungen war, einen Viertelmillimeter näher, und ich hätte nach einer Röchelattacke das Zeitliche gesegnet. Etwas komisch war es schon, dass alle Beteiligten außer mir in die Hocke gingen, und Baba sagte: »Warten wir's mal ab.« Ich dachte, sei's drum, und so kann ich mich in der Gegenwart der Gazelle aufhalten.

Ich weiß nicht, wie lange wir so verharrten, ich weiß nicht mehr, was mir alles durch den Kopf ging, der Schweiß tropfte mir von der Stirn auf die Knie, ich hockte und sog den Nivea-Duft ein, ich hatte zwischendurch eine wahnhafte Vorstellung nach der anderen, und jede Episode begann mit der Einblende ihres Namens, der sich jedes Mal änderte, weil mir ihr Name wie vieles andere auch in diesem ersten Stadium ein Geheimnis blieb. Ich setzte mich gleich auf den Hosenboden, als der totgewähnte Skorpion mit einem Ruck zum Leben erwachte, es war, als streckte er nach einem erholsamen Schlummer die Glieder, und es fehlte nur noch, dass er das Mäulchen aufriss und uns, seine Folterknechte, angähnte. Natürlich geriet ich leicht aus der Fassung, doch ehe ich dazu kam, den Rückwärtsgang einzulegen, war das Biest von dannen gekrabbelt, und Baba, der Lehrmeister aller Almanya-Greenhorns, erzählte was von Hitzestarre und der anschließenden Auferstehung, er zählte Todesfälle auf, die darauf zurückzuführen wären, dass arglose Zeitgenossen scheintote Skorpione in ein Tuch und dann in die Hosentasche gepackt hätten. Das Erwachen sei in einem Falle besonders böse gewesen, als ein törichter Bub plötzlich einen recht schmerzhaften Stich in die Eichel verspürt und an den Folgesymptomen zwar nicht sein Leben, aber seine Potenz eingebüßt hätte. Babas viel sagender Seitenblick war gemein und überhaupt nicht angebracht, und ich erflehte Gottes Beistand, er möge, wenn er mich schon nicht mit dem Jackpot und anderen Gaben beschenkte, so doch wenigstens Babas Maul versiegeln. Mein Gewinsel wurde erhört, unsere Truppe hatte erst mal genug von Vorstößen ins Raubtierreich, die Holde sagte, sie würde sich in die Fluten schmeißen, mein überhitztes Hirn verarbeitete ihre Worte in Bilder, die mir arg zusetzten, ich hielt es trotzdem für keine so gute Idee, mich ihr anzuschließen, und brabbelte, ich müsste auch langsam nach Hause, meine Mutter würde sich bestimmt schon Sorgen machen.

Damit hatte ich allerdings meinen Verwegenheitsbonus bei ihr verspielt, sie schüttelte nämlich nur den Kopf und setzte sich an die Spitze der Kolonne, dicht gefolgt von Baba und ihrem irren Bruder, und ich bildete wieder einmal die Schlussleuchte und ärgerte mich grün und schwarz über meinen groben Schnitzer.

Mein von Dumpfheit gepiesackter Kumpel, also verhält es sich mit den Geschehnissen vor Ort, mein Abzockvolumen in Sachen Frauen beträgt gleich Null, und diese Null scheint mir auf die Stirn geschrieben zu sein. Aber ist es denn nicht so, dass ich die Klemme »Kunst oder Frau« mit einer nachahmenswerten Entscheidung aufbrach, indem ich mich an die ägäischen Gestade aufmachte, um hier so richtig aufzukeimen? Mein Wille ist weiterhin ungebrochen, auch wenn sich manch ein Zweifel-Schatten auf meine versbrütende Seele gelegt haben mag. Was soll's, ohne Hürde und Hemmung entsteht kein Top-Produkt, ich hatte auch mit gewissen Ausfällen gerechnet, ich bin sowohl auf dem Gebiet der Agape als auch auf dem der künstlerischen Betätigung nicht in der erwünschten Form erektiv. Ich werde mich nun an die Schreibmaschine setzen, und ich hoffe doch sehr, dass ich nach der obligatorischen halben Stunde, die ich auf das blanke Weiß des Papiers glotze, mir werde ein tüchtiges Liebesgedicht abringen können.

Turca, kirschlippig
gibt's denn so ne liebe
son zigeunerbrauch
wie zwischen dir und mir?
in ne zeiten des steinestapelns
geht die frau, seht her,
sie geht:
zwei gruben ihrer venusraute, da
wo ihr leibstoff
nichts bedeckt vom rücken.
seht her, ihr steißgeknickten,
wie ihre schatten fallen
wie ein jeder herr der lage
fällt von seiner loge:
wenn er meine ohnegleichen sieht.

gibts denn son atem
aus ihrem mund,
auf den sie jeden tag, ich schwörs,
zehn dunkle kirschen drückt?

Na ja, ist doch gar nicht schlecht, oder?
Dein reflektiv-reaktiver Kümmelkommunarde
der erste Loge des strahlenden Orients:

Serdar, mit Krone und Szepter
allen Huldigungen aufgeschlossen

22 Anke an Serdar

Sonntag, 15. August

Lieber Serdar,

ich halte mich für eine Träumerin. Manchmal kommt es vor, dass ich ein Möbelstück übersehe und mich daran stoße. Ich schaue mir neugierig die Kratzer und Schrammen an und bin verwundert. Wie viele teure Strumpfhosen habe ich wegen einer einzigen Laufmasche weggeschmissen. Aber die roten Hautstriche verblassen erst nach einigen Wochen.

Dein Brief, besonders dein zweiter, hört sich zu sehr nach Aufklärung an. Ich las ihn mit steigendem Entsetzen. Wie kann ein Mensch so lange das Bett mit einem anderen Menschen teilen, wenn er keinen Bock auf ihn hat. Ich finde es im Nachhinein sehr unfair und nicht gerade schmeichelhaft zu erfahren, dass du fast zum Psychopathen mutiert bist in deiner übermenschlichen Anstrengung, mich nicht anzutasten. Ein offenes Wort hätte genügt, und du wärest wieder als Solist losgezogen, frei von der Last, eine Beziehung um jeden Preis aufrechterhalten zu müssen. Ich hätte dir weiß Gott keine Szene gemacht, aber vielleicht ist gerade das dein Problem. Vielleicht möchtest du eine Frau, die Teller zerschmeißt oder dich in aller Öffentlichkeit verprügelt. Es soll viele Männer geben, die auf Schlampen stehen, weil sie jemanden brauchen, der ihren harten Panzer öffnet wie eine Konservendose, und zwar nicht mit lieben Worten, sondern gehörigem Desinteresse. Die Devise heißt »fight and fuck«. In meinem Freundeskreis entdecke ich immer mehr Männer dieser Sorte, ich hielt es für ziemlich paradox, dass diese Männer den Feminismus bejubeln, als ginge es sie was an. Aber es geht sie tatsächlich etwas an, sie applaudieren aus Eigennutz, denn sie brauchen vermännlichte Frauen mit Stemmeisen neben dem Bett. Mit wirklich selbstbewussten Frauen wissen sie nichts anzufangen, sie werden zu Mimosen und verkriechen sich zu ihren Müttern, den einzigen Frauenzimmern in ihrem Leben.

Verstehe mich bitte nicht falsch, ich möchte dir nicht die rote Karte zeigen oder dir alle Schuld in die Schuhe schieben. Dein Brief hat mich umgehauen, und ich konnte in der Nacht kein Auge zudrücken. Nicht, dass ich dir typisch südländisches Verhalten unterstellte, und ich sage auch nicht, dass du an den Rockzipfeln einer Matrone hängst. Mein Verhältnis zu deiner Mutter war kompliziert, ich habe sofort gespürt, dass sie für mich keine Sympathien hegte. Deutsche Frauen stehen in dem Ruf, Freiwild zu sein, und die Türkenmütter haben Angst, dass ihr heiß geliebter und verwöhnter Sohn in die Falle eines blonden Frolleins tappt. Ich habe nicht viel Aufhebens darum gemacht, ich wollte ja mit dir und nicht mit deiner Sippe zusammen sein. Aber verunsichert und auch ein bisschen verletzt hat es mich schon, über Jahre hinweg als Bedrohung angesehen zu werden. Ich hätte deiner Mutter auch sagen können, sie soll mit dem Quatsch aufhören und mich, nein uns, in Ruhe lassen. Immer wenn ich einen Zugang zu ihr suchte, tat sie so, als reichten ihre Deutschkenntnisse nicht aus, mich zu verstehen. Oder sie konzentrierte sich auf ihre Häkelarbeit und fragte mich, ob meine Mutter mir derlei Handarbeiten beigebracht hätte. Sie hat mich fühlen lassen, dass sie sich eine türkische Jungfrau für ihren Jungen erträumte, ein hingebungsvolles Ding, das eigentlich ein Kinderwurfapparat ist. Ich habe nicht den Eindruck gewonnen, dass die hier lebenden Türkinnen sich Männern unterordnen, im Gegenteil. Verstehst du, ich wollte und will mit diesem Kulturkonfliktscheiß nichts zu tun haben. Nur, ich fühlte mich in die Enge getrieben und musste zudem für dich lügen. Sie hat nämlich hinter deinem Rücken Testanrufe gestartet und wollte von mir wissen, ob du tatsächlich studierst. Du hattest mir eingebläut, deiner Mutter das Blaue vom Himmel herunter zu behaupten, und ich tat es, wohl wissend, dass du das Studium längst an den Nagel gehängt hattest. Du hattest darunter gelitten, du warst im Präpariersaal vor den Augen der Professoren und Studenten zusammengebrochen, hattest du mir einmal erzählt. Es war nicht der Anblick konservierter Leichen, es lag auch nicht daran, dass du einmal die Dickdarmschleifen unters heiße Wasser gehalten hast, dass ein übler Geruch dir in die Nase stieg. Nein! Du konntest nur nicht in dieser ewigen Grätsche leben, und so hast du dein Versteckspiel perfektioniert und deinen Eltern die heile Welt vorgegaukelt. Ich machte mit, tat es für dich, meinen Liebsten. Dein Vater hielt sich immer im Hintergrund, eine imposante Erscheinung, ein stiller Mann, der das Leben satt hatte. Andere Menschen erhängen sich, aber er zog sich nur aus den Alltagsgeschäften zurück, machte sich insgeheim Sorgen, ob aus dir ein anständiger Kerl werden würde. Er hatte etwas von einem schweigsamen Herzog, ich mochte seinen geschwungenen Bart. Aus seinem Munde habe ich kein schlechtes Wort gehört, und er machte auch keinen Druck auf mich. In eine Lebenslüge verstrickt zu sein nimmt viel von der Spontaneität, das muss ich zugeben, und wenn wir uns gestritten haben, dann war viel aufgestaute Wut dabei, es waren Stellvertreterkriege. Nicht immer habe ich fair gekämpft, manchmal war mir danach, dir die Augen auszukratzen. Du hast in der Chronik des besagten Tages unseren Megakrach ausgelassen, vielleicht »um des lieben Friedens willen«. Ich kann natürlich nur spekulieren, vor allem liegt es relativ lange zurück. Es ging darum, ob unser Kind, falls wir dereinst eines haben würden, beschnitten werden sollte oder nicht. Ich hatte dich aus heiterem Himmel gefragt, und du hattest ebenso spontan geantwortet, es wäre dir sehr wichtig, dass dein Sohn mit einem beschnittenen Penis herumliefe. Alles andere wäre eine Mogelpackung. Ich wollte zu der Zeit kein Kind, weder von dir noch von einem anderen Mann. Die Selbstverständlichkeit, mit der du eine solche einschneidende Maßnahme vorausgesetzt hast, hat mich wirklich angekotzt. Plötzlich sah ich nicht dich, sondern deine Mutter sprechen, und da war es vorbei mit meiner Coolness. Ich habe dir schreckliche Dinge ins Gesicht gesagt, es musste einfach raus, das meiste habe ich nicht so gemeint, glaube mir. Du warst geradezu formvollendet und hast nur herumgesessen und nichts erwidert. Das hat meine Wut nur noch gesteigert. Ich dachte, er erwartet von mir bestimmt, dass ich weiter seine Eltern anlüge, ich tue so viel für ihn, und er hält nichts von mir.

Wieso, frage ich dich, kannst du nicht vernünftig streiten. Als ich dich zuerst sah, habe ich dich zunächst für schwul gehalten. Weil du so artig warst und ich keine Ecken und Kanten erkennen konnte. Es reicht nicht aus, nur nett zu sein, der Frau beim Öffnen der Restauranttür den Vortritt zu lassen, ihr das Feuer für die Zigarette zu geben, überhaupt das Feuerzeug ständig einsatzbereit zu halten. Das alles genügt nicht, um das Herz einer Frau zu erobern, der Mann muss auch anzupacken wissen. Du hast mir ständig was von der klassischen Liebesschule erzählt, und ich widersprach dir meist in dem Wissen, dass du mir im Geiste die Rolle der verhaltensgestörten deutschen Frau gabst. »Uns Deutschen« wird Grobheit nachgesagt, dabei bevorzugen »wir« bloß den direkten Weg und sagen, was wir denken. Das mag nicht immer feinfühlig sein, aber du hattest mir gegenüber mal erwähnt, dass es besser sei als die orientalische Schmalzheuchelei. Und nein, Serdar, das ist ein Missverständnis, ich wollte dich nicht einem Kollektiv zuschlagen. Mit dem »Geist deiner Väter« habe ich nichts Bestimmtes gemeint, und sei nicht immer eingeschnappt.

Ich wünsche dir nur Einfallsreichtum und viel Phantasie da unten.

Ich hätte übrigens nie gedacht, dass du so anzüglich werden könntest. Manche Stellen deiner Briefe haben mich erregt. Wieso hast du dich damals nur so standhaft geweigert, mir dreckige Wörter ins Ohr zu flüstern, obwohl ich dich darum gebeten hatte? Na, das ist ja jetzt vergangen.

Ich würde so gern mit dir in die Federn hüpfen: jetzt, sofort!

In Gedanken bei dir. Ich küsse und umarme dich!
Deine Anke

23 Hakan an Serdar

Donnerstag, 19. August

Lieber Motzsaurier und
Bruder im Orden der letzten Spermafäden,

es is mir echt n Rätsel, dass sich so ne Weibsbilder in deine Haremsbude drängen, wo du doch die letzte Kacke bist, die auf Gottes Erden dampft, also ich kotz doch kalte Würfel, da hat sich wieder n Schnuckel eingefunden an Papi Serdars Herd.

Denn wenn ich mir die Werbung im Fernsehn so ankucke, seh ich fast nur Männer inner Rolle von depperten Zehenriechern, die vor Wutschatullen inne Knie gehn, da taucht ne Frau wie Venus ausm Schaum innem Laden für Badesachen auf, die is die ganze Strecke vonner Riesenjacht bis zum Strand geschwommen, klar is sie nicht außer Puste, wo unsereiner längst abgesoffen wär oder im Kampf mit nem Schwarm Haifische n Bein gelassen hätte. Sie is also ne Sportskanone, sieht aus, dass man mitm heißen Kopp gegen n Bildschirm krachen möchte, und sie hat nem Mafia-Daddy oder Börsenmakler-Lover mitgeteilt, ihr fehlt noch n Schnorchel zum großen Glück, der hat ihr übern strammen Arsch gestrichen und sie mitm Pumpglockenschmatzer verabschiedet. Aber das darf sich n Zuschauer selber ausdenken, er sieht eben ganz verschwommen ne ankerfeste Jacht draußen im Meer. Wir sehn n voll verstörten Typen anner Kasse, vielleicht gerade mal achtzehn, Brille, Mittelscheitel, n Arsch eben, der inner Freizeit sein Dödel in Fetzen wichst, und der nimmt nun all sein mickrigen Mut zusammen, weil auch arme Schweine mal aufmucken dürfen, und fragt sie, wie sie denn das Teil bezahlen will. Sie schürzt ihrn Mund zu ner Gönnergrinse, packt ne Visakarte von unterm

Gummizug ihres knallengen Badeanzugs, und schon strahlt der Arsch, als wär das sein einziges Problem gewesen. Also, Alter, was soll man dabei wohl denken: ne geile Braut, stinkreich, inner Blüte ihres Sexuallebens, superklug, auf der einen Seite. Und der Vertreter der Männer: brunzblöd, kreuzbrav, n McJob-Bimbo. Da geht einem doch die Hutschnur hoch!

Wir Kümmel haben da ja ausgeschissen. Vielleicht du nicht, denn du wirst inner Frauengemeinde aufgenommen, weil du n sanften Exot-Kanaken mimst und echt alles vermasselst, deshalb lieben sie dich wien Teddybär mitn Knopfaugen. Du popelst dir im Nabel, findest n paar Fussel, du schreist vor Glück und Entdeckerlust, und irgendwo inner Nähe is ne Frau, die sich s Schauspiel ankuckt und dich richtig lieb gewinnt, weil man mit so ner Schusseligkeit heut bei den Bräuten fett punkten kann. Ich glaub auch, dass du unbedingt ne Domina brauchst, du schnappst dir ihren muffeligen Turnschuh vom Fuß, füllst Schampus rein und säufst das Zeug, dass dir der Adamsapfel hüpft.

Übrigens hatte ich gestern nen schwer mystischen Traum, du hast da mit nem speckigen Girl gerungen auffer Matratze, und bevor du kamst, hat sie sich losgerissen, um dein Samengeschleuder live mitzuerleben, und war scheiß-erstaunt, dass stattdessen dichter Nebel aus deiner Eichel rauswaberte. Die dünne Nebelschwade formte sich zu nem Buddhafettsack, ne Art Meister Propper mit Goldreifen an beiden Ohren, und der Spuk sprach zu der Frau: »Du hast mich aus der Flasche geholt!« Die Frau fragte: »Aus welcher Flasche?«, und der Dschinn sagte: »Aus der da...«, und zeigte auf dich. So viel Wahrheit war noch nie in meinen Träumen, ich mein, normalerweise mag ich es nicht, wenn anderer Typen Schwänze mir vor der Nase baumeln, aber in diesem Fall drück ich noch n Auge zu, du kannst dir ja den Traum vom neuen Papst, dem Pop-Pascha Baba deuten lassen.

Ich vernehm seit n paar Tagen von oben, aus Jacquelines Wohnung, Glockentöne, du kennst doch diese hohlen Klangkörper, die an Bindfäden hängen und beim kleinsten Windstoß aneinander stoßen. Ich glaub, die Frau is ne Esobratsche, schon mit ihren Scheiß-Heilkristallen hat sie mich fertig gemacht, doch damals warb ich um sie, was ich übrigens voll eingestellt hab, und ansonsten polk ich mir die Krümel ausn Augen und wart auf fette Angebote von Agenturen. Die Kümmelgemeinde hat sich zurückgezogen, keine Spur von Mohi oder Farouk und den anderen, und Tamer is in diesen Tagen echt keine tolle Gesellschaft, weil er stinkig is, dass irgendwelche Arschkrücken ihm die Scheiben eingeschlagen und sich die Frösche gekrallt haben. Die Typen haben die Frösche regelrecht vonnen Kinderstühlen abgerissen, ich mein, der Arschstoff mitsamt bisschen Plüschfüllung is am Tatort zurückgeblieben, Tamer is darüber fast ausgetickt und hat verkündet, er würd den Typen auch die Arschbackenhaut abziehen, wenn er sie zu fassen kriegt. Außerdem hat er ne Belohnung von zehn Mark ausgesetzt, ich hab gesagt, da lachen doch die Babys und fürzeln inne Windeln, das wär doch gar nix, und er müsste schon noch ne Null dahintersetzen. Er hat daraufhin scheiß-demonstrativ auf mein Hosenboden geglotzt, und ich machte mich schleunigst vom Acker, ohne auch nurn Schluck vonnem Hasenbluttrunk gesüffelt zu haben.

Es is eben so wenig los zurzeit, dass man die hauteignen Läuse schlurfen hört. Keine Moneta, kein schickes Girl, und keine Scheiß-Skorpione, die ich hier jagen könnte. Ich hab die Kondome vom letzten Jahr weggeschmissen, is doch Pampe, jedes Mal, wenn ich n Kühlschrank aufreiße, seh ich die Packung und werd voll sauer, und dann bimmelts zur totalen Verarschung neuerdings auch noch von oben runter. Auch der Hausmeister is inner galligen Stimmung, er hat hinten im Hof son Teich mit Fischen oder Fröschen, je nachdem, wonach ihm der Sinn steht. Er hat n Netz übern Teich gespannt, weil er n Fischreiher dabei erwischt hat, wie er in aller Gemütsruhe n Goldfisch ausm Wasser rausgepickt und sich innen Hals gedrückt hat, und er hatte den Eindruck, als würd sich der Fischreiher den Schnabel lecken im Anschluss. Ich hielt es für ne intelligente Maßnahme seitens des Fischreihers, wobei die Leute natürlich nicht glücklich sind, wenn ihr Teich leer und verlassen is. Ich hab meine Meinung für mich behalten, denn nach Tamers Reaktion dacht ich, wenn ich jetzt n kritischen oder n vogelparteilichen Piep sage, weidet mich der Hausmeister aus, stopft mich mit Hafergrütze aus und stellt mich als Scheuche innen Teich.

Wenn's so weitergeht, krieg ich ne saftige Darmverschlingung, da wird mir zu meinem Pech bestimmt auch noch ne Bettruhe verordnet, und ich darf meine Leiche ausstrecken, ne Decke anglotzen, die auch der Boden unter Jacquelines Füßen is. Ich hör bei ihr die Dielen knarren, oder n Knack im Gebälk, wenn sie inner Küche rumschleicht, die Scheiß-Puschen dicht annen Brettern, und ihr hübscher Kopp hochgeschnellt inne Luft, die sie inne Nase zieht, als wär's ihr letzter Zug, gierig, und die Nasennüstern dabei durch zwei nette scharfe Kerben vom Rest des Näschens abgeteilt. Wärst du n Kumpel und n ganzer Dichter, würdest du statt so ner Gespensterballaden, die du dort unten komponierst, mir ne schicke Seite in Liebe reimen, und ich könnt es ihr vor die Tür legen, was sie vielleicht ans Herz drücken täte, und dann würd sie murmeln: ohhhh, Hakan, du mein Komponist! Sie würd sich umschaun und merken, dass ihre Sammlung mitn Steinen und Perlen n Kackfallera is, n fetter Vorstopper, was sie vonner Verschlingung mit mir voll abhält. Ich glaub, ihr Fehler is, dass sie sich gar nicht vorstellen kann, was ich mitm Frauenkörper anstell, wenn ich's zu fassen krieg, meine Hände wärn Flügel von Sittichen, die in Wasser baden, und dann glühende Zangen um ihre Nippel, mein Leib wär ne Sommerdecke in ihrer Spalte, an ihrem Rücken, meine Brust n Gullideckel auf ihrem Bauch. Scheiße, Mann, jetzt steh ich da mit nem Ständer, hab null Verwendung für so was, hab auch keine Lust, mir die Sahne eigenhändig abzumelken, das bringt nur ne Depression, die inne Irrenklinik passt, aber nicht zu so nem flotten Fighter wie mir.

Aber ich geb's zu, heut is Herbst, und ich krieg mich nicht aufgestellt, s fehlt echt schwer an Handlung, überhaupt, was is denn mit der Frau, is da jetzt ne connection oder nicht? Ich hab insgesamt drei Frauen gezählt: Anke, die Skorpionkillertusse, und eben Dina, drei Engel für Ali, drei vergeudete Leben, ein Trauerstück für die niederen Ränge. Aber den Seinen gibt's der Herr im Schlummer, und andere dürfen sich die Rotze hochziehn und bei Beate Uhse n Sechserpack an Pornoheften aus der Grabbelkiste abgreifen, wovon zwei garantiert so ne Ekelanalmagazine sind, da darf man sich an Bildern erfreun, wo n alter Gringo ner Oma n Saftarsch ausraspelt und in deren Gurkenfass rumwühlt, und die Afterhobelei macht alles andre als einen auf Trab bringen. Ich glaub, bald sammeln sie uns beide ein und stecken uns innen Orden der sanftmütigen Penisse, du kriegst ihn nicht hoch, ich pack ihn weg, kommt doch aufs selbe raus.

Also, grüß mir die Dardanellen und die Maultiere.

Deine den Fluten trotzende Nordfunzel
Hakan

24 Serdar an Dina

Donnerstag, 19. August

Du Schaumgeborene; Rothärchen,
O erste und letzte Sprosse der Himmelsleiter,
Dina,

verzeih! Du hast wirklich eine ziemlich lange Zeit nichts von mir gehört, nämlich über einen Monat, was wirst du nur über mich gedacht haben! Asche über mein Haupt! Es sind dies nicht nur pflichtschuldigst formulierte Sentenzen, es tut mir wirklich leid. Ich bin in das hiesige Treiben derart eingebunden, dass es zuweilen ein schwerer Angang ist, in die Puschen zu kommen. Die verdammte Hitze macht mir zu schaffen, ich bin nun einmal kein Beduine, sondern eine Landratte von den Gestaden der Förde, und ich bin es gewöhnt, dass ein satter Wind in die Bäume fährt, dass sie sich biegen und brechen wie irre Sufis kurz vor der Gottesschau. Der Schweiß verklebt mir die Lider, und ich wälze mich nachts hin und her, bis ich vor Erschöpfung einschlafe. Ich komme auf dumme Gedanken, kann mich nicht zu der Ernsthaftigkeit durchringen, von der ich glaube, dass sie unabdingbar ist für den Ton von Mehrzeilern. In meinem Kopf verschränken sich die Haupt- und Tuworte zu unmöglichen Korporationen, und ich lande bei Schüttelreimen und Schlagertexten (Der Fiedler in der kalten Kammer / spielt Stücke nur in Katzenjammer...). Zuweilen sitze ich so lange auf den Hinterbacken, bis ab dem Hals runter alles kuttelweich verteigt. Es fehlt mir an Jugendfrische, die Farben des Sommers geraten mir durcheinander, und wenn ich mal an die frische Luft gehe, komme ich mir vor wie ein Grottenolm, der ein aktuelles Make-up auflegen muss, um als lebendes Fleisch durchzugehen. Hier ist alles nett, ich bin in einer Kukident-Oase, vielleicht liegt mein großflächiges Scheitern ja darin begründet. Vielleicht sollte mein Backenzahn wehtun, vielleicht sollte ich im Geiste meiner Ahnen eine ganze Woche fasten, die, bevor sie sich auf den Sattel hoch- und in blutige Scharmützel zogen, die besagte Kur einlegten, ihr Angesicht mit Schlick bestrichen und zum Abschied große Worte von sich gaben. Ich muss mir auf jeden Fall den Muff unterm Talar auslüften, und du weißt, das geht nicht mal eben so. Es soll Leute geben, die sich selbst übertreffen und jede Hemmung verlieren, wenn sie den Boden der Suppenschüssel sehen, wenn das Messer auf Knochen stößt, wie eine türkische Redewendung heißt.

Aber eine Katastrophe wäre mir bedingt willkommen, woher soll ich denn wissen, dass sie meine Wurzeln nicht endgültig aus dem Nährboden der Poesie reißt. Ich würde mir die Unbill gerne vorab besehen und eine weniger ungesunde auswählen – wenn es nur ginge. Ich träume von einem genialen Kraftakt, einer regelrechten Erweckung, von dem Tag, an dem ich endlich meine Wehwehchen popularisieren kann. Denn das wird ja da draußen erwartet, der Künstler soll bis zum letzten Blutplasmaklumpen ausbluten, und dann schauen wir uns mal diesen blassen Körper am Boden an! Ich gebe es zu, ich liefere ein erbärmlich ichvergrämtes Porträt, ich wünschte, ich könnte sagen, dass mein Herz wie ein Falke in die Lüfte entsegelt. Es war in Deutschland zwar ein fremdes, feindliches, aber ein lieb gewonnenes Leben, in dem die Alkis schon frühmorgens ihr hartprozentiges Gesöff runterkippten und einen Toast darbrachten auf ihre gesünderen Köter. Mein Leben düsterte sich ein, und ich konnte jeden Tag einen konkreten Grund angeben, wieso es sich nur mit Hilfe von zynischen Zoten leben ließ: Wohlfühl-Geschenkartikel mit Pfiff, Tandemfahrer auf der Uferpromenade, Mütter, die für sich nichts bestellen, aber die Pommes vom Pappteller der Kinder wegfuttern... Hier aber ist selten Zugang: Mal bin ich angeekelt vom Menschenzorn, der doch nur mehr Schaden anrichtet als drei Dreschflegel. Mal wundert's mich, dass die Leute hier wie verrückt ihre Claims abstecken. Dabei dachte ich, es sei den Deutschen in Fleisch und Blut übergegangen, sich in bewehrten und markierten Privaträumen einzurichten. Schade eigentlich, dass man auf keinen wirklichen Feind einprügeln kann, was bleibt überhaupt noch übrig, wenn sich die Feinde winkewinke verabschieden? Ein Freund von mir würde sagen, ich sollte mir neue verschaffen und auf was für blöde Gedanken ich bloß käme. Ich will dich nicht länger mit derart banalen Bananen behelligen, ich warte einfach das Ende meiner Expeditionsreise ab.

Dein Serdar

25 Hakan an Serdar

Samstag, 21. August

Hochverehrtes Guckloch in die Narretei,
mein liebes Pürzelchen Fifi Dschango,

s Schicksal hatte mir n Schlag vorn Koffer verpasst, und du hast so was wie n Abdruck vonner Unseligkeit bekommen, die mich trübe gemacht, dass ich schon vorm Waffenladen inner Fußgängerzone stand, und die Frage war nicht mehr, rein- oder weitergehn, sondern wie ich ohne n Waffenschein anne scharfe Kanone komm, ich mein, mit ner Gasknarre kannst du höchstens son Kreis anner Schläfe hinterlassen, wie man's vom Tresenholz kennt, wenn n Typ sein Pilsglas hebt. S gibt natürlich n paar Waffendealer im Viertel, das sind aber Hauptratten und würden das Diaphragma aus der Möse ihrer Tusse ziehn und's dir als abdruckfesten Handschuh andrehn, den du dir über die Rechte stülpen sollst.

Na ja, Mann, die Flausen hab ich ausm Kopp gescheucht, hab mich wieder fürn Zehner mit Billigmarzipan eingedeckt, zwei davon in groben Bissen verschlungen und mir gedacht, das geht nicht, dass der Kumpel, dieser Mumientupfer vorm Herrn, son Flennbrief von mir kriegt, da muss n bisschen Nachtrag auf die Platte kommen, also hier der zweite Schuss in Folge, und möge sich der Goldstaub meiner Worte dir auf deine Gefühlstiefen legen, die wohl mehr tief sind als irgendwie Gefühl, und mag dein Rüssel zulumäßig abgehen, du erzählst ja nun noch wenig darüber. Vielleicht hat sich ja der Fall von selbst ergeben, und du hast bis auf n kleines Schmerzchen anner Sacknaht null Beschwerden, s würd mich neidfrei freun, denn mittlerweile kann ich ne Doktorarbeit über den Schwanz meines Kumpels schreiben.

Aber genau darum geht's jetzt, ich mein, kaum hatte ich die Gummierung vom Umschlag geleckt und ne Marke rechts oben mit nem einzigen Faustschlag angebracht, brüllte es vonner Haustür rauf, und das brachte wiederum ne Menge Ereignisse ins Rollen, aber immer der Reihe nach. Weil ich dieser Tage annem Darmgrimmen leide, ist meine erste Amtshandlung nachm Aufstehn, die Gaswolken inne Freiheit zu entlassen, ich also reiß alle Fenster auf und stell mich auch mitten inne Kreuzung des Durchzugs, und wie die Winde so miteinander kämpfen, die Partisanenhaufen der Blähdünste gegen s kaiserliche Heer der frischen Luft, krieg ich n Gefühl vonnem Feldmarschall, der vom Herrenhügel die Schlacht der Mannen dirigiert. Ich hatte also auch schon deinen unseligen Namen aufn Umschlag geschribn, als mich eben s Gebrüll inne Wirklichkeit zurückholte, ich reck mich mit ner halben Größe ausm Fenster und seh unten Mohi, den Perser, mit nem Waldschrat anner Seite stehn. Weißt du Kumpel, du kannst n Kanaken nicht zivilisieren, der Arsch klebt unten vor der Haustür und brüllt, als stünde er in Augenhöhe mit ner Lehmhütte und bräuchte nur inne Häkelgardinen zu schreien, damit n Ziegenficker endlich losmacht, ne Klingelleiste is für so ne Kanaken so was wie ne moderne Kunst am Bau. Ich schrei zurück und frag, ob er was aufs Maul haben will, er sagt: lass mal, lass uns endlich rein, was ich auch getan hab, obwohl mir der Schrat aufn ersten Blick aus der Vogelperspektive echt nicht geheuer war. Dann saßen beide auch bald inner Küche, und Mohi maulte darüber, dass es hier ja stank wie innem Lazarett für Dünnpfiffkandidaten, mit nem Aroma, das er nicht definieren könnte, vielleicht Kardamom, Koriander und n Schuss Ingwer, aber das Aroma, was er meinte, kam vonner Essig-Essenz, ich hatte zwei Flaschen inne Kaffeemaschine reingekippt, um den Scheiß-Kalk zu killen. Mohi sagte: Das hier ist übrigens Siggi. Siggi hatte scheinbar ne Komplettlähmung inner Fresse, weil er auf coolen Rocker tat, s gehört ja eigentlich zu den menschlichen Eigenschaften, dass man sich zum Kennenlernen mal die Flossen reicht, und später kann man sich ja voll Orientstyle auf beide Backen küssen. Der Typ streckte also stumm die Scheiß-Beine aus und legte die Füße über Kreuz, und da hab ich gleich gemerkt, dass er ne heiße Pfanne hat, ich mein, am Spann seiner Kuhhirtenstiefel warn echte Kobraköpfe angenäht, und wahrscheinlich melkte der Arsch jeden Morgen die vier Giftzähne und haute sich den Sabber zum täglichen Durchknallen rein. Er hatte ne komische Tätowierung am rechten Bizeps, drei echt scheiße genadelte Schlangen, und jede Schlange bildete n Senkrechtbalken vonnem großgeschriebenen m, also drei M's nebeneinander, mich trieb die Neugier, und ich fragte nachm Sinn des Codes. Er sagte nur: Mumm, Moneten, Muskelkraft, und ich wollt ihm schon vorschlagen, nochn viertes M zu nadeln, nämlich für Moorleiche, denn wenn man ihn so vonnem Scheitel bis zum Kobrakopf musterte, kam man schnell auf so ne Schlussfolgerung, dass der Typ bestimmt statt innem Mutterbauch im Treibschlamm geruht haben musste. Er sah wirklich aus, als hätt n Schwarm von Einzellern beschlossen, s Singledasein aufzugeben und ne Körperkommune zu bilden. Mohi war sein Moderator und hat ihm sein Leben und Wirken bis fast zur Plazenta zurückbesprochen, von wegen Siggi wär ne andre Nummer als s übliche Menschgewürm auffen Straßen, Siggi hätt irgendwann verkündet, jetzt sei Schluss mit ästhetischen Erwägungen, und wenn man schon blöd gemacht werden würde, dann wollte man doch bitte sehr seine verkackte Ruhe haben, auf Siggis unsichtbarem Spruchband stünde ganz groß der Satz: »Die Kraft besiegt die scheußlichsten Martern!«, und so wär Siggi aufn Trichter gekommen, Musik als ne Art Distanzwaffe einzusetzen, und seitdem würd Siggi nur noch »true norwegian black metal« hörn. Siggi hin, Siggi her, scheiß was auf Siggi. Ich traute meinen Ohren nicht, Mohi laberte hier ne ganze Hausarbeit ab und tat so, als würd es sich um ne achtbare Persönlichkeit handeln, dabei hatte ich den Scheiß-Siggi vor der Nase und war der Meinung, man müsst ihn schleunigst einsammeln und innen Kittel mit Ärmeln in Überlänge stecken. Mohi bekam ne dicke Zunge vom Loben, was ja sonst nicht seine Art is, und da ging mir ein Lichtlein auf, er hatte den Typen am Haken, um ihm Schotter aus den Rippen zu leiern, das war's, Mohi hatte auch die ganze Zeit so eng gepresste Augenlider, und das hat n Kanake, wenn er was ausheckt. Siggi übernahm s Mikrofon und ging voll auf Sendung, s ging ums Alte Testament und so, n gewisser Asmodäus würd da nämlich vorkommen, das wär n Dämon für Wutanfälle inner Ehe, und das sei ne nette Fabel, auf die er beim Blättern innen alten Schriften gestoßen wär. Ein Tobias heiratet ne Sarah, die innem ganz üblen Ruf steht, weil sie sieben Ehemänner überlebt hat, die sind nämlich schon bei der Hochzeit hopsgegangen, nun ja, Tobi is n Kind Gottes und will nicht unbedingt dabei abkratzen, wie er Sarahs rahmige Muschi abschlabbert, also beschwört er den Jahwe und verjagt den Dämon Asmodäus durch Abbrennen von Fischeingeweiden. Ich glotzte n bisschen dumm aus der Wäsche und wollt ihm schon was aufs dumme Maul geben, denn Scheiß-Siggi schrie aus Leibeskräften, um gegen s Gurgeln der Kaffeemaschine anzukommen, die die ganze Zeit den Essig durchn Filter jagte, und ich schenkte kräftig mit ner Kanne Wasser nach. Wie sich's herausstellte, wollte Siggi s selbe Ritual abhalten, weil seine Holde »mit nem sagenhaften Mascarablick« dabei war, auf nen andren »Schwanzlutscher« abzufahren, und also hatte er auf der Geschichte rumgedacht und wär zu dem Schluss gekommen, sein Fall wär zwar anders gelagert, aber Hauptsache Fische verbrennen, auf dass der Dampf dem Nebenbuhler inne Lungen fahre und er daran ersticke. Ich war n bisschen baff und hatte doch n Stück Respekt für diesen armen Knecht, denn s is schon erstaunlich, dass n Typ bei aller ausgewiesenen Blödheit so viele Worte machen kann und sein Gegenüber auch noch innen Zustand vonner radikalen Hirnstille bringt. Ich hab jedenfalls voll meiner Gastgeberrolle genügt und gefragt, ob sie ne Tasse Kaffee haben wollten, nachm fünften Essigessenz-Durchgang war der Kalk weg. Sie lehnten beide ab, Scheiß-Siggi schoss plötzlich hoch und sagte, er macht jetzt mal ne Fliege, was bei seiner Arierstatur echt n Witz is, der hätte lieber sagen sollen, ich mach n mutierten Atommolch. Er stiefelte also davon, mitm festen Blick auf die Scheiß-Kobraköpfe, und kaum war die Tür zugedonnert, fragte ich Mohi, ob er nicht den Freigänger eigenhändig anner Klapsenpforte zurückgeben müsste, das wär jetzt verantwortungslos von ihm.

Mohi sagte, ich wär n Schwein und sollte nicht schlecht über Leute reden, die ich grad erst kennen gelernt und mit meinen verdammten Darmwinden regelrecht betäubt hätte, außerdem sei es für ihn n Zeugnis von Mitgefühl, sich um verirrte Schafe zu kümmern und sie heim inne Stallgemeinde zu begleiten. Er kann mir alles erzählen, aber dass er sich um halb vermoderte Holzfäller sorgt, das nehm ich ihm null ab, und wenn er ne Spur Fürsorge für seine Zeitgenossen hätt, würd er nicht mit seinen Barmitteln knausern, denn er legte nur n zerknüllten Zwanni aufn Tisch, und das nach mehrmaliger Aufforderung. Er sagte: Frag nicht, woher ich's hab, und ich fragte nicht. Er verkrümelte sich dann mit m Spruch, er müsste sich wieder um Geschäfte kümmern, das heißt bei ihm dann, dass er im Wohnheim die Etagen abklappert und fremde Kühlschränke plündert.

Ich stieg dann inne Duschkabine, prüfte, ob die Rutschblockadengummis in Form von grinsenden Fischen (da spitzt du die Ohren, was?) hielten, sie taten's. Das heiße

Wasser reicht nur für sieben ein viertel Minuten, ich hab mal das Wasser laufen lassen und die Zeit gestoppt, is also amtlich. Man muss wien Irrer die Pelle schrubben, und erst am Ende und dann nur mit Seife die Matte waschen, weil Seifenschaum schneller als Shampoo verspült wird, ich kenn mich da jetzt aus, und ne zusätzliche Haarspülung is nicht drin.

Nun, wo ich die zwanzig Piepen inner Tasche hatte, fasste ich n teuflischen Plan zur Selbstbefleckung, wenn die blöde Esobratsche Jacqueline nicht will, will's der schöne Videoautomat, den man nur mit passendem Kleingeld füttern muss, und schon hat man sein Programm mit nackter Sexgewalt und kann sich's auch noch aussuchen, welcher Spur man folgen möchte. Also hab ich mich fein gemacht, als hätt ich n Rondewu mit Jacqueline, ich wollt eben nicht wie der übliche Pornokonsument aussehen, ich machte sogar einen auf konservativ: Lederjacke, weißes Hemd, schwarze Jeans, und voll seriöse Lackschuhe, die mir mal mein Vater als Mitbringsel ausser Türkei mitgebracht hat, das war aber inner Zeit, wo er noch Hoffnungen in mich setzte. Ich drückte dreimal auf die O-dö-Kolonya-Sprühdüse von nem Hugo-Boss-Fläschchen, Hehlerware pur und fürn Drittel des Originalpreises erstanden, und ich war denn mit meinem Spiegelbild zufrieden: n flotter junger Mann aufm Sprung zu nem abendlichen Geschäftstermin, also unauffällig. Ich brauch dir den Weg zum Rotlichtmilieu nicht zu beschreiben, du Arsch warst bestimmt heimlich unterwegs und hast Bekannten, denen du im Nuttenbunker zufällig begegnet bist, erzählt, es sei nur Feldforschung für deine Scheiß-Dichtung. Den ganzen Weg bis zum Nuttenbezirk hab ich vor mich hin gesponnen, von wegen Hauptrolle innem Kassenschlagerfilm und Blitzlichtgewitter, wenn ich, der Star und Schwarm aller Jungfrauen, mal kurz zur Furzentlüftung s Fenster aufreiß. Ich wurde nervös, als der Bimbo anner Kasse sich als n Kanake rausstellte, ich streckte ihm wortlos n Zehner hin, und er gab wortlos zwei Heiermanns zurück. Der Laden warn richtiger Irrgarten, fast gar nicht beleuchtet, hier war die Sünde zu Haus, und Babylon hatte n Türkenpförtner. Ich flitzte n paar Gänge durch und landete innem kleinen Kinoraum, wo ich unter andrem Knuts Scheiß-Rübe ausmachte, er hatte die Jacke übern Schoß gefaltet, die professionelle Maßnahme zur Ständertarnung. Auf ner unpompösen Leinwand war der Neger bei der Arbeit, und die Tusse, höchstwahrscheinlich ne Import-Slawin, schaute so behämmert inne Kamera, als würd n Bimbo ihr die Schamhaare ondulieren. Ich war eher auf ne Soloaktion aus, also kehrte ich um, schlich ohne rechte Orientierung durch die Flure und fand mich endlich vor ner Einmannkabine wieder. Erste Faustregel isses, wenn du drin bist, dass du gemütlich alle Vorbereitungen triffst, bevor du wien Pilot vorm Cockpit Platz nimmst, viele Deppen hauen erst die Geldstücke rein und haben es plötzlich sehr eilig, aus Jacke und Hose zu kommen, aber wem erzähl ich das. Ich hatte also alle Vorkehrungen getroffen und schon mein Osmanen inner hohlen Hand, ich saß aufm Plüschsessel, saugte zwei Lungen Luft ein und ließ die beiden Münzen innen Schlitz fallen, und los ging's. Ich zappte mich also heftig durch die Kanäle, erst blieb ich bei zwei rasierten Schulmädchen hängen, die inner leeren Badewanne vor sich hin kackten und dabei Augen verdrehten und Lachfalten ummen Mund legten, als wärn sie zwei happy Kotkäfer. Dabei lief n blöder Countrysong und voll übertriebene Stöhneffekte, ich hab dann bei dem Geschrei schnell mal die Lautstärke runtergepegelt, ich wollt nicht, dass der Kassenkümmel mich fürn perversen Naturkaviarfresser hält. Ich steh eben nicht auf son neumodisches Zeugs, also wählte ich n nächsten Sender, und s war zum Dackeltreten, da hatte sich n nackter Troll innen Raum gestellt, und ne oberpummelige Roggenmuhme rauschte ins Zimmer und sagte: Ich hab für dich extra Grünkohl gegessen!, und der Arsch grummelte nur n hmmm!, mir schwante Böses, und ich zappte weiter: Schwulenfistfuck. Mannomann, da kommt n ehrbarer Hetero-Bürger ins Haus und will nur auf die gute alte Tour entspannen, er hat mal aus der Wirtschaftswunderkasse n Zehner abgezweigt und möcht ne stinknormale Fickerei zwischen Mann und Frau, und was kriegt er für ne Sauerei: n Pornodarsteller, der innen Milchbotten vonner Silikon-Tante rührt, dann aus der Sendereihe: Dicke ficken, Rentnersex, und immer wieder Ärsche in Großaufnahme, die laut und deutlich abseilen. Mein Osmane schrumpfte auf ne Größe, wie sie dein Zippel nur in erregtem Zustand kennt, und bevor ich noch dazu kam, mein Normalverbraucherprogramm einzustellen, piepte es auch schon aus der Tastatur, und das Bild erlosch für immer. Ich hab gemacht, dass ich aus der Kabine kam, aber davor drauf geachtet, dass mir die Banane nicht krumm ausm Hosenstall hing. Ich ging irgendwie wie ein völlig belämmerter Freizeitcowboy aus dem Laden raus. Die Liebe klappt nicht, der bezahlte Samenausfluss klappt auch nicht, was bleibt übrig vonnem Scheiß-Leben?, so ungefähr stellte sich mir ne Existenzfrage, als ich ausm Sperrbezirk rauszirkelte, untern Sohlen weichtierglitschige Blätter auf nassem Pflaster.

Ich wollt mich so bald wie möglich inne Tiefschlafphasen wiederfinden, und das tat ich auch, mir war nicht danach, mich ausn Klotten zu schälen oder s Gebiss zu bürsten, ich bin in voller Montur unter die Decke gekrochen und hab geschlafen wien Zeugpenner auf Platte.

Diese Zettel sind dir geschrieben, damit es nicht später wieder heißt, du und ich sind Seelenverwandte, Mumpitz und Brummfritz, wenn ne Spur von Trauer kommt, spreng ich s Monster mitm Sarazenensäbel, du aber lässt sie an

deinen Östrogentitten saugn, bietest dich an als ne ideale
Zapfanlage, und nennst dein Übelzustand n Dichterleiden.
Gewöhn dir mal langsam Kanakenmanieren an, Alter,
komm wieder zu Bewusstsein, erwach endlich ausm Kadaverkoma.

    Dein um dich bangender Streetlife-Kümmel
    und Boss aller Hormone
    Hakan-er-selbst

26 Serdar an Hakan

Dienstag, 24. August

Du armseliger Janitschare,

diese meine recht kurze Anrede weist schon auf das gestrenge Gericht hin, das über dich und deine Untaten hart, aber gerecht zu urteilen weiß, denn kaum habe ich dir den Rücken gekehrt, dich in der Übung unterwiesen, den Schnuller selber in den Mund zu stecken, nutzt du die Abwesenheit deines Erziehungsberechtigten und baust ganz große Scheiße. Du bringst mich dazu, unflätig zu werden, ich bin einfach fassungslos und will es immer noch nicht wahrhaben, dass mein bester Kumpel ein schmieriger Kabinenonanist ist. Es meldet sich in deiner schmalen Hühnerbrust auch nicht die Spur einer Reue, du bist auch noch stolz darauf, als Prolllump die Stunden des Herrn zu schänden. Ich halte es geradezu für dringlich, dir die Konsequenzen der Brunst deines vermaledeiten Saugrüssels vor Augen zu führen, du bist gelinde gesagt eine Gallblüte, und ich darf in dem Wissen, dass dir Bildung und Vision vollständig abgehen, gleich übersetzen, was diese Metapher bedeutet: eine von Wespen angestochene Blüte, also schlechthin Verdorbenheit. Du musst jetzt ganz stark sein, Hakan mein Lieber, du befindest dich in diesem Moment der Wahrheit gegenüber, und sie hat die schlechte Angewohnheit, sich beharrlich von den unteren Sedimenten hinauf ans edle Tageslicht hochzuarbeiten: Du bist Abschaum, ein Köter ohne Stammbaum, ein Bauernboy aus dem Bilderbuch der Türkenfresser! Weil du nicht an dich halten kannst und dich deiner herrischen Genitalleiste ergibst, weil du schwach bist im Hirne und in den Charakteranlagen, und schlussendlich: weil du als eine selbst verrührte Mischung aus Negerkalle und Banlieue-Bandit jedem aufrechten Türken Schande machst. Man sollte dich in der inneren Mongolei zwangsansiedeln, Schurken deines Zeichens und Wesens nachschicken, und ihr könnt dort eine experimentelle Theatertruppe bilden und vor dem Publikum aus den Urururenkeln Dschingis Khans Schauerstücke aus dem ganz ganz gefährlichen Türkenghetto aufführen. Bestimmt fliegen genug Silberlinge in die Sammelmütze, bestimmt schniefen die Faltenomis ob der dargestellten Martern, die ihr im bösen bösen Almanya habt ertragen müssen, und vielleicht erbarmt sich gar ein Mongolenhirt und stellt dich als Dungspezialisten ein, auf dass du mit deiner Mistforke Fladenplatten aufs Dachgebälk hievest. Doch Almanya ist liberal und duldet solche Schleimkrötchen wie dich an seinem großen Busen. Wäre ich Innenminister, hätte ich dich längst als gemeingefährliches Tropensubjekt mit Hang zur terroristischen Haufenbildung eingestuft, aber ich bin nun mal der, der ich bin, nämlich ein nicht mehr halbverhinderter Dichter.

Mein lieber Schlingel, es ist etwas Wunderbares passiert, und mir fehlen wahrlich die Worte, mein Herz sprengt seinen angestammten Platz zwischen zwei Organhäuten, es hüpft wie ein Lämmerschwänzchen im Frühlingsregen, mein Herz mein Herz mein Herz! Es ist vonnöten, eine minutiöse Beschreibung des Hergangs vorzulegen, denn ich bin mir sicher, dass alles mit allem und jedes mit jedem verquickt ist. Du kennst bestimmt die göttliche Zen-Logik: In China fällt einem Zitronenfalter ein Regentropfen auf einen Flügel, und auf Trinidad und Tobago stürzt ein Jumbo – als letztes Glied einer Kette unglücklicher Umstände – mit brennenden Tragflächen ins Meer. Oder, damit es auch in deinen Bauernschädel reingeht, anders ausgedrückt: In Flensburg fällt eine Krabbe vom Fischkutter, und in Kiel rupft sich Hakan bei einem seiner hässlichen Masturbationsübungen sein Gemächt mitsamt Skrotum aus. Ich darf aber gleich darauf hinweisen, dass in meinem Falle alle Zeichen dann doch auf ein unermessliches Glück hinwiesen, es waren geradezu kosmische Winke aus den Galaxien, auch wenn ich nicht übertreiben will. Der, der ich bis vor kurzem war, ein mit seinen wenigen Beständen protzender Mime, in einer Blechlarve gefangen, mit den ungnädigen Haikugeistern ringend, nun, dieser jener ist Geschichte, ihn gibt es einfach nicht mehr, er hat sich in Luft aufgelöst. Ich bin euphorisch, ich paraphrasiere und schnattere, ich weiß, und ich kann auch einen leichten Unwillen nicht verhehlen, mich den unteren Dienstgraden gegenüber erklären zu müssen, aber ich will dir die frohe Kunde nicht vorenthalten.

Gestern Abend hat meine saubere Mutter königlich aufgetafelt, es gab nämlich gegrillte Haifischflossen, unbedingt empfehlenswert, mein lieber Bum-Bum-Scheitan, du solltest auch einen Portugiesen aufsuchen und sie dir vorsetzen lassen, ich glaube, in Sachen Mundraub an Fisch und Fleisch können sich alle Südländer die Hände reichen. Anschließend labte ich mich an Aschure, der suppenartigen Süßspeise aus Bohnen, Kichererbsen, geschrotetem Weizen, Saubohnen, wobei man als Duftstoffe Rosenwasser und Zibeton hineinrührt. Das Zibeton, mein lieber Kamelhufabdruck, ist die Drüsenabsonderung der so genannten Zibetkatze. Ich darf mit einigem Stolz bemerken, dass mir die Arbeit übertragen wurde, die rahmhautartig festgefrorene Oberfläche der Süßspeise zu garnieren. Hierzu schnitt ich Feigen in längliche Scheiben und ordnete sie dergestalt, dass sie von einem monumentalen Konus aus Walnusshälften strahlenförmig abgingen und am äußersten Kreis punktuell ansetzten, der aus Pistazienraspeln entlang des Schalenrands bestand.

Nun ja, gerade war ich dabei, den Tisch abzuräumen, als ich plötzlich einen roten Laserpunkt an der Nasenwurzel bemerkte. Ich blickte instinktiv nach links und entdeckte einen grinsenden Dschemal Efendi auf der Nachbarterrasse, der just in dem Moment seinen Laserpointer ausknipste und eine halb volle Rakiflasche hochhielt. Du weißt ja, hier findet abends das ganze Leben auf den Terrassen statt, weil es drinnen so höllenmäßig heiß ist. Dschemal sagte: Das ist keine Anisschnapspulle, das ist mein Honigtopf, aus dem ich nasche. Merk dir das! Ich sagte: Geht in Ordnung, Dschemal Efendi, ich merk mir das. Hiernach ließ er sich aufs Fauteuil plumpsen und stierte bedudelt auf eine knappberockte Showmasterin, die einem Ehepaar schreiend kundtat, sie hätten leider leider eine Niete gezogen, und das wäre ihr Preis gewesen: eine komplette Schlafzimmergarnitur. Die Ehefrau brach zusammen, ein eilfertiger Mitarbeiter spritzte ihr Kölnisch Wasser direkt aus der Plastikflasche, und der Mann sagte frontal in die Kamera: Das ist nicht das Ende der Welt, wirklich nicht! Ich wandte mich ab, du weißt, ich besitze keinen Fernseher, und also bleibe ich fast immer triefäugig hängen, wenn ich eines flimmernden Bildschirms ansichtig werde. Ich frage mich bei all diesen Doofgeschöpfen, also nicht nur in deinem Falle: Wer ist der Mensch hinter der Bestie? Mir war überhaupt den ganzen Tag recht komisch, meine Impulse bekamen langsam Auftrieb, und gewisse dunkle Ahnungen verdichteten sich zu Gewissheiten. Ich kann mich beispielsweise des Gefühls nicht erwehren, dass meine saisonale Fehlleistung in puncto Erregbarkeit Mutterns Topfpampen verschuldet ist.

Die Schadgeister lassen sich nicht in die Schranken weisen, auch das so genannte Gnadenwasser, das ich letzthin in einer Kristallphiole käuflich erwarb, war bislang nicht so richtig wirksam. Es soll, laut mündlich vorgetragener Anleitung des Hökers, das unsichtbare, von nichtsnutzigen Kobolden gesponnene Netz erst verlebendigen und dann, bei konsequenter Anwendung, reißen lassen. Ich war also in einer unlustigen Verfassung, und trotzdem nahm ich die kleinen banalen Interventionen der Außenwelt als Hinweise wahr. Wie dem auch sei, ich habe mich zu einem Verdauungsspaziergang aufgemacht, aber bereits nach einer halben Stunde stank mir die blöde Lauferei, und ich wollte schon kehrtmachen, als ich den Motorenlärm des Kraftschleppers vernahm, und gleich darauf sah ich auch den »Düldül« herbeituckern.

Du weißt, hierbei handelt es sich um eine halbmoderne Abwandlung einer Gemeinschaftsdroschke, vorne statt eines Rossgespanns ein müder Traktor, und hinten ein windoffener Anhänger, auf dem die Dachquerstangen mit einer Plastikplane abgedeckt sind. Ich stieg ein und ließ mich auf eine Holzbank fallen, die Zugluft pfiff mir um die Ohren, der Düldül fuhr irgendwelche nicht gekennzeichneten Haltestellen an, und ich fühlte mich angenehm wie ein vermorschtes Dingsda auf der Route von Bum nach Tschatscha. Wir tuckerten am Freilichtkino vorbei, der Traktor hielt an, es war eine sehr günstige Perspektive, denn ich konnte für ein paar Sekunden auf der Megaleinwand einen Bösewicht in Combat-Stellung gehen sehen, es waren geradezu pantomimenhafte fließende Bewegungen bis zur endgültigen Positionsstarre, doch schon ruckte das Gefährt los, ich drehte mich um und sah in ihre Augen, und sie sagte: Auch wenn es nur ein Kuss ist, ich will es später nicht schade finden, ich will später nicht denken, dass ich einen Kuss verschwendet habe! Und dann küsste sie mich, sie schloss die Augen und drückte mir einen hungrigen, superfraulichen, sanft speichellippigen Kuss auf meine Lippen, und ich sah an ihrem linken Ohr vorbei eine nasse Stirn in Großaufnahme auf ein Knie krachen und hatte noch Zeit für den Gedanken: Die Stirn knackt wie eine Melonenscheibe, die man an beiden Enden auseinander drückt, aber wie verhält es sich mit dem Knie? Erst dann drangen ihre Worte in mein Bewusstsein ein, sie hatte einen Kuss angekündigt, und sie hatte mich tatsächlich geküsst. Jetzt sah ich sie im Profil, die Skorpionamazone saß neben mir, schaute unbekümmert geradeaus, die Mundwinkel leicht zu einem Spitzmädchenlächeln verzogen, ihr wallendes Rastahaar, die kürzesten Haarsträhnen reichten ihr bis knapp zur Kinnlinie, blass, vornehm blass ihr ganzes Gesicht, das ich mir vornahm bei Gelegenheit zwischen die Hände zu nehmen. Sitzend überragte sie mich um gut eine Kopflänge, und ihr Mirabellenetui, wenn mir der Ausdruck gestattet ist, umfasste fest ihre herrlichen Brüste, mein Blick drang durch ihr Silbertop, mein Blick war ein Pulk aus Zungenspitzen, und ich wollte auf der Stelle ihre weißen Achselfalten und dann ihre harzigweiblich duftenden gebräunten Achselhöhlen riechen, und hätte sie in dieser Sekunde gesagt, ein Kolibri würde gleich auf meinem Kopf landen, ich hätte es ihr geglaubt. Doch sie sagte keinen Mucks, strich nur eine widerspenstige Strähne hinters Ohr und schaute auf die Bucht herunter, denn wir hatten mittlerweile den höchsten Aussichtspunkt der Siedlung erreicht. Doch mir stand der Sinn nicht nach sanften Wellen und dem sich im Wasser spiegelnden Mondschein. Ich sah ihren Schwanenhals, die Spannung ihrer jugendfrischen Haut und der festen Muskeln vom Ohr bis zu ihrem Schlüsselbeingrübchen, darin ein Tropfen, wirklich nur ein einziger Tropfen Wein Platz hatte, und ich dachte, Serdar, du hast schon einmal den Moment der wahren Liebkosung vermasselt, damals, als du dich unter einem faulen Vorwand von ihr losgerissen hast, tue es nicht wieder, sei ein Liebhaber, liebe diese Frau jetzt und sofort! Also hab ich sie zurückgeküsst, und zwar auf das Grübchen, und sie, mein Gott, ließ es geschehen, sie ließ sogar einen zweiten Kuss zu, und ich umspannte mit der

Hand ihren heißen Nacken, dort unter ihrer Haarpracht, wo bei den Frauen die kleinen Kringel die Finger umspielen. Es war mir egal, dass sich ein Stinkerehepaar auf der Holzbank hinter uns ermahnend räusperte, sie konnten mir mit ihrer verdammten Sittenstrenge den Buckel runterrutschen. Und es machte mir auch nichts aus, dass ich einem verdutzt dreinblickenden Baba-Pascha am Wegesrand nicht von unserem vorbeifahrenden Gefährt aus zuwinken konnte, denn ich hatte gerade ganz andere Sorgen.

Ich konnte und wollte mich nicht von ihr losreißen, und doch lösten wir uns voneinander, weil es uns unser Gefühl eingab, und sie sagte: »Ich muss aussteigen, wir sehen uns morgen am Strand.« Sie landete noch schnell einen Kuss auf meiner Nase, ich schluckte, um ihr mit einem schönen Abschiedsgruß zu antworten, mir fiel aber nichts Passendes ein, und schon war sie ausgestiegen, und der Schlepper tuckerte weiter.

Die Verlegenheit stellte sich nachträglich ein, und sie mischte sich mit einem krank machenden Verlangen nach ihr, denn alles andere war im Vergleich dazu nur Blech und Plunder und hatte eine erhebliche Wertminderung erfahren. Plötzlich stahl sich eine hauptsächlichere Kümmernis in meine Brust, denn im Anfang steht Romantic Candlelight und am Ende das schöne Entblättern der Holden, wenn sie es natürlich geschehen ließ, aber ich zweifelte nicht an unserer beider Liebesdrang. Mein Schlingelschniedel würde mich zu meinem Pech auch bei dem heftigsten Begehren im Stich lassen, und was nützten Zimbeln und Geigen, was nützte die Mondscheinsonate, wenn sich eine Eskalation verbot und ein erotischer Abend in einer finalen Blamage mündete? Ich liebte sie an jeder Ecke und an jedem Ende, ich stand auf dem Kamm heißer Wallungen, und doch kam es mir, nach einem Mundkuss und einem Nasenschmatzer, so vor, als hätte ich Junk Food im Bauch und müsste gegen eine aufkommende Übelkeit ankämpfen. Endlich hatte ich die einmalige Chance, eine gerade Furche zu ziehen, ich hatte mich, vielleicht zum ersten Mal in meinem Leben, in eine Schlemmer-Hotline eingeklickt, und ich war wieder einmal belämmert wie ein Harzbrockenbrösler und grübelte über die totale Aufhebung im Hier und Nichts. Mein Penis ist mein Henker, lieber Oberspross Scheitans, und was nützt mir die Theorie, wenn meine Praxis dazu verdammt ist, genauso grau und schlapp und untauglich zu sein wie Theorien und Theoreme. Wenn die Frau ihre beste Unterwäsche angezogen hat, dann hat sie sich auf eine Nacht mit dir vorbereitet. Wenn sie auch noch die Kontaktlinsenspülung dabei hat, darf der Mann sich auf große Freuden gefasst machen. Na und, was kann ich schon mit solchem Wissen anfangen? Ich bin nunmehr kein Ungeküsster, sie, deren Namen mir immer noch ein Rätsel ist, hat mich zu ihrem Prinzen erkoren, und sie harrt totalitärer Hormone und kriegt dann doch nur eine Schnutenorgel, die ihr vorjammert, wie sehr er es bedauert, dass.

Zu Hause gab es wie immer eine ziemliche Aufregung, und ich kam genau zur richtigen Zeit. Die Eltern hatten sich vor der Fliegendrahttür aufgebaut und starrten fassungslos auf ein Wieselpärchen, das sich im Kopulationsakt auch nicht im Geringsten von Vaterns Verwünschungen stören ließ. Das Männchen hatte sich im Nacken des Weibchens festgebissen und ließ seinen Unterleib immer wieder hart aufklatschen. Mein Vater hatte aber bald die Faxen dicke und brüllte los: »Ehrloses Gezücht, ist das hier ein Bordell, oder was?« Als auf diese Verwarnung keine adäquate Reaktion folgte, öffnete er die Tür und trennte die beiden Wiesel mit einem gut platzierten Fußtritt. Muttern war der Meinung, man hätte die Angelegenheit doch etwas liberaler aus der Welt schaffen können, woraufhin Vater meinte, der Allmächtige werde schon sehr bald die Sacknähte aller Liberalen dieser Welt aufreißen lassen. Ich hielt mich bedeckt, war aber auch ungehalten, weil das Liebesspiel der Wiesel mir aufs Neue mein eigenes Unterleibsfiasko vor Augen geführt hatte. Die Familie nahm alsbald Aufstellung vor dem Fernseher, Vaters Fußballverein Fenerbahce spielte gegen den Erzrivalen, Galatasaray. Die Lautstärke wurde runtergefahren, weil Vater in seiner Wut über plappernde Kommentatoren maßlos wird, die so tun, als wäre Kicken eine akademische Disziplin, und nicht Treten und Ballern, bis das Netz wackelt, weil sich also Vattern in die Nähe einer Herzattacke ärgert und Muttern die Nase voll hat von Brüllanfällen. Vater pickte einzelne Trauben von der Dolde, sammelte genau ein halbes Dutzend in der hohlen Hand, und warf es in einem Ruck in den Mund. Er hatte gerade den gegnerischen Stürmer einen »erbärmlichen Schlammficker« beschimpft und dafür einen Verweis von Muttern einkassiert, als er sich zu mir umdrehte und loslegte: »Wer wischt die ekligen Speichelfäden, wenn du im Alter sabberst? Wer stellt dir einen Nachttopf unter den mürben Arsch? Das ist entweder eine Krankenschwester oder eine Frau. Die Erste will bezahlt, die Zweite will geliebt werden. Ich schau dich an und stelle fest: Du hast statt Bargeld Kichererbsen und abgerissene Froschschenkel in der Hosentasche, und Liebe überfordert dich, weil du in einer widernatürlichen zweiten Pubertät steckst.« Ich war etwas verdutzt und sagte nur: »Doch, Vater, ich habe Aktien in der Liebe!« – »Ach ja, wer ist es denn?« – »Nun«, sagte ich, »es gibt da eine sehr schmucke Kandidatin.« – »Ich schau meinen Sohn an und stelle fest: Er polkt tote Fliegen aus dem Netz der Fliegenglocke und schmiert den Matsch an die Hose!« – »Das stimmt doch gar nicht«, sagte ich. – »Doch, ich habe dich dabei beobachtet. Vielleicht waren es Nasenpopel.« Damit hatte die Sache ihr Bewenden, mein Vater hatte gesprochen, und er hatte mir, seinem einzigen Sohn, dargelegt, was er von meinem Liebesleben hielt, nämlich weniger als vom Geschwätz des Fußballmoderators.

Ein sehr langer Brief ist es diesmal geworden, mein dürrer Wonnestängerich, doch ich musste dich anmahnen, nicht auf der dunklen Seite zu landen, und du bist auf dem besten Weg dorthin. Die Blödheit bricht sich manchmal mit der Gewalt einer irren Rinderherde Bahn, ich weiß es aus langjähriger Betrachtung deiner Person, doch die Finsternis schadet dem Teint und führt zu einer extrem minimierten Geistesentfaltung. Ein beherzter Satz nach vorne, und das Licht wird auch eine Kanalratte wie dich wärmen, fasse dich nur in Geduld und mache nicht den Fehler, in den kalten Gangsterzonen zu verkommen.

Hare Krishna & Halleluja!

Dein aschurelöffelnder Freund
Serdar

27 Dina an Serdar

Mittwoch, 25. August

Liebster Serdar,

weißt du, ich sitze nur da und halte deinen, ja deinen Brief in Händen, und ich muss schon sagen, ich bin voller Staunen, als wenn man sich selbst nicht glaubt, dass es deine Zeilen sind auf deinem Papier. Es ist schon so, dass sich manche Geschichten erst lösen, wenn der Richtige danach fragt. Und nicht nur die. Auch die ungesprochenen und noch nicht erlebten Geschichten, und die, deren enorme Spannung in der Luft hängt, einer schweren Wolke gleich aus Angst, Neugier und der einer wachsenden Intuition auf unbekannte Vertrautheit. Denn das ist die wirkliche, unverstellte Unschuld.

Ich bin nicht sicher, ob es für dich auch so ist, aber die Herausforderung, was für ein grobes Wort, nimmt mir für Augenblicke den Atem. Was für eine unglaubliche Freiheit steckt darin, dass wir wählen können zwischen Magie und Maggi fix, zwischen komisch und kosmisch! Stell dir vor, es gäbe gar keine solche Wahl. Natürlich wünsche ich mir die kosmische Magie, anderes wäre bei aller mir gebotenen Arroganz uninteressant, aber ich kann sie gut mit dem komischen Maggi würzen. Das ist so wie Haikus zu schreiben oder Porree zu schnipseln, und vielleicht geht es manchmal auf, dass wir als drittes auf alle Kuppen Fingerhüte stecken und schöne Stöckelschuhrhythmen klacken.

Dabei versuchen wir, mit großer Mühe auf einigermaßen bekannten Huellas zu gehen, diesen indianischen Furchen, die weniger sind als ein Weg und von denen Atahualpa Yupanqui singt. Furchen, die der Wagen in den Sand schreibt und in den harten Boden. So scheu und vorsichtig, als wären wir die Erfinder der Langsamkeit des Esels, der uns zieht. Ich sehe mich an und beginne, jede meiner Zeilen und jede Falte um Nachsicht zu bitten, denn sie zeigen mir alle einen Vogel. Und der nun erzählt mir was von der Weite der Puna, als ob ich das nicht wüsste. Als ob ich nicht bereit wäre, alle Huellas zu verlassen. Du weißt schon, nur dir in die Wüste oder in den Krieg zu folgen. Ganz gleich, ob es Wasser ist oder Feuerschutz, wichtig ist allein, etwas miteinander zu teilen. Also versuche ich, nicht zu tief einzuatmen und überlasse mich deiner Umarmung und deiner Wahl ...

Du hast mir kurz vor deiner Abreise einen Stoß »halbverfasster Haikuähnlichkeiten« dagelassen. Es hat mich sehr gefreut und − ein blödes deutsches Wort − geehrt, dass du mich gefragt hast nach den Gedichten. Ich konnte dir damals am Küchentisch dazu nicht viel sagen, weil die Wörter und dein Anblick noch nicht im rechten Verhältnis zueinander stehen. Und in diesen kurzen Stunden schon gar nicht. Es war, auch der Gedichte und deiner Frage wegen, schon schwer, dort zu sitzen und mich von deinen Armen fern zu halten und dich nicht einfach zu verzehren wie den blöden Toast. Anders als alle gewohnten Arten von Action oder Konzentration, bin ich beeindruckt von unserer Deep Intensity, in der es für alles, auch für das Erwachen, die Erschöpfung, das Schweigen, die Kontemplation einen Platz gibt. Und die blauen Flecke. Es sind diesmal weniger, dafür größere, tiefere, und sie tun mehr weh.

Keines deiner Gedichte verwirrt mich, und manche mögen sich nicht sofort ausliefern. Aber ich zwinge nicht, warte einfach. Die anderen, die ziehen mich völlig rein, so dass ich mich umschauen kann, und spazieren dann mit mir an der Hand herum. Alle zusammen machen − ich bin nicht objektiv und mag mir keine Theorie über Literatur und Kunst denken −, machen mir wirklich Herzklopfen, weil sie so abwesend und anwesend von dir erzählen. Jeden Tag lese ich sie anders! Manchmal ist es etwas Dezentes, das ich ständig wahrnehme, selbst im Geschrei oder in der Ironie. Ein sanfter Takt im doppelten Sinne, wie eine unsichtbare, sehr diffizile und aparte Geschichte auf Kinderbeinen. Damit kannst du machen, was du willst, Serdar, deine Poesie trägt dich und die Wörter weiter, als es Prosaisten je beschreiben könnten. Manche deiner Gedichte scheinen mir eine gute Gelassenheit zu haben, als gäbe es eine innere Uhr, die eine eigene Weisheit kennt. Vertraue ruhig darauf. Weil es dir in den Körper wächst und man es lesen kann, wenn Ausdruck nicht immer nur woanders gesucht werden würde. An anderen Tagen bringen sie mir Unruhe und Not. Dann habe ich das Gefühl, als gäbe es gar nichts von dem, was sonst so leicht wirkt, und alles Vertrauen ist eher Dunst und Haschen. Ich kann für mich zum Beispiel aus Ungewissheit und Abgründen ganz gut beobachten und sicher sein, viel sicherer als die Selbstgewissen, weil ich es weiß, endlich, und die Kraft darin kenne. Und manchmal eben ist mir so, als wäre da ein depressiver Sog, ein Zweifel in deinen Zeilen, der ganz woanders herkommt und sich sogar der Selbstironie entzieht. Abgesehen davon, dass ich ihn umarme, wollte ich dir sagen, dass er, wenn du ihn dort nicht gerade willst, völlig unnötig ist. Aber vielleicht irre ich auch, und es ist ein Wegweiser, das wäre auch schön. Oder beides, du Süßer?

Deine Gedichte sind notwendigerweise mehr du, es ist fast so, als suchten sie auf eigenen Wegen nach Gruben, Levels und den Blick fürs Unsägliche. Manchmal auch aus dem Augenwinkel. Vielleicht, weil es immer näher kommt. Und jedes Einzelne ist, wie ich es begreife, eine Öffnung, eine Vorsicht oder eine Möglichkeit. Über die andere, unverborgene Seite brauche ich nichts zu sagen, das werden alle anderen tun. Ein gewaltiges rohriges Labyrinth sind sie, das sich windet und für kurze Momente in den Vordergrund schießt. Ich will sehen, wie ich dein schönes Gesicht dann finde, wenn du mir hoffentlich einen zweiten Stapel schickst. Oder selbst vorbeibringst, das wäre mir am liebsten.

In deinen Bildern und Gleichnissen erkenne ich vieles, das mir von meinem Stamm vertraut und bekannt ist. Es waren auch Menschen und deren Augenwinkel. Der verfluchte Wüstensand war bis in dieses gottverdammte Land vorgedrungen und rieb die Stämme. Da war eine Art Heimat, die nicht aus Steinen bestand, sondern aus Pupillen-Rotglut und Kaftan, und heute aus Scheitan und Ölpfütz. Und jetzt wieder auftaucht in den Straßen von Berlin und Kiel, im sehnsüchtigen Blick, semitisch oder türkisch, auf die Karos der Mädchenjacken. In luzider Klarheit aufs Weißschaf und den Feind und auf die Unklarheit, dass der Tod wirklich kommt, Serdar, wie die Musik in aller Härte.

Als ich klein war, wurde ich mit fremdem Leid erpresst. In der Schule: Iss dein Brot auf, die Kinder in Afrika hungern, und zu Hause der traurige Blick meiner Mutter, wenn ich ihr von Kummer mit meiner Freundin erzählte oder von Zweifeln über erste Verliebtheiten. Lies mal Sempruns »Letzte Reise«, war ihre Antwort, oder Nazim Hikmet, oder Majakowski! Dabei trug ich ihre Trauer. Über verschmähte Liebe, über Trennung und Tod, über ihre panische Angst und die Sorge um den kleinen Bruder, über den barbarischen Schmerz, den ihre Mutter ihr angetan hatte. Ich wurde meiner Mutter Eheberaterin, ihr Trost, ihre Alpträumerin, und habe bei ihr dennoch nicht nur Furcht, sondern auch Liebe gelernt, verzeihen, entschlüsseln, erinnern und vieles andere mehr, was sie in ihrem Leben nie konnte. Trotzdem ist sie früh gestorben, ich konnte es nicht verhindern. Seitdem musste ich einen langen Weg gehen, auf das fremde Leid zu und auf mein eigenes. Ich musste mich selbst trainieren und verstehen, wie sehr ich in dieser Welt stecke, und wie groß mein Zorn ist. Dabei habe ich gelernt, Gedichte zu lesen, und deine liebe ich sehr, sagte ich das schon?

Deine, ganz deine Dina

28 Hakan an Serdar

Montag, 30. August

Mein lieber Madenmampfer,

ich krieg's nicht innen Griff, den letzten großen Herzensakt bekomm ich nicht zu fassen, auch wenn ich's tausendmal im Geist durchgespult hab, jeden einzelnen Schritt, jeden verdammten Handgriff, und die Lösung steht vor meiner Nase, und ich kann's sehen, wann immer mir danach is. Und ich kann an nichts andres mehr denken, ich mein, jetzt zum Beispiel haue ich die Buchstaben an dich nur so weg, und ab und an schau ich auf, wenn der Putz rieselt, weil oben, bei ihr, bei der Holden, zu ner armrhythmischen Schnulze n Deppenpulk auf die Dielen trampelt. Normalerweise hätt ich nicht ne Sekunde gezögert und mir ein, zwei Hansos geschnappt und ihnen die gusseisernen Woks, in denen sie ihre Chinafeldkräuter braten, übern Scheiß-Schädel gezogen. Anschließend hätt ich mitm Vorschlaghammer so lange auf die Anlage gebolzt, bis sie anner Industriemucke Gefallen gefunden und rockermäßig gekoppbängt hätten. Stattdessen hab ich n Filzer beiseite gelegt, bin ummen Flur gebogen und hab's Schmuckstück aufm Küchentisch beglotzt, dort steht's nämlich – zentral, blickfängerisch und ne Zeitbombe vorm Herrn.

Also, ich schenk dir ausm Topf den heißen Brei ein, s handelt sich um n Fläschchen mit Aufgeil-Tropfen, n feines schönes Gefäß mitm reingemachten Sudzauber, bei uns machen's die Altweiber, und hier isses ne moderne Fabrikation. Bei uns kippen sie Tollkraut und Taumelkorn inne Speise, und hier kriegt's man bei Beate Uhse für n Appel und n Ei. Ich steh jedes Mal, mein lieber Chorknabe, wie vorm Schrein, und was ich seh, is n fest gewordenes Gebet, n Sehnsuchtstrunk, n Lasso, mit dem ich die Squaw Jacqueline in meine Herrlichkeit heimzerren will, aber die hat die Bude voll mit Weinsäufern und Aldischampusstudenten und heult bestimmt jedem Typen die Ohren voll von wegen Domi, dem wundertollen Keulenwerfer.

Dieser Brief hier is ne Art Laborbericht, ich werd n Stundenbuch führn, denn bevor ich der Holden son Liebessud innen Longdrink mix, muss ich mich genau schlau machen über Folgen und Nebenwirkungen, über eventuelle Ausfälle und n Augentick, der sich vielleicht nach m halben Tag einstellt. Ich weiß, ich hangle mich anner illegalen Flanke entlang, ich hatte ja, auch wenn du's nicht glauben magst, so ne Art gute Kinderstube, es geschieht hier alles aus Liebe, und noch isses n Gedankenspiel, ich mein, ich will erst sehn, was ne Überdosis bewirkt, denn dann kann ich die Hand dafür ins Feuer legen, dass vonnem Gesöff wirklich kein Unheil droht. Und, Alter, du bist zum ersten Mal in deinem elenden Leben live dabei, wie n Versuchskarnickel unter ner Drogenwucht vielleicht zum Spielball der dunklen Kräfte mutiert. Das Protokoll, im jeweiligen Zustand verfasst.

1. Stunde
Fünfundzwanzig Tropfen eingenommen, das Fläschchen is noch ein Viertel voll. Ober- und Unterlid gehorchen mir, keine Taubheit annen Gliedmaßen, nur n leichtes Ziehn anner Stirnplatte, als würd man mitm Stift vom vordersten Haaransatz inner Stirnmitte bis zum untern Nacken Zacken zeichnen. Mir ist kalt, aber ich sag mir, die Gänsepelle kommt von der Kälte, kein Wunder, hab ja außer ner Boxershorts fast nix an. Alles Ekel in dieser Welt überfällt mich, und ich bin nix als Opfer. Die allererste vernehmbare Leistung des Suds: Er peitscht's Hirn auf, trümmert inne Schleusentore, bis ne Elektrik rausblitzt. Nach achtzehn Minuten brennt's mir annen Fingerspitzen. S blöde nackte

Rumhängen macht mir wirklich zu schaffen, nach achtunddreißig Minuten krieg ich s Gefühl von Bleistücken inner Brust, aber s Herz macht mir nicht soviel Gewicht wie üblich, es is, als hätt ich mir ne Krawatte gelockert und die Manschettenknöpfe abgenommen, also wag ich n Vorstoß inne feine Coolness und schlüpf inne Trainingsjacke aus bestem atmendem Stoff, nämlich Pitbullfell mit eingenähten Glatzenbacken, in die n trendsensibles Nöppchenmuster eingebrannt is, der letzte Schrei für so ne Kümmel wie mich.

2. Stunde
Statt Ekel spür ich ne riesenwüchsige Klumptrauer, ich bin wie ausgewechselt. Mein Körperrhythmus spielt verrückt, und der gute Zug an meinem Leib, den ich an mir immer bewundert hab, is wie weggeblasen. Ich starr inne Kerzenflamme und stell mir vor, wie ich als n Falter vom Schein angelockt und dann vonner Flammenzunge angeleckt verschmor zu ner Art schwarzem Zündholzkopf. Die Umgebung steht noch voll normal, aber ich hör Stimmen, wie als würd's ausm Transistorradio plärren. Ich schlüpf aus der Trainingsjacke innen Bademantel und erwisch mich beim Zählen der Gänsehautporen aufm Oberschenkel. Die Atmung geht stoßweise, und im Moment, genau inner zweiundachtzigsten Minute, ruckt mein Osmane kurz auf, er klappt rechtslastig hoch und zieht den Eingriff vonnem Boxershort auseinander. Gut, ich muss zugeben, dass ich mir Jagdszenen auf ner kleinen einsamen Insel vorgestellt hatte, Jacqueline angeschwemmt vonnen wilden Pazifikfluten, oben ohne, ihre zartrosa Brustknospen vonnem Adrenalin und der Scheiß-Kälte erregt hart, ich platsche heftig ins Uferwasser, denn ich bin n Tag vorher angespült worden und hatte nachm Verzehr vonner ganzen Bananenstaude reichlich Zeit, ne regen- und windfeste Baracke zu zim-

mern. Mittlerweile hab ich sie annen Sandstreifen gezogen, sie hat plötzlich n sexy Lidschlag, sie klimpert auf und ab und zieht mich zu sich herunter, und wir balgen uns dann wie gestrandete Riesenrobben, bis es dämmert, und sie sagt, sie hätte jetzt ordentlich Kohldampf und wollte auch ne Bananenstaude abgreifen. Ich hatte ne prächtige Kameraeinstellung auf ihren wahnsinnigen Hintern, man konnte die einzelnen Härchen ihres blonden Babyflaums zählen, als sich n andrer Gedankenriegel einschob: Is das schon die Wirkung vonner Sexdroge?

3. Stunde

Die Frage hackte rein wie n Widerhaken inne Stirnlappen, und ich hab daraufhin jede Bewegung beobachtet und immer wieder nach innen gehorcht, inne tieferen Seelengründe, die sich bei dir ja ausnehm wie ne Klärgrube des Trans, aber kein Vogel rief Kuckuck raus, und ich war nicht inner Laune, auf ne große Spurensuche zu gehn. Ich wollt für die Antwort nicht ewig Schlange stehn, also mach ich rüber in meine anatolische Eckstube, schau dumm ausm Fenster und denk: Das hier is eigentlich keine Gegend, wo du tot überm Zaun hängen willst, und doch leb ich in dieser Stadt seit fünfzehn Jahren, außer Regen und anlandigem Wind gibt's keine Sehenswürdigkeit, und dann sagen einem die Leute, dass wenigstens die Landschaft schön is. Seltsam nur, dass ich son Lob übers Umland von Gringos hör, die sich längst davongemacht haben, fast immer und ganz sicher nach Berlin, wo sie nachts aussumpfen n Jahr lang, und dann sind sie wieder hier und saufen weiter. Mann, du merkst, mein Hirn rotiert auf vollen Touren. Jetzt, inner hundertsiebenunddreißigsten Minute meines denkwürdigen Experiments, jagt n Schauder mir den Rücken heiß und kalt rauf und runter, ich glaub, der Stoff des Bademantels bewegt sich mit. Wenn ich die dritte Stunde nicht überleben sollte und du diesen Brief als Anlage mitm Testament ausgehändigt kriegst, weißt du, dass ich ne volle Härte gezeigt hab und dass ich n einwandfreien Liebesmärtyrer abgeb. Mir is so, als hätt es an der Tür geklingelt, ich geh nachsehn ... nur zehn Minuten später, und, Scheiße, Alter, es war natürlich Jacqueline, sie sucht sich immer ne falsche Zeit aus für ne Begegnung, sie überreichte mir n Pappteller mit selbst gebackener Käsetorte, und ehe sie dazu kam, die passenden Untertitel zu liefern, blieb ihr Blick anner Boxershorts hängen, und wortlos drehte sie sich um und stieg die Treppen hoch. Ich hab's oben schon notiert, mein mittlerweile zum Dauerständer ausgewachsener Pint hat s Boxershort auseinander gerissen, ich konnt aber bei all der Konzentrationsarbeit doch nicht ahnen, dass ausm klaffenden Loch n fetter Büschel rauskuckte, verdammt noch mal, Behaarung is gut, aber schlecht zum Vorzeigen, das versteh ich schon.

4. Stunde

Als sich die Peinlichkeit an genügend Zellen zum Minimal-Agieren gemeldet hatte, brach ich s Experiment ab und schlüpfte inne zivile Straßenbekleidung, und das beschissene Boxershort hab ich mitm Brotmesser zerfetzt, obwohls fast neuwertig war. Der Dauerständer is allerdings n Problem, der will sich ums Verrecken nich niederknüppeln lassen, also hab ich mich zu ner radikal-anatolischen Methode entschieden, ich schnallte n Gürtel um die nackte Taille und damit auch um den Lümmel. Das zeigt Wirkung, Alter, die enge Jeans darüber, und s Problem is genau dort fixiert, wo es auch bleiben soll. Ich glaub, s Mittel ausm Fläschchen is n Koppknaller, denn mir erscheinen so kleine Wichtelsamurais. Irgendwann fand ich's mäßig, mir kleine Wesen auszumalen, ging ins Bad und stellte mich vorn Spiegel, verstellte die Seitenflügel so, dass ich rechtes und linkes

Profil und ne Frontalansicht hatte, dann nahm ich den uralten Trockenrasierer und hab mir einfach und schmerzlos die Augenbrauen weggesäbelt. S steckte kein Wille zur Feschheit dahinter, ich wollt nur wissen, wie's is, wenn man mal inner oberen Gesichtshälfte ne Borsten abkratzt.

5. Stunde
Mir fallen die Augen zu. Ständer weg, Herzschlag ganz der alte.
   Hasta la vista, Amigo!

Ein Leben im Dienste der Wissenschaft
Gastauftritt: Kanak-Superstar Bum-Bum-Hakanator

29 Serdar an Hakan

Freitag, 3. September

Du irrer Priester im Tempel der zerbrochenen Ölgötzen,
du armes Schwein,

die Deklassierten wühlen sich immer tiefer in den Unterschichtsschlick hinein, da ihnen die herrliche Aussicht auf die Skyline des Molochs Stadt auf immer verwehrt ist. Die wenigen Lottokönige und Erbschleicher mal ausgenommen. Nur durch das soziologische Einmachglas betrachtend kann ich dir und deinen Proletenirrungen so etwas wie Wärme entgegenbringen. Du stehst also in deiner ganzen Erbärmlichkeit für ein Phänomen, dein Mastschweinhormonhaushalt ist der eines Bimbos, der nicht anders kann, als sich aus der limitierten Produktpalette zu bedienen. Du kannst nichts, du bist nichts, du hast keine Uniform, also kriegst du auch keine Frau ab, was sollte eine Frau auch mit so einem wie dir anfangen? Bestenfalls kannst du dich als Dienstleister nützlich machen, nämlich als Pedikürenali für Mittvierzigerblondchen. Du steckst ihnen rundgefummelte kleine Wattebäuschchen zwischen die Zehen, streichst die Zehenstrecker in den Interdigitalfalten oben und unten auf die Fußhaut, und feilst und lackierst mit einer dir eigentlich nicht zur Verfügung stehenden Sensibilität, die du dir aber würdest aneignen können, mein lieber Kumpel. Dabei musst du die gelangweilten Muttis schwer unterhalten, und wenn sie auf ihre rüpelhaften Gatten schimpfen, setzt du einfach ein Brikett drauf und behauptest, du habest selbst ein sehr schlechtes Gewissen, als defizitärer Mann leben zu müssen. Hohes Trinkgeld wird dir sicher sein, und vielleicht legt sich die gepflegte Hand einer angejahrten Dame auf deine ungewaschenen Haare und tröstet dich aus deiner

Egoenge heraus, so wie man einen Müllfresserköter mal mit nach Hause nimmt, parfümiert und an die Leine legt.

Allerdings sieht man dir den lümmelnden Werktätigen immer an, ich darf an dieser Stelle ein Beispiel aus der Rassenkunde darbringen. Der so genannte Mongolenfleck ist eine blaue Hautstelle in der Steißbeingegend, und neben der Mongolenfalte ein untrügliches Zeichen zur Erkennung von Asiaten. Du aber vereinigst in und an deiner Person so viele von solchen erkennungsdienstlich wertvollen Merkmalen, dass deine Mitmenschen sich vor Entsetzen abwenden, wenn du ihnen übern Weg läufst. Du kannst dich also nicht verhüllen, keine noch so teure Kosmetik wird diesen Makel retuschieren können, und auch, wenn du neben den Brauen auch die Wimpern und die Nasenhaare weggeflammt hättest, ein Blick in deine geknallten Pupillen und eine Nase deiner schwearomatischen Miasmen genügt, um sich völlig von dir fern zu halten.

Du bist und bleibst ein elender Kaffer, rasierst dir doch tatsächlich die Augenbrauen weg! Ich meine, ist dir klar, dass die arme Jacqueline, von der ich bisher nichts hielt, aus einem Schierlingsbecher den teuflischen Liebestrank hätte trinken müssen? Sie wäre gegen ihren Willen zur Sexsklavin geworden, und wenn das auch nicht unter rechtsstaatliche Verfolgung fällt, so könnte man doch gleich die Bestien aus den Zuchthäusern und Nervenheilanstalten rauslassen. Okay, ich sehe es ja ein, dass du mit der Normalität gebrochen hast und nunmehr als Nonkonformist die Hütten der braven Bürger abfackeln willst, aber die radikale Nummer zieht nicht mehr, mein Sohn, sie macht dich vor allem in den Augen der Frauenschaft nicht attraktiver. Lass es gut sein, deine Proll-Rebellion macht und hat keinen Sinn.

Wenn du Eindruck schinden willst, musst du dich völlig auf Vollspacken umstylen, Typ heimlicher Masturbant, unter fünfundzwanzig, Anzugträger, Mann ohne Eigenschaften, ein Gesicht wie das der Serienkiller, die in der Nachbarschaft als kinder- und schwiegermutterlieb geachtet werden, nachts aber geschredderte Nuttenbeine in Plastiktüten durch die Gegend tragen. Also, gieß dir reichlich Zuckerwasser in die Matte, kämm dir einen generalstabsmäßigen Seitenscheitel zurecht, und du wirst sehen, wie sie dich anhimmeln werden. Für dich gilt die Devise: mit kleinen Kratzern zu günstigen Preisen. Deine quallige und nicht durch den geringsten Schimmer angeregte Hirnmasse ist jedenfalls ein nicht zu unterschätzender Startvorteil.

Es ist ja mittlerweile zur Tradition ausgewachsen, dass ich meine Briefanfänge dazu missbrauchen muss, dich an den Maultierohren lang zu ziehen, denn hierorts eskalieren bereits die Ereignisse, dass ich gar nicht dazu komme, beispielsweise die Küche meiner Mutter, gebenedeit sei ihr Name, gebührend zu lobpreisen. Ich fürchte, ich bringe mittlerweile drei bis vier Kilos mehr auf die Waage, ein äußerst misslicher Umstand, zumal ich mich über den Speckstreifen der Türkendaddys lustig gemacht hatte. Ich bete zu Gott, dass ich mich nicht derart voll fresse wie die besagten, die ihre Oberkörper ausbauen und tieferlegen, auf dass ihre Hinterbacken aus dem Auspuff grässliche Knatterfürze entlassen. Wie hilflos steht man aber den dampfenden vollgeschaufelten Schüsseln gegenüber, wie sehr ist man ihnen ausgeliefert! Und sie seien doch gelobt, die Mürbeteigpasteten, das kühlschrankkalt zu verzehrende Bohnenpilaki mit Zwiebeln, Knoblauch und Karotten, gelobt sei Mutterns gedünsteter Reis, und gelobt seien ihre Frikadellenklöpse, auf denen sich das Negativ ihrer Fingerglieder wiederfindet.

Aber neben all den Leckerbissen ist da auch ein Appetithemmer, der in der Maxiknödelgestalt Babas figuriert, und das, mein wunder Kämpe, bereitet mir doch gewisse Sorgen. Er scheint bei all seinen unerklärlichen Handlungen doch hauptsächlich darauf aus zu sein, eine schwache Flanke in meiner Aufstellung zu finden, um mit einer unerhörten Gehässigkeit hineinzupreschen. Ich bin nicht nachtragend und habe es ihm still verziehen, dass er mir vor ein paar Tagen mit dem Stein aus seiner Scheiß-Zwille fast die Stirn aufgerissen hätte. Wir selbst sind nicht immer und zu jeder Tageszeit auf der Höhe unserer Sinne, und also sollten wir unsere minderbelichteten Zeitgenossen nicht so arg maßregeln.

Baba hat sich in den letzten Tagen zu einer groben Kreatur gemausert, er gleicht in seinem Verhalten einem meschuggenen Wildschwein, das sich aus purem Zeitvertreib an einem völlig abgeästen Baumstamm lüstern reibt, wo ihn früher Zweige und Äste daran gehindert hätten. Dieser Tage wandelt mich ob meines furchtsamen Generalstabs eine gewisse Klammheit an, denn es will nicht klappen, mag sich meine Hand noch so zart fühlend unter die Gürtellinie verirren. Und vielleicht liegt es an meiner übellaunigen Verfassung, die nur die schöne Skorpionsamazone besänftigen kann, dass ich für irgendwelche rauen Späße nicht zu haben bin. Genauso habe ich es satt, immer akut in Lebensgefahr zu geraten, wenn Baba auf sich aufmerksam machen möchte. Wenn ihm die Zunge versagt, kann er sich ja immer noch durch Klatschen und Fingerschnippen bemerkbar machen, oder durch unartikulierte Laute, die einem Primaten wie ihm würdig sind. Diesmal schlich er sich von hinten an und ließ eine voll gepumpte Brötchentüte direkt an meinem rechten Ohr knallen, ich fiel kopfüber in die Büsche, an denen ich mich mit einer Gartenschere zu schaffen gemacht hatte. Ich dachte im ersten Moment wirklich, jemand hätte mir den Gnadenschuss gegönnt, hinzu kam der lang gezogene Signalton in meinem Schädel, für ein paar Sekunden hatte ich die Vorstellung, irgendein behörnter Untergebener Scheitans stieße in ein langes Horn, um ein neues Mitglied in den Höllenschlünden willkommen zu heißen. Ich stieß mich mit einem Ruck vom Boden auf, erst sah ich die Gartenschere, frei von Blutflecken, also schlussfolgerte ich schlau, dass sie sich nicht in mein Fleisch und Gedärm hineingebohrt hatte, dann sah ich auch schon einen amoniaktankähnlichen Arsch im Profil, den nur ein einziger in dieser, mit kiloschweren Eingeborenen gesegneten Feriensiedlung sein eigen nennt. Mein Unmut über seinen gar nicht lustigen Streich trieb mich dazu, Baba einen abgetakelten Trullazuhälter zu schimpfen, ich nannte ihn auch aus Gründen des stimmigen Flows einen Kamelbumser, okay, vielleicht habe ich mich da ein klein wenig gehen lassen. Derweil stand der Arsch einfach nur da, kratzte sich am Skrotum und grinste breit, als freute er sich über eine Belobigung.

Du denkst vielleicht, was sollen plötzlich diese kritischen Töne, erst hängt er mit diesem Baba-Menschen herum und ist des Lobes voll, dann aber schwenkt er um und spricht von atmosphärischen Trübungen. Nun ja, mittlerweile kenn ich Pop-Pascha besser, und ich stehe zu meinem anfänglichen Urteil. Der Mann ist ein niederes Subjekt, aber ein Original. Er weiß einen immer zu überraschen, und diesmal vermeinte er erst, er habe wohl etwas übertrieben, was einer Entschuldigung gleichkam, und dann zog er einen Bindfaden aus der Tasche und zeigte mir wieder einen seiner völlig sinnlosen Tricks: Er schlabberte das Fadenende nassspitz, steckte es in sein Nasenloch und fing dann an, derart bestialisch die Rotze hochzuziehen, dass meine im hinteren Garten werkelnde Mutter völlig entgeistert dahergelaufen kam, in der Erwartung, mich an einer in ihrer ungeteilten Gänze heruntergewürgten Tomate ersticken zu sehen. Baba stellte sein Geferkel augenblicklich ein, verbeugte sich galant, wobei der aus seiner Nase heraushängende Faden seine Sandalen streifte, und fragte artig, ob er den Sohn vielleicht für eine halbe Stunde entführen könne.

Kaum hatte Muttern darauf hingewiesen, der Sohn sei ja im recht ausgewachsenen Alter und könne selbst entscheiden, ob er eine Entführung mitmachen wolle oder nicht, nahm mich Baba auch schon bei der Hand, und wir stiefelten den Betonplattenweg runter zum Strand.

Am angesagten Kiosk angekommen, musste Baba kurz verschnaufen, der verdammte Faden zitterte bei jedem Atemzug, und als er sich einigermaßen erholt hatte, ging das Gerotze von neuem los. Dabei stierte er überflüssigerweise mir in die Augen, ich erkannte an der Qualität seiner Grunzlaute, dass nunmehr der hintere Abschnitt seines Wasserbüffelmaulraums bei der Arbeit war, er steckte auch drei Finger in den Mund, und zwischen Würgen und Hecheln zog er das Bindfadenende heraus.

Das musst du dir vorstellen, das eine Ende schaut aus seinem beträchtlichen Nasenbüschel wie ein besonders langes Haar heraus, das andere Ende hängt ihm schleimverklebt auf der Unterlippe, und dann ging er dazu über, wie er mir nasal zu verstehen gab, auf dem Zäpfchen Geige zu spielen. Er bewegte jetzt den Faden hin und her, und ich sage dir, ich bin zwar relativ hart gesotten, aber ich hätte fast Mutterns wunderbares Bohnen-Pilaki vor seine Scheiß-Sandalen erbrochen. Ich glaube, Baba ist wirklich ein armes verwirrtes Menschenkind, bei dem vor hundert Jahren die Therapieleistung darin bestanden hätte, zwei heftige Watschen hinter die Kauleisten zu verteilen. Wie es der Zufall wollte, kam gerade Bakkal Efendi auf eine Flasche Efes vorbei, er hatte das Geschäft seinem dämlichen Sohn übergeben und wollte jetzt nur zwei Dinge: dass Baba, der miese Falschmünzer, seine Irrenhausübungen gefälligst bleiben lässt, und dass ich, ein zwar unwürdiger Gegner, aber dennoch ihm gegenüber Platz nähme, auf dass das männliche Brettspiel den wirklichen Tavla-Titanen erköre.

Nach Babas Darbietung war ich zwar nicht unbedingt in

der richtigen Stimmung, aber mittlerweile stinkt es mir kolossal, dass die Leute hier auf dem Festland denken, wir Deutschländer seien nur dazu da, belehrt und verarscht zu werden, und ansonsten nichts weiter als ein bäuerlicher Abschaum sind, der das Ansehen des an und für sich aufrechten Türken in den Schmutz zieht. Soweit ich weiß, hältst du dich seit Jahren in einem primitiven Stammesstadium auf und schaufelst mit einem vorzeitlichen Wurzelgraber kleine Käfer und Würmer aus dem Erdreich, um sie roh zu verspeisen. Also wird dir das Wissen, was sage ich, die Geheimlehre um das Tavla-Spiel völlig abgehen. Lass es dir von mir erklären, dem Patron, benommen vom Echo des Herrn, dem Mischpoke-Sufi der Sprüche und Weissagungen.

Es ist ein Spiel Mann gegen Mann, jeder Spieler verfügt über insgesamt fünfzehn Steine, zwei Steine stehen im scharf bewachten feindlichen Feld, und Sinn und Zweck der Veranstaltung ist es, deine schwer bedrohten Außenposten über die Zacken springen zu lassen und im eigenen Lager mit dem Rest des Partisanenhaufens zu vereinen, auf dass du als erster alle fünfzehn Steine »vom Spielfeld aufgehoben« hast. Hat dein Gegner nicht einen einzigen Stein aufgelesen, ist er »Mars«, also punktest du zweimal. Mehr brauchst du auch gar nicht zu wissen, die Feinheiten erschließen sich den wenigen Professionellen, ich darf mich in aller Bescheidenheit dazu zählen. Nun ja, es ging gleich zur Sache, Baba hatte sich endlich von dem verdammten Bindfaden getrennt und schaute von seinem Posten auf der Apfelkiste stumm zu. Bakkal Effendi landete auch gleich beim ersten Spiel einen Doppel-Megaschuss ins Kontor und fegte mich mit einer Paschwelle vom Brett hinweg.

Das erste Spiel gewinnt fast immer der Amateur, also stellte ich beim nächsten Spiel auf ein Meistermanöver um, das da heißt: »der kribbelige Hund«. Von Anfang an ging ich aufs Ganze und trieb meine wackeren Kämpen vom feindlichen Lager ins Freie. Doch all meine beherzten Ausbrüche brachten mir nur Nackenschläge, denn Bakkal Effendi hatte ein anderes Manöver aufgezogen, das so genannte »Ein Floh hüpft über vier Zacken auf die fünfte Spitze in den Tod«, und derart metzelte er meine Steine brutal nieder.

Als er seine verdammten Vorposten aufgebaut hatte, spielte er leichtfüßig »ein Leichtsinn ist zwei Verderben«, eine gemäßigtere Form des besagten Flohsprungs, und ich war gerade dabei, ihn so richtig islamisch zu schächten, als er mir mit »Leyla hat sich dir versprochen nach einem Sieg« in die Quere kam. Es stand also vier zu null für ihn. Baba lachte sich schlapp, nun gut, ich hatte ein paar markige Sprüche abgelassen, von wegen ich würde Bakkal Effendi zu ollem Aas verhackstücken, in dem sich Parasiten ihre Schächte und Katakomben hineinfressen würden, und nun machte er mich kalt. Es ging wirklich um die Wurst, ich wandte die Taktik »Aufstellung im Feindesherzen« an, ließ meine Steine mit Absicht ins Messer laufen und verlor wieder doppelt. Das blöde Gewieher Babas wollte sich gar nicht legen, Bakkal Effendi klappte das Tavla-Brett demonstrativ laut zu, steckte es mir untern Arm und sagte: »In fünf Jahren kannst du mir vielleicht in die Suppe spucken«, dann stand er auf und ging wortlos davon, ein richtig schöner türkischer Abgang.

Baba fragte mich plötzlich, wer denn zurzeit meine Leyla sei. Ich merkte, wie sich zwischen uns eine regelrechte Bruchstelle auftat. Und auch wenn ich ihm die Fähigkeit zuspreche, ein nicht ganz so gängiges Tavla-Manöver meinerseits erkannt und die Frage lässig eingeflochten zu haben, es klang wahrlich nicht so beiläufig, wie er mir glauben machen wollte. Ich schaute ihm ins Gesicht und erblickte eine vorgelagerte Pitbullkinnlade, und vielleicht zum ersten Mal seit unserer Bekanntschaft hatte ich den Mut, dagegenzusteuern. Ich sagte: »Das geht dich einen feuchten Dreck an«, und schon war ich über diese meine Heftigkeit erschrocken und wollte es um Gottes willen nicht gesagt haben.

Die Luft brannte, und ich rechnete schon damit, dass mich Baba windelweich drosch, er machte nur irgendwas mit den Mundwinkeln, als würde er eine ausgefallene Mimik einstudieren, er stand langsam auf. Er hatte den Bindfaden um den Finger gewickelt, und zwar derart straff, dass kleine blutleere Wülste hervorbuckelten, jetzt betrachtete er seelenruhig sein Werk, dann hob er seinen Kalbskopf und sagte: »Das geht mich sehr viel an, Bürschchen.« Und schon humpelte er davon, sein Wanst hob und senkte sich, alles in allem war ich glimpflich davongekommen.

Wie sich mein künftiges Verhältnis zu Meschugga-Baba demnächst gestalten wird, steht in den Sternen, es würde mich nicht wundern, wenn er demnächst auf der Mundorgel Tonleitern rauf- und runterübte, derweil er meinen Kopf in der Blutgrätsche seiner Walzwaden gefangen hält. Es kann mir egal sein, denn die holde Skorpionenamazone, nach der ich heute am Strand vergeblich Ausschau hielt, ließ mich soeben über einen minderjährigen Liebesboten wissen, die Regel habe sie etwas entkräftet, ich solle aber nicht versäumen, mich heute um Punkt Mitternacht beim Eismann auf der Strandpromenade einzufinden, sie werde jedenfalls da sein. Ich habe also jetzt noch gut eine Stunde bis zum Date und werde mich gleich auf die Vorbereitungen stürzen. Ich gedenke, mein Haar mit Haarwachs streng auf die Kopfhaut zu kämmen, mein ganzer Habitus muss männlich geprägt und frei von Zwittrigkeiten sein. Es bedarf in dieser Hinsicht eigentlich keiner äußeren Eingriffe, doch ich will auf Nummer sicher gehen.

Es grüßt dich kurz vor der Liebeserfüllung

Dein
Don Serdar Giovanni

30 Serdar an Dina

Freitag, 3. September

Dina, meine wunderbare Dina,

ich frage mich, wieso in Gottes Namen haben wir geglaubt, wir lebten in einem Verblendungskontext, wir beide im Kampf gegen unseren hauseigenen Rest, der übrig blieb, wenn wir aufeinander stießen? Ich verkeilte mich in deine Worte, weil ich sie nicht verstand. Ich dachte, ein Dolmetscher müsste die in deinen Reden verborgenen Fingerzeige simultan übersetzen, und du bliebst an dem einen oder anderen Lamento hängen, die Jeremiade eines, der sich selbst finanzieren möchte, aber aufgrund seines kaputten Antriebs nur laut aufspuckt, und das war's! Du wolltest mir nahe sein, ich dagegen spürte die Intimitäten meiner Gefühlsgläubiger rund um die Uhr, jeden verdammten Tag, also stahl ich mich aus jeder heißen Zone, die unter meinen Füßen brannte. Du weißt, sie sind in Scharen hier aufgelaufen und haben mir Malmittel gebracht, mal waren es vier Tuben Karmesin, mal zwei kurzstielige Kurzsichtpinsel. Ich hatte mir eine Weile in den Kopf gesetzt, als Kunstmaler mein Glück zu versuchen. Zugegeben, es war eine kurze Karriere, doch das scherte mich damals wenig, weil ich mit Haut und Haaren beteiligt war und mich auf dieser Spur halten wollte.

Und die Gefühlsgläubiger, das waren Freunde und Bekannte, alle Welt half mir aus der Patsche, alle Welt wollte im Gegenzug ge- und erhört werden. Arbeitete ich direkt an der Materie, war es ein lustvoller Versuch über die Leinwand als Strecke. Jeden Tag ein Bild, das Format spielte keine Rolle, ich hielt mich einfach an die Regel der Fabrikation, die einen feiern die Oberfläche, die anderen ritzen die

Zeichen darein. Es gibt da eine Notiz, die ich mir damals, aus Jux und der gegensätzlichen Betrachtung heraus gemacht habe:

»Geh doch langsam übern Flur,
Eile schafft Verletzung pur!«

Und dann kam der Tag, an dem die Blechzwinge meines geliebten Dachshaarpinsels einriss, ich hatte ihn über Nacht statt in das wasservolle Marmeladenglas einfach auf die ausgelegte Zeitung gelegt. Ich war mir sicher, dass ich mich nach der Tasse Kaffee, die ich mit dir trank, wieder an die Arbeit würde begeben können, doch es war nicht nur der Kuchen dazwischengekommen, sondern auch unser gemeinsam lüsternes Treiben auf dem Küchenboden. Erst einmal schabte ich die gröbsten Klumpen mit der stumpfen Kante des Brotmessers heraus, dann weichte ich die Borstenhaare im Lösungsmittel ein. Aber es nützte nichts, der teure Pinsel war verloren. Ich weiß, dass du mich aus dem Augenwinkel betrachtet hast, unangenehm überrascht über meine Unmutsäußerungen, denn natürlich wollte ich die Schuld auf deine Schultern laden, ich wollte unser Liebesspiel auf der Stelle rückgängig machen, es hatte mir überhaupt den Atem genommen. Mein Blick fiel auf die frisch grundierte Leinwand, ich hatte sie schnell mit fladigem Weiß bestrichen, das an einigen Stellen abgeplatzt war. Eher wütend und lustlos habe ich den Grund mit Bimsstein abgerieben, doch ich war nicht bei der Sache, und irgendwann hieb ich die Spachtelkante immer und immer wieder in die geschundene Faser, bis ich nicht mehr konnte in meinem Irrsinn. Du vermutetest einen symbolischen Akt der Frauentötung, was mich erst recht auf die Palme brachte, denn Leinwand ist Leinwand und Frau ist Frau, und was hatte denn mein Unmut über eine vergeigte Malorgie mit meinen männlichen Untiefen zu tun? Jedenfalls habe ich seitdem nicht einen einzigen Pinselschwung gewagt, ich baute sofort eine kolossale Angst auf, ich wollte nicht versagen, nie wieder, und was liegt da näher, es erst gar nicht zu versuchen? Ja, deine Worte waren mir ein Rätsel, und auch ich gab dir ein Rätsel nach dem anderen auf und nannte die Summe der Unverständnisse auf meiner Habenseite den anatolischen Sehfehler. Du hieltest es nicht für angebracht, das ethnische Moment hineinzubringen, du sagtest, es sei ein Totschlagargument, und überhaupt sei Subtraktion »mein Ding« und meine Methode. Ich zöge das Gewicht der Welt ab, und es bliebe dann ein einfaches Etwas, eine plausible Erklärung dafür, dass die Puzzleteile nicht zueinander passten. Ich muss jetzt gestehen, dass ich gewissen Spannungsirrtümern aufgesessen war, und an den Druckstellen entwickelte sich Wundbrand, die Heilung von unnötigen Kollern und meiner naiven Annahme von meist eingebildetem Druck hielt ich für ausgeschlossen. Du erklärtest in Sanftmut, ich stieß dich zurück.

Verdammt, nun bin ich ins nachträgliche Psychologisieren gekommen, und ich tue so, als sei das mit uns beiden vorbei. Gut, ich habe mich bei dir »abgemeldet«, ich wollte mir eine wirklich zeitlich begrenzte Pause gönnen, und irgendwie lief unsere Beziehung auch aus dem Ruder. So etwas kommt schon mal vor, auch in der besten Liebe, und nun schickst du Briefe, die mich ehrlich gesagt doch verwirren, weil ich nicht weiß, wie ich darauf antworten soll. Wenn du mir an dieser Stelle erlaubst, will ich mich über »den anatolischen Sehfehler« auslassen, der nämlich vor allem darin besteht, dass man würdige Gegebenheiten aufrüscht und anplüscht. Eine einfache bloße Liebe kann es dabei nicht geben, sie wird verhoheitlicht, sie wird in einen Käfig der Superlative gesteckt wie ein exotisches Tierchen, das man nicht mal streicheln darf. Auch wenn der Mann dumm wie

Schuh ist und die Frau dämlich wie Soße, wenn die beiden zueinander finden, setzt die Anrufung der Übergrößen ein. Vor allem der Mann tut sich darin hervor, und also will er aus einfachen Worten irgendwelche wehenden Winde heraushören oder gar nichts. Ich habe dich nicht verstanden, weil wir beide auf unterschiedlichen Frequenzen gesendet haben und ich nur deinen Kopf ansah, anstatt mal auch deine Füße zu besehen. Ich bin in dieser Hinsicht recht umständlich.

Vielleicht braucht es all dieser schlauen Selbstdarlegungen auch gar nicht, vielleicht muss man es einfach gut sein lassen. Ich bin kein Zungenfertiger, du musst entschuldigen, du musst die Tage entschuldigen, an denen ich keine Worte fand, mich auszudrücken. Du aber machst dir die Mühe, deinen Gefallen an meinen Gedichten in Worte zu fassen. Ich danke dir dafür, und für einige andere Sachen, die ich hier nicht groß benennen will. Wenn dir meine Haikus zusagen, bin ich zufrieden. Ich bringe nämlich zur Zeit, ich schrieb es schon, keine einzige Zeile zu Papier, aber es macht mich nicht mehr wütend. Es gibt hier auch keine Ablenkung, keine andere Frau oder so was, glaube mir, dass ich einen Grund hätte für diese meine Sperre. Mag sein, dass ich etwas überstürzt aufbrach, ich meine, man kann auch gar nicht Frist und Zielvorgaben setzen, wenn es um so etwas Fragiles wie Gedichteschreiben geht. Ich musste jedenfalls raus aus meinem Planschbecken, ich musste ins Trockene, und, nun ja, es ist auf die Dauer dann doch etwas öde. Ich habe ein paar Sandstreifen-Kollegas gefunden, keine tiefen Freundschaften, nur so viel Verbindung, wie man braucht, um einige Worte zu wechseln oder eine Runde Tavla zu spielen.

Aus der Allianz entsteht die Verrücktheit, und so ereifert man sich mal über heftige Meeresbrisen, diese »gottlosen Gespielinnen des Himmels«, wie der Kleinwarenhändler verlauten ließ. Ein anderer ist gerade dabei, sich fit zu machen für die finale Geistesumnachtung, er jagt Möwen mit der Zwille, gibt zu jedem Thema seinen Senf ab und läuft wie ein Dorfvorsteher mit sonnenverbrannten Waden die Feriensiedlung rauf und runter. Man vertreibt sich die Zeit und hat keine besonderen Ansprüche.

Meine Liebe, Gutes nur soll dir zustoßen, und im Guten werden wir uns wieder sehen.

Dein Serdar

31 Serdar an Anke

Samstag, 4. September

Anke, verwirrende Frau,

morgens fällt mir das Lügen leicht, ich bin also in den Dingen der Wahrheit tageszeitbestimmt. Man ist kaum aus dem Traum heraus, da soll man sich schon in die Erwachsenenhaltung geradebiegen, dabei hat man Stund um Stund damit verbracht, die Knie angezogen und den Kopf ins Kissen eingedrückt, Super-Visionen nachzujagen, bis irgendein Alp einem aufs Kreuz stieg. Das Schlimmste am Erwachen ist der anschließende Druck der Fakten. Aber der Schlaf entwickelt einen Rücksog und einen Nachhall, und es macht mich beispielsweise fröhlich, die Zahnpasta auf ihren Minzgehalt abzuschmecken, statt sie auf die Zähne zu verreiben. Ich nenne meine morgendliche Stimmung, die es nicht so genau mit der Wahrheit nimmt, die Buntheit des Retardierten. Die Farben laufen aus, sie halten sich nicht an die Umrandung, und eine große Zunge leckt sie zusammen und durcheinander, und kein Malermeister weit und breit, der sich anheischig machte, auf korrekte Farbgebungen zu verweisen oder scharfe Konturen einzufordern. Das geht nur im Urlaub und in freieren Zeiten, ich weiß, und bei aller durchgehaltenen Schlafknödeligkeit muss man auch achtsam sein. Man muss aufpassen, dass man nicht an den glühenden Gasherdaufsatz greift oder aus Versehen nackt auf die Veranda tritt, denn hier herrschen derart höllische Temperaturen, dass sich Unterwäsche oder ein Schlafanzug von selbst verbieten.

Ich falte mich zum Papiertiger und fühle mich wohl dabei. Es gibt einen Eingangs-Schüttelreim türkischer Märchen:

Es war einmal, es war keinmal
in der Vorzeit alter Segen,
als das Sieb im Heu gelegen ...

Und wie das Sieb im Heu fühle ich mich auch, fern von seiner Gebrauchsbestimmung und an einem Ort, an dem es eigentlich nichts zu suchen hat. Ich bin beim Versuch, auf der vorgefundenen Decke der Alltagsbeschäftigungen leichtfüßig vorneweg zu hopsen, gründlich gescheitert. Ich wollte etwas so Einfaches wie einen Baum Baum sein lassen, mir die Sehweise eines Vivisekteurs aneignen, der nach Feierabend das Chrombesteck zusammenpackt und in seinem Spind verstaut. Ich plante eine kühle Berechnung statt hundertprozentiger Beteiligung, ich plante, aus einigem Abstand in die Genüsse einzutauchen. Die Hauptsensiblen umspannen den Baum und wollen nach beträchtlichen Mühen das Lebensharz in den Haarkapillaren fließen fühlen. Dabei überträgt sich doch nur ihr eigener Herzschlag auf fremde Materie.

Du erinnerst dich, ich war ein eifriger Schlüpferklauer, ich habe dir einige Slips gemopst, denn ich wollte die Aromen deines Geschlechts tief einatmen, und so lernte ich unterscheiden: Roch es nach schwerem Ingwer, hattest du deine Tage, roch es nach geriebener Handinnenfläche, dann warst du bei unseren Liebkosungen nass geworden. Du hast zwar jeden Tag den Slip gewechselt, doch manchmal hatte ich Glück und erwischte ein zwei volle Tage getragenes Schmuckstück. Einmal drückte ich einen Tanga an mein Gesicht, und irgendwann entdeckte ich vor dem Spiegel ein blondes gekringeltes Schamhaar, das sich in meine Nasenflügelkerbe eingepasst hatte. Ich war entzückt! Noch ein anderes Mal stand ich mit blutbeschmiertem Gesicht im Bad, ich hatte mich an deiner Vulva laben dürfen, ich wühlte mich wollüstig in deine Tiefen hinein und empfand deinen

Geschmack als etwas streng, aber ich hatte wie ein Wahnsinniger geschleckt und heruntergeschluckt und war fast ausgeflippt, nun ja, du warst mitten in deiner Blutung, und ich stand da im Bad wie ein Sioux mit Kriegsbemalung. Ich liebte diese unserer beider Ferkeleien, und ich liebte es, dich nass zu machen, auch wenn ich es war, dem dabei die Schamesröte ins Gesicht stieg.

Doch das sind alles Notizen aus vergangenen Tagen, und was bitte schön nützt es uns, wenn ich die Geschichten aufperle, die geschichtsträchtigen Sinnlichkeiten aufbereite? Mein schwitzender Bullenkörper produziert bei der bloßen Vorstellung eines nackten Frauenkörpers einen Cocktail ungarer Hormone, und das Knistern von frisch entsprossenen Achselborsten bringt mich schier um. Dabei wollte ich das Verlangen abschütteln, wenigstens das Geschlechtsleben an und für sich auf das Mindestmaß reduzieren. Aber Schluss damit! Gerade jetzt würde ich gerne deinen Körper in der Nähe haben und damit eine ganze Reihe von Schweinereien anstellen und meine Zähne in dein katastrophal einnehmendes, dunkel pigmentiertes, nasses Frauenmal einschlagen.

Dein Serdar

32 Hakan an Serdar

Dienstag, 7. September

Mein lieber Eckenpenner,
du Null und Nichts,

du hast dich also voll inne Rolle des Drillpreußen eingelebt und dir zwei Dauerbeschäftigungen ausgesucht inner Langeweile, die dich zeit deines Lebens begleiten wird: erstens, wir begeben uns auf ne Anhöhe, von der wir auf sterbliche Wüstenfellachen runterglotzen und keinen Ständer und kein Scheiß-Gedicht hinkriegen; zweitens, wir sind wirklich bitterböse, wenn nicht alle hergemachten Alis zu Karamellbimbos mutieren und anner langstieligen Anatol-Countrygitarre rumzupfen, von wegen: Deutschland is n BMW, nur die Standheizung is ausgefallen, und ich frier so erbärmlich. Alles, was aus der Reihe tanzt, wird von solchen Onkel Toms wie dir angemotzt, weil sie sich ja so schlecht benehmen und wir uns bloß nicht vor den Alemannen blamieren dürfen. Man müsste dich mal heftig anwatschen, denn du bist es eigentlich, der blendet und bescheißt, und auf Dauer kann's nicht gut gehn, wie man ausm Detail deiner klumpigen Anatomie auch weiß.

Wo wir hier von Anatomie sprechen – ich hab mir zwei Wundpflaster auf die ausrasierten Augenwülste geklebt, ich musste so ziemlich daran modellieren, damit sie den grandiosen Schwung meiner Brauen imitieren, und weil's lebensecht aussehn sollte, hab ich mit nem schwarzen Filzstift Härchen auf die Pflaster gemalt. Dann ging ich kurz bei Kloppenburg einkaufen, und die Kassiererin glotzte mich so schreckerfüllt an, als würden mir gleich Bandwürmer aus der Nase wachsen, also hab ich neue unbemalte Pflaster geklebt, und ich denk, bald wird so was unter Kult und letzter Schrei laufen. Anfangs überlegen sich die Leute bei so nem neuen Anblick, ob sie die Irrenpolizei anrufen sollen, dann taucht der erste Nachahmer auf, und der vierte klebt sich die Augen zu, weil er s Original toppen möchte, und irgendwann muss Hansaplast auf Maximalproduktion umstellen, und ich werd n Werbeträger und grins dich vonnen Litfasssäulen und Reklametafeln an. Bis dahin is allerdings ne Durststrecke angesagt, denn ich hab von keiner einzigen Modellagentur n Antwortschreiben bekommen. Die können mich alle mal kreuzweise, ich mein, die können wenigstens mit nem Formblatt absagen, da brechen sie sich doch keinen ab dabei. Wahrscheinlich ström ich nen Dunst aus, der die Jurymitglieder völlig überfordert, das is jetzt wirklich nicht gesponnen, ich hab mal, als ich anne Kraft der Briefe geglaubt habe, auf ne Kontaktanzeige geantwortet, s Ganze lief strikt chiffriert und codiert, und die Frau am Ende der Infokette machte sich doch tatsächlich die Mühe, auf meine Liebeswerbung zu antworten, und zwar scheiß-kurz: »Wir kommen nicht zusammen, weil ich starke Raucher verabscheue. Du solltest in Zukunft den Zigarettenrauch nicht in die Briefumschläge hineinblasen. Viel Glück!« Die verstand nicht, was Atmosphäre is, Alter, wie oft hat man mir s Kompliment gemacht, ich würd nach Bullenhoden riechen, und wenn du nicht n Haiku-Autonomer wärst, hättst du allein aus Feldforschungsgründen mal kurz unter meinen Achseln gerochen, um mir das zu attestieren, was jede reife Frau über Dreißig annem gestandenen Mannskerl schätzt: Atmosphäre, Brusthaarschwitze und der von keinem Wässerchen getrübte Duft aus Sack und Arschrinne. Und nun kommt's, ich hab die Sensationsmeldung bis zu diesen Zeilen aufgespart.

Du teilst mir deinen Paarungswillen mit der Skorpiontusse mit, und prompt gibt's auch hier ne Entwicklung zwischen den beiden Stockwerken, ich mein, zwischen mir und Jacqueline. Ich hatte mir jeden Ehrgeiz und jede Liebesreklame vonner Backe gestrichn, und nach ihrem Blick aufn offenen Hosenstall dacht ich, ich wär in ihren Augen weniger als n Tautropfen am Raupenhaar, und hab meine Lockrufe radikal eingestellt. Aber vor n paar Tagen steh ich vorm Briefkasten und fisch nicht nur deine miese Brunftpost heraus, sondern auch noch ne Kunstpostkarte in Schwarzweiß, auf der sich n Mann und ne Frau verknäueln, wobei ihm ne Scheiß-Lesebrille durch ne Heftigkeit des Kusses inne Stirn gerutscht is. Von der Frau sieht man nur n viertel Gesicht, der Arsch hat durch Saugen und Pressen fast ihre ganze Kinnlade im Maul, der Rockstoff is fest um ihre Backen gespannt und die linke Brust nach außen gequetscht. Ich dreh die Karte um, und da steht mit gemischter Buntstiftmine geschrieben, dass Domi ein Schwein is, sie hätte es endlich kapiert und wollte seine Launen nicht mehr mitmachen, dass sie um 16:34 Uhr in Berlin Zoo einsteigt und um 20:09 Uhr in Kiel ankommt, ich sollte sie bitte bitte abholen, sie könnte nach all den Strapazen in der Herzkasperstadt Berlin die Einsamkeit in ihrer Wohnung bestimmt nicht ertragen.

Es war mir, als würden Konfettischnipsel niederregnen, als würd ne Polka-Kapelle Whitney Houstons »best of« der letzten fünf Jahre einschmeichelnd runterorgeln, als hätt man mir zwei Ampullen Morphium und ne volle Infusionsflasche Zuckerlikör inne Adern gejagt. Alter, diese gottgesegnete Postkarte war ganz sicher n Popsong, und ich war richtig vonnen Socken, der ganze Scheiß-Verdruss der letzten Tage war wie weggeblasen, und ich war so von »aschk«, der absoluten Liebe à la turca, eingefangen, dass ich die Arme aufwarf und fingerschnackelnd und schuhsohlenknallend n Rundtanz hingelegt hab. Mein Barbarenappetit wurd n bisschen gedämpft durch ne wilde Phantasie über die Holde innen Armen von dem Jonglieraffen, der sich so ne Chance bestimmt nicht entgehen ließ, ihr was von Selbsterfüllung durch Zirkus und Holzkeulen zu schwätzen.

Ich weiß nicht, ob n stubenreiner Sacharinkümmel wie du s nachvollziehn kannst, wenn ich von »aschk« spreche, ich meine nicht Love, ich meine nicht Liebe, ich meine ne Angelegenheit, die dich vor ner Prachtfrau inne Knie gehen und solche Sachen sagen lässt wie: Ich bin, o mein Nachtfalter, herzensschwer und dir verfallen! Ich will, o mein Augenlicht, mein Gesicht in den Kräuselkrepp deines Rocks mit hüfthohem Schlitz begraben! Die Heimat, o Ohrläppchengeknabberte, ist mir ein ferner verlassener Steinbruch, aber von dir will ich abstammen! Na Alter, merkst du's, ich liefer hier n hochprozentigen Versschnaps und nicht ne Schweinegalopp-und-Rinderherden-Haiku-Dichtung, wie du sie mir andrehn willst. Eigentlich müsst ich mit dir zum Tierarzt und dich einschläfern lassen, damit sich die Welt endlich vor deinen Kollerattacken in Sicherheit fühlen kann.

Ich war also ne drei viertel Stunde vor der Zeit am Bahnhof und lief den Scheiß-Bahnsteig ab, von Abschnitt A zum Abschnitt F und wieder zurück zum Infopoint, wo auch zufällig ne Dreiergruppe von BGS-Bullen Wurzeln schlug und nur damit beschäftigt war, meine Bewegungsabläufe schwer zu verfolgen. Es konnte sich jeden Moment n Schuss lösen, und ich hätt n dritten ausrasierten Augenwulst auf der Stirn, s war s ideale Klima, um als zermanschte Bulette zu enden, und überhaupt waren die Bänder meiner Ghettotreter zu lang, die ich aus Gründen der Coolness nicht zugebunden hatte. Diesmal blieb der feine Anzug im Schrank, ich tat auf lässigen Selfmademan, der's nicht nötig hat, sein Wohlstand in Zwirn und Edelkarosse umzumünzen, außerdem hatte ich noch n Strauß weißer Rosen für nen gebührenden Empfang mit: weiß wie Unschuld, weiß wie ne Unschuld, die am Anfang vonner Liebe steht.

Und dann fuhr ihr Zug ein innen Kieler Bahnhof, ich hatte annem zentralen Mülleimer Stellung bezogen und reckte wie irre den Hals, weil ne halbe Kleinstadt ausn Waggons rausquoll und ich sofort n Überblick übern Bahnsteig verlor. Ich war voll konzentriert beim Gaffen, als jemand vonner Seite Hallo sagte, und auch wenn ich mir meinen Gentleman-Auftritt verpatzt hatte, war ich voll geistesgegenwärtig und hab ihr ne Willkommenshand gereicht, die sie aber ausschlug, stattdessen sprang sie mir annen Hals und umarmte mich richtig fest. Ich dachte, nun is das Gulasch aber gar, und jetzt müssten die Glocken bimmeln und n Dutzend Gebetsausrufer vonner Minaretten brüllen oder ne Hundertschaft von Statisten ausm Versteck rauskommen und wie wild sone Liebesszene beklatschen, wie's kurz vorm Abspann innen Scheiß-Hollywoodfilmen immer abgeht. Der Held steht mit ner weggepusteten Gesichtshälfte mutig und strahlend rum, erst kommt n Kommissar, der jetzt voll beschämt is, weil er ne menschliche Seite vom letzten Pfadfinder echt verkannt hatte, dann torkelt ne Frau heran und schließlich n Blag, das dem Helden lästig am Oberschenkel hängt, und ne Feuerwehrkapelle bringt zur Feier n Ständchen dar. Alter, in dem Moment hab ich fest damit gerechnet, dass s Anatoliendorf, wo ich inne Welt gekommen sein soll, plus s bronxe Ghetto aufm Bahnhofsgelände aufmarschiert. Ich wollt der Holden schon meine Hand als voll effektiven Kamm für ihr Haar anbieten, das übrigens trendig rot gescheckt war, da löste sie sich schon von meinem Hormonzangengriff und sagte: »Ich freue mich, dass du gekommen bist.« Ich sagte, »is ja nix dabei.« Ich reichte ihr n Strauß, und sie steckte ihr Gesicht in die Blumen und atmete tief ein, ich nahm, wie sich's fürn Gentleman gehört, ihren Bergsteigerrucksack und schnallte ihn mir annen Rücken, ich weiß nicht, ob sie Scheiß-Domi zerlegt, in Weckgläser eingelegt und s Ganze innem Ranzen verstaut hat, jedenfalls hätt ich mich fast unterm Gewicht gleich hingelegt. Ich bestand dann auch aufn Taxi, sie wollte nachm stundenlangen Sitzen im Abteil natürlich zu Fuß nach Haus, ich hab halt innerlich rumgemault und bin brav an ihrer Seite mitgewatschelt. Die nächste Viertelstunde des Heimwegs hab ich echt ne Körperbeherrschung zum Bewundern hingelegt, Alter, stell dir vor, du schleppst da n Korb Eierbriketts und willst aber gleichzeitig den Charmekümmel ohne Schweiß und Kummer abgeben. Wir stiefelten die Treppen hoch, vor meiner Tür gab's ne spannungsreiche Bedenkzeit, wo sie wohl noch mal in sich gegangen is und s Für und Wider abgewogen hat. Ich schaute voll unbeteiligt auf ne Schnürsenkel und nahm mir im Geiste vor, sie um ne Hälfte zu kürzen. Sie fragte: »Hast du was zum Trinken da?«, und ich sagte: »Anisschnaps und Aldisekt«, dann schloss ich auf, legte die Scheiß-Leiche ab und sah, wie sie vor ner Hausschwelle stand, und ich konnt ihre Gedanken lesen: rein inne Höhle vonner Bestie oder schnell hoch zum dritten Stock und die Tür dann dreifach verriegeln? Ich jedenfalls tat ganz lieb und zivilisiert, natürlich war ihre Furcht berechtigt, am liebsten hätt ich ihr die schmale Rinne zwischen ihren Titten mit ner Zunge rauf- und runtergekitzelt. Sie machte dann doch n entscheidenden Schritt inne Stube, ich war am Sektkorken zugange, ganz vorsichtig, denn jedes Mal, wenn ich an so nem Verschluss schraubte, ging das Ding zwischen meinen Fingern hoch wie ne Granate.

Sie ließ sich mitm lauten Aufseufzer aufn Küchenstuhl fallen und legte n Schlüsselbund genau anne Stelle vom Tisch, wo vor nicht allzu langer Zeit s Hormonsudfläschchen gestanden hatte, und so begann ich, an Zeichen und Wunder des himmlischen Vaters zu glauben, der alle Schäfchen innen Rachen vom bösen Wolf treibt. Ich hab die Sektpulle dann tatsächlich mitm leisen Plopp aufgekriegt, s reinste Kinderspiel, Alter, den Trunk rein inne Kristallgläser, und schon stieß man an auf die Schönheit und den Krieg der Bimbos innen Metropolen, das heißt, ich hab n Trinkspruch aufgesagt, und sie ließ Schönheit gelten und den Bimbokrieg fallen, hätt ich mir auch denken können bei so ner Pazifistenseele. Sie druckste erst herum, legte aber los in Sachen Szenen einer Beziehung, die sich bald als Katastrophe herausstellte.

Alter, ich frag mich, sind die Männer so gut inner Verstellung, dass die Frauen erst so spät merken, mit was für lahmen Knaben sie jede Nacht rumvögeln. Ich mein, s kann doch nicht angehen, dass die Typen son heftigen Charakterwandel durchziehen, und so schwer isses ja nicht, so ne Muttibubis gleich zu erkennen und n Bogen um so ne Baustellen zu machen. Ich hab jedenfalls den Härtetest bestanden, beide Zahnreihen auf der Zungenspitze eingegraben, damit sich ja auch keine Schmähung nach draußen verirrt. Ich hab innen Liebesdingen inzwischen nen eingebauten Klarspüler inner Birne und behalt meine Gedanken für mich, ansonsten müsst ich als so ne Art tobender King Kong tausend Köpfe von tausend Domi-Puppen abreißen. Sie fragt mich aus heiterem Himmel, was ich denn fürn Mensch wär, ich sag: »Na ja, ich wohn halt n Stockwerk unter dir, dein Boden is meine Decke.« Sie schaut auf und lächelt, zum ersten Mal seit unsrer Begegnung damals annem Müllcontainer im Hinterhof bringt sie für mich n einfaches schokoladenseitiges Lächeln dar, und mir kommt's vor wie Kitsch, wie irgend n Plastikstück, das man ausm mittleren Regal aus Rudis Reste-Rampe greift. »Du bist halb ungeschickt, halb süß«, sagt sie, und ich kann's nicht glauben, daher schütt ich mir das Glas Fake-Schampus innen Rachen, um in dieser Situation wenigstens nicht ganz unter ihre Augenhöhe abzusinken. »Bist du besitzergreifend?«, fragt sie, »willst du in der Liebe den Menschen ganz für dich?« – »Hab nicht so ne Grundsätze«, sag ich, »wenn's sich machen lässt, hätt ich ne Frau für mich, und sie hätt mich auch allein für sich. Alles andre is ne Sache der Verhandlung.«

Der Aldisekt tat seine Wirkung, und Lockerheit streckte mir die Knochen und weichte Fleisch, Fett und Muskeln ein, ich saß mit Jacqueline von Angesicht zu Angesicht inner Küche, von wo mein Horrortrip per Aufgeiltropfen seinen Anfang genommen hatte, und ich vergaß alles andere, wie zum Beispiel, dass ich nicht vergessen durfte, den Kühlschrank auszuräumen, weil die Scheiß-Stadtwerke mir morgen den Strom abkneifen wollten. Ich vergaß die Schuldenberge, die überfälligen Rechnungen und die ganz große Pleite in meinem Leben, ich vergaß meine elende Bettelei bei Freund und Feind, und dass ich am Ende, nach zig Bettelgängen, nur n müden Fuffi zusammengebracht hatte. Ich vergaß sogar meine Marzipandiät. Ich schaute die Holde mit großen Maultieraugen an und wollte ihr ne Andachtsmelodie in Worten darbringen: Oh, schöne Frau, draußen wie drinnen is Messerspitzenzeit, und alle fürchten sich, allen voran die Räsonierer. Und die Strizzis wie n Starkstromgassenfürst fragen sich: Woraus leitet sich ne Tatkraft ab, wer is hier der König der Karten, wer fährt die mächtigste Kraftdroschke, wer hehlt die maßgebliche Ware, wie lautet n Profistandard, wann is man gesockelt, dass man im Viertel der Augen Schutz findet vorm bösen Blick? Wann kann man die Fäden selber ziehn, anstatt annen Strippen zu hängen? Wann is man n klarer Akteur und King im Ring? Und wann hör ich als Billigkicker auf, vonnem fetten Bolzenschuss ins Netz zu träumeln?

Sie sagte: »Dass du's weißt: Ich bin polygam. Heute hier und morgen dort, ich kann und will mich nicht an einen einzigen Typen binden. Ich will mit dir ins Bett, aber komm mir bloß nicht irgendwann mit der Gewissensfrage: er oder ich! Es gibt nix zu entscheiden. Vielleicht lege ich mir sogar einen dritten Typen zu.«

Und jetzt die große Quizfrage, Alter, wie hab ich reagiert, was hab ich ihr geantwortet?

Version 1: Vergiss es! Geh mitm Schwamm drüber! Lass Staub drüber regnen! Pack die Idee innen Koffer und gib ihn bei der Gepäckaufbewahrung auf! Hol dir nen andren Sexbimbo und richte ihn ab! Besorg's dir selbst!

Version 2: Ich weiß nicht, ob das ne gute Idee is. Ich hab da keinen Plan. Ich will mich nicht festlegen. Ich muss da mal in mich hineinhorchen. Die Zeit wird schon ne Auflösung bringen.

Version 3: Ich bin dabei! Find ich super! Du sprichst mir aus der Seele! Es will mir sofort innen Kopp! Prächtig! Wir können den Sonntag zum »Tag der warmen Decke« erklären. Du und wir, die Männer, liegen unter ner Kuscheldecke und essen Chips!

Ich hab die Holde einfach anne Hand gepackt, ihren Rock hochgeschoben, bin vor ihr auf die Knie gegangen, hab ihre Beine auseinander gezogen und mich beim Anblick ihrer rasierten Kleinmädchenmöse bestialisch verschluckt, denn sie hatte unter ihren knisternden Nylonstrümpfen keinen Slip an, und ihre geschwollenen Schamlippen sahen aus wie zwei gefärbte Küken. Ich hab so lang an der derben Strumpfnaht gebissen, bis ich durch den Durchgang meine wie irre schlängelnde Zunge hindurch und in ihre Höhle schieben konnte. Sie hat lustvoll gestöhnt, und ich legte ne Hand auf ihren Bauchnabel, fächerte sie auf, kroch mit leichtem Druck hoch bis zu ihren Brüsten, legte Daumen und kleinen Finger auf die steinharten Nippel und ließ sie im Uhrzeigersinn kreisen. Und die ganze Zeit schluckte ich gierig ihren Saft, sie floss ja über, und ich wollt nicht nen einzigen Tropfen verschwenden, ich hab mein Gesicht in ihre Möse eingegraben, dass ich keine Luft mehr gekriegt hab, aber das war mir scheißegal. Ich schluckte und schluckte, und zwischendurch japste ich nach Luft, sie ruckte wild hin und her, sie hatte die Augen geschlossen, und ihre Wimpern zitterten mit, weil ihre Lider flatterten wie Falterflügel, mein Gott, war sie schön und weiblich und erregt und nass. Irgendwann schrie sie auf, da ging ihr ne heftige Welle durch n Körper, und ihre Finger verkrallten sich in meinen Haaren, zogen an meinen Haaren, rissen an meinen Haaren. Ich leckte die Innenseiten ihrer Schenkel, ganz behutsam und von sanften Küssen unterbrochen, und sobald ich in ne Nähe ihrer feurigen Spalte kam, wand sie sich wie n Fohlen, ich war so in Wallung, dass ich ewig weitergemacht hätte, und auch mir war n Explosionsknall abgegangen und's glitschte nass zwischen meinen Lenden. Sie umschloss meinen Kopf mit beiden Händen, zog mich hoch und flüsterte n hauchiges »Danke« in mein Ohr, und ich hätt fast »keine Ursache« gesagt und damit die zarten Liebesbande zerrissen, und die Situation wär voll im Eimer gewesen. Ich hab ja ihre Toleranzen schwer strapaziert, und Maulhalten is meist Abzocken mit guter Dividende, s sagt mir ab sofort mein Ahnungsvermögen.

Auf n Spaß folgte ne Kraftlosigkeit, Jacqueline wollte sofort ins Bett, ohne Zähneputzen, ohne Make-Up-Abtragen, nur kurz Pipimachen, ich sollte schon mal unter die Decke und n Schlaffleck wärmen. Ich lag dann da und zupfte an meinen Brusthaaren, ich musste mich an irgendetwas festhalten, um nicht nen Kümmelkannibalheuler loszulassen, ich wagte mich aber nicht jenseits der Grenze der guten Beherrschung. Und da kam sie schon, sie hat sich bewegt wie ne Nixe, die ausm Tümpel steigt, und ihre Nacktheit war ne Frauenpracht, dass ich sofort n Ständer aufbaute, das is eben ne organische Seite meiner Existenz. Sie legte sich auf die Seite und war nachm kurzen Moment der Zungenküsse eingepennt, ich schmiegte mich an ihrn Rücken, an ihre heißen Arschbacken, an ihre Beine, und atmete nen kalten halb parfümierten Schweißgeruch ein, der von ihrm Hals aufstieg, und nicht Geld und gute Worte hättn mich dazu gebracht, einfach einzuknacken, das kam überhaupt nicht in Frage. Also hab ich wach gelegen und mal die Haare anner Strähne gezählt, mal ihr Gesicht betrachtet. Sie hatte mit nem aufschwingenden Lidschatten Katzenschweife gestrichen an ihre Augenecken, und ihre Mundmitte hatte feine Linien, der Lippenstift hatte innen dünnen Furchen nicht genügend Rot verteilt. Und da fiel mir ne weibliche Wahrheit ein, die Frauen wolln, wenn sie sich frisch geschminkt haben, nicht voll geküsst werden, nur n Spitzmund is drin.

Ich hab die Schlafschöne immer wieder aufs Ohr geküsst, die ganze Nacht blieb ich wach, ich hab echt kein Auge zugedrückt, so was is ja n Geschenk Gottes, und man lässt es sich auf keinen Fall entgehen. Sie is inner Früh aufgewacht, hat ihre herumgestreuten Siebensachen aufgesammelt und is nach oben gegangen, um ihr eigenes Bett auch einzuweihen. Sie konnte mir nicht sagen, wann wir uns wieder sehn, das wird sich zeigen.

Tja, Alter, so wie's aussieht, bin ich innen lackierten Fängen der Frauenmafia gelandet und ausgezeichnet als ne Art Haremslover. Wenn Jacqueline nach mir ruft, werd ich wie n willenloser Zombie unter ihre Decke kriechen, und ob sich so ne Situation mit meim Kanakenimage verträgt, wird sich im Lauf der Zeit herausstelln. Ach ja, ich schick n Prospekt mit, ich bin für dich unterwegs gewesen und hab dir das besorgt, ich hab's gerne gemacht, du brauchst dich nicht zu bedanken.

Dein
zarter Jüngling im goldenen Haremskäfig: Hakan

Die Erektionspumpe
Gebrauchsanleitung

Unverbindlich empfohlene Trainingsanleitung (jeder Körper reagiert anders)

1. Eine Penisvergrößerung mit der Vakuum-Erektionspumpe ist nachweislich zu erreichen, wobei das Alter des Anwenders eine untergeordnete Rolle spielt.
2. Die Auswahl des Kondoms nach Ihren Maßen im erigierten Zustand treffen.
3. Zuerst durch leichte Handmassage das Gewebe lockern.
4. Den gesamten Intimbereich mit Bio-Gleitgel einreiben (zwecks optimaler Abdichtung am Körper u. U. Schamhaare kürzen).
5. Kondom überstülpen, mit angeschlossener Vakuum-Pumpe Unterdruck erzeugen.
6. Zuerst eine normale, gefühlvolle Erektion mit leicht geöffnetem Druckregulierer erzeugen. Dies ca. 3-5 Minuten durchführen, danach das Kondom abziehen und eine leichte Handmassage vornehmen.
7. Nun mit geschlossenem Druckregulierer das Vakuum erzeugen. Diese Erektion einige Sekunden stehen lassen. So gewöhnen Sie das Gewebe langsam an den Unterdruck.

Anwendungsvorschläge:
Mit der Erektionspumpe 3 Tage je 1-2 Stunden mit leichtem Unterdruck, wobei der Penis nicht wesentlich über seine normale Erektionslänge gedehnt werden sollte. Nach ca. 5 Minuten Anwendung verfahren Sie ähnlich wie ein Bodybuilder/Gewichtheber: Das unter Vakuum stehende Kondom einige Zentimeter vom Körper mit einer oder beiden Händen rhythmisch hin- und her- bzw. auf- und abbewegen, dabei auch die Beckenbodenmuskeln an- bzw. entspannen. Nach dieser Übung das Kondom abziehen und den Penis massieren. *Achtung:* Vermeiden Sie ein zu lange anhaltendes Vakuum, denn vergleichsweise hält ein Gewichtheber beim Training auch nicht über einen längeren Zeitraum seine Hantel mit ausgestrecktem Arm.

Anwenderbericht
»Ich fing vor sechseinhalb Monaten mit der Unterdruckmethode in Verbindung mit dem Mach-dich-stark-Kondom und der Scheren-

griff-Vakuumpumpe an. Ich trainierte in der Woche 3 Tage hintereinander, danach 3 Tage Ruhepause.

Vortraining: 10 Minuten (leichter Unterdruck), das Kondom abziehen, das Glied 1-2 Minuten massieren und eincremen.

Haupttraining: 40 Minuten (sehr starker Unterdruck), alle 5 Minuten Kondom abziehen, das Glied 1-2 Minuten massieren, ebenfalls eincremen.

Nachtraining: wie Vortraining.

Ich kann einen für mich zufrieden stellenden Erfolg verzeichnen (2,9 cm Längenzuwachs in sechseinhalb Monaten).

Dieser Klientenbericht sagt aus, was viele andere Kunden bestätigen. Der Erfolg stellt sich bei wechselhaftem Training ein.

Die Unterdruck-Methode, lokal angewendet im Beckenbereich, wurde entwickelt, um die Steifung und Anschwellung des Gliedes zu gewährleisten, und somit eine Erektions-Störung oder -Unfähigkeit zu überwinden. Durch regelmäßig mittels Unterdruck herbeigeführte Erektionen kann die natürliche Potenz gesteigert, wieder hergestellt und bis ins hohe Alter bewahrt werden. Durch den in einem hohlen Zylinder erzeugten Unterdruck, der leicht und problemlos hergestellt werden kann – egal in welchem Alter –, wird eine verstärkte Durchblutung hervorgerufen und das Gewebe wird dadurch gedehnt und gefestigt. Eine einfache und kostengünstige Methode auf natürliche Art, die ohne Operation und Medikamenteneinnahme auskommt. Der verbesserte Blutfluss führt schlagartig zu einer erhöhten körpereigenen Hormon- und Sauerstoff-Versorgung.

33 Dina an Serdar

Donnerstag, 9. September

Liebster Serdar,

ich kam von einer Keith-Haring-Ausstellung, die ich so gern sehen wollte, und da waren zwei Bilder, vor denen ich mich verlor, weil sich dort alles Dekorative in eine innere Welt von harten, schwarzen Pinselstrichen aus Bissen und Wirrnis auflöste. Sie hingen gleich neben zarten Radierungen voller Geschichten, und ich dachte an deine Tage und meine, die vermutlich, würde man sie malen, beides enthalten könnten ohne Schwierigkeiten.

Manche Dinge, die geschehen sind, wenn ich an dich denke, mal Muse, mal Meduse. Man küsst sie beim Hineingehen – sie erinnern an die Schönheit, die Regeln des Lebens, sie erinnern an die Weisheit. Denn ich hasse es, laut polternd im Kopf, wenn ich sie dir nicht schenken kann, und mein Herz bekommt Muskelkater.

Natürlich bin ich verunsichert und gleichzeitig dankbar für deine Worte. Wir sollten uns in den Tagen der Zukunft nicht so dick einpacken, aber dicker besprechen. Wenn etwas schlecht oder schlimm für dich ist, was könnte es für mich sein? Wie dick ist der Knoten, mit dem mich zurückzulassen du in Kauf nimmst? Es ist ja einfach so, dass es einen verletzbar macht, wenn man verliebt ist. Und gerade bei uns, die wir so wenig Möglichkeit im Leben und so viel in der Symbolik hatten.

Ich bin keine Sportlerin, du wirst von mir keine Kontrolle, keine Diskussionen, keine Beziehungsordnung bekommen. Gar keine Ordnung, die wir beide nicht herstellen wollten. Denn ich bin eine Chaotin, eine echte, mein Süßer. Außerhalb der Leinwand, im wirklichen Leben. Und ich will für dich auch wirklich sein, keine Fiktion, kein Brief, kein Traum, der leicht zu stören, leicht zu beschädigen oder wegzulegen ist. Ich will die Deine sein, mit meinem Blödsinn, meiner Unsicherheit und meinen paranoiden Theorien. Und du bist nicht austauschbar, nicht zu ersetzen. Du bist präsent in mir, und groß genug, um meine Präsenz auch annehmen zu können. Du musst es nur wollen. Ich hatte dir gesagt, ich würde zurechtkommen mit deinem schiefen Herzen. Wenn ich weiß, wie es geht, dein Herz, was es will, wenn du es mir anvertraust, dann kann ich es. Sonst bleibt es eines von vielen.

Ich will, dass du ehrlich bist, dass es nicht ungleich ist zwischen uns. Manchmal mag ich keine Frau sein, nicht so weit fort von dir, nicht so sanktioniert in dieser Rolle. Es gibt nichts, was ich nun tun kann im Moment und nicht doch bereit wäre zu tun. Nicht Briketts brechen, aber auch das, denn ich kenne einen Trick vom jahrelangen Heizen meines Ofens. Klar, ich nehme dich in meine Arme, so lange der Zauber dort steckt. Ich liefere mich deiner Zärtlichkeit aus, ich bin dein, du wolltest es so, was sollte ich tun? Ich hatte keine Möglichkeit, eine Gegenwelt zu schaffen außer in dem, was ich dir schrieb, weil bisher weder Zeit war noch Erfahrung, die anders zu nutzen gewesen wäre. Wenn's hilft. Ich will nicht, dass etwas so Wertvolles wie diese Magie versandet. Ich weiß nicht, ob du sie willst, ob du scheu bist, ambivalent, gleichgültig oder unter Druck.

Was soll ich meiner Seele sagen, wenn sie nach deinem beredten, wortreichen Schweigen fragt, oder was, verdammt, meiner Vernunft? Hallo, hallo. Hier ist die Seemannsbraut von Serdar, wir sind leider nicht da und können die Verbindung wegen der Stürme auf hoher See nicht halten. Sie können uns aber nach dem Herzschlag eine Nachricht hinterlassen oder einen Zweifel unter derselben Nummer schicken. Vielleicht rufen wir zurück.

Es ist nicht schlimm, wenn ich dich in Verlegenheit bringe, Verlegenheiten sind uns beiden eigen. So wie eine bestimmte Zurückhaltung aus Furcht vor der eigenen Intensität, die aus Abgründen kommt, oder wie das Bedürfnis, noch näher an die Musik heranzukommen, als ob in ihr alles stecken könnte, so wie der Traum von einer Symbiose, für die kein Ort, kein Augenblick und kein Mensch wirklich geeignet zu sein scheint, weil die Rache zu groß sein kann. Es ist für mich kein Problem, die Schwelle niedrig zu halten, damit du leicht hinüber kommst. Wie niedrig kann sie sein, ohne dass ich selbst mich bücken muss? Es sollte im Alltag eine Möglichkeit geben, die keine dicken Knoten macht, für die ich mich also nicht so sehr schämen muss wie bisher. Denn das geht mal als Erfahrung durch, ist aber als Zustand für mich nicht akzeptabel und als Programm für dich eher langweilig, oder? Statt des Rückzugs, statt der unfreien Ankündigung immer wiederkehrenden Abtauchens als Prinzip, könntest du mir in die Augen sehen und mit mir zusammen nachdenken, und das sollten wir bald tun. Denn liebster Serdar, die Götter haben ein schreckliches Geheimnis. So hieß es im alten Griechenland, sie wissen, dass die Menschen frei sind. Und du wünschtest es dir so sehr, frei zu sein und sagst es – und liebst, wenn es anders geht.

Deine Dina

34 Serdar an Hakan

Mittwoch, 15. September

Hossa Genossa,

ich habe, ehrlich gesagt, mit einem Sabotageakt gerechnet, ich war mir sicher, du würdest es auf lange Sicht nicht aushalten, den Kumpel nur mit schlichter neckischer Meckerprosa zuzumüllen, das zarte Pflänzchen einer Hoffnung keimte in meinem Busen: Sollte Hakan, der ausgewiesene Lumpenknecht, seine Ethnoallergie gegen zivilisierte Formen des Umgangs langsam auskurieren? Dein Ausflug in die Eroskabine versetzte meiner Freude einen Dämpfer, ich beruhigte mich jedoch mit kleinen Rückblenden auf meine eigene Vergangenheit, die auch manch eine archaische Strecke aufweist und nicht frei ist von episodenhaften Rückfällen in die Menschenfresserei. Als ich dann deinen letzten Brief in Händen hielt, beschlich mich die Ahnung, er könnte eventuell diabolischer Natur sein, denn es handelte sich um eine dicke und pralle Sendung, und ich wunderte mich darüber, dass die verdammten Postbeamten nicht, wie bei allen ungewöhnlichen Schickungen aus dem Ausland üblich, den Brief abgezweigt und nach Geldinhalt abgefingert hatten.

Ooh, hätten sie es doch nur getan, denn was zum Vorschein kam, war tatsächlich eine Niedertracht, die sich gewaschen hat! Ich pflege nämlich, du verdorbene Magermilch, deine Briefe im Beisein der Eltern zu öffnen, und mittlerweile ist es durch unseren regen Briefwechsel zu einer regelrechten Zeremonie ausgewachsen, dass meine saubere Mutter mich nach der Lektüre deiner fiesen Zeilen nach deinem werten Wohlbefinden befragt. Meist weiß ich darauf nichts anderes zu antworten, als dass du dich in den

Niederungen abstrampelst, und sie beschließt das Ritual mit den Worten, solange man jung sei, könne man sich gern verschleißen, im achtstündigen Nachtschlummer erführe der junge Mensch eine Regeneration. Diesmal aber fiel meinem Vater ein Ei aus der Hose und meiner Mutter sämtliche Krümel aus dem Mund, als ich dem mit dem Zinken einer Gabel aufgeschlitzten Umschlag den Packen entnahm, ihn auffaltete und glatt strich und hiernach auseinander dividierte, um festzustellen, über wie viele Seiten du dich diesmal ergossen hast. Zwischen dem Sauerkirschmarmeladetöpfchen und dem türkischen Gouda bot sich ein Bild klinisch aufgemachten Schmutzes: ein überdimensionaler erigierter Negerschwanz, der vermittels zweier Schläuche an eine Plastikhandpumpe angeschlossen ist, sprudelt fröhlich vor sich hin. Muttern verschluckte sich, ihr auf der Stelle einsetzender Schluckauf sollte sich erst nach ein paar Stunden legen, Vatern schaute mich an, als wollte er mich gleich mit einem Fangschuss erlegen. Du brauchst in Zukunft meine Eltern erst gar nicht anzuschleimen, wie du es bis dato immer getan hast, dein Name steht nunmehr für allergrässlichste Perversionen, und dir habe ich es auch zu verdanken, dass mich seither Vatern scheel beäugt, weil er meine vermeintliche Weiblosigkeit nun unter dem Aspekt analfixierter Männerliebe betrachtet. Plötzlich macht es einen Sinn, dass meine Beziehungen von krankhaft kurzer Dauer waren, ich meine, für ihn, der nunmehr seit fast vierzig Jahren mit einer einzigen Frau verheiratet ist, sind drei läppische Jahre ein Sparwitz. Ich habe ihnen lang und breit erklärt, dass es sich bei dem Prospekt um ein Späßchen am Rande handle und dass du eben ein eigenwilliges Humorverständnis habest. Alles Beteuern half nichts, mein Vater vermeinte, es sei nicht witzig sondern richtig krank, wenn zwei ausgewachsene Männer sich gegenseitig mit dickgepumpten Schwänzen kitzeln würden, und wahrscheinlich würde ich mir einen Dildo mit Endlosbatterie zwischen die Backen rammen, in Almanya, dem Land der ungläubigen Spinner, und diese Untat als alte anatolische Dorfsitte verkaufen. Diesmal legte meine Mutter kein Veto ein, bemerkte nur zusätzlich, ihr eigener Sohn täte all diese unwürdigen Dinge, um den verzottelten Tippelkätzchen zu gefallen.

Aber was breite ich diese Geschehnisse vor dir aus, so wie ich dich kenne, wieherst du dich halb tot, und ich erinner mich, wie du dich nicht mehr einkriegen konntest, weil ich einmal gedankenverloren gegen eine blank geputzte Glastür donnerte und du vor lauter Grölen nicht imstande warst, mir ein popeliges Taschentuch zu reichen, das ich bei meiner heftigen Nasenblutung gut hätte gebrauchen können. Ich habe mir jedenfalls vorgenommen, deinen Scheiß-Kadaver an ein national befreites Scheunentor zu nageln, vielleicht würden mich die Nazisäcke als Kamerad Siegfried in ihren Reihen willkommen heißen.

Diese Woche steht im Übrigen im Zeichen des Unterleibs. Ich bekam einen Tag später ein Paket ausgehändigt, nahm es entgegen und verzog mich an ein stilles Plätzchen, denn ich rechnete fest damit, eine Erektionspumpe auspacken zu müssen. Was ich dann aber zum Vorschein brachte, verschlug mir den Atem, es war ein Stringtanga, an der Anke ein gelbes Post-it mit einer Sicherheitsnadel angebracht hatte: »Lecker Slip, drei Tage getragen, viel Spaß dabei!« Ich habe natürlich den knappen Fetzen sofort unter meinen Semitenzinken gehalten, und nach mehreren tiefen Lungenzügen tat sich in mir eine Wonne auf, dass ich schon auf die hintere Veranda stürmen wollte, den Slip übers Haupt gestülpt und die Augen ob der hohen Stoffdosierung gerötet, ich hätte mit voller Lautstärke gebrüllt, damit auch das schwatzhafteste Hutzelweib es mitbekäme: »Seht her, ihr tut eurem Sohn Unrecht, dies ist Ankes Unterwäsche, an der ich die nächsten Tage mit Wohlgefallen schnüffeln werde! Und nun schließet mich in eure Arme!« Ich tat diesen Gedanken dann aber doch ab, ich hatte so meine Bedenken, ob die Eltern mich nicht endgültig für einen gemeingefährlichen Sexirren gehalten und der Staatsanwaltschaft übergeben hätten. Also roch ich in stillen Freuden, eine linde Vibration durchzog meine Lenden und hörte leider Gottes kurz vor dem Genitalapparat auf zu sein.

Mein lieber Mezzofortist und Sandwesperich, ich verbringe die Tage mit argem Geschnüffel und bewege mich sehr genau und galant zwischen den Puffern idealer Atmosphärendichten. Eine Eso-Knallcharge sprach einmal vom erfahrbaren Atem, von Pause Machen in der Reizflut, von Mitte Finden, und was soll ich sagen, auch wenn ihm nicht unbedingt ein Schnupperkursus in Sachen Intimwäsche vorschwebte, ich weiß nun, wovon der Mann geplappert hat. Ich bin huldvoll und dankbar, ich werde Anke diese meine Gefühle wissen lassen.

Aber trotzdem komme ich mir wie eine ungelenke Spaßbremse vor, die stocksteif im Trockennebel der Tanzfläche rumsteht und nicht weiß, wie sie sich zu dem Ultraspeedtrack bewegen soll. Anke läuft unter vergangene Liebschaft, und auch, wenn sie und ich per Post eine Art Geschichtsbewältigung vornehmen, werde ich einen Teufel tun und eine total gescheiterte Beziehung reaktivieren. Ich habe mich zu einigen voreiligen Bemerkungen hinsichtlich ihrer Anatomie hinreißen lassen, mein Gott, ich sitze hier auf dem Trockenen, und bei jedem Bikinihöschen, das sich in die Porinne eingräbt, hüpft mein Herz wie verrückt, da kann mir auch die Folgenlosigkeit egal sein, meine Augen krallen sich an jedem blanken Stück Haut fest.

Abgesehen davon bin ich Rena mit Haut und Haaren verfallen, ja, ich habe endlich den Namen der angebeteten Skorpion-Amazone erfahren, und wir sind, wenn mir der profane Ausdruck gestattet ist, ein Pärchen.

Es hieß zunächst einmal, sich für eine Appearance zu entscheiden: Rock'n'Roll oder Strandkorbhippie, junger Tarantelwilder mit borstenzugewucherter Kinnkerbe oder John-Lennon-Verschnitt, der sich eine Eulenbrille mit Fensterglas und Nasenhöckerspange vor die Äuglein klemmt. Nach einigem Hin und Her konnte ich mich dann doch zu einem normbekennerischen Outfit durchringen. Mit der taubengrauen Tunnelzughose hatte ich ja schon bei den örtlichen Teenies gepunktet, das kurzärmelige samtschwarze Polyesterhemd dazu war eine adäquate Augenweide, die geradezu nach den dunkelbraunen Turnschuhen schrie, für die ich aus guten Gründen ein Vermögen hingelegt hatte. Die linksseitig angenähten Spannzungen werden einfach auf die Klettstreifen umgelegt, keine umständliche Bandschnürung, wenn man es eilig hat und schnell in das Schuhwerk hineinschlüpfen möchte. Von großer Bedeutung sind die Strümpfe, denn die Mütter schärfen ihren Töchtern sehr früh ein, bei der erstbesten Gelegenheit ein Blick auf des Mannes Socken zu werfen, Farbe und Beschaffenheit sollen Kunde tun über den Charakter des Bewerbers. Ich entschied mich für schlichte schwarze Strümpfe, selbstverständlich Baumwolle, bei den hiesigen Temperaturen entwickelt sich sonst sehr schnell ein ziemlich deftiger Fußschweiß. Zur Vervollkommnung meiner männlich herben Leibeshülle schlang ich die Ärmel eines weißen Pullovers um meinen Hals, ein Kleidungsstück, das du Rüpel zum Hassobjekt erkoren hast, weil es, wie du nicht müde wurdest darzulegen, ein typisches Zeichen feminisierter Poppertürken sei. Es sei dir auch fernerhin unbenommen, auf das urban aufgepompte Leopardenfell zu setzen, damit du auch weiterhin den Ruf des »Ghettokollegas« genießt.

Ich kam zwar pünktlich zur Verabredung, aber die Holde stand schon an der Eisbude und quatschte locker mit zwei

Jungspunden, die es sich natürlich nicht nehmen ließen, hastige Blicke auf ihre sagenhaften Beine zu werfen. Sie hatte sich mit einem knappen Rock und einem gestärkten Hemd aus Pappis Garderobe angetan, im Grunde stand ihr wirklich alles, ob Wickelrock oder Straßenkehrerweste, sie war in jeder Aufmachung hübsch und partykess. Als sie mich sah, löste sie sich ohne Aufhebens von den beiden Buben, sie killten mich mit pupillenstarken Blicken, ich konnte sie verstehen, denn viel zu oft hatte eine Frau sich von mir abgewandt, als der angesagte Beau den Raum betrat. Ich küsste sie auf der Stelle auf den Hals, und genau in dieser Sekunde, in der ich eine vergleichende Aromastudie vornahm, entschied ich mich endgültig gegen Anke und die Tulpendünste ihres Intimbereichs. Es war ein winziger Augenblick, er dauerte nur so lange, wie es braucht, dass sich vom Wind fortgeworfene Webfäden der Feldspinne im Haar verfangen, und ich war danach sicher, dass ich Rena und keine andere wollte. Sie umspannte meine Taille, und nein, sie wollte kein Eis, also flanierten wir auf dem Uferpfad entlang, überall saßen oder standen Liebespaare, man konnte die Strandmeile nicht in Metern, sondern in aneinander geschmiegten Pärchen abmessen, in Amoursculpturen, reglos, unbrauchbar für andere, Außenstehende, ihre Blicke fest geradeaus aufs Mondlichtwasser gerichtet, sie wollten sich auf keinen Fall aus ihrem Liebesfleck herausbegeben und gleichzeitig weit, weit weg sein, die blöde krause Hummeligkeit der Verliebten. Renas Arm löste sich von meiner Taille und umfasste meine rechte Schulter, und als ich ihre langgliedrigen Finger küssen wollte, sah ich ihre Nägel, an denen sie sich im Sinne einer orient-arabesk-nail-art zu schaffen gemacht hatte: auf einer babyrosa Grundierung prangten zwei ineinander lappende Herzen, an der kantig-ovalen Nagelspitze blitzten mehrere Glitzersteinchen auf, und von den Fingerkuppen wehte mich der Duft aus einem Rosenhain an. Ein Ruck ging durch meine Brust, denn zweifelsohne gab sie mir mit diesen kleinen Zeichen zu verstehen, dass ihr Herz sich mit meinem verschränken wollte, und ich fühlte mich wie einer dieser historischen Baschibozuk, den Freischärlern aus der Jahrhundertwende, und wollte Rena, der in Glanz und Schönheit Aufknospenden, eine wilde Hunnentat darbringen, einen Bären erlegen, die Strandmeile entvölkern oder mit dem Ende eines Stockspießes das Wasser antippen, auf dass es sich teile und einen meilenlangen Laufsteg offenbare, auf dessen moosbewachsenen Brettern die zarte und wundertolle Holdheit dahintippeln würde.

Ich war in solche phantastischen Untiefen derart hineingesogen, dass ich erst wieder zur Besinnung kam, als ich Nässe an den Füßen fühlte, wir waren also runter zum Sandstreifen gewandert. Ich schlug sofort vor, uns unter die Palme an der Ufermauer zu setzen, und breitete den weißen Pullover auf dem feuchten Sand aus, sie ließ sich lächelnd darauf nieder. Das Mondlicht, das fahle, sorgte für einige Reflexe an ihren vielen Glitzersteinchen, und ich dachte, wenn jetzt auch noch rechts und links am Himmelsgewölbe zwei Sternschnuppen niedersausen und ihre Bogenschweife sich kreuzen, müsstest du, Serdar, ob des Kitschnährwerts der Situation verärgert aufstehen und von dannen ziehen. Doch der Himmel blieb ruhig, und es fiedelte auch keine Türkenkapelle im Hintergrund romantische Weisen.

Rena sagte: »Ich habe gehört, du machst in Büchern.«
»Das kann man so nicht sagen«, sagte ich.
»Was soll das heißen?«
»Ach, ich schreibe ganz spezielle Gedichte, und wenn sich irgendwann ein Verlag meiner erbarmt, würd ich gerne einen schmucken Band haben: in Schulheftbindung, und fadengeheftet...«
»Also, ich denke, Gedichte sind eingelaufene Prosa«,

sagte Rena, »sie sehen aus, als hätte man sie zu heiß gewaschen.«

»Das ist aber eine arg radikale Meinung, ich meine, magst du denn keine Gedichte?«

»Das habe ich nicht gesagt. Du hast da was Braunes an der Backe!«

Ich hasse so etwas, Sesam am Kinn, getrocknete Joghurtspritzer auf der Stirn, Schlafkörner im Augenwinkel, Speichel in den eingerissenen Spatzenecken des Mundes.

»Ich habe Schokolade gegessen«, sagte ich und massierte mir beide Backen, »ist es jetzt weg?«

»Ja«, sagte sie, und nach einiger Zeit: »Bringt es dich um, wenn du nicht schreibst?«

»Ooch, na ja, die meiste Zeit bringe ich ja nichts zu Papier. Ich mache mir Notizen und warte.«

»Worauf denn?«

»Dass sich was zusammenformt, dass die Muse mich küsst. Maximal schreibe ich vier Zeilen, minimal zwei Wörter, das Wenige ist bekanntlich mehr.«

»Du bist also so ne Art Versmechaniker«, sagte sie, »ich heiße übrigens Rena.«

»Ich bin der Serdar«, sagte ich wie blöde, und um den dummen Moment hinter mich zu bringen: »Ich glaube, Baba ist in Frontstellung zu mir gegangen.«

»Ach, er schleicht seit Wochen um mich herum und beglotzt meine Titten.«

Das hatte sie so gesagt, als hätte sich Pop-Baba nur ungeschickt angestellt, als sei es seiner unwaidmännischen Jagdtechnik verschuldet, dass er bei Rena nicht landen konnte. Ich wollte es natürlich etwas genauer wissen.

»Er rechnet sich vielleicht einige Chancen bei dir aus.«

»Dass ich mit ihm zusammenkomme, ist genauso wahrscheinlich, wie dass er den Jackpot knackt. Das wird nix.«

»Ich habe ein Gedicht für dich geschrieben«, sagte ich und

packte den zusammengefalteten Bogen aus der Hosentasche, er war ob meiner Drüsentätigkeit etwas nass. Ich holte tief Luft und rezitierte drauflos:

»Ich sah:
in den Boden fuhr ein Feuerschweif,
dort wo deine Lackstöckel aufsetzten.
Ich sah:
dich in aller Nacktheit, und sie
vertrug sich doch so schlecht
mit meiner Knabenfasson.
Ich sah:
dich im Licht wie im Dunkeln
in den Hüften wiegen.
Ich sehe dich:
mein Ansporn,
mein Lockruf in die Büsche
und ins Dickicht ...«

»Das Gedicht ist länger als vier Zeilen«, sagte sie, »außerdem, wenn ich dich richtig verstanden habe, willst du mit mir schlafen.«

Ich fühlte mich, als hätte man mir rohes Kälbergekröse in den Mund gestopft, ich muss geleuchtet haben wie eine rote Laterne, und ich widerstand gerade noch dem Impuls, zu einem Watschen-Stakkato anzusetzen, um mich für den lyrischen Fehltritt zu strafen. Ich hatte wegen ein paar billiger Effekte auf dem Papier eine Liebe aufs Spiel gesetzt, die erst eine Kokelglut war, die Raum und Zeit und Sauerstoff brauchte, um sich zu entzünden, aber weil mir all die schönen Feinheiten abgingen, benahm ich mich wie ein Bauer in einem Feld voller dicker Kartoffeln. Dabei hatte ich mir vorgenommen, vierblättrige Kleeblätter trockenzupressen und eine Girlande zu binden, und sie Rena, der

Achselhöhlenrasierten, um den Hals zu legen, wenn sie mit geröteten Gazellenfesseln dem Schaum des Meeres entstieg, das Haar über der linken Schulter auswringend, ihre Zehen in den Sand bohrend, weil sie trotz der Verhüllung ihrer Scham und ihrer beiden Zickleinköpfe zu viel Frau entblößte, zu viel für die herzschwachen Männer unter den Sonnenschirmen. Ihre Scheu und Sicherheiten wollte ich doch preisen, und entstanden waren schlechte Zeilen, eine Auftragsarbeit aus der Feder eines impotenten Schrotthökers.

»Noch nie hat ein Mann für mich ein Gedicht geschrieben«, sagte sie, »ich finde es ungewöhnlich.«

»Ich wollte dich nicht in Verlegenheit bringen«, sagte ich.

»Du bist hier doch derjenige, der rot angelaufen ist. Ich finde es wirklich romantisch. Los, küss mich sofort.«

Ich habe sie geküsst, jeden Fleck ihres Gesichts, ich sog ihre Ohrläppchen in meine Mundgrotte, tippte sie mit der Zungenspitze an, knabberte mich entlang ihrer Ohrmuschel hoch, sagte immer wieder ihren Namen leise auf, und meine Hand umspielte ihre Knie, ihre Kniekehlen, ihre Oberschenkel. Dann saugte sie sich an meiner Unterlippe fest und leckte mir das Zahnfleisch, gleichzeitig erkundete sie mal mit den Fingerkuppen, mal mit den glitzernden Nägeln meinen Adamsapfel. Ich wollte nirgendwo anders sein, nicht über Haikus nachdenken, und doch kam wie ein hartnäckiger Gläubiger, der die Läpperschulden eintreiben will, der Gedanke an die Unmächtigkeit meines Unterleibs auf, der sich auch in diesem erregten Moment ausnahm wie eine elende Bruchzone. Irgendwie fühlte Rena, dass ich ins Stocken kam, sie löste sich von mir und schaute mich fragend an, dann hellte sich ihr Gesicht auf, als hätte sich ein Knoten gelöst und eine Lösung eingefunden.

»Du bist noch Jungfrau«, sagte sie sachlich.

»Nein.«

»Du hast eine Freundin, gib's zu.«

»Das liegt jetzt hinter mir, wir haben uns vor ein paar Monaten getrennt.«

»Du bist nicht mehr Jungfrau, und du bist solo. Wo liegt also das Problem?«

»Es gibt kein Problem«, sagte ich, »es ist alles noch so frisch, und ich bin bis über beide Ohren in dich verliebt.«

»Dann musst du eben noch ein bisschen auftauen. Ich mag es, wenn ein Mann schüchtern ist, das gibt ihm Sexappeal!«

Ich kuckte sie unsicher an, ich dachte erst, sie wolle mich verhohnepiepeln, aber es war keine Spur von Spott in ihrem Gesicht, im Gegenteil, sie lächelte spitzbübisch und zupfte mir wieder am Adamsapfel herum.

»Ich muss jetzt nach Hause, meine Eltern werden sich so langsam fragen, wo ich abgeblieben bin. Begleitest du mich noch ein Stück?«

Also schlenderten wir am Strand entlang, bis es an der kleinen Bucht nicht mehr weiter ging, hüpften über die Felsbrocken und gelangten über ein paar zersprengte Betonplatten wieder auf die Uferpromenade. Immer wieder griff sie mir an den Hintern, und ein paar Male walkte sie mir die Pobacken durch, und als wir still durch den um diese nachtschlafende Zeit verlassenen Kinderspielplatz stapften, steckte sie mir einfach ihre Hand in die Hose und befingerte schamlos mein Hinterteil.

»Du hast einen entzückenden Knackarsch«, sagte sie.

Ich stand nur da und grinste debil, ich hielt es für angebracht, den Mund zu halten und mich nicht für das Kompliment zu bedanken, außerdem hatte ich auch nicht übel Lust, mich auf die Knie fallen zu lassen, ihren Rock hoch und ihren Slip runterzustreifen und ihren blanken Popo abzuschmatzen.

»Du hast das Gedicht wirklich für mich geschrieben?«

»Ja.«

»Dann will ich es auch haben«, sagte sie.

Also griff ich in die hintere Hosentasche, für kurze Zeit lag meine Hand auf der ihren, nur der Stoff dazwischen, ein hoch erotischer Augenblick, der eigentlich dazu angetan war, die Sicherungen durchknallen zu lassen, ich nahm seelenruhig das Papier heraus und drückte es an ihr Hemd, dort, wo ihre sagenhaften Brüste waren. Es ging alles blitzschnell, und sie machte ob meiner verwegenen Attacke ein erstauntes Gesicht, nahm das Papier entgegen und griff mir an den Nacken.

»Du bist mir vielleicht ein Schelm«, sagte sie auflachend, »wir setzen das ein anderes Mal fort. Jetzt muss ich aber wirklich los!«

Wir trennten uns mit einem langen Kuss, der die Felsen zum Beben und die Palmen zum Schwitzen brachte, ich schaute ihr hinterher, bis sie in der Dunkelheit verschwand, dann machte ich kehrt, mein Herz pumpte mir bis zum Hals und ließ meine Vogelkehle auf- und abhüpfen.

Ich weiß nicht, wie es sich bei dir verhält, aber wenn ich nach allen Regeln der Liebeskunst verschossen bin, gehen Schauer über meinen Brustpelz, jedes einzelne Haar richtet sich auf und wird zum hoch sensiblen Tentakel. Ob diese meine Empfindsamkeit mit einer erhöhten Pigmentproduktion einhergeht, nun ja, das habe ich noch nicht herausbekommen, aber es tut sich etwas in mir, die alte Gemütlichkeit ist dahin, und das alte Asien, das der Wülste und Wolllüste, der Virtuosen im »aschk«-Metier, der Messermeuchler und Haschischordensherren regt sich nun in einem Leib, den du als ein allen Orientschmucks beraubter Kotkäferpanzer denunziert hast. Das macht mich noch lange nicht zum Knochenbrecher deines Namens und Zeichens, der die Pracht der Morgenröte scheut und nur in der Nacht gedeihen kann und kurz vor Sonnenaufgang sich in den billigen Zinksarg verfügt. Wie dem auch sei, die wahre und wirkliche Zaubermacht hat mich durchdrungen, nicht ihre Talmiversion, nicht ihre Volksausgabe mitsamt den Schundauslagen, nicht die Taiwanfabrikate, sondern die saubere orientalische Wertarbeit. Rena ist mein Licht aus dem Osten, sie hat sich mir versprochen unter der Palme und angesichts des mondgeleckten Wassers. Die Sippe vergeht, die Sitte vergeht, das Maß der Liebe aber ist immer voll. Ich werde die blassen Haikus fallen lassen und Lobeshymnen auf sie verfassen:

Rena hat die Augen mit schwarzem Kornstreu
                              unterrieben.
Sie hat zehn saure Kirschen auf ihre Lippen gedrückt.
Sie hat in ihr langes Haar den Duft ihrer Achseln
                              gekämmt.
Den Spiegel gab sie mir und den Kamm,
In einem seichten See zu versenken.
Jetzt in dieser Stunde wird sie in fesselndeckender Robe
Das Wasser absuchen.
Findet sie den Spiegel, zerteilt ihr Herz ein tiefer
                              Liebesriss.
Birgt sie den Kamm, muss sie die Zinken Stück für
                              Stück abbrechen,
Und das verbliebene Skelett an ihrem Busen tragen,
Dass der Keim sich überträgt von ihrer Haut
Auf alle Fibern ihres Herzgelasses.

Dein den Weltendingen entfremdeter
Serdar

35 Serdar an Dina

Mittwoch, 15. September

Dina, meine Hauptstadtschönheit,

ich weiß: Wenn man sich liebt, lässt sich der Haushalt nicht auseinander dividieren, die Gütertrennung steht erst am Ende, wenn der Bruch der Siegel offenkundig ist. Wo stehen wir beide? Sind wir Ausstemmer einer nur kleinen Krise, oder memorieren wir schon längst vergangene Liebesstrapazen, aber eben im Präsens, damit unsere Zungen nicht querquirlen wegen der Tücken der Grammatik? Du verlangst, wir beide sollten unsere Tarnkäppchen ablegen, wir sollten nicht unsere Kolonnen losschicken und aufeinander prallen lassen, derweil wir aus der Entfernung Flankenschwünde der gegnerischen Partei bejuchzen. Du hasst die Distanz zwischen zwei ineinander Vernarrten, du stellst doch Besitzansprüche, und ich begrüße es, weil der modernistische Intimitätsdreck, der doch nichts anderes ist als ein Mix aus Boulevard und Bourgeoisie, auch für dich unannehmbar sein muss. Und jetzt plagst du dich mit einem davongelaufenen Mann, der dir in seinen Briefen versichert, dass er keinen Anlass hat und nicht die nötige Dreiviertel-Lust verspürt, in seinem Provisorium heimisch zu werden. Ich entwerfe und verwerfe Prospekte, ich hause in einem Rüpelloch und füge vielzahnige Fragmente zu einem Bild, einer halbstimmigen Ruine, einem Panorama zusammen. Mein Bazilleneifer macht so richtig keinen Sinn, aber es genügt mir schon, neben dem Tagesgeschäft eine stille, begleitende Beschäftigung zu haben.

Mein Rebhuhn, ich höre schlecht auf dem rechten Ohr, und deshalb ist meine rechte Gesichtshälfte dem Mund zugewandt, der spricht. Ich höre mein Gegenüber leise reden, ich bitte ihn zu wiederholen, was er soeben gesagt hat. In Cafés und Kneipen muss ich mich geradezu anstrengen, ich klebe den Leuten an den Lippen, schnappe ein paar Brocken auf und rekonstruiere dann den ganzen Satz. Und so ist mein Verständnis auf Vermutungen und trittunsichere Antworten gebaut, ja, es ist eine Festung mit einem einzigen Durchschlupf im Trommelfell. Es ist also einer biologischen Defekt-Konstante verschuldet, dass ich Ferne und Nähe reguliere: Je leiser die Person spricht, desto dichter rücke ich ihr auf ihre Lippen, um ihr die Worte aus dem Bart oder dem Kinn zu picken. Du hast immer die leisen Töne präferiert, du dachtest, ich müsste es schon mitkriegen, und dein einziges Zugeständnis in dieser Sache bestand darin, die Lautstärke aufzudrehen, derweil die Muscheln auf dem Fernseher, die längsgeriffelten, wie verrückt vibrierten. Natürlich hast du mir zuliebe die Totschlagvideos angesehen, beiläufig und minimal interessiert, und ich hatte also sowohl die abgefeuerten Schüsse als auch die Muschelvibrationen im Ohr.

Du wirst bestimmt bemerkt haben, dass ich mir keine Ideen für die Zukunft abringen kann, ich beschreibe Bilder aus der Vergangenheit unserer Liebesgrundlage. Mir fällt beispielsweise ein, dass du mich mit selbst gebackenem Butterkuchen vom heißen Blech gefüttert hast, ich sollte groß und stark werden, ich sollte mir Reservefett für die mageren Zeiten zulegen. Du hast die flache blanke Hand unter das Kuchenstück gehalten, die Krümel und Nussraspeln in die Kuhle geschnippt, und ich habe sie aufgeschnäbelt, ich hatte dafür nur einen einzigen Versuch. So viele Krümel übrig blieben, so häufig wollten wir miteinander schlafen, es waren über den Tag verteilt selten weniger als drei Geschlechtsakte. Und als ich einmal über dein heißes, nasses Geschlecht herfiel, richtetest du dich mittendrin auf und sagtest, ich sei wie eines dieser wildgewordenen Kleinkinder, die an den

Bucheckern lutschen. Ich habe daraufhin angefangen, an deinem Großzeh, der großen Brombeere zu nuckeln, doch ich hatte nicht mit dem schwer aromatischen Fußgeruch gerechnet, der mir in die Nase stieg, also ließ ich davon ab, obwohl du mich anhieltest, bloß nicht damit aufzuhören. Du hast mir gesagt, schuld daran seien diese verdammten Turnschuhe, und du könntest die Füße mit noch so viel Antitranspirantpulver bestäuben, es würde nichts helfen. Ich habe daraufhin einen Plastikeimer mit heißem Wasser gefüllt und deine schönen, zierlichen Füße darin gewaschen und gerieben. Dann leckte und lutschte ich genüsslich jede einzelne Zehe, einschließlich der Zwischenzehfalten.

Nach dieser beiden Seiten wohl tuenden Ferkelei tranken wir Yogitee aus großen Keramiktassen, das blasse Gebräu vertrübte nach Zugabe eines halben Teelöffels Honig zu nepalgelbem Gangeswasser, mein Tee verfärbte sich fliedern, und ich nahm mir vor, diesen Farbton auf der Palette zu mischen, was mir nach etlichen Angängen auch gelang, das Bild »Flieder über dem Liebespaar« hängt bei dir im Wohnzimmer, und du hast den Angeboten widerstanden und es nicht hergegeben.

Dina, du fernes Gestirn, ich bin dir sehr nahe, aber ich kann dir im jetzigen Moment nicht sagen, ob es mein löchriges Ohr oder mein aufgerissenes Herz ist, das mir jeden unnötigen Abstand verbietet.

Dein Serdar

36 Hakan an Serdar

Samstag, 18. September

Mein natural born Loser,

seit gestern Morgen bin ich mit ner Gletscherbrille versehn, is ne Art Augenbinde aus Plaste und hat n Vorteil, dass ich damit die Wulstborsten prima abdecken kann, die sind nämlich mit ner ungeheuren Energie drauflosgesprossen, und s sah aus, als hätt ich kurz mal n Igel ans Gesicht gedrückt oder mich mit schwarzen Scherben gepierct. S Teil kostet satte drei Blaue, ich steh innem Szeneklottenladen und find's ungerecht, nicht die Welt, nicht s Leben, nicht n Fakt, dass die knackleibige Verkaufsschnalle ihrn Bauchnabel und n spitzenbesetzten Gummizug vom Slip zeigt, und mehr will sie nicht hergeben, nein, das alles hat ne Richtigkeit. Ich find den Augenblick von Fairness verlassen, weil die Gletscherbrille mir wie an meinem Schädel Maß genommen gepasst hat, und zurück innen Bügelständer tun wollte ich's auch nicht, und weil sich gerade die Angestellte auf nen Jungbruthaufen konzentrierte, hab ich's, nun ja, professionell organisiert, das Teil is unterm Strich Reingewinn, reiner geht's gar nicht.

Wenn du n kreativen Tag hast, gießt du die Pflänzchen im Rosengarten, wenn ich vonnem phantasiegeladenen Räuberzug zurückkomme, mach ich erst mal n Kreuz im Geist annen Tatort, damit er mich nicht fürn zweites Verbrechen anlockt. Was mich im Übrigen vonnem Plunderklauer unterscheidet: Ich bin für ne gezielte Abzockerei innem lang gestreckten Zeitrahmen, denn sonst wär ich bald n aufgeputschter Waghals inner Kanak-City, und so schnell solln mir die Gesetzeshüter meinen offenen Raum nicht verschließen. Also, die Gletscherbrille macht sich echt gut, und mit so ner Vermummung angetan, hab ich's mir nicht nehmen lassen, dann noch mal mit ner Rasierklinge über die frischen Säuglingsbrauen zu gehn, ich werd die Brille so lange tragen, bis ich wieder n menschliches Antlitz bieten kann, die oberschädelige Rasur hat jedenfalls n Ende. Kein Ende hat dagegen die Qual mit Jacqueline, die jetzt so richtig Tussenmanieren austeilt, die denkt garantiert, sie hat mich inner Westentasche und kann in andren Weiden sich umkucken, ne ausgekochte Herzräuberin is sie und findet's wunderbar, ich mein, n Gott grinst auch bis über beide Ohren, wenn seine Knechte vor ihm auf die Knie fallen, und ne Frau fühlt sich wie frisch gebacken, wenn Dutzende Kerle sich nach ihrem Arsch umsehn oder ihr im Vorbeigehn ne komplimentartige Anzüglichkeit ins Ohr raunen, nicht so ne Prollsauerei, ne Frau hat Spaß anner Anbetung, egal ob sie den Typen lecker findet oder nicht.

Ich will dir mal was verraten, du weißt, ich bin kaum zu halten, wenn's mich erwischt hat, dann bin ich, und jetzt kommt n Zitat, n Automat zur Aktivierung des Liebestaumels, s stand auf nem Pappkarton, den n kiffliger Typ im Schornsteinfeger-Outfit durch ne Fußgängerzone herumgefahren hat, und als ich die Beschriftung las, wusst ich, da bin ich und nicht n andrer mit gemeint. Alter, jeden gottverdammten Tag lass ich mich vonnem Wecker wachklingeln, steig die Treppen hoch, leise wie n Einbrecher, und küss die Schwelle von Jacqueline, immer um fünf Uhr morgens s gleiche Ritual, keine Abweichung, kein Gramm Fett an meiner Tat, die reinste Panther-Ästhetik, ich bin trotz der unmoslemischen Tageszeit inner lockeren Fitness, ich beug mich runter aufn Holzboden, und bevor ich n herben Männerkuss anbringe, sag ich: Das ist für dich, meine Liebe, mögest du auf diesen Kussabdruck treten, und möge er dich infizieren mit Wollust! Und schon schleich ich mich fort, und statt mich gleich inne Federn zu schmeißen, gönn ich mir ne Anti-Falten-Augenpflege, die gezielt den Hautalterungserscheinungen der zarten Augenpartie entgegenwirkt. Ich hab die Tube von Jacqueline geschenkt gekriegt, sie meint, ich soll massiv gegen meine ultra-violetten Augensäcke vorgehn, und bevor ich richtig kapierte, was los is, hat sie die Creme mit dem hauteignen Repair-Coenzym Q 10 ausgepackt und mir inne Hand gedrückt. Also klopf ich morgens und abends die Paste auf die Haut ein, besser aussehn soll ja in unsren heutigen Zeiten echt was bewirken, außerdem richtet n richtiger Mann sich n bisschen nach seiner Frau, die ne unappetitliche Erscheinung auf lange Sicht nicht bereit is hinzunehmen. Das is hier aber nicht die Frage, die Frage is, was tut die Holde im Gegenzug für all die Opfer, die ich ihr darbringe, ich mein, ich verschwul doch nicht freiwillig und lass mich auf Cremetöpfe ein, so ungefähr wie du, der du am Anfang lauter Scheiß-Hökern aufn Leim gegangen bist, inner Hoffnung, mit Stinkesalben dein geknickten Osmanen aufzurichten.

Verdammt, ich hab mir sogar die Nagelscharten ausgefeilt und die Nagelhaut mit ner stumpfen Seite vonnem Brotmesser zurückgedrückt, weil, Jacqueline steht auf Heimorgel im Unterleib, und ich wollt nicht, dass es im Rahmen des Rucks und Tiefs zu so nen Widerhakeneffekten kommt. Wieso setz ich mich solchen Entbehrnissen aus, wenn nicht aus Liebe, aus echtem »aschk«? Wenn sie und ich in Stimmung kommen, glaubt man bestimmt, es würden zwei Brontosaurier bumsen, ich sag dir, wir beide rocken dann das Haus und ziehn ne flüssige Sexualtätigkeit ab, und genau das müsste der Holden doch zu denken geben, denn die Körper lügen nie, zwei Körper in Saft und Schaum, zwei Körper inner einzigen Eingliederung, zwei Körper im zuckrigen Vakuum, schieben doch nicht einfach n virusfreies Nümmerchen. Ihr zuliebe hab ich auch von meinem

Leben abgesehen, ich verlier kein Wort über meine zerschlagene Modelkarriere oder über null Moneta, oder darüber, dass meine finstren Mithalunken nach der Schwanstory kein Lebenszeichen mehr von sich geben, außer Mohi neulich mit Siggi, was wieder n sattes Abendessen weniger inner Woche bedeutet. Und von all den Marzipanstangen haben mein Magen und mein Darm auch die Schnauze voll, aber kein Sterbenswörtchen kommt über meine Lippen, und ich komm mir langsam vor wie n lockiges Püdelchen, das von Jacqueline anner straffen Leine herumgeführt wird, wie neulich zu so ner verkackten Wohnzimmerparty.

Als der Hausherr von dieser Wohnung die Tür aufgemacht hat, hab ich gleich gedacht, das is ne schofele Scheiße hier, der war kahl rasiert und hatte sich mit Fingerfarben n deutsches Kreuz auf ne Glatze gestrichen, dazu schwarz lackierte Fingernägel, wahrscheinlich, damit sich das mit m Billardrasen beißt, und dann noch n Lederhöschen als n kleines Tribut für die Folklore, der sah aus, als würd er inner Freizeit Fugenschaum schniefen. Natürlich muss man inner Szene einen auf herzliche Begrüßung tun, von uns haben die sich das Bussi-Bussi abgekuckt, und die Deutschkreuzglatze drückte Jacqueline so an sich und seinen Schwanz, dass sie eigentlich seinen beschissenen Ständer durchs Lederhöschen gespürt haben muss. Ich drehte mich halb um, und da war auch n verkniffenes Hutzelweib, das mich, nen für sie völlig fremden Mann, innen Arm nahm, das ging dort zu wie inner Sanftmutscheißersekte, und darauf steh ich nun überhaupt nicht. Ich kam wegen der erzwungenen Umarmung nicht umhin, an ihrem Strohhaar zu schnüffeln, mein Gott, ich glaub, die pappt ne Perücke mit Atomkleber auf ihren kahlen Schädel, und wenn sich nachm halben Jahr wegen idealer Temperaturbedingungen n Asselnest gebildet hat, meißelt sie sich s Stroh ab und geht mit Domestos darüber. S Hutzelweib-

chen sagte, sie freut sich ja wie wahnsinnig, dass wir gekommen seien, und da die Glatzensau und Jacqueline ihr Petting erst mal abgeschlossen hatten, gingen alle friedlich ins Discowohnzimmer, wo ne blonde Nulpe hirnversengte Ansagen ins Mikro spie, von wegen: »... ich werde abgefuckten Kram bis endlos spielen ...« oder »... hei holla hei, ich will euern Schweiß sehn ...« oder »... ich bin der Mix-Dämon in der elektrischen Diele ...«. Wie hätt der reagiert, wenn ich ihm zugebrüllt hätt: »Und ich bin der Kanak-Rüpel ausm Vorort und steck dir n Tonarm ins dumme Maul!« Bis auf drei Rasta-Neger innem lichtarmen Separee waren die Gäste durch die Bank völlig tumbe Realos, also hab ich mir den »Eventroom« mal näher angeschaut. S hingen Nivea-Strandbälle an Schnürbändern von der Decke runter, an einer Wand hatte man auf ner Mauertapete lauter Singles, so genannte Seven-Inch-Scheiben angebracht, sonst standen Fußballpokale vom Flohmarkt in den Regalen. Dann hatte man n Tischfußballgerät auf n weißen Flokati gestellt, ich tipp mal, das war die Glatze, dem war so ne Verirrung eher zuzutrauen, und weil Jacqueline mit ner Suse in ein angeregtes Gespräch vertieft war, steuerte ich die erstbeste Vierergruppe an und stellte mich mit meinem vollen Namen erst mal vor. Die Typen hoben höchstens die Brauen, allerdings muss ich sagen, dass man durch so ne Gletscherbrille nicht alle Details und Reaktionen mitbekommt, trotz des Bittens der Holden hatte ich's anbehalten. Ich konnte der Unterhaltung allzu gut folgen, die Typen hatten n mäßiges Interesse, miteinander in Dialog zu treten, jeder ließ n lässigen Spruch los, selten mehr als n Einzeiler, und so laut war's nicht, dass man sich nicht hätte unterhalten können, s fing damit an, dass einer ne Halbbegeisterung vom Stapel ließ:
– voll das Hitprogramm!
– echt ein Discoinferno!
– soviel ist hier ja nicht los.

- ja, stimmt.
- is hier eigenartig, gab kein Klimax heute!
- nö, muss ich auch sagen, und der DJ reißt sich dabei den Arsch auf!
- trotzdem, was der auflegt, is nicht tanzbar.
- da tanzt doch n Pärchen!
- die tanzen auf jeder Party zu jeder Musik, auch zu Flamenco!
- echt wahr?
- wenn ich's dir sage ...

Alter, das ging die ganze Zeit so weiter, s war, als würden Mönche das mieseste Mantra der Klostergeschichte aufsagen, unterbrochen vonnem irren Meister, der einem einzigen Pärchen zuliebe Scheiben ausn frühen Achtzigern toastete und dazu Kommandoparolen zum Besten gab. Gott sei's gebimmelt, irgendwann kam so n Niko inne Szenerie reingepoltert, und der leierte mir Unwissendem die Band- und Combonamen nur so runter: Heaven 17, Scritti Politti, ABC, The Specials, FSK, Deutsch-Amerikanische Freundschaft, Der Plan, Fehlfarben, und der klärte mich auch darüber auf, dass man so n Kram für gut zu befinden hatte. Nun ja, all diese Melodien gingen mir dann doch nicht runter, und das lag nicht zuletzt annem mumifizierten Asphaltmarder am Mikropult, dem ich inzwischen wünschte, er möge sich am Kot des Palmesels gütlich tun und daran ersticken, aber stattdessen kam er voll in Fahrt und brüllte n Peitschenslogan inne trägen Leiber: »Ich fühl mich wohl mit euch, ihr fühlt euch wohl mit mir, wir fühlen das Glück hier und jetzt ...« Der Kapellmeister hielt sich also auf seiner Basisstation und kippte nicht ne Spur aus seiner Achse, ich konnt nicht umhin, mein Semitenblick auf Jacqueline zu pappen und ihren himmlisch eingezwängten Arsch, sie und ihr Arsch warn aber eingeklinkt inne heftiger werdende Meinungsverschiedenheit. Niko sagte: Na kuck, der Gourmet entdeckt das Staubkörnchen, und tatsächlich polierte der Champ am Pult wie irre anner Platte herum, und ich dachte schon, was für ne kleine Milbe, da drückte mir n gewisser Jürgen, der abends mit seiner Freundin Susi das Litfass betreibt, n Fernet-Branca inne Hand und legte los: »Die ganze Abteilung hier erinnert mich an die Geschichte mit meinem Bruder, das heißt eigentlich mit seinem Schaf. Er hat n Biobauernhof, das muss man wissen. Und dass die Schafe eine Stunde vor den Rindern aufwachen und das Gras vornagen, muss man auch wissen. Also, mein Bruder, inner Herrgottsfrühe wach, wie er nun mal war, kuckt ausm Fenster und denkt sich, gut, die Schafe sind los! Dann kuckt er wieder hin und sieht da auf der Prärie n Schaf liegen, n einziges Schaf. Der denkt: Scheiße, wieder n Tier tot! Kommt halt mal vor. Also, mein Bruder, der stiefelt los und kommt da an, beim Schaf. Er tippt das Tier an, man will ja nix Lebendiges begraben. Tippt ein zweites Mal. Plötzlich kommt das Schaf hoch, schaut meinen Bruder mit großen Augen an und haut im Trab ab. Der hatte einfach verschlafen!«

Man kann sagen, was man will, aber die Story hat mir wahrlich die Laune aufgehellt, ich konnt mich nicht mehr einkriegen vor Lachen, doch plötzlich stand die Holde mit todernstem Gesicht vor mir und sagte, sie will jetzt auf der Stelle die schreckliche Pseudoparty verlassen, und ehe ich mich, wie's unter Brüdern üblich is, herzenswarm von Niko und Jürgen verabschieden konnte, zerrte sie mich annem Stoffzipfel weg auf die Straße. Sie schob wutschnaubend ihr Fahrrad, ich wollt schon zur allgemeinen Entspannung die Schafsgeschichte zum Besten geben, sie kam mir zuvor und meinte, die blöde Tussi hat sie sich ordentlich vorgeknöpft, die hätte überall herumerzählt, dass Jacqueline ne Lesbe is, und s gebe unwiderlegbare Beweise dafür, dabei wär sie, also die Holde, nur ne Dienstleisterin und würde, weil sie kein Bock hat auf Kellnern oder andere Sklavenjobs, Tantramassage für zweihundert Mark die Sitzung anbieten, ob Mann oder Frau sei ihr schnurz. Ich fragte sie, was das denn is, Tantramassage, darauf hat sie n tiefen Grollton gegrummt, bis ihr die Puste ausging, und dann sagte sie, Omm is die Keimsilbe und die Mutter aller Schwingungen, und innen alten Schriften würd's heißen, der männliche Samen macht ne Odyssee durch die Tunnel und Portale des weiblichen Genitaltraktes, und wenn n Mensch eins is mit ner Atmung, kann er's weitergeben, eben auch durch ne Massage. Man würd innem Dienstsektor massieren mit wohlriechenden Ölen: Jasmin für Hände, Lavendel fürs Haar, Moschus fürn Unterleib, Sandelholzpaste für Hüften, und so weiter, ich fand ihrn Vortrag etwas abgehackt, es legte sich n Druck auf mein Zwerchfell, weil ich ahnte, dass es nicht alles war. Und Tatsache, sie reibt also n Körper des Kunden ein, und am Ende fragt sie nett, ob sie dem Kunden ein runterholen soll, was, wie sie sagt, nicht ganz der Lehre entspricht, weil der Mann sein Samen zurückhalten soll.

Verdammte Scheiße, ich dachte, ich hör nicht richtig, ich polterte auch dann drauflos von wegen, das is ja nix andres als n Nuttengeschäft, und ob sie sich nicht dumm und verkauft vorkommt, wenn sie wildfremden Kerlen die steifen Schwänze hält. Sie hat ihrn ganzen Ärger des Abends bei mir abgeladen, ich wär der Letzte, der ihr Vorhaltungen machen könnte, sie hätte es von Anfang an gewusst, dass ich n typischer Türkenmacker wär, nur darauf aus, ne Frau unterm Schleier zu verstecken und zu Hause anzuketten, außerdem würd sie auch Frauen ein abrubbeln, sonst würd sie ja nicht innem Ruf stehen, ne Lesbe zu sein. Sie stieg auf ihr Fahrrad und brauste davon, und seitdem hab ich nix von ihr gehört, sie is spurlos verschwunden, s brennt auch kein Licht bei ihr, und auch wenn ich in meiner Wohnung still bin und stundenlang horche, s dringen keine Lebenszeichen von ihr nach unten. Ich tipp mal, sie is nach Berlin zu ihrem Scheiß-

Domi abgezwitschert und schwört bei allem, was ihr heilig is, nie wieder ihrn Kulturkreis zu verlassen. Und ich hab die Schnauze gestrichen voll, Alter, ich bin doch hier keine scheiß-liberale Kuschelmuschel, die Sache mit den Nebenbuhlern hab ich noch geschluckt, aber jetzt auch noch Schöner Rubbeln mit ner Keimsilbe, da hört der Spaß auf, als nächstes verpasst die mir ne Dornenkrone und rote Pumps und nimmt mich als Masomaniac mit zu ner SM-Party. Ich bin am Ende meiner Kräfte, Scheiße, ich frag mich, was soll ich inner Zukunft, in der ich weniger wert bin als ne kaputte Ampulle.

Hakan, ohne Rang und Namen

37   Dina an Serdar

Sonntag, 19. September

Serdar,

es ist kein großes Unterfangen, einen letzten Brief zu verfassen, auch wenn Hand und Finger sich sträuben. Ich strich ein Streichholz nach dem anderen an, dachte an nichts und niemanden. Alle meine Fenster sind geputzt, werktätig bin ich immer gewesen bei Krisen und Missständen. Ich habe sogar ein paar voll geblutete Slips in kochend heißem Wasser eingeweicht, es gibt keine Reinigung der Welt, die solche Wäschestücke gerne annimmt. Ich muss es selber machen.

Ich bin im Bilde, Serdar, und ich könnte dir jetzt schreiben, du seiest ein kleines Kind und ein mieser Straßentrickser. Du hast mich die ganze Zeit mit mindestens einer anderen Frau betrogen. Du hast mich in dem Glauben gelassen, die Liebe zwischen dir und mir würde keimen und wachsen, auf der Grundlage von Sicherheitsformeln sei die große Liebe ein schönes Geschäft. Ich hatte allen Grund, dir zu misstrauen, aber ich bin nun mal arglos und strecke die Waffen, dort auf einem Feld, wo sie ja nichts zu suchen haben.

Es war nicht mehr als ein dummer Zufall, zwei voneinander unabhängige Personen bezeugten, dich mit einer anderen Frau in den Straßen Berlins gesehen zu haben: Ihr habt euch innig verschränkt und geküsst, ihr habt Händchen gehalten. Ich habe es erst heute in der Zeitung gelesen, vielleicht kennst du die Theorie der »six degrees of separation«: Man ist von jedem beliebigen Menschen auf der Welt nur durch maximal sechs Verbindungspersonen getrennt. Auf wie viele komme ich wohl, bis ich auf meine Nebenbuhlerin stoße?

Den Göttern werde ich keinen roten Chilipfeffer und

keine Mungobohnen opfern, ich will ihren Unwillen nicht mit meiner kleinen Bitte erregen, sie mögen schlichten und verbinden. Eine von den »Blutzeugen« sagte, du habest in der Begleitung der Frau geradezu gestrahlt, ansonsten seist du bekanntermaßen ein schwer zugänglicher und knurriger Mensch, und wenn da nicht eine größer angelegte Liebe im Spiel ist, fresse sie einen Besen. Sie wusste nichts von unserer beider Verbindung, oder vielleicht tat sie ahnungslos. Ich habe mir eine schwere Erkältung zugezogen, mein Körper spielt bei solchen Gaunerstücken nicht mit. Ich konnte die erste Nacht nach der Enthüllung nicht schlafen, und Berlin, wie du sicherlich weißt, eignet sich besonders gut als Pflaster für von Liebe erfasste und oder mutlose Nachtgänger. Also bin ich zum Alexanderplatz gelaufen, weite, dunkle Straßen, aber ideal für sozialistische Paraden, zu eng für das grame Herz von Flaneuren.

Du bist, mein gewesenes Herz, ein nunmehr perforierter Schönheitsmensch. Ich werde dich nicht in guter Erinnerung behalten, du hast mit mir gespielt wie mit einer Mausattrappe. Ich will, dass es hiermit vorbei ist, kein Nachtrag, keine ausgedachten Korrekturen deinerseits. Falls du auf die Idee kommen solltest, mich per Post schon wieder milde stimmen zu können, muss ich dich enttäuschen – ich werde deine Briefe ungeöffnet zurückschicken, eine »Technik« übrigens, auf die du dich so meisterhaft verstehst. Du bist wirklich zu bedauern, Serdar, zu offensichtlich sind deine Manöver, zu banal deine Halbstarkenallüren. Und doch, was für erwachsene Worte du machen kannst!

Ein Gebot lautet, man solle das Zicklein nicht im Sud der Mutter kochen, die Bande überdauern nämlich jede Hitze im Kochtopf. Du mögest daran denken, wenn du fürderhin in deinem vermeintlich eigenen Saft schmoren willst.

Dina

38 Serdar an Hakan

Mittwoch, 22. September

Oh, du Laterne im dunklen Wald,

diesmal, werter Kollege, ist es ziemlich ernst, und deshalb halte ich mich auch nicht länger mit Mutterns Kochhexereien und der maßlosen Wieselpaarung in den Vorgärten ehrbarer Bürger auf. Trotzdem möchte ich es nicht versäumen, dir den Freundesrat zu geben, du mögest bitte schön ob der unschönen Eskalation der Jacqueline-Affäre aufatmen. Es ist kein Kunststück, einen Hormonisierungsverlierer wie dich um den kleinen Finger zu wickeln und den ollen Mohr nach dessen getanem Oralsex in die Wüste zu schicken. Sie ist ein Kind unserer Zeit, Missbrauch an Mensch und Gütern gehört zu ihrer Vorstellung von besser und schneller leben, und ich an deiner Stelle wäre froh, dass sie dich in diesem frühen Stadium ausgeschieden hat. Ich weiß, du fühlst dich wie ein Kriegsgott, dem die Spangen und Achselstücke abgerupft wurden, und in gewisser Weise durchleben wir dasselbe Horrortrauma und taumeln von einem zerbombten Schützengraben zum nächsten.

Wenn man deine Depesche dazuzählt, haben mich ein paar Schriftstücke an den Rand eines Kollapses gebracht, und es fing eigentlich recht angenehm an. Ich bekam eine Eilzustellung von Anke, ein kleines, mit bunten Zeitschriftenseiten beklebtes Paket, aus dem ich – selbstredend bin ich seit deiner widerlichen Geschmacksbombe vorgewarnt und meide hierbei die elterliche wie jedwede sonstige Gesellschaft – einen zweiten, diesmal blumenreicheren Schulmädchenslip der Marke C & A herausfischte. Anke lässt sich nicht lumpen, sagte ich still vor mich hin, wie schön, dass sie meine Leidenschaften entfesseln will, auch wenn in meinem Herzen Rena den Grundakkord anschlägt. Auf dem Beipackzettel wies sie zunächst auf die Möglichkeit einer Dauernarkose hin, ich könnte das sündige Wäschestück (vier Tage getragen!) gleich neben meiner Nase auf dem Kissen ausbreiten, das Licht ausmachen und in die Unterwasserwelt der Lüsternheit abgleiten. Ihre Ankündigung, sie habe sich ein Flugticket gekauft und käme in genau acht Tagen eingeflogen in das Reich des Dichters, traf mich wie ein Uppercut auf die Kinnlade. Kannst du dir das vorstellen, was es bedeutet, wenn sie sich hier blicken lässt, und es besteht kein Zweifel, dass sie ihre verdammte Drohung – »eine schöne Überraschung, nicht wahr?« – wahrmacht? Ich bin geliefert, ich bin erledigt, sie wird einen Höllenterz anzetteln, sie wird Rena, die Angebetete, als ihre Todfeindin ausmachen und sofort drangehen, einen Keil zwischen mich und Rena zu treiben. Sie formiert ihre Einheiten und greift in mehreren Wellen an, bis der Gegner in Furcht und Entsetzen die Flucht antritt. So ist sie auch mit mir verfahren, sie hat mich in all den problemzentrierten Gesprächen mit immer schärferen Einwänden und Attacken wider meine Souveränität eingedeckt, und mir blieb fast jedes Mal nichts anderes übrig, als ihr zermürbt Recht zu geben. Ich kenne sie in dieser Hinsicht sehr genau, ihre milden Amourpiepser können mich nicht täuschen.

Dass Dina, die parallel geführte Kontaktbereichskonkubine, in ihrem letzten Schreiben ihre Zuneigung zu mir für offiziell gestrichen erklärt hat, mag mich nicht so recht erfreuen. Ich hätte allerdings allen Grund zur Freude, denn ich habe mir schon den Kopf zermartert, wie ich ihr eine endgültige Entsagung mitteilen sollte. Vielleicht hätte sie meinen Trennungswillen mit biblischen Plagen quittiert. Übrigens hat ihr eine elende Klatschbase gesteckt, dass ich zur gleichen Zeit mit einer anderen Frau verbandelt war, ich kann mir schon vorstellen, um wen es sich dabei handelt, und werde bei ihr bei Gelegenheit vorsprechen. Manche notwendigen Handstreiche kommen direkt und gebeten vom himmlischen Vater, und doch muss ich mich um die Kapitalköpfe kümmern, auf dass ich wieder die hellen Tage der Einkehr genießen und mich am Bild aufgeschnäbelter Wildfrüchte oder angepeitschten Felsgesteins ergötzen kann.

Es herrscht seitdem der Ausnahmezustand in meinem Kopf, und allein dieser Umstand müsste einen Wüstenfellachen wie dich anspornen. Ich glaube ja, dass dein eigentliches Problem in deinem Clinch mit den niederen billigen Kategorien besteht, stattdessen bräuchtest du eine heilige Mission, eine wirkliche Umzingelung, einen würdigen Feind aus Fleisch und Blut. Dieser Feind stellt sich mir in Gestalt Babas dar, möge sein aufgeschwemmter Talgleib von schlürfsüchtigen Maden und Blutegeln bedeckt werden.

Ich habe Babas Eifersüchtelei anfangs für die eher harmlosen Nadelstiche eines Rüpels gehalten, den es natürlich nicht unbedingt begeistert, wenn die Jungs rechts und links die Strandschönheiten abgreifen, und der Ureinwohner, als der er sich sieht, leer ausgeht. Nun ist mir aber Babas Denunziationsdepesche zugespielt worden, ein vor Infamie strotzendes Papier, das er in Renas Badetasche hat schmuggeln können, während sie mal wieder ihre zwanzig Bahnen zwischen den Stegen abschwamm. Im Folgenden also der Originaltext:

»Halt! Bis hierhin und nicht weiter! Große Vorsicht ist geboten! Eine Frau schenkt nicht einfach so ihr Herz an einen Mann. Das steht nicht im Heiligen Buch, es steht nicht in den Sternen, und niemand schreibt es mit dem Finger in den Sand. Der Mann, der dich erfolgreich umgarnte und dem du dich hinzugeben bereit bist, brachte aus dem fremden Almanya seinen toten Schwanz mit! Sein Schwanz ist so tot wie die dorren Algen unter der Sonne. Eine Klassefrau wie du kann es sich nicht leisten, dass die Prinzen deiner Umgebung deinen Klassenabstieg bemeckern. Wer mit einem Penner ins Bett steigt, wacht mit Läusen auf. Der Deutschländer ist unseren Sitten entfremdet, er befolgt andere Regeln der Körpermotorik! Er ist nicht Manns genug, dich glücklich zu stimmen, so wie du es verdienst. Würdest du dich mit einem Petersilienkranz begnügen, wenn man dir eine smaragdbestückte Goldkrone versprochen hat? Wenn du es wünschst, übernimmt es die Bruderschaft, den Schurken in die Schranken zu weisen. Wir haben die Macht und die Herrlichkeit. Es wird nicht besonders weh tun, und er wird Vernunft annehmen und die Finger von dir lassen. Die Lage ist ernst! Bis hierhin und nicht weiter!

Ein aufmerksamer Beobachter und alteingesessener Bewohner dieser Feriensiedlung, die wir als Perle Gottes putzen und polieren wollen.«

Wenn das nicht Babas Handschrift ist! Wenn aus diesen Judaszeilen nicht die Herrenmoral eines Fettsacks schmiert! Mit seiner verdammten Hummeltaille und seinen verbrannten Keulenwaden kann er höchstens einen Apfelbutzen zertreten, aber nein, er tut so, als sei er der Boss einer Kohorte und Instandsetzer von Unzimperlichkeiten. Seine Entourage besteht doch nur aus geplatzten Quallen und der einen oder anderen armen Möwe, die er vom Himmel geschossen hat. Das hat er sich schön ausgedacht, ein kleiner Hinweis auf meine organische Dysfunktion verbunden mit dem Angebot, dienstbare Geister zusammenzutrommeln und die so genannte Bürgerwehr auf mich zu hetzen, falls es Renas Kräfte überfordern sollte, mir den Laufpass zu geben.

Sie aber hat sich eindeutig zu meinen Gunsten ausgesprochen, ich sagte ihr, ich sei leicht zu verlassen und verstünde es, wenn sie sich diese wie eventuell folgende Komplikationen vom Halse schaffen wollte. Sie nannte mich einen Spinner und Baba einen Psycho, letztendlich ginge es ja um sie, und von flotten Dreiern habe sie nie etwas gehalten. Wenigstens herrscht in diesem Punkt jetzt Klarheit, und, in Liebesdingen motiviert, kann ich mich ganz und gar dem Feldzug wider den Pascha aller Virusse, den Verleumder Baba widmen.

Doch dazu, mein ungeratener Kumpel, brauche ich dringendst deine Krisenhilfe! Du weißt, ich habe dich noch nie um einen Gefallen gebeten, eher verhielt es sich umgekehrt, du hast mir über Gebühr Geduld und Standvermögen abverlangt, ganz zu schweigen von den unzähligen Darlehen, die ich hiermit als zurückbezahlt erachte, egal ob du dich für oder gegen deinen besten Kumpel entscheiden solltest. Ich bitte dich inständig, mir den Rücken frei zu halten, das heißt, dich um die hysterische Anke zu kümmern, denn einem Zweifrontenkrieg bin ich nicht gewachsen, es wird schon all meine Reserven angreifen, wenn ich in voller Feldausrüstung gegen den Vater aller Schlachtenbummler antrete. Ich war so frei und eigenmächtig, für dich im Türkenboeing Hin- und Rückflug zu buchen, dein Flug geht nach Erhalt dieser meiner Mega-Express-Sendung in zwei Tagen, in denen du in dich gehen und meine missliche Situation aus verschiedenen Perspektiven betrachten kannst. Das Flugticket liegt anbei sowie dreihundert Mark für anfallende Spesen, außerdem werde ich dich hier freihalten, das versteht sich. Was deine Unterbringung anbetrifft, sie war meine größte Sorge, und es hat mich Blut, Schweiß und Tränen gekostet, bis ich nach unzähligen Bittgängen endlich einen Deutschländer ausfindig machen konnte, er lebt in Bielefeld, der gegen ein Entgelt von fünfhundert Mark bereit ist, dich für einige Tage aufzunehmen. Du wirst ein Zimmer ganz für dich haben, okay, ihr müsst euch das Bad teilen, aber du wirst dich schon mit ihm verstehen, er ist ein geselliger und gesprächiger Typ.

Dein Part in dem Spiel wird es sein, mir Anke vom Leib zu halten. Meinetwegen kannst du dich mit ihr vergnügen, aber das steht in deinem Ermessen, und ich will hier nichts vorwegnehmen. Ihr beide hättet jedenfalls ein stilles Plätzchen, wohin ihr euch zurückziehen könntet. Sie wird sich bei uns im Elternhaus einquartieren, meine Eltern kennen sie ja von früher und haben sich nach allerdings beträchtlicher Überzeugungsarbeit breitschlagen lassen, »das arme, überarbeitete Kind« für kurze Zeit aufzunehmen. Nach deinem Terroranschlag auf die elterliche Sitte bist du bei ihnen nicht unbedingt wohlgelitten, und sie hätten deine Gegenwart in ihren Räumen als große Zumutung empfunden. Die Eltern werden als strenge Kontrollinstanz einen zügelnden Einfluss auf Anke ausüben, vor allem meine Mutter wird sich hier hervortun, was ich in diesem Falle heftig begrüße. Alles in allem tragen die besagten Wohnverhältnisse dazu bei, dass der Masterplan funktioniert, nur du musst es wollen, du musst mir bitte diesen einen großen Gefallen erweisen. Natürlich werden wir vor Ort eine detaillierte Einsatzbesprechung vornehmen, das sollten wir auch unbedingt tun, bevor die lüstern aufgekochte Anke hier einfällt. Ich werde sie im Übrigen als eine gute Freundin vorstellen, und wenn es sich nicht vermeiden lässt, muss ich Rena reinen Wein einschenken, ich glaube, ich habe bei der Holden sehr schnell ausgespielt, wenn ich nicht bei der Wahrheit bleibe.

Nun bist du im Bilde, nun liegt die Entscheidung bei dir, und ich möchte noch einmal an deinen Kampfgeist appellieren: Baba agiert über dem Eichstrich und glaubt, Leute meines Schlages seien weiche Deutschländerwürstchen und würfen bei der ersten Androhung von Kopfnüssen den Bettel hin. Es liegt an uns, verehrter Kicker von Dynamo Aleman-Kanak, ihn eines Besseren zu belehren.

In Erwartung deines aus der Asche aufschnellenden Phönixkadavers:

Dein kriegsbemalter Serdar!

39 Anke an Hakan

Mittwoch, 29. September

Lieber Hakan,

es ist schon seltsam, ich schicke dir diesen Brief nach Deutschland, obwohl du mit deinem Namen viel mehr hierher gehörst und ich mit meinem Namen dort besser aufgehoben bin. Versteh mich bitte nicht falsch, wäre ich eine Touristin und würde ich ein Dutzend Ansichtskarten zum Postschalter für Sendungen ins Ausland tragen (mein Gott, diese Warteschlangen, wie im Ostblock damals, als die Leute für Grundnahrungsmittel anstanden), dann fände ich nichts dabei. Es macht mir nichts aus, wenn die Männer auf der Straße stehen bleiben und mich mit den Augen ausziehen, auch wenn ich auf »Weisung« von Serdars Mutter nur blickdichte Kleidungsstücke trage. Ich wäre als landesunkundige Touristin normal entspannt und würde den unverschämten Blicken genauso trotzen wie mein Unbehagen bekämpfen, das sich bei mir immer in einem fremden Land einstellt. Ich gehe ja nicht mal schnell Brötchen besorgen, sondern bin immer und ständig in der Defensive. Ich glaube vielleicht, dass ich mich ein bisschen anstelle, aber so reagiert eben mein Körper, und ich kann es nicht einfach abstellen. Nach all dem, was vorgefallen ist, habe ich aber ein Recht darauf, sehr befremdet zu sein. Sonne, Meer und Beachboys konnten mir eh gestohlen bleiben, deshalb bin ich auch nicht hergereist.

Was ich mir eigentlich dabei gedacht habe, kann ich nicht so recht rekonstruieren. Ich wollte Serdar sehen, ich wollte mit ihm sprechen, ich wollte einen Neuanfang wagen und wie in alten Zeiten Händchen halten. Unser Briefwechsel war erfrischend ehrlich, ich entdeckte in seinen Zeilen einen neuen selbstbewussten und ehrlichen Ton, der mich direkt ansprach und natürlich auch erregte. Es kam mir vor, als würde Serdar die Ruine unserer Ex-Liebe nicht nur »rückblickend kühl« betrachten. Er sprach so eindeutig von wirklichen Gefühlen und dem Sexappeal, von dem er behauptete, ich würde ihn immer noch ausstrahlen. Ich war angenehm überrascht und gleichzeitig verwirrt, weil er mir in einem seiner Briefe ja gestanden hatte, dass er damals kein Verlangen mehr nach mir verspürt habe. Es war alles in allem schon sehr widersprüchlich, aber ich weiß auch, dass sich vieles im Leben nicht auf einen einzigen stimmigen Nenner bringen lässt. Ich habe kurzerhand den Entschluss gefasst, einfach ins kalte Nass zu springen, statt mir den Kopf zu zerbrechen. Man nennt es, glaube ich, auch Spontaneität.

Umso verblüffter war ich, als ich dich hier sah, denn damit hatte ich wirklich nicht gerechnet. Damit will ich nicht sagen, dass es mich nicht gefreut hat, dich zu sehen. Ich betrachtete dich als Freund, du hast mir in einer für mich sehr schwierigen Zeit dein Ohr geliehen, wir sind ein paar Mal ausgegangen, und ich konnte mich an deiner Schulter ausheulen. Ich sah es als ein gutes Omen an, dass Serdar, sein bester Freund und ich in diesem uns allen etwas fremden Land versammelt waren. Eine Intimität war hergestellt, eine schöne Atmosphäre war geschaffen, und das zeugte nur davon, dass sich Serdar auch Gedanken gemacht hatte.

Serdar war freundlich und auch bemüht, zwischen den Fronten zu vermitteln. Der erste Tag verlief dann auch entsprechend friedlich, die Eltern erkundigten sich besorgt nach meiner »inneren Verfassung«, wie Serdars Vater sich ausdrückte. Sie wollten wissen, ob es mir gut ginge, ich könnte offen zu ihnen sprechen, und mein Aufenthalt an der frischen Meeresluft würde Wunder wirken, da waren sie sicher. Ich hatte aber gar nichts von einem Unwohlsein oder einer Krankheit verlauten lassen. Ich schob es auf die türkische Gastfreundschaft und gab bereitwillig Auskunft, ich dachte sogar, sie würden durch die Blume sprechen und eine gescheiterte Beziehung als einen nicht gesunden Zustand betrachten. Es machte jedenfalls alles einen Sinn.

Man wies mir ein eigenes Zimmer zu, Serdar sagte, es sei im Elternhaus etwas schwierig, sich näher zu kommen, so etwas vertrüge sich nicht mit der Vorstellung der Leute hier von Anstand und Schicklichkeit. Nun gut, ich akzeptierte seine Erklärung und wollte auch nichts übereilen. Aber wie gern hätte ich ihn angefallen, er sah richtig erholt und knackig aus, seine Sonnenbräune verfehlte nicht ihre Wirkung. Am nächsten Morgen packten wir unsere Badesachen und machten uns auf den Weg zum Strand. Serdars Eltern blieben zu Hause, zum einen, weil sie »die jungen Leute« mit ihrer Gegenwart nicht behelligen wollten, zum anderen, weil der Arzt ihnen heiße Temperaturen striktweg verboten hatte. Mir verschlug es die Sprache, als du dich von deiner Matte erhobst und mich grinsend begrüßtest. Willkommen im Homeland, sagtest du, und wir mussten alle ziemlich lachen über die Absurdität deiner Bemerkung. Wir hatten unseren Spaß, doch mir fiel auf, dass Serdar sich immer wieder umschaute, er war überhaupt in Gedanken woanders, und heute weiß ich, dass es ihm die ganze Zeit darum ging, Rena, seine neue Flamme, rechtzeitig abzupassen. Er hatte Angst, dass sein Plan wegen irgendeiner Unachtsamkeit schief gehen könnte, und dass er einen Plan gefasst hatte, habe ich von dir erfahren. Ich war ja die ganze Zeit mit einer kolossalen Blindheit geschlagen, wie sollte es auch anders sein bei einer Liebesverfallenheit, wie ich sie empfand.

Mein Spielraum für Vermutungen war eng, Serdar hat die Aussicht auf einen neuen Anfang wie die Karotte am Stock benutzt. Er ließ sich auch nicht überreden, einen Spaziergang zu zweit zu machen, du warst gerade Eis holen gegangen, und ich nahm seine Hand und küsste seine schönen, feingliedrigen Finger, die ich an ihm immer geliebt habe. Er zog aber seine Hand reflexartig zurück, sagte: nicht jetzt!, lehnte mein Angebot ab mit der Begründung, er müsse sich mit ein paar guten Freunden treffen, reine Männerveranstaltung, sogar du, Hakan, könntest nicht mitkommen, weil die Leute ihre Cliquen hätten und es sehr schwierig sei reinzukommen. Ich war enttäuscht, er strich mir über den Kopf, wie man es flüchtig bei einem kleinen Hündchen macht, und dann kamst schon du mit drei Bombenportionen und hast mir deine ganze Aufmerksamkeit geschenkt.

Wir hätten nicht miteinander schlafen dürfen, Hakan, auch wenn ich gerne zugebe, dass du ein wilder und sanfter Liebhaber bist. Ich war betrunken, ich saß in deinem Mietzimmer, mir war nach Weinen zumute, du hattest die letzte halbe Stunde allein die Unterhaltung bestritten und mir alles bis ins Detail erzählt. Ich dachte, es läuft hier alles falsch, das ist doch mein erster Tag, und die Wahrheit kommt aus dem falschen Mund. Ich habe dir sofort geglaubt, doch wenn es so war, wie es eben war, hätte Serdar an deiner statt reden und gestehen müssen.

Serdar verfügte einfach über meinen Körper, ohne mich anzufassen, und der Schmerz war so groß, dass ich einen Heulkrampf bekam und du mich fest gehalten hast. Es ist nicht dabei geblieben, unser beider Körper sprangen aufeinander an und rissen sich die Taubheit vom Leib, wir beide rangen miteinander um Luft und Klarheit. Es tut mir leid, dass ich früh am nächsten Morgen Hals über Kopf aufbrach, ich wollte nur weg von dieser verfluchten Feriensiedlung, weg von Serdar, seiner Mutter, weg von dem ganz großen Beschiss, und dabei, so paradox es auch klingen mag, ging mir die ganze Zeit ein Satz von Serdars Vater durch den Kopf, der mich kurz nach meiner Ankunft in die Gebräuche und Gepflogenheiten einwies. Der Ehrenplatz ist der von der Eingangstür am weitesten entfernte Ort. Ich aber wollte nur aus der Tür hinaus und wollte mit dieser verlogenen Ehre nichts mehr zu tun haben. Also bin ich zurückgegangen, um meine Tasche zu packen und schleunigst zu verschwinden, ich lief Serdars Mutter über den Weg, die mich fragte, wo ihr Sohn denn abgeblieben sei, er sei die Nacht weggeblieben und sie mache sich Sorgen. Ich konnte mir schon vorstellen, was er gemacht und unter wessen Decke er gesteckt hatte, ich sagte, er würde bestimmt schon bald auftauchen, und dann war ich schon weg.

Ich habe mich in einer Pension eingerichtet, die Haushälterin ist sehr freundlich und spricht ein passables Deutsch, sie war zehn Jahre in Ludwigsburg, und ihr Sohn lebt immer noch in Deutschland. Mir geht es nicht so schlecht, ich habe mich von dem ersten Schock erholt und werde den Rest meines »Urlaubs« wie vorgesehen am Meer verbringen. Ich schicke diesen Brief an deine Adresse in Kiel, früher oder später wirst du ja auch zurückkehren. Ich bin noch nicht wiederhergestellt, ich habe meinen Reinfall noch nicht verdaut, ich weiß nur eins: Ich will in Zukunft nichts mehr mit Serdar zu tun haben, er ist dein bester Freund, doch ich kenne dich als einen Menschen, der nicht zu falscher Parteilichkeit neigt. Ich hoffe, du wirst mich nicht deswegen von deiner Liste streichen, ich schwenke jedenfalls die Friedensfahne und werfe dir auch nicht vor, dass du deinen Part in Serdars makabrem Spiel übernommen hast. Du bist ja sehr schnell wieder ausgestiegen. Übrigens würde es mich freuen, wenn wir uns mal treffen könnten, wenn du Lust hast, kannst du mich anrufen, wenn ich wieder zu Hause bin.

Deine Anke

40   Hakan an Serdar

Donnerstag, 7. Oktober

Oh, du zersäbeltes Schnitzel,

du tust mir wirklich leid, ich schmeiß meine Kumpelehre inne Wette, dass ich's aufrichtig meine. Aus nem mobilen Vollstrecker auf Ausschau nach Herzmuskeldrücken is ne bandagierte Sau geworden, die sich bestimmt die Augen ausheult bei nem oberfiesen Drama. Du hast dich fit genug gehalten, du hast geglaubt, du hast n nötigen Mumm und ne nötige Tatkraft, und doch biste jetzt wie n frühreifes Embryo im Brutkasten, und nicht n Mannsbild im Triumph. Ich hätt dir n Sieg gegönnt und s große Gefühl, wenn n Kerl den abgehackten Schädel vonnem Widersacher vor die Füße der Heißgeliebten kullern lässt und auf die Brust trommelt. Doch jede Schönheit hat n Rhythmus und jeder Kampf ne eigne Energie, der Feind war dir über, und da nützt einem auch nicht ne Kalaschnikow im Geigenkasten. Alter, ich komm mal auf n Punkt, du wolltest einfach dein Schwanz rein waschen, und das haben die bösen Kräfte des Scheitans nicht zugelassen, kommt vor, trifft hart, macht fertig.

Du weißt ja, ich bin deinem Hilferuf gefolgt, hab mich inne Concorde-Canac gesetzt, ohne groß zu fackeln, wir sind uns inne Arme gefallen am Flughafen, und die fast vier Stunden von Izmir zur Scheiß-Feriensiedlung haben wir gequatscht, dass mir die Kinnbacken ausleierten. Du hast mir inne Augen geschaut und gesagt: Hakan, sie ist es, sie ist es ultimativ, ich spüre mein Herz wieder hinter der Hornhaut! Mir war, als wollt der Taxischoför dir für soviel Klemmpathos eine reinlangen, oder ich hab von mir auf ihn geschlossen, ich hatte innem Moment das Bild vonnem andren irren Typen, den sie inzwischen wohl eingemauert haben. Der ließ jedenfalls Fliegengeschmeiß auf seinem Zinken landen, er sagte, ne Fliege würd überschüssige schmutzige Energie absaugen, ne Gratis-Dienstleistung bringen. Der Typ hat echt da dran geglaubt, der war auch nicht davon abzubringen, und nun saß ich mit dir aufm Rücksitz, und du hast dieselbe Pupillenirrheit gehabt wie damals der Typ mit der Insektenlandebahn. Ich hab gesagt: Mann, dass du dich nur nicht selbst bescheißt! Dir war aber jeder Einwand n lästiges Gesumm, und mehr als warnen und ne rote Lampe schwenken kann ich nicht, du hattest dir den Bauch mit Narrendatteln voll geschlagen. Na gut, dacht ich, der Mann rennt ins Verderben, der is jetzt der Maßschneider seines eigenen Leichentuchs, ich werd eben rund um die Uhr die Augen offen halten. Ich hab gesagt: Alter, ich kenn diesen Scheiß-Baba nur vom Hörensagen, aber der is bestimmt undurchsichtig wie n Schoppen Rotz, ich spür das hier drin, du machst hier auf High Noon und die letzte Abrechnung, aber lass uns das mal zusammen angehn, und dann hauen wir hier ab.

Du Arsch wolltest natürlich Rena befingern, von wegen, du musst ne Liebe endlich leben, und du hast so was seit langem nicht gespürt. Außerdem isses ne Ehrensache von Mann zu Mann, und wenn ich mitm zweiten Schläger auftauch, labert Baba rum, ich wär n feiger Hund. Du hast gesagt: Ich werde allein mit ihm fertig, ich will ihn mit seiner eigenen Schlechtigkeit konfrontieren!

Wenn ich schon so was hör, du hast dich als Babas Sozialarbeiter gesehn, aber keine Miesmuschel auf Gottes Erden springt auf son Quatsch an, ich hab's dir vorgerechnet: Baba is ne fiese Maske, er is scharf auf deine Braut, er pfuscht dir ins Handwerk. Anke geht ja noch knapp durch, auch wenn sie uns mit ihrer Fremde-Länder-fremde-Schwänze-Klatsche auf n Sack geht. Ich bin dein Kumpel und Berater. Wir ziehn's auf meine Weise durch, komm, wir beide haun Baba die Scheiße ausm Leib, danach erzählst du Anke, wie die Sachlage beschaffen is. Dann machen wir glücklich Urlaub.

Es war, als würd ich mitm Hinterkopp des Schofförs reden, vonnem Masterplan hast du gefaselt mit Kampfsteinchen auf kleinen Parzellen und ganz fetten Trennstrichen zwischen den Parteien, und s große Feld hättst du locker im Blick, s hörte sich an, als würdst du kurz mal n Schorf vom Arsch abrubbeln. Dann isses mir egal, hab ich gesagt, mach dein Ding klar auf deine Affenart, und danach hab ich nur die Sonnenbrille runtergeklappt wie n Rittervisier und meine Verschalung weichgewärmt, bis du mir meinen Vormieter, das Scheiß-Bielefelder Knallmaul vorgestellt hast. N erster Blick und mir war klar, das is ne Tunte, nix dagegen und nix dafür, was mir immer gestunken hat, warn solche Gummibärherzis, die anner Gitarre Beatles-Songs heulen, und die Tunte hat noch einen draufgepackt und Love me tender gebrüllt – die Wände warn aus Pappe und der Typ besonders nachts zur Schlafenszeit sensibel. Ich mein, geht klar, ich war Teil vonner Operation mit dir als Feldmarschall, da hab ich nicht groß Bequemlichkeit gesucht, ich schob die ganze Zeit Wache und musste mal an Jacqueline, mal komischerweise an Anke denken, mit der mir eben das passiert is, was eben passiert is.

Dein erster taktischer Fehler war, dass du an Ankes erstem Tag im Türkenland n Kapitalvorstoß starten wolltest. Du hast sie mit nem faulen Vorwand abgespeist, und ich musste mich laut Plan um sie kümmern. Und weil ich weiß, was du den Frauen fürn Tingelterz vorlaberst, wenn's doch einfach nur darum geht, dich zu trennen, hab ich als solidarischen Akt ne Bürde von dir genommen und's ihr in klaren Konturen erzählt. Die schreckliche Wahrheit hat ihr die Beine vom Deck gerissen, sie hat drauflosgeschluchzt, was sich so ungefähr anhörte wie n Klampfenkrawall vom Bielefelder, und weil ich n Gentleman bin, hab ich sie dann getröstet.

Scheiße, mir is nicht so richtig klar, wo die Heikelkeit anfing und n Tabudamm einbrach, ich wollt's nicht so weit kommen lassen, auch wenn du mir meine mögliche freie Fahrt abgesegnet hattest.

Aber egal, man döste dann nach der Tat rechtschaffen fertig ein, aber irgendwann inner Nacht bin ich schweißnass aufgeschreckt, s war, als müsst ich mich sofort auf die Suche nach dir begeben. Also flitzte ich los, Anke pennte tief und fest. Ich war vielleicht ne Viertelstunde auf Patrouille gewesen, als ich inne Horrorszene stolperte, das Mondlichtbild werd ich mein Lebtag nicht vergessen: Direkt vor meiner Nase schnitt Baba mit ner Hackeklinge auf dich ein und brüllte irrsinnig n Killersatz: »Dies ist der Tag, an dem ich dich Scheitan anbefehle!« Du warst hinüber, dachte ich erst mal, und ich hab mich auf Baba gestürzt und mit ihm so lange Fratzenklopfen veranstaltet, bis er kein Mucks mehr von sich gab. Du hingegen sahst wirklich übel aus, Alter, zerschnitten, zerschlitzt und überall s Blut, da wollt ich noch mehr Rache, also hab ich die Rasierklinge aus Scheiß-Babas verkrampfter Hand gerissen und ihm s türkische Wort »Bok« für Scheiße inne Stirn geschnitzt. Er wehrte sich nachm ersten Schnitt, also haute ich aus nächster Nähe rein, ich wollte, dass dieses Schwein Blut, viel Blut vergießt, ich wollte, dass sein fetter Kadaver vonnen Möwen zerhackt wird, und ich hab blitzschnell beide Nasenflügel durchgeritzt und hieb noch mal mit voller Wucht auf sein Maul. Dabei rissen mir die Knöchel auf, doch s war mir egal, ich hörte seine Zähne splittern, und erst dann hatt ich meine Hunnenwut unter Kontrolle und kümmerte mich um deine Versorgung. Irgendwie lief alles automatisch ab, ich hab dich durch die halbe Gegend getragen, bis ich endlich n Taxi ausfindig machen konnte. Fast wär ich aufn paar Schaulustige losgegangen, die sich mir auf die Fersen geheftet haben, ich hab dir aufm Rücksitz meine Lebensgeschichte erzählt, Mann, und weil ich inner andren Sphäre war, hab ich n Finger in dein Blut getunkt und s mir als rundes Mal auf die Stirn gestrichen, s war n Moment der Blutsbrüderschaft, n heiliger kranker Augenblick war das! Der Typ am Steuer drückte s Pedal bis zum Anschlag durch, und schon waren wir innem Städtischen Krankenhaus von Burhaniye. Der Arzt hat sich gleich deiner angenommen, mir aber erst nach ner halben Ewigkeit Bescheid gegeben, dass es nicht so schlimm is, wies aussieht, und dass am Ende nur n paar Narben im Gesicht bleiben würden. Ich bin mitm selben Taxi wieder zurück inne Feriensiedlung, auf der Rückfahrt wollte der Schofför wissen, ob's stimmt, dass die Turcos in Almanya aus Parterrewohnungen ausziehn, weil sie dort brennbarer sind als innen höheren Etagen, na ja, und dann wollt er wissen, was mit der deutschen Wertarbeit los is, weil die Japsen n Markt richtig zuscheißen würden.

Er setzte mich vor der Haustür ab, der Scheiß-Bielefelder grölte, was s Zeug hergab, doch Anke war schwer weg, die hatte sich ja auch ordentlich einen eingeschenkt, übrigens schnarcht sie, dass s Laken Falten wirft, is nicht ganz leicht, neben ihr zu liegen und einzupennen. Ich konnte sowieso nicht schlafen, und so hab ich unter leicht hochgezogenen Lidern mitbekommen, wie sie sich kurz vorm Hahnenschrei verzog, s war auch besser so.

Nun ja, Alter, das brachte mich auch auf die Idee, von dort zu verschwinden, ich war mir nicht sicher, ob der Scheiß-Baba nich ne Lynchmeute auf mich hetzt, vor allem wusste ich nicht, ob er s Massaker überlebt hatte. Was soll's, ich bin auch gleich zum Flughafen, musste n halben Tag warten, und dann ging's wieder zurück nach Kiel, der Perle der Ostsee, dem Arsch der Welt. Als erstes stieß ich auf ne neutrale Berlin-Postkarte von Jacqueline mit ner einzigen Scheiß-Bemerkung: »Lieber Hakan, lass uns einfach Freunde bleiben, gute Freunde findet man selten!« Also wirft sie Jonglierkeulen inne Luft, und Scheiß-Domi spielt ihr was auf der Maulharfe vor. Als zweites lag da n Brief von Anke aus der Türkei, sie schreibt wieder irgendwas Kluges mit fremden Namen in fremden Ländern und will sich mit mir treffen, wenn sie wieder zurück is. Als drittes gab's n Bescheid vom Gerichtsvollzieher, er hat sich für in n paar Tagen angekündigt, und ich werd ihm wohl vorschlagen müssen, dass ich ihm einen blase, damit wir meine Schulden vergessen können. Vielleicht steht er auch auf Tantrasex und legt sich denn aufn Küchentisch.

Trotz allem Übel haben wir beide s doch gut gebracht als United Kanak Service, s hat n paar Änderungen im Schlachtengetümmel gegeben, doch ab vonnen Detailfragen is der Widersacher hingekeult und ne Dame des Herzens doch wohl hoffentlich durch Heldentaten noch milder gestimmt, als sie's ohnehin schon war. Wir müssen uns vor keiner Macht verstecken, der Feind hat vor unsrer Barbarengewalt kapituliert, und auch wenn ich morgen schon als Kleistermischer für Postertapeten n Bimbojob antrete, war son Ausflug ins Homeland auf alle Fälle ne feine Erfrischung, schreib mir doch, ob Scheiß-Baba verscharrt is und vermodert, und wie's nun mit Rena steht, für die sich die Kümmelkohorte ja in Bewegung gesetzt hat.

Dein Königskrieger Hakan Massai

41 Serdar an Hakan

Montag, 11. Oktober

Mein lieber Degenmeister und
anschließender Flüchtling,

nur in den B-Movies sind die Krankenschwestern langbeinige Nachttopffeen und die siechen Patienten Offiziere, denen ein, zwei harmlose Schrapnellsplitter eine Auszeit gegönnt haben, auf dass sie sich verlieben und ineinander vernarren. In der Wirklichkeit aber schreien potthässliche Schwestern die Kranken an, wenn diese sich erfrechen sollten, auf die fingergroßen Kakerlaken hinzuweisen, von deren Tritten man nachts aufschreckt. Das Blut lockt das Ungeziefer an, aber wenigstens kann ich beide Hände bewegen und das eine oder andere feiste Exemplar wegschnicken. Einmal ist eine Kakerlake durch die Luft gesegelt und auf dem Nebenbett gelandet, wo sie sich schleunigst unter die Bettdecke verkroch. Schwester Aysel, der zuständige Drachen hier, sieht aus wie eine verdammte Nazi-Gouvernante, und wenn sie sich über mich beugt, um meinen blessierten Körper durchzuschütteln, kann ich an den Krümeln in ihrem Damenbart meistens erraten, was sie gegessen hat. Der Arzt lässt mir Schmerzmittel in die Adern pumpen, und mir bleiben somit wenige Stunden am Tag, die ich einigermaßen wach verbringe. Ich träume viel und schlecht, und das meiste dreht sich komischerweise um in Fruchtblasen schwappende Embryos. Meine saubere Mutter hat mir nämlich bei ihrem ersten Krankenhausbesuch erzählt, dass ich in einer kompletten und unversehrten Fruchtblase geboren worden sei. Die Ärzte und Schwestern hätten die Blase und beinahe auch mich in Stücke gerissen, denn auch du kennst sicher den türkischen Aberglauben, dass es Glück und allerlei Gottessegen bringe, wenn man ein Stück getrockneter Fruchtblase in der Geldbörse trägt. Das mag ja sein und angehen, trotzdem hätte mir Muttern die Geschichte lieber mal verschweigen sollen, es macht wirklich keinen Spaß, verkrümmten Babys zuzuschauen, wie sie willenlos in einem durchsichtigen Saft schwimmen.

Heute Morgen brachte mir Muttern deinen Kebab-Kassiber, und ich war zunächst einmal ziemlich erleichtert darüber, dass du noch am Leben bist. Woher sollte ich denn wissen, wo du steckst, überhaupt sind da ziemlich viele lose Enden in deinem Letter, die ich nur sehr langsam zu einem Text verknüpfen kann. Die Bilder laufen in entgegengesetzte Richtungen, sie fügen sich äußerst schwer zu einer Szene zusammen, und immer wieder scheitere ich an Erinnerungslücken, die sich partout nicht auffüllen lassen wollen mit Handlung und Geschichte. Trotz alledem weiß ich eins: Du hast mich vorm sicheren Tod bewahrt, denn hättest du nicht eingegriffen, hätte mich Baba, der in alle Ewigkeit verfluchte miese Widersacher, zu Spießschaschlik verhackt. Ein plötzlicher Impuls von Erbarmen oder Reue hätte ihn bestimmt nicht von seinem Meuchelgemetzel zurückgehalten!

Diese warzige Kröte ist im Übrigen wie vom Erdboden verschluckt, wahrscheinlich hat er es mit der Angst bekommen; wie du erzählst, hast du ihm übel mitgespielt, und wer läuft schon öffentlich mit einem solch verfänglichen Schnitt-Muster auf der Stirn herum. Gesegnet seien deine Hände, gesegnet seien deine Leisten und dein dummes Haupt!

Ich habe meinen Eltern, dem Arzt und den Gendarmen erzählt, ich wäre von einem mir unbekannten Täter angefallen worden. Das passt ins Bild, es sind nach der hier gängigen Meinung nur Einschleicher und Banditen von außerhalb imstande, sich an Leibeswohl und Börse der

Eingesessenen zu vergehen. Ich glaube, nein, ich bin mir sicher, dass sie meine Version geschluckt haben, alles andere verträgt sich nicht mit ihrem biedermännischen Weltbild, und der Verdacht würde denn sehr schnell auf mich zurückfallen, und ich müsste mich gegen den Vorwurf der Provokation und des Vergehens gegen die Strandfriedensordnung erwehren. Es hat ja schließlich nur einen Deutschländer getroffen, der es bekanntermaßen nicht so genau nimmt mit den Gepflogenheiten des Landes.

Wie konnte es nur so weit kommen, und wieso liege ich hier übel zugerichtet in einem verwanzten Bett? Ich habe zunächst einmal Ordnung in mein Leben gebracht, ich meine, die ersten Wochen und Monate gaben mir trotz Impotenz und Verssperre eine Klarheit ein, die mir auf vertrautem Boden doch abgegangen war. Ich weiß allerdings, dass Rena die Frau meines Herzens und meiner Herzkammern ist, mit ihr geht für mich die Sonne auf. Und dann tritt doch tatsächlich ein Opernmetzger auf den Plan und droht meine Liebe zunichte zu machen. An dem besagten Abend bin ich losgezogen und wollte diese Angelegenheit ein für alle Mal vom Tisch haben, und weil ich ahnte, dass es zu gewissen Balgereien kommen könnte, habe ich eine robuste Safarihose angezogen. Ich musste nicht lange suchen, bis ich auf Baba stieß. Er saß am Tavlabrett, die Zwille auf seinem Gemächt, eine kalte Kippe im Mundwinkel, er schaute kurz auf und schüttelte die Würfel in seiner hohlen Hand, und kaum hatte er geworfen und sich grinsend zum Spielstein gereckt, sagte ich: »Ich muss mit dir reden. Jetzt sofort!«

»Die Rechtschaffenen arbeiten mit Pausen«, sagte Baba zu seinem Gegenspieler, einer dauergewellten Kreatur, »der Rest der Menschheit ist so nervös wie der Schulschwänzer beim ersten Mal ...«

»Das zieht nicht mehr«, sagte ich, »deine blöden Sprüche kannst du woanders loswerden, ich will mit dir sprechen und deine Torheit zähmen. Du bist ein tollwütiger Hund, und ein solcher gehört entweder vergiftet oder mit einem einzigen Schuss abgeknallt!«

»Hört ihn euch an, den Schlappschwanz«, sagte Baba, »du willst es also wissen. Gut, wir reden, aber erst spiel ich zu Ende, alles der Reihe nach.«

Also setzte ich mich erst mal hin und bestellte ein kaltes Efes, ich war doch einigermaßen stolz auf meinen Auftritt. Ich hatte ihn gestellt, ich hatte ihn beleidigt und einen feuchten Kehricht auf seine viel beschworene Ehre gegeben, und ich beglückwünschte mich innerlich für mein literarisches Talent, das mich in einer solchen Situation nicht im Stich gelassen und eine derart begnadete Wortschöpfung wie »Torheitszähmung« auf die Zunge gelegt hatte. Das Spiel dauerte noch eine Weile, ich trank die Flasche leer und ärgerte mich im Stillen darüber, dass Baba nicht nur keine Fehler machte, sondern seinen Gegner auch noch in Grund und Boden spielte. Der Mensch mit der Dauerwelle machte auch keinen Hehl daraus, dass er am liebsten das Brett auf Babas Kopf in Stücke und Splitter geschlagen hätte, er stand schließlich auf und ging wortlos davon.

»So, mein Freund, jetzt kümmern wir uns um dein Problem«, sagte Baba, »ich schlage vor, wir gehen ein bisschen am Strand spazieren, du wirst genügend Zeit haben, zu entscheiden, ob du dich bei mir entschuldigen willst, und wenn nicht, werde ich dir das Maul stopfen, das ist schon mal sicher.«

»Du bist derjenige, der auf Knien um Vergebung betteln muss«, sagte ich. Mir stieg die Zornesröte ins Gesicht, ich konnte die Dreistigkeit dieses Wichts nicht fassen, er drehte einfach den Spieß um und tat so, als wäre ihm Unrecht geschehen und als müsste er nun Genugtuung verlangen.

Also bummelten wir am Meer entlang wie zwei alte Herren in Opernslippern, und nichts deutete darauf hin, dass es hier um die Verhandlung der ältesten Sache der Welt, um die Liebe ging, und dass zwei Männer, der Liebhaber und der Nebenbuhler, dabei waren, einen Strauß auszufechten. Ich legte los und kam ohne Umschweife auf seine Schmutzkampagne zu sprechen, es sei niederträchtig und nur schleimigsten Gewürms würdig, ein solches Schriftstück zu verfassen, ich hätte ihm mit der Bitte um Diskretion von meiner organischen Störung berichtet, und er hätte nicht nur mein Vertrauen missbraucht, sondern auch versucht, wie ein alter kopfloser Alpha-Gockel durch die Verwendung dieses meines Geheimnisses Rena und mich auseinander zu bringen. Was er denn glaubte, wer er sei, habe ich ihn angeschrien, er würde doch nicht wirklich glauben, dass er mit seiner Speckplauze und seinem Affenkörperbau auch nur die geringste Chance bei der Holden hätte, er sollte endlich den Tatsachen ins Auge sehen oder sich einer Psychotherapie unterziehen ...

Ich war richtig in meinem Element, ich schrie und fuchtelte, Baba sagte nicht ein Wort, er hielt den Kopf gebeugt, seine Hände steckten in den Hosentaschen seiner Shorts, und er sah aus, als würde er darüber nachdenken, was er gegen den Sonnenbrand an seinen Waden unternehmen sollte. Wir waren inzwischen ein gutes Stück gelaufen, in der Ferne brannten die Lichter der Taverne, das Meer spülte in dieser Nacht heftiger ans Ufer, und plötzlich hatte Baba eine Rasierklinge in der Hand.

»Es gibt nur ein einziges Mittel, um solchen Dreck wie dich zu entsorgen«, sagte er, »ich werde dich kaltmachen. Du kommst hierher und atmest die gleiche Luft wie ich und schwimmst im gleichen Wasser. Du kommst her und denkst, du kannst dir die erstbeste Frau, die dir über den Weg läuft, einfach mal so schnappen. Das lasse ich nicht zu, du bist ein Deutschlandschmutz, du glaubst, du kannst alles haben. Entweder zückst du deine Börse oder deinen schlappen Schwanz, und wir, die richtigen Männer, dürfen die Arme verschränken und zukucken. Ich schick dich jetzt zum Teufel ...«

Den Rest, edler Retter, kennst du ja, die ersten Einstiche habe ich noch gespürt. Aber ich war zu überrascht, um richtig Schmerz zu fühlen, mein letzter Gedanke war, dass all das nicht sein kann, und dann verlor ich schon das Bewusstsein. Ich kann schwören, dass der Metzger und ich einen längeren Schlagabtausch hatten, ich weiß allerdings nicht mehr, ob ich mich gewehrt habe oder ihm in den Arm gefallen bin. Mag sein, dass die Einzelheiten keine Rolle spielen, ich gehe im Geiste die Szene immer und immer wieder durch, das ist überhaupt meine einzige wirkliche Beschäftigung hier. Ich komme mir vor wie ein Prachtkarpfen in einem viel zu engen Aquarium, und nur das Tapetenmuster ist mein Trost.

Es interessiert mich nicht wirklich, in welchem Kellerloch der Meuchlervirus Baba jetzt steckt, mein erster Gedanke jeden Morgen nach dem Aufwachen heißt Rena, sie, mein Ein und Alles, ich komme fast um vor Sehnsucht und Verlangen. Sie hat sich bislang nicht blicken lassen, ich zähle tausend Gründe auf, wieso sie nicht wissen kann, was geschehen ist, und doch verfalle ich spätestens mit dem Abenddämmer dem Wahn und stelle mir vor, dass sie mit Baba durchgebrannt ist. Dann setzt mein Herzschlag ein paar Minuten lang aus, ich halte die Luft an, und es überkommt mich eine solche Mordlust, dass ich am liebsten Amok laufen würde, die bärtige Schwester müsste als erste dran glauben, und dann kennte meine Blutrunst kein Erbarmen.

Ich habe beschlossen, wieder in die kalte Heimat zurückzukehren, mein lieber Kumpel, die Urprärie unserer Sippe mag sich später schämen, einen Dichter vergrault zu haben. Was habe ich auch hier verloren, wenn ich die Frau meiner

Gelüste dann doch nicht befriedigen kann? Soll ich mich nach meiner Genesung wieder erfolglos vor die Schreibmaschine setzen und dir wie gehabt von Mutterns Gerichten berichten? Es war alles in allem eine mäßig aufregende Zeit, aber was schreibe ich da, ich wollte auch nichts anderes als Muße und Müßiggang. Der Bielefelder hat mich besucht und mir angeboten, ich könnte mich bei ihm in seiner Studentenbude einnisten, ich bräuchte mir auch wegen meiner heterosexuellen Fixierung nicht in die Hosen zu machen, er würde schon die Finger von mir lassen, allein deshalb, weil ich nicht sein Typ sei. Ich denke, das werde ich tun. Vielleicht schleicht sich sonst eines Nachts Baba in mein Krankenzimmer und erwürgt mich mit dem Kopfkissen oder einer Klaviersaite, vielleicht hat er auch herausgefunden, wer ihn derart übel zerschnitten hat, und schickt sich gerade an, eine besonders scharfe Rasierklinge in die Hautfalte knapp oberhalb deiner Gurgel zu stoßen, langsam, fast liebevoll ...

Dein – etwas verhinderter – Janitscharenkrieger
Serdar

Epilog Serdar an Hakan

Dienstag, 12. Oktober

Lieber Hakan, diese meine Briefe im Geiste einer losen Blattsammlung ist im Falle meines plötzlichen Ablebens an die interessierte Öffentlichkeit weiterzuleiten. Der vorläufige Arbeitstitel »Der anatolische Bulle« kann, falls erforderlich, später geändert werden.

Ich darf übrigens mit Freuden feststellen, dass der bis zu meinem Eintreffen auf türkischem Boden untadelige Zustand meines Zeugungsorgans in der Zwischenzeit wiederhergestellt ist, ohne dass ich für die Veränderung einen klaren Grund angeben könnte. Im Lufthansa-Jumbo hatte ich einen Fensterplatz ergattern können und sah hinaus auf die wie Wattebäusche modellierten Wolken, die unbesorgt und seelenlos dahintrieben, als wären sie bloße frohe Materie und darüber hinaus keinen weiteren Gedanken wert. Ich machte mir auch keine Gedanken über irgendwelche Wolkenformationen, ich dachte einzig und allein an Rena, die meinen Herzensdocht entzündet hatte.

Meine Eltern waren nach einigen Erläuterungen bezüglich meines Innenlebens dann doch zu bewegen gewesen, sich nach Renas Anschrift in der Siedlung zu erkundigen. Meine saubere Mutter hat das Unwahrscheinliche geschafft. Nun hatte ich ihre Adresse in der Tasche und überlegte, wie mein nächster Schritt aussehen könnte. Ich wollte ihr schreiben, ich wollte mich ihr erklären. Wie sollten zwei Liebende auf zwei verschiedenen Kontinenten zueinander finden? Und vor allem musste ich wegen meiner vollen Harnblase unbedingt die Toilette aufsuchen. Ich machte also Anstalten, mich vom Sitz zu erheben, da fiel mein Blick auf die Stewardess. Ein wahres Sexmonster, ihr Kostüm-Oberteil spannte sich frivol über ihre sagenhaft großen

Brüste, ihr Mund signalisierte den Männern nichts als Verderben. Prompt ließ ich mich wieder auf meinen Sitz fallen, und da geschah das Wunder, und das Wunder hielt während der ganzen Flugdauer an. Trotz des drückenden Harndrangs und der mit der Dauererektion verbundenen Leistenschmerzen fühlte ich mich wie neugeboren und dankte dem himmlischen Vater für diesen mir zuteil gewordenen Segen. Vielleicht lag es drunten in Anatolien ja einfach an der Hitze, vielleicht sind meine Schwellkörper solche Temperaturen nicht gewöhnt.

Ein kompletter Künstler wollte ich werden, ich verließ meinen vertrauten Hort, ich kam aus der Kälte und wollte heißlaufen. Auf die Gretchenfrage »Kunst oder Geschlecht« weiß ich keine Antwort. Genauso gut könnte man mich auch vor die folgende Wahl stellen: Klauenbeschlag oder Maulseuche. Der Vergleich hinkt ein bisschen, ich weiß, im Moment fällt mir kein anderer ein. Wenn mein Knopf am letzten Faden hängt, gehe ich zum Schneider. Wenn die Kappen meiner Anzugschuhe stumpf werden, helfe ich mit Ofenschwärze nach, und so weiter. Die praktikabelste Lösung ist nicht immer die richtige, aber man lernt dadurch immerhin, in Augenhöhe mit den Gegenständen zu leben.

Hiermit erkläre ich auch meinen Austritt aus dem Club der Haiku-Dichter. Drei-, Vier- und Mehrzeiler liegen mir einfach nicht. Dann beschichte ich lieber Leinwände oder bastle Papierigel. Ich habe erkannt: Die für die Verskunst erforderlichen Schlauheitsmetaphern gehen mir ab, ein Klarschriftsetzer gibt sich mit Kinkerlitzchen nicht ab.

Ich empfehle jedem ausreisewilligen Türkenkopf, der aus Almanya in die Heimat ziehen will, ein Fußbad im kochend heißen Wasser, in das er drei Esslöffel mittelscharfen Senfs einrühren möge. Der Senf wirkt lange nach und hat den Effekt, dass die Füße brennen wie nach einem langen Marsch durch die Wüste. Dann kommt man nicht mehr auf solch törichte Gedanken.

Meine Haiku-Sammlung vermache ich dem Empfänger Hakan, der im Falle einer Veröffentlichung (Aufnahme der Gedichte in eine Anthologie der Neuzeit-Verskunst, Gesamtausgabe meiner Werke usw.) das Autorenhonorar einem gemeinnützigen Verein im Dienste der Völkerverständigung zu spenden hat. Dem begünstigten Hakan ist es untersagt, Änderungen an Volumen und Inhalt der Gedichte vorzunehmen. Bei Zuwiderhandlung drohen ihm nach alttestamentarischem Recht zehn Stockhiebe auf die Fußballen.

Zu der Zeit der Niederschrift dieser Bulle wähne ich mich im Vollbesitz meiner geistigen Kräfte und Reserven.

Gott möge schützen.

Serdar Toprak

42 Serdar an Rena

Dienstag, 12. Oktober

Rena, mein Rosenschoß,

deinen kecken Blick, der aufwärts steigt und in meine Augen ein Mal aufdrückt in der Farbe der Färberröte: Ich kann ihn nicht bannen, deinen Anblick, dass man aus Hinterhausbuchten rausdräuen möchte ins Offene, bei Tageslicht, und den Sturm von sieben Teufeln entfachen, bei Nacht, wenn Schorf sich bildet auf den Wunden: Ich kann ihn nicht nennen. Und wieder deine Augen, wie aufblinkende Pailletten schauen sie mich an, und ich möchte in Narrheit mich erschöpfen und den Boden, auf dem du gehst, bedecken mit dem Mehltau zerstoßener Austernschalen. Deine Hand streicht über die Souvenirs in der Stube, und ich, der ich noch dachte, ich bräuchte nur ein Dach überm Kopf und alle Stürme können mir gestohlen bleiben, ziehe meine Ärmel aus der Suppenschüssel und sage dir: Gern werd ich zum Lump und stell mich als Krähenscheucher in deinen furchigen Acker!

Meine schöne Frau, deine rechte Wange schmeckt wie türkische Limonade, deine linke ist wie ein Vollmond, wenn in Istanbul-Vorstadt die Kohlenlösche wie schwarzer Staub Gottes in der Luft flirrt. Und wenn der Köhler dich sähe, würde er ein summiges Arabesk-Lied anstimmen: Erblinde, o Schicksal, denn du hast für mich nur unreife Melonen vorgesehen! Und sie würden die Gardinen lüften, die, deren Steiß in der Hose steckt, sie würden die Fenster aufreißen, auf dass der Luftzug deine Aromen hineinträgt. Am Hals riechst du anders als in den Falten deiner Achselhöhle. Wer sich die Nierenkälte holte durch tausend Nächte auf harten Matten, fühlte durch deinen Anblick Hitzeströme ins Herz wallen, und jeder Schurke im Banlieue wäre ermutigt, sähe er dich im halb transparenten Seidenstrumpf, und ölte sein Eisen emsiger denn je und murmelte in die dunklen Gassen: Wenn ein Körper einem den Verstand raubt, raub ich dem Bürger seine Börse, und die Weltendinge kommen ins Lot!

Meine schöne Frau: Gerne zeigte ich dir die neue Kollektion meiner Gefühle, und gerne fuchtelte ich in langen Ärmelstücken und geschlitzten Hosenbeinen vor deiner Nase, die kein Puder braucht, wie deine Mandelaugen nicht bedürfen einer schwarzen Umrandung. Gern wankte ich im schwertrittigen Gang und sänge Melodien für Millionen, auf dass du dich an meiner geschwollenen Seele ergötztest. In einer orientblauen Loge auf orientroten Samtkissen säßest du und würdest mich springen lassen über einen Stock hier und einen Stein da, nur um meine angespannten Hintermuskelbacken – natürlich verstohlen hinter einem Papageienfächer aufblickend – lüstern und gefasst zu betrachten. Auf ein Wort von dir zöge ich mich aus bis auf das letzte Wäschestück und machte viel Brimborium und Schall und Rauch, um mich schließlich auch dessen zu entledigen. Auf einen Wink von dir käme ich näher und stützte einen gewinkelten Arm auf deiner Loge Kranzgesims, und mein Ellenbogen gliche dem Flügel einer Giebelschwalbe, wie du mir sagen würdest, und ein langer Nagel, ohne Lack und Maniküre, ritzte mir in die Haut Stammesschwüre und Liebeszeichen. Ich öffnete die geballte Faust und nähme ein warmweiches Stück Kittharz der Bienenwabe, ich nähme es heraus aus einer tiefen Handtellerrinne, bestriche deine Lippen, und dein Mund leuchtete auf wie Glanztaft. Ich drückte meine Lippen auf die Deinen, ich küsste dein göttliches Plebejerkinn, ich zöge am Haar deinen Kopf in den Nacken und bisse in den entblößten Hals ein Liebesmal, scharlachrot, ein Liebesmal, scharlachrot. Ich hörte deine

Schreie und hörte meinen Atem, ich hörte deinen Lustruf, weiterzubeißen in dein Fleisch, und ich leckte deine Brüste und stieße die Zunge in deinen Nabel, und du wühltest meinen Rücken auf mit spitzen Fingern. Und ich entdeckte einen Leberfleck in einer Mulde deines Geschlechts, und du erzähltest mir aus dem Dunkeln deiner Loge, wie deine Mutter eine kleine Schande als Erbstück an dich weitergab: Sie hatte eine Hand voll Kirschen aus einer Obstkiste gegriffen, sei gerannt wie vor einem bösen Geist, sie hatte atemlos in einem Hauseingang die Kirschen in den Mund gestopft. Ein komischer Instinkt hatte ihr eingegeben, die bekleckerte Hand an ihrem warmen Geschlecht zu reiben, eine sündige, schöne Geste, die Reinwaschung ihrer Hände. Und du schmücktest diese Geschichte mit unwahren Schnörkeln, du zögest diese Geschichte in die Länge, auf dass ich nicht aufhörte mit dem, was ich tat. Nichts in der Welt könnte mich von dir losreißen, kein ofenwarmes Brot und nicht sieben Scheffel Erbsen, nicht der Kopfschmerz meines Vaters und nicht Samt und Silber aus der Truhe meiner Mutter.

Meine schöne Frau, mein Rosenschoß: Ich bin bereit, und ich warte auf ein Wort von dir, auf einen Wink von dir, auf deine Zeichen.

Dein Mann Serdar

Deutschsprachige Literatur

BEI ROTBUCH

Jürgen Bruhn
Störtebeker
Roman
290 Seiten

Peter O. Chotjewitz
Das Wespennest
Roman
326 Seiten

Thea Dorn
Die Hirnkönigin
Roman
298 Seiten

Anne Duden
Der wunde Punkt im Alphabet
128 Seiten

Christian Geissler
klopfzeichen
gedichte von 83 bis 97
138 Seiten

Christian Geissler
Wildwechsel mit Gleisanschluß
Kinderlied
126 Seiten

Helga Kurzchalia
Im Halbschlaf
Roman
180 Seiten

Stephan Maus
Hajo Löwenzahn
Ein Badewannendivertimento
260 Seiten

Tobias O. Meißner
HalbEngel
Roman
248 Seiten

Tobias O. Meißner
Starfish Rules
Roman
230 Seiten

Sonja Rudorf
Die zweite Haut
Roman
210 Seiten

Lorenz Schröter
**Mein Esel Bella oder
Wie ich durch Deutschland zog**
150 Seiten

Dietmar Sous
Abschied vom Mittelstürmer
Roman
229 Seiten

Dietmar Sous
Schöne Frauen
Ein rheinischer Reigen
96 Seiten

Feridun Zaimoglu
Abschaum
*Die wahre Geschichte
von Ertan Ongun*
220 Seiten

Feridun Zaimoglu
Kanak Sprak
*24 Mißtöne vom Rande
der Gesellschaft*
176 Seiten

Feridun Zaimoglu
Koppstoff
*Kanaka Sprak vom Rande
der Gesellschaft*
135 Seiten

www.rotbuch.de
R O T B U C H V E R L A G · H A M B U R G